Knaur.

Knaur.

Im Knaur Taschenbuch Verlag ist bereits folgendes Buch des Autors erschienen:
Minos

Über den Autor:
Marcos M. Villatoro hat bereits mehrere Romane, Sachbücher und Gedichtbände veröffentlicht. Er unterrichtet »Creative Writing« am Mount St. Mary's College in L. A. und moderiert eine Radio-Literatursendung. Marcos M. Villatoro lebt mit seiner Frau und seinen vier Kindern in Los Angeles. Mehr Infos über den Autor finden Sie auf seiner Website:
www.marcosvillatoro.com

Marcos M. Villatoro

FURIA

THRILLER

Aus dem Amerikanischen
von Ann Lecker-Chewiwi

Knaur Taschenbuch Verlag

Die amerikanische Originalausgabe erschien 2001
unter dem Titel »Home Killings« bei Arte Público Press, Houston.

Besuchen Sie uns im Internet:
www.knaur.de

Deutsche Erstausgabe Juni 2007

Redaktion: Marie-Luise Bezzenberger
Umschlaggestaltung: ZERO Werbeagentur, München
Umschlagabbildung: akg-images, Berlin/
Radierung von G. Mochetti nach Zeichnung
Satz: Adobe InDesign im Verlag
Druck und Bindung: Nørhaven Paperback, A/S
Printed in Denmark
ISBN 978-3-426-62913-0

2 4 5 3 1

Für die Studenten des Studiengangs
»Creative Writing« am Mount St. Mary's College,
Los Angeles

PROLOG

Ich bin achtundzwanzig, Latina und Südstaatlerin. Bislang war Atlanta meine Heimatstadt. Jetzt hänge ich die wenigen Röcke, die ich mein Eigen nenne, in Nashville auf. Ich bin eine blutige Anfängerin, Detective bei der Mordkommission, und habe erst vor sechs Monaten den Sprung geschafft. Ich habe in meinem Leben bisher nur drei Mordopfer gesehen, von denen dieser junge Mann, Diego Sáenz, das letzte ist. Aber ich bin gut in meinem Job. Ich weiß, dass ich gut bin, weil ich ununterbrochen über Mord nachdenke. Ich habe das Recht dazu. Der Mörder meiner großen Schwester hat mir vor sechs Jahren das Recht dazu gegeben. Ihm habe ich auch meinen zwanghaften Rachedurst zu verdanken, doch ich habe gelernt, ihn unter Kontrolle zu halten und vor meinen Vorgesetzten zu verbergen. Ich habe das Spiel mitgespielt, mich an jede Regel gehalten und mein Bestes gegeben. Meinen Zorn zeige ich nur selten. Ich richte die Wut auf die Fälle, die vor mir liegen, wie einen dünnen Gasstrahl auf eine offene Flamme. Sparsam verwendet, ist Wut der beste Treibstoff. Aber sobald ich den Mann finde, der Catalina meiner Mutter und mir weggenommen hat, werde ich den ganzen Tank ins Feuer werfen.

1

Mein erster Gedanke in jener Nacht: Ich kann Schussverletzungen am Kopf nicht ausstehen.

Ich setzte den rechten Fuß vor den anderen und ging leicht in die Knie, damit ich mich über das Gesicht des toten Mannes beugen konnte. Eine unbequeme Stellung. Trotzdem stützte ich mich mit meinen behandschuhten Händen nicht auf dem roten Honda Civic ab, der nur einen halben Meter von der Leiche entfernt stand. Eine alte Regel aus meiner Zeit auf der Polizeiakademie hallte durch die Tiefen meiner Erinnerung: »Behalte die Hände stets hinter dem Rücken, wenn du dich einem Tatort zum ersten Mal näherst.«

Man musste mir das nicht ins Gedächtnis rufen. Ich wusste es sehr gut. Dennoch ging mir diese Regel weiter durch den Kopf und erinnerte mich daran, dass das hier mein erster Fall in dieser neuen Stadt war, in der ich mich noch kaum zu Hause fühlte. Es war besser, in Gedanken die Vorschriften abzuspielen. Vorschriften halfen mir, mich von dem Mord zu distanzieren, wenn auch nur für kurze Zeit. Die Austrittswunde, geradewegs durch die Schädeldecke, die wie nach außen gekehrter, bröckelig-blutiger und mit zerfetztem Hirngewebe überzogener Milchschorf aussah, verkürzte die Distanz zwischen dem Opfer und mir im Handumdrehen. Doch trotz des scheußlichen Anblicks entging mir die Pistole in der Hand des Mannes nicht, das Erste, was an diesem Bild nicht stimmte.

»*Carajo*«, raunte ich, »was für eine Sauerei.«
»Was haben Sie gerade gesagt?«, fragte eine Stimme neben mir. Eine Südstaatenstimme, mit diesem weitverbreiteten, näselnden Tonfall, der mir bereits in ganz Nashville aufgefallen war. Ich sah zu einem älteren Mann auf. Er ging neben mir in die Hocke. Der Gerichtsmediziner. Sein Name wollte mir gerade nicht einfallen. Seit ich vor vier Wochen aus Atlanta hierher gekommen war, hatte ich noch an keinem größeren Fall gearbeitet und bisher keine Gelegenheit gehabt, den Gerichtsmediziner kennenzulernen. Der zermatschte Kopf des toten Mannes verhieß, dass dieser alte Herr und ich noch eine ganze Weile miteinander zu tun haben würden.
»Ach, nichts. Nur ein spanisches Wort«, gluckste ich und warf mein Haar über die Schulter, als holte ich es mit einem Haken ein. Ich klang verlegen. Einem Fremden die Bedeutung von *carajo* zu erklären, wäre sicherlich keine gute Idee. Das gehört sich nicht, würde mich meine Mamá tadeln.
Er erwiderte nichts. Im Augenblick war er offenbar zu beschäftigt, um sich vorzustellen. Er hatte einen kleinen Schnitt in den Bauch des Opfers vorgenommen und steckte nun ein Digitalthermometer hinein. Daraufhin verharrte er in der Hocke und hielt das Thermometer still. »Wird schwer werden, eine genaue Anzeige zu bekommen«, brummte er. »Er hat durch die Kopfwunde zu viel Blut verloren. Die Kugel muss den Rand der Halsschlagader durchschlagen haben. Mit dem Blut entweicht die Hitze noch schneller.« Er schrieb etwas den Einschnitt betreffend auf seinen Notizblock.
Blitzlichter explodierten um uns herum, da zwei Streifenpolizisten Fotos von der Umgebung machten. Sie erleuchteten die Dunkelheit des frühen Morgens mit ihren lautlosen Lichtblitzen. Während der Doktor das Thermometer tiefer in die Eingeweide des Mannes schob, entfernte ich mich, um mir

das Auto anzusehen. Es war ein kleiner, sportlich roter Honda. Die Fahrertür stand offen. Die Leiche lag rechts vor dem Wagen. Das Auto besetzte zwei Parkplätze, wobei sich die Wagenmitte über einer der Abgrenzungslinien befand. Es hatte den Anschein, als hätte das Opfer – falls es mit dem Fahrer identisch war –, den Wagen in aller Eile abgestellt, ohne groß auf die Platzmarkierungen zu achten.
Die kurzen, summenden Töne eines Telefons, das man nicht wieder aufgelegt hatte, zirpten im Gras. Ich war überrascht, dass es niemandem aufgefallen war. Vielleicht hatte die Spurensicherung beschlossen, das Handy dort liegen zu lassen und auf die Fingerabdruck-Experten zu warten, damit sie erst einmal etwaige Fingerabdrücke sichern konnten. Ich leuchtete mit meiner Taschenlampe ins Gras. Es war eines dieser neuen, flachen Handys, die problemlos in eine Brusttasche passen.
Hinter mir zog der Gerichtsmediziner das kleine, schmale Stäbchen aus dem Bauch des Mannes. Um das Thermometer ins Licht einer Straßenlaterne halten und die Temperatur ablesen zu können, musste er aufstehen. Er wandte sich kurz von mir ab. Der Mann war viel größer als ich und von hagerer Gestalt.
Ich war mir nicht sicher, ob er mich kennen wollte oder nicht. Er wirkte beschäftigt, zu beschäftigt, um sich für mich Zeit zu nehmen. Und doch lief ich herum, als gehörte ich nicht hierhin. Ich war eine von zwei oder drei Frauen vor Ort. Vielleicht war das der Grund, warum ich zögerte, meinen rechtmäßigen Platz – welcher der der leitenden Ermittlerin war – am Tatort einzunehmen.
Dann war da noch der Mord an sich. Ich konnte den Anblick der Schusswunde nicht lange ertragen. Ich musste mich wieder aufrichten und ein paar Schritte auf Abstand gehen. Auf der anderen Seite des Hondas, im Hintergrund meines Sicht-

felds, trieb ein großes Flussschiff im Cumberland River, dessen prunkvolle Brücke über die Hochwassermauer hinausragte. Jenseits des Stromes konnte man die schwarzen Umrisse alter Gebäude ausmachen, eine kleine, antike Skyline, die von den neuen, diesseits des Wassers gelegenen Wolkenkratzern überschattet wurde.

Zwei Officers sperrten die Umgebung mit gelbem Band ab. Ich verschränkte die Hände hinter dem Rücken und schlenderte auf sie zu. Sie unterhielten sich gerade leise darüber, wie seltsam ein Selbstmord in diesem Teil der Stadt sei. »Gleich hier in der Innenstadt, am River Park, mitten in der Nacht. Das glaub ich einfach nicht.«

Ich stellte mich als der leitende Detective vor. Eigentlich war ich der einzige Detective vor Ort, was ich den Uniformierten aber nicht auf die Nasen binden würde. Einer der beiden drehte sich um und sah auf mich herab. Ich spürte, wie er den Blick schnell über meinen Körper schweifen ließ, was völlig sinnlos war, da ich einen langen schwarzen Trenchcoat trug, der mich vom Hals bis zu den Knöcheln einhüllte. Diese kalten Novembertage erforderten so viel Schutz. Der Polizist kam mir bekannt vor. Dann wurde mir klar, dass es seine Augen waren. Sie hatten mich schon einmal gemustert, in den Korridoren des Polizeipräsidiums in der Innenstadt. Ich hatte irgendwann letzte Woche dort vorbeigeschaut. Nachdem er mich von oben bis unten betrachtet hatte, hatte er seinem Partner zugeflüstert: »Schau dir mal die Lady in Rot an.«

Meiner Mutter hätte diese Bemerkung überhaupt nicht gefallen. Allerdings hätte sie nicht den Officer für seinen leisen, anzüglichen Kommentar gerügt, sondern hätte stattdessen mich dafür getadelt, dass ich meine Lieblingsfarbe trug. *»Demasiado* sexy, *hija«*, hätte sie gesagt. »Du sendest Botschaften aus, die sich für eine Dame nicht schicken.«

Wie immer hatte sie natürlich recht. Ich hatte jedoch noch nie den Wunsch verspürt, damenhafte Botschaften auszusenden. Ich war Detective bei der Mordkommission und keine alberne Debütantin, die an ihrem fünfzehnten Geburtstag am Kirchenportal darauf wartet, dass der perfekte Mann vorbeikommt und sie mitnimmt. Auch wenn ich Latina bin, will ich verdammt sein, wenn ich diese Art von Latina bin.

»Ich bin Detective Romilia Chacón, Officer. Und Sie sind …«

Als ich auf sein Namensschild blickte, das ihn als Biber auswies, musste ich fast loskichern. »Officer Beaver. Vorname?«

»Henry.«

»Was dagegen, wenn ich Sie so nenne?«

Er antwortete nicht.

»Einer Ihrer Kollegen hat mir gesagt, Sie hätten die Einzelheiten zu diesem Fall notiert. Was haben Sie für mich?«

Der Biber entfernte sich von mir und dem Ast, an dem er gerade das gelbe Band befestigt hatte. Er ging auf den Wagen zu.

»Ziemlich eindeutiger Fall. Selbstmord.«

»Wie kommen Sie darauf?«

»Weil der Mann 'ne Waffe in der Hand hält, Detective.« Beaver sah mich an, als wollte er sagen: Offensichtlicher geht's doch gar nicht. Ich wollte ihm am liebsten meinen Steck-dir-doch-deinen-Gummiknüppel-in-den-Arsch-Blick zuwerfen, beschloss jedoch, stattdessen meine Aufmerksamkeit wieder auf die Leiche zu richten. Er fuhr fort: »Es ist eine Fünfundvierziger. Sobald wir sie gesichert haben, überprüfen wir die Seriennummer, um festzustellen, ob sie ihm gehört hat. Ich hab seine Brieftasche mit seinem Namen und seiner Adresse. Deshalb hat man Sie gerufen, Detective.« Sein Ton war ausdruckslos.

»Wie heißt er?«, fragte ich, in dem Wissen, dass es ein spanischer Name sein musste, und wartete gespannt darauf, wie dieser Gringo-Cop die Aussprache massakrieren würde.

Er musste sein Notizbuch durchblättern, um den Namen phonetisch abzulesen: »Diego ... äh ... Diego Sinus, oder so.«

»Sáenz«, verbesserte ich, während ich ihm über die Schulter blickte und die Schreibweise überprüfte. »Diego Sáenz.« Mein abgehackter salvadorianischer Akzent ließ sogar seine Stimme dümmlich klingen.

»Ja. Meinetwegen. Hier in Nashville haben wir's nicht gerade nötig, unser Spanisch aufzupolieren.« Er klappte sein Notizbuch zu. »Die Fingerabdruckleute werden die Waffe gleich einstäuben und sichern.«

»Sein Name kommt mir bekannt vor. Wie sieht's mit dem offiziellen Todeszeitpunkt aus?«

»3.11 Uhr morgens. Um die Uhrzeit hab ich ihn entdeckt und es gemeldet. Als ich eine Stunde früher das erste Mal hier durchgefahren bin, hab ich das Auto da noch nicht bemerkt. Er muss sich also kurz nachdem ich weg war umgebracht haben. Als ich wieder hier vorbeigekommen bin, lag er da.«

»Haben Sie einen ungefähren Todeszeitpunkt?«

»Da müssen Sie den Doc fragen.«

»Alles klar. Wie heißt der Doc eigentlich?«

»Jacob Callahan.«

Bevor ich ihn entließ, fragte ich Beaver, ob er sonst noch irgendwelche Informationen über das Opfer für mich habe. Er fasste kurz zusammen, was wir bisher über den Toten wussten: Name: Diego Sáenz. Alter: 24. Gewicht: 75 kg. Ethnische Zugehörigkeit: hispanisch. Größe: 1,75 m. Augenfarbe: braun. Das alles stand natürlich in seinem Führerschein. Allerdings verriet es mir nur sehr wenig über ihn.

»Ich hab auch zwei Kreditkarten bei ihm gefunden. Eine Visa

Goldcard und eine Platin-Mastercard. Ach ja, und einen Presseausweis.«

Sáenz war also Reporter. »Kann ich den Ausweis mal sehen?«, fragte ich Beaver.

Er reichte ihn mir. Der Ausweis schien echt zu sein: Sáenz arbeitete für das *Cumberland Journal*, die zweitgrößte Zeitung in Nashville und Umgebung. Das hier war kein alltäglicher Mord unter betrunkenen Wanderarbeitern. Mein Boss McCabe rechnete bestimmt nicht damit, dass mein erster Fall ein Mordopfer sein würde, das Plastikgeld im Wert von zehn Riesen mit sich herumtrug.

Ich gab Beaver den Presseausweis zurück. Er trat einen Schritt zurück, wobei er sich offensichtlich nicht darum scherte, ob ich mit ihm fertig war, und nicht einmal neben mir stehen blieb, um ein »Danke, Officer Beaver« entgegenzunehmen. Vielleicht würde ihm ein »Sie können mich mal, Officer Beaver« besser gefallen. Er machte mich wütend. Doch gleichzeitig riss er ein schwarzes Loch in mein Innerstes. Ich hatte plötzlich das dringende Bedürfnis, zu Hause anzurufen, meine Mutter aufzuwecken und sie zu fragen, wie es meinem Sohn Sergio ging. Sie würde mir natürlich versichern, dass er tief und fest schlafe und alles in Ordnung sei. Trotzdem würde sie meinen sinnlosen Anruf verstehen und mich beruhigen, dass mein *hijo*, mein *querido*, sicher und geborgen sei. Das würde genügen, um diese Leere ein wenig zu füllen.

Beaver ging zurück zu seinem Ast. Auch wenn er nichts sagte, hörte ich, wie der andere Uniformierte sich zu ihm gesellte und ihm unter einem kaum zurückgehaltenen männlichen Glucksen etwas zuflüsterte. Etwas über Frauen, die Rot trugen, vielleicht? Zu Hause hatte ich Schuhe mit Pfennigabsätzen, mit denen ich ihre erigierten Schwänze in der Mitte aufschlitzen konnte.

Ich trat erneut an die Leiche heran. Dr. Jacob Callahan lehnte über Sáenz. Er hielt die behandschuhten Finger über dessen Kopf und zog sie wieder zurück, als habe er lediglich die Dunkelheit zwischen sich und der Schusswunde des Opfers wegwischen wollen, um besser hindurchsehen zu können. Er machte sich Notizen auf seinem Block.

Ich bot dem kauernden Mann eine latexüberzogene Hand und ein ziemlich breites Lächeln an. »Bitte entschuldigen Sie meine schlechten Manieren. Wir arbeiten hier zusammen, und ich habe mich noch nicht einmal vorgestellt.«

Callahan stand auf. Sobald er sich zu voller Größe aufgerichtet hatte, sah es von da, wo ich stand, aus, als befände sich die einzige Straßenlaterne weit und breit genau neben seinem linken Ohr. Er reichte mir seine behandschuhte Hand. »Jacob Callahan«, erwiderte er. »Die meisten nennen mich Doc, auch wenn das kein besonders einfallsreicher Spitzname ist. Und Sie müssen mich entschuldigen«, fügte er lachend hinzu. »Ich hab mich gleich an die Arbeit gemacht, ohne hallo zu sagen. Wollte nur schnell seine Temperatur messen. Damit sollte man nie zu lange warten.«

Auch wenn es dunkel war, konnte ich seine äußere Erscheinung teilweise ausmachen. Sein ergrauendes Haar war in seiner Jugend hellbraun gewesen. Er trug es kurz geschnitten. Erste Falten zerfurchten ein Gesicht, das einmal völlig glatt und gebräunt gewesen war. Callahan sah für sein Alter sehr gut, sogar attraktiv aus. Er hatte ein starkes Kinn, und obwohl Muskeln und Haut mit den Jahren leicht erschlafft waren, mutete seine Kieferpartie immer noch wie perfekt geformter Marmor an. Doc lächelte. Es kam mir aufrichtig vor. »Sie sind erst seit kurzem beim Department, nicht wahr, Detective?«

»Gerade mal ein paar Wochen. Ich bin völlig neu in der Nashville-Szene.«

Das gefiel ihm, er grinste noch ein wenig. »Willkommen«, sagte er, während er mit einer Showmaster-Bewegung zurück auf Diego Sáenz deutete.

Wir gingen gemeinsam auf den Kleinwagen zu. »Haben Sie einen ungefähren Todeszeitpunkt ermitteln können?«, fragte ich.

»Ja«, erwiderte Doc, dessen Nashville-Akzent schnell einen Ton annahm, der besagte: »Kommen wir zur Sache.« Ich schätzte das, da ich spürte, dass der ältere Südstaatler bereit war, mit mir zusammenzuarbeiten. »Der Blutverlust hat mir Kopfzerbrechen bereitet. Aber es war immer noch genug Wärme in seinem Bauch, um eine exakte Anzeige zu erhalten. Dann habe ich meine Notizen mit denen von Officer Beaver verglichen. Sáenz' Körpertemperatur ist um zwei Grad gefallen. Bei dieser Kälte und dem Blutverlust würde ich den ungefähren Todeszeitpunkt gegen 2.15, 2.30 Uhr ansetzen.«

»Das ist ziemlich genau.«

»Ich tue mein Bestes.«

»Was ist heute eigentlich für ein Tag?«

Doc hielt seine Armbanduhr ins Licht. »Warten Sie mal ... der zweite November.«

»Ah. *El día de los muertos*«, murmelte ich vor mich hin.

»Was ist das, Detective?«

»Der Tag der Toten. Gestern war Allerheiligen. Heute ist Allerseelen oder der Tag der Toten.«

»Oh. Verstehe. Sie sind also religiös.«

Ich lachte. »Oh ja. Ich verpasse keinen einzigen Weihnachts- oder Ostergottesdienst.«

Die Luft war merklich kühler geworden. Ich wickelte den Mantel enger um mich und beugte mich wieder vor, um in das unversehrt gebliebene Gesicht des Mannes zu blicken. Ein weiterer uniformierter Cop trat auf Doc Callahan zu und reichte dem Gerichtsmediziner eine Taschenlampe. »Danke, mein Junge«, sagte Doc, schaltete die Lampe ein und hielt sie über meine rechte Schulter nach unten. Ein Funken blitzte am linken Ohr des Opfers auf. Sáenz trug einen diamantenen Ohrstecker. Dann offenbarte der helle Schein der Taschenlampe das ganze Ausmaß der Kopfverletzung. Das war zu viel für mich. In keiner meiner beiden Sprachen brachte ich auch nur einen Ton heraus. Ich kippte nach vorne und hätte beinahe die Finger meiner linken Hand in eine der Blutspuren neben Sáenz gestützt. Nachdem ich mich einige Sekunden lang gefasst hatte – immer noch nicht lange genug, da ich spürte, wie meine Stimme zitterte –, fragte ich: »Was schließen Sie daraus?«

»Nun ja, viele Selbstmörder stecken den Lauf in den Mund. Das ist sehr effektiv. Sie richten ihn entweder aufwärts und pusten sich das Gehirn weg, so wie dieser junge Kerl es anscheinend getan hat. Oder sie schießen geradeaus und verfehlen so einen Großteil des Gehirns, zerstören aber die Speiseröhre und die gesamte obere Trachea, so dass sie ertrinken oder verbluten. Seine Art sich umzubringen, war recht wirkungsvoll. Er hat sich anscheinend die Waffe unters Kinn und genau an den Adamsapfel gehalten und nach oben gezielt. Meiner Meinung nach hat die Kugel erst seine Nasennebenhöhlen zerschmettert, ist dann ins Gehirn eingedrungen und hat dabei wahrscheinlich die Medulla Oblongata durchtrennt, bevor sie die Großhirnhälfte durchschlagen und hier zwischen dem Stirn- und dem Scheitelbein mitten durch die Koronarnaht wieder ausgetreten ist.«

»Er hat sich also buchstäblich das Hirn weggeblasen.«

»Genau.«

Ein Zweifel blieb mir. »Dann halten Sie es für einen Selbstmord?«

Er grinste leicht. »Sie haben sicher bemerkt, dass ich das Wort ›anscheinend‹ etwa ein Dutzend Mal benutzt habe. Obwohl ich bereit wäre, eine Wette darauf abzuschließen.«
»Seltsame Gegend, um sich umzubringen.«
»Vielleicht hat er gerne gefischt«, erwiderte Doc, während er auf den Fluss zeigte, »aber es wollte nichts anbeißen.«
»Was ist mit der Waffe in seiner Hand?«
Doc wusste sofort, auf was ich hinauswollte. »Der Tod ist höchstwahrscheinlich auf der Stelle eingetreten. Seine Handmuskeln waren im Moment des Todes aktiv. Es könnte sich hier um eine kataleptische Totenstarre handeln, so etwas Ähnliches wie ein früher, unmittelbar eintretender Rigor mortis. Wenn das passiert, umklammern die Hände des Opfers das, was sie gerade festgehalten haben.«
Ich zog die Augenbrauen hoch und richtete meine Taschenlampe direkt auf die Hand der Leiche. Selbst in der Dunkelheit konnte ich erkennen, dass der Handrücken irgendwie fleckig aussah.
»Was sind das für Flecke an seiner Hand?«, fragte ich.
Doc betrachtete sie genauer. »Ich weiß nicht genau.« Er runzelte die Stirn. »Ich muss mir das aufschreiben, um es zu überprüfen …«
Ich richtete mich auf und schaute mich um, wobei mein Blick erneut auf den Wagen fiel. Ich musterte die Fahrertür. »Hat die Tür eigentlich offen gestanden, als Sie hier eingetroffen sind?«
Beaver kam auf uns zu und erwiderte: »Ja. Sie war offen. Wahrscheinlich hat Sáenz sie nicht zugemacht, als er ausgestiegen ist.«
Und das bedeutet, dass er es eilig hatte, dachte ich. Ich studierte die Lage aller Gegenstände. Der Wagen über zwei Plätze geparkt, als wäre er überstürzt abgestellt worden. Die Tür

geöffnet. Die Leiche auf der rechten Seite des Autos gefunden, nur siebzig Zentimeter vom rechten Vorderrad entfernt. Das Handy unmittelbar auf der linken Seite des Wagens entdeckt, genau vor dem linken Vorderrad. Entweder hatte er es fallen lassen, als er auf diese Seite herüberging, oder er hatte es hinter sich geworfen, sobald er hier stand. Vielleicht hatte er es in dem Augenblick von sich geschleudert, als er sich erschossen hatte ... aber die Waffe in seiner Hand, irgendetwas stimmte hier einfach nicht.

Doc bat Beaver, ihm dabei zu helfen, die Leiche auf die Seite zu drehen. »Ich will nur nachsehen, ob es noch weitere offene Verletzungen in der Rückengegend gibt«, erklärte er. Die Männer wendeten Sáenz um fünfundvierzig Grad und stützten ihn auf seinem rechten Arm und rechten Becken ab. Obwohl Beaver die rechte Seite von Sáenz' Kopf umfasste, neigte sich der Schädel ein wenig, so dass ich noch einmal das kleinere Loch in der Falte zwischen Hals und Unterkiefer sehen konnte. Ein Blitzlicht explodierte mir nahezu ins Gesicht. Der Polizist mit der Kamera hatte gerade ein weiteres Bild von der Leiche geschossen und sich dann wieder entfernt. »Ich kann nichts entdecken ... Okay, alles klar. Legen wir ihn wieder hin«, wies Doc Officer Beaver an. Sie ließen den toten Mann zurück auf den Rücken gleiten.

Die Fingerabdruck-Experten, ein Mann und eine Frau, machten sich getrennt an die Arbeit, um mögliche Fingerabdrücke an den verschiedenen Bereichen des Wagens zu sichern. Die Frau kümmerte sich um das Telefon. Der Mann nahm sich die Türklinke vor. Er richtete eine Taschenlampe aus verschiedenen Winkeln auf sie und drehte einen weichen Glasfaserpinsel zwischen den Handflächen. Er tauchte ihn in ein feines schwarzes Pulver und bestäubte damit einen Abdruck. Die Frau tat dasselbe mit dem Handy.

Sobald sie damit fertig war, bat ich sie um das Telefon. Ich umfasst es vorsichtig mit der rechten Hand und drückte die Wahlwiederholungstaste mit dem linken Zeigefinger. Das Handy, dessen Akku fast leer war, gab drei Töne von sich: einen hohen und zwei tiefe. Die letzten beiden waren identisch.

911.

Die Notrufnummer.

Ich ging ein Stück weg, um die Kollegen von der Spurensicherung nicht bei der Arbeit zu stören. Doc folgte mir. Wir verließen die gelben Plastikbandabgrenzungen. Ich zog mir die dünnen, engen Latexhandschuhe von den Händen. Doc behielt seine an, so als wäre er daran gewöhnt, sie den Großteil des Tages anzuhaben.

»Dann sind Sie also nicht überzeugt, dass es sich um einen Selbstmord handelt?«, fragte er.

»Ich bin überzeugt, dass das kein Selbstmord ist. Dieser Mann wurde ermordet.«

»Tatsächlich?«

»Jep.« Ich ließ meine gespielte Tapferkeit gute fünf Sekunden auf ihn wirken, bevor ich ihm mitteilte, wen Sáenz als Letztes angerufen hatte. »Warum den Notruf wählen, wenn man sich sowieso gerade umbringen will?«

Doc zuckte mit den Achseln. »Vielleicht war es ein letzter Hilferuf, vielleicht hat er jemanden gesucht, der mit ihm redet. Aus seiner Sicht hat es sich um einen Notfall gehandelt.«

»Kann schon sein. Aber ich wette mit Ihnen, dass Ihnen diese Flecke auf seiner Hand etwas anderes erzählen werden.«

Doc sah mich an und hob die Augenbrauen. Er lächelte höflich. Dann verabschiedete er sich. »Mein Bericht ist in ein paar Stunden fertig. Wenn Sie möchten, rufe ich Sie an, sobald ich so weit bin.«

»Prima. Das wäre großartig.«
Er faltete seinen hochgewachsenen Körper in einen Jaguar und fuhr weg. Ich wandte mich wieder dem Tatort zu, wo Beaver einigen seiner uniformierten Kollegen erklärte, sie sollten Schluss machen, dieser Selbstmord sei bestimmt rasch aufgeklärt und sie würden die Gegend bald verlassen. Nach meinem netten Geplänkel mit Doc packte mich die nackte Wut, als ich beobachtete, wie dieser Dreckskerl Befehle gab, die ich zu erteilen hatte. Es war höchste Zeit, ihn die Schärfe meines Pfennigabsatzes spüren zu lassen.

2

Beaver, das ist kein Selbstmord.«

Obwohl er mich mit »Detective« ansprach, klang seine Stimme, als zische sie durch einen kochenden Teekessel.

»Ich weiß nicht, wie Sie darauf kommen, Detective. Soweit ich das sehe, ist der Fall eindeutig.«

»Ja, aber Sie sind hier nicht der leitende Ermittler, oder? Nein. Sie sind Streifenpolizist, und das bedeutet, dass ich hier das Sagen habe.« Beaver hielt den Mund. Sein Schweigen verschaffte mir Freiraum. »Schauen Sie sich die Waffe an, Henry. Stört Sie an dem Bild nicht irgendetwas?«

Er blickte angestrengt auf Sáenz' Hand. Nachdem er sie gute zehn Sekunden lang betrachtet hatte, wandte er sich wieder mir zu. »Nein. Was stimmt damit nicht?«

»Er hat sie immer noch in der Hand.«

Beaver sah sie sich noch einmal an. Noch während ich zu einer Erklärung ansetzte, erkannte ich, wie es ihm langsam dämmerte. »Wenn er sich wirklich selbst das Hirn weggepustet hätte, meinen Sie nicht, dass er dann durch die Erschütterung des Körpers und die Wucht des Aufpralls die Waffe fallen lassen, ja, sie sogar von sich geschleudert hätte? Aber sie liegt nach wie vor ordentlich umklammert in seiner Hand.«

Natürlich erzählte ich ihm nichts von Docs Theorie der kataleptischen Totenstarre.

»Sie glauben, jemand hat sie da plaziert, nachdem er erschossen wurde?«

Ich nickte mit Nachdruck. Dann sagte ich ihm, welche Nummer Sáenz zuletzt gewählt hatte. »Zählen Sie eins und eins zusammen, und Sie haben einen waschechten Mord.«

Die Sonne ging gerade auf. Docs forensisches Team und zwei Polizisten hoben die Leiche auf und bereiteten sie für den Transport vor, wobei sie lediglich die Kreidezeichnung als Erinnerung an Sáenz' letzten Aufenthaltsort auf Erden zurückließen. »Ich denke, wir müssen den Tatort noch etwas sorgfältiger durchsuchen, Henry. Wir können das Tageslicht ausnutzen, bevor es hier vor lauter Leuten auf dem Weg zur Arbeit wimmelt.«

»Ja, Ma'am«, erwiderte er. Es klang gar nicht einmal so unaufrichtig. Er entfernte sich und wies ein paar seiner Kollegen an, die Gegend zu durchkämmen. Ich folgte meinem eigenen Instinkt und fing an umherzustreifen.

Dieser Tag meinte es gut mit uns. Trotz der Kälte versprach es ein strahlender, wolkenloser Morgen zu werden. Doch so willkommenheißend die ersten Augenblicke der Morgendämmerung auch waren, sie zeigten die Szenerie dennoch in einem mörderischen Licht. Ganz gleich, aus welchem Blickwinkel ich die Sache betrachtete, und ganz gleich zu welcher Tageszeit, ich befand mich in einer Gegend, in der ein Stück Blei den Kopf eines Mannes völlig entstellt hatte. Mord war für mich nach wie vor etwas so Neues, dass es mir immer noch an die Nieren ging. Manche Cops, die seit langem Mordfälle bearbeiteten, hatten über die Jahre Schwielen an Magen und Gehirn ausgebildet, die sie jeden Abend mit Unmengen Whiskey und Drogen glatt rieben. Bisher war ich noch nicht so weit. Es hatte auch etwas Tröstliches, noch ganz am Anfang zu stehen.

Dennoch war die aufgehende Sonne hilfreich, da sie mir die unterschiedlichen Farbschattierungen der zwei verschiedenen

Rot-Töne auf dem Backstein offenbarte. Zunächst war da das Rot aus früheren Tagen, von Backsteinen, die man vor hundert Jahren gebrannt und jetzt als Teil einer Touristenattraktion hier verlegt hatte. Und dann gab es da noch diese winzig kleinen, klecksartigen mattroten Verfärbungen, die man mit Matsch oder Dreck verwechseln könnte, den ein Tier oder ein Stadtstreicher hinterlassen hatte.

Es könnte sich aber auch um Blutflecke handeln.

Sie führten weg von Sáenz' Kreideumriss. Ich zählte vier Flecke. Sie bildeten eine Linie, die auf eine Baumgruppe zuführte. Mittlerweile brach Tageslicht durch das Wäldchen. Zwischen den tiefen Ästen und den Stämmen der Nadelbäume konnte ich die Hochwassermauer und direkt dahinter den Cumberland River ausmachen.

»Du bist also weggerannt«, wandte ich mich an den Täter. »Du bist weggerannt, hast aber nicht bemerkt, dass du in Sáenz' Blut getreten bist …«

Ich folgte der roten Fährte. Sie verschwand, sobald ich die Grasfläche erreicht hatte. »Aber du hast eine Spur hinterlassen, die deutlich genug ist, um mir zu zeigen, wohin du gegangen bist.« Ich beschleunigte meine Schritte und joggte in den Schatten der Nadelbäume.

Hier gab es nichts außer weiteren Grünflächen. Kein Parkplatz und keine Bürgersteige. Die Stadt hatte diesen Teil des kleinen Parks in einem mehr oder weniger ursprünglichen Zustand belassen, damit Touristen hier picknicken und die obere Hälfte vorbeiziehender Schiffe beobachten konnten. Die Hochwassermauer versperrte die volle Sicht auf den Fluss. Etwa drei Blocks entfernt befand sich ein weiterer kleiner Parkplatz. »Vielleicht hast du dort geparkt und bist später von dort entwischt.«

Ich blieb stehen, um in Gedanken meine nächsten Schritte

aufzulisten, und lehnte mich gegen die Hochwassermauer. »Ich kratze lieber ein paar Proben dieser Flecke vom Backstein ab, bringe sie Doc und lasse ihn überprüfen, ob es sich um Sáenz' Blut handelt«, murmelte ich. Sie hätten auch vom Blut des Täters stammen können, vor allem, wenn Sáenz, bevor er starb, die Gelegenheit gehabt hätte, den Mörder zu verletzen. Dann hätten wir zumindest die Blutgruppe des Killers. Ich stützte den Ellbogen gleich neben einem weiteren Blutstropfen auf der Hochwassermauer ab.

Dieser war offensichtlicher, da die Zementoberfläche der Mauer weiß war. Er war nicht groß, jedoch groß genug, um mir ins Auge zu fallen. Ich blickte durch die Baumgruppe hindurch und zurück zu dem Honda, der auf dem Backsteinplatz geparkt war. Die blutige Spur verlief schnurgerade: Der Mörder war über den Parkplatz, durch das grasbewachsene Wäldchen und zu dieser Mauer gerannt. Ich schaute über sie hinweg. Dahinter war nur noch der Cumberland.

»Das glaub ich einfach nicht«, stieß ich hervor. »Du bist doch nicht da hineingesprungen? *Ay Dios.*« Das könnte bedeuten, dass unser Mörder tot war und wir den Fluss absuchen lassen mussten, was eine Heidenarbeit war. Schon allein aus diesem Grund hoffte ich, dass unser Killer noch am Leben war. »Aber wer springt denn zu dieser Jahreszeit in einen Fluss?« Ich erinnerte mich daran, wie kalt es gestern Nacht gewesen war, auch wenn es nicht gefroren hatte.

Hier gab es noch zu viel, das nicht unentdeckt bleiben durfte. Der Parkplatz bot eine Folge von Blutflecken, die eine Spur bildeten. Auf der Hochwassermauer war ein weiterer Fleck, der mir möglicherweise den Endpunkt derselben anzeigte. Jetzt musste ich nur noch etwas in dem Wäldchen und dem darunterliegenden Gras finden.

Ich ging auf alle viere. Ein paar Sekunden später drang das

leise Gekicher der Männer zu mir herüber, die mich beobachteten und sich fragten, was zum Teufel ich da tat. Die konnten mich mal.

Glücklicherweise hatte es seit mehreren Tagen nicht mehr geregnet. Der Boden war trocken und weich, fast wie ein Kissen aus Millionen von Kiefernnadeln, die im Laufe der Jahre heruntergefallen waren. Es ergab ein hübsches Ruhelager, auf dem verliebte Paare eine Decke ausbreiten, Sandwichs essen und Wein trinken konnten, wo Kinder spielten, während ihre Eltern bei einem Ausflug aus Cincinnati oder Davenport dasaßen und an einem heißen Nashville-Sommernachmittag ein Bier tranken. Es lagen immer noch Überreste jener Tage hier herum: der Ring einer Coladose, den bestimmt ein nervöser Liebhaber oder ein Kind abgezogen hatte, um damit herumzuspielen. Unter den Kiefernnadeln eine zerknüllte Papierserviette von McDonald's. Jede Menge Zigarettenstummel, die man beim Vorüberschlendern erst bemerken würde, wenn man auf allen vieren kroch, genau in die Nadeln starrte und viel zu viele Kippen zählte. Abgebrannte Streichhölzer, die jemand weggeschnippt hatte und die in diesem dicken Bett gelandet waren. Obwohl die Kiefernnadeln an sich sauber waren, verbarg sich unter ihnen eine Menge Müll. Nur wer mit gesenktem Kopf bloße zehn Zentimeter vom Boden entfernt das Nadelbett durchsuchte, wäre in der Lage, den winzig kleinen Schmutz dieser Gegend zu entdecken. Doch ich urteilte nicht darüber. Ich war auf der Suche nach etwas Bestimmtem, und je mehr Müll ich fand, umso glücklicher war ich, denn Müll bedeutete mögliche Hinweise. Müll konnte Antworten liefern. Müll, wie diese Zellophanhülle, an der immer noch der Streifen zum Aufreißen einer neuen Zigarettenpackung hing und die zwischen drei Kiefernadeln steckte und fünfundzwanzig Zentimeter vor meiner Nase in einer leichten Brise mit einem überaus deutlichen blutigen Abdruck darauf kaum merklich hin- und herflatterte, ließ mich hoffen.

»*Venité vos*«, sagte ich. Komm zu Mamá, Kleines. Ich zog eine kleine Plastiktüte aus meinem Mantel, öffnete sie und stülpte sie mir wie einen zweiten Handschuh über die linke, latexgeschützte Hand, griff dann hinunter und hob die Zigarettenschachtelhülle auf. Mit der rechten Hand schob ich mir die Tüte über die Finger und schloss sie über dem Beweisstück, wobei ich darauf achtete, den Abdruck nicht zu verschmieren. »Und nicht bloß einen Abdruck, sondern einen richtig großen noch dazu!«, sagte ich. »Du, *hombre,* hast offenbar sehr große Hände. Außerdem bist du anscheinend auch unglaublich dumm, wenn du dir, gleich nachdem du jemanden umgebracht hast, eine Zigarette anzündest.« Doch Dummheit ist bei Mördern immer willkommen.

Obwohl ich den Blick noch einmal über die grasbewachsene und mit Kiefernnadeln übersäte Gegend schweifen ließ, war ich wegen des Abdrucks auf dem Zellophanpapier zu aufgeregt, um den verbleibenden dreieinhalb Metern zwischen mir und dem Rand des Parkplatzes die gleiche Aufmerksamkeit zu schenken. Trotzdem sah ich mich genauer um und stellte fest, dass der Boden in unmittelbarer Nähe der Hülle aufgewühlt worden war, so als wäre dort jemand schwer gestürzt oder hätte mit etwas oder jemandem gekämpft.

Ich klopfte mir die Knie ab und machte mich daran, die Backsteine und die Hochwassermauer so vorsichtig wie möglich abzukratzen, jede Probe aus vermischtem Backstein und Blut in verschiedene Beutel zu füllen und dann jeden Beutel mit den wesentlichen Informationen zu versehen: »Fleck Nr. 1, ca. 1,70 m vom Opfer entfernt gefunden, erster von fünf Flecken«, »Fleck Nr. 2, ca. 3 m vom Opfer entfernt gefunden,

zweiter von fünf Flecken«, die ganze Strecke bis zum letzten Fleck auf der Hochwassermauer.
Ich packte meine Sammlung Beweistütchen ein, die jetzt abgekratzte Flecke und die Zellophanhülle einer Zigarettenschachtel beinhalteten, und kehrte zum Auto zurück. Adrenalin schoss mir durch Gliedmaßen, Oberkörper und Gehirn.
Offensichtlich hatte mich Beaver bei der Arbeit beobachtet. Er klang versöhnlicher und neugierig. »He, Detective, was haben Sie gefunden?«
Ich winkte ihm flüchtig mit den Beuteln zu. »Beweise, mein Freund. Beweise für einen Mord.«

3

Obgleich ich wegen meines Fundes ganz aufgeregt war, wusste ich auch, was er bedeutete: Dieses blutverschmierte Zellophanpapier würde mich eine Weile von zu Hause fernhalten. Noch immer hatte ich dieses Gefühl der Einsamkeit, das in einem aufkommt, wenn man mit Arschlöchern wie Beaver arbeiten muss, nicht völlig überwunden. Ich war immer noch neu in der Stadt, neu im Department und gerade dabei, meine erste Ermittlung in einem Mordfall zu beginnen. Zwar war mein Ehrgeiz, Dinge herauszufinden und voranzukommen, groß, trotzdem hatte er nie ausgereicht, um diese gewisse Leere gänzlich zu füllen. Ich rief zu Hause an.

Das Gespräch verlief genau so, wie ich es mir ausgemalt hatte.

»Was ist los, *hija?* Wie spät ist es?«

Mamá und ich sprachen Spanisch, wie gewöhnlich. »Ich wollte nur wissen, ob mit Sergio alles in Ordnung ist.«

Sie gähnte. »Warte mal eine Sekunde, ich schaue schnell nach.« Ihre Stimme wurde immer leiser, als sie den Hörer auf den Beistelltisch legte. »Ich sehe nach, ob der *zipitillo* ihn mitgenommen hat …«

Der *zipitillo,* das salvadorianische Pendant eines Trolls, der sich unter Brücken versteckt und vorbeigehenden Kindern auflauert, um sie zu fressen. Selbst zu so früher Stunde hatte sie eine sarkastische Bemerkung parat.

»Es geht ihm gut. Mein kleiner Himmel träumt von Kermit

dem Frosch oder was auch immer er sich im Fernsehen ansieht. Mein kleiner König.«

Genau das wollte ich hören. Wie meine Mutter meinen Sohn *mi cielito, mi reinito* nannte, alle Verkleinerungsformen einer reinen Liebe, die mich irgendwie an seine Seite trug, damit ich über seinem Bett stehen und dem Rhythmus seines Atems lauschen konnte.

Dann überraschte sie mich. »Was ist los?«

»Was los ist? Nichts. Ich arbeite an einem Fall.« Das wusste sie bereits; ich hatte mich flüsternd bei ihr verabschiedet, als ich vor ein paar Stunden das Haus verließ. »Ich wollte nur kurz hören, wie's euch geht.«

»Du machst das gut, Mädchen. Du schaffst das schon.«

Mehr sagte sie nicht. Aber es war mehr als genug. Sie kannte mich. Wusste, dass ich Versagen wahrscheinlich noch mehr fürchtete als den Tod – Versagen auf zwei Ebenen, als Detective und als Mutter. Wir kamen zum Ende unseres Gesprächs. »*Te quiero mijita. Cuidáte vos.* Ich liebe dich, mein Mädchen. Pass auf dich auf.« Ich versprach es und lauschte noch einmal ihren einfachen Worten, dass ich es schaffen würde. Ich hoffte, sie meinte meine beiden Bestimmungen.

Auch wenn mir sein Führerschein nur wenig über den Fall verriet, erklärte er sehr schnell, warum man mich darauf angesetzt hatte. Sáenz war Hispanoamerikaner. Leute wie Sáenz waren der Grund, warum das Morddezernat von Nashville mich eingestellt hatte. In den vergangenen Jahren waren mehr und mehr Latinos nach Nashville und in die Umgebung gezogen, viele von ihnen Wanderarbeiter, die auf den Pferdefarmen im Umkreis der Stadt Beschäftigung fanden. Andere verdingten sich bei der Ernte der üblichen Anbauprodukte: Tomaten, Tabak, Mais. Bautrupps hatten ebenfalls zahlreiche

Latinos in die Stadt gebracht. Die notwendige Überlebensausrüstung – *taquerías,* kleine mexikanische Märkte, der Handel mit gefälschten Einwanderungspapieren – sorgte dafür, dass die Verwandten der Arbeiter nachzogen. Ganze Familien verließen Guanajuato, Monterrey, Usulután und El Petén, um sich in kleinen Städten niederzulassen, die Crossville, Carthage, Clarksville oder Shelbyville hießen. Wie in jeder anderen Gemeinde gehörte Mord früher oder später unausweichlich zu dieser wachsenden Zahl von Menschen. Vor meiner Ankunft hatte es mein Boss, Lieutenant Patrick McCabe, mit einer Prügelei zwischen betrunkenen Mexikanern und Guatemalteken zu tun gehabt, die mit einem blutigen Messer zwischen den Rippen eines Mannes geendet hatte. Das Opfer war gestorben, nachdem es sich durch einen Morgen eines nahegelegenen Tabakfelds geschleift hatte. McCabe und sein kleines Gefolge weißer Südstaatencops mussten feststellen, dass ihre mangelnden Spanischkenntnisse ihre auf Deduktion beruhende Logik und ihren Scharfsinn behinderten. Nimm den intelligentesten einsprachigen Gringo der Welt, steck ihn in einen Raum voller Menschen, die Spanisch sprechen, und heraus kommt ein unsicheres, verängstigtes, regressives, verdrossenes Individuum, das sich absolut dämlich vorkommt. Es braucht nur ein paar Fälle, in denen Sprachbarrieren zum Problem werden, um jemanden wie McCabe dazu zu bringen, die Hände über dem Kopf zusammenzuschlagen und um Hilfe zu betteln. Deshalb stellten sie mich ein.

Manchmal frage ich mich immer noch, warum ich hierher gekommen bin. Eigentlich war ich in Atlanta recht glücklich gewesen, da ich schon mein ganzes Leben dort verbracht hatte. Ich war gerade erst auf einen Einstiegsposten als Detective gerückt und hatte kürzlich meinen ersten Fall gelöst. In dieser

Stadt in Georgia lebt eine ganze breitgefächerte Großfamilie von Latinos, die viel größer ist als die in Nashville. An den Wochenenden, wenn ich weder als Streifenpolizistin (früher einmal) noch als Detective bei der Mordkommission arbeitete, ging ich im Schoß meiner eigenen Leute auf, so als hätte ich die Grenze überschritten, ohne einen Pass bei mir tragen zu müssen.

Meine Mutter hatte dieses Binnenland noch nie verlassen, bis ich sie dort herausriss und nach Nashville schleppte. Ich war mir nach wie vor nicht sicher, ob sie es mir verziehen hatte. Selbst wenn ich sie daran erinnerte, dass es in Atlanta zu schwierig wurde, mit der Gewalt und den Gangs fertig zu werden, und dass mein Sohn Sergio, ihr einziges Enkelkind, in zehn Jahren nur noch die Wahl haben würde, sich entweder selbst einer Gang anzuschließen oder von einer umgebracht zu werden, schüttelte sie nur halbherzig den Kopf.

Jetzt war natürlich nicht der richtige Zeitpunkt, um über wichtige Entscheidungen meines Lebens nachzudenken. Ich bearbeitete gerade meinen ersten Fall. Er war etwas anders gelagert, als ich mir vorgestellt hatte. Soweit ich es beurteilen konnte, waren hier weit und breit keine betrunkenen Gastarbeiter, denen man die Schuld in die Schuhe schieben konnte.

Von dem Augenblick an, als Officer Beaver sich angestrengt bemüht hatte, Diego Sáenz' Namen auszusprechen, war er mir bekannt vorgekommen. Ich hatte im Büro Sáenz' Artikel gelesen. Zu Hause hatte ich zwar ein Abonnement des *Nashville Banner,* aber das Morddezernat erhielt beide Zeitungen. Ich sah mir die spanischen Beilagen durch, die beide Zeitungen einmal wöchentlich anboten. McCabe hatte mich nicht dazu angehalten. Es war einfach meine Art, Nashville und Umgebung kennenzulernen, und das sowohl aus der

Sicht der Gringo-Bewohner von Nashville als auch aus der Sicht der Hispanos, die in diese Gegend zogen.
Die Tatsache, dass beide Zeitungen spanische Beilagen herausgaben, bedeutete, dass sie die wachsende Latino-Bevölkerung wahrgenommen hatten und ihren Vorteil daraus ziehen wollten. Wahrscheinlich dachten sie, Wanderarbeiter, die lesen konnten, sehnten sich nach gedruckten spanischen Wörtern. Was meine Familie betraf, hatten sie recht. Auch wenn sie keine Gastarbeiterin war, wartete Mamá jedes Mal ungeduldig auf die Sonntagszeitung, um die Beilage herauszunehmen. Ich brachte die des *Cumberland Journal* mit nach Hause. Es dauerte nicht lange, bis sie einen Stift zur Hand nahm und die Grammatikfehler korrigierte. »Wen haben die bloß eingestellt, um das zu schreiben, einen Fünftklässler?«, beklagte sie sich immer. Ich fand nicht, dass es vor Fehlern nur so strotzte, aber vielleicht drückte ich bei den Zeitungen auch einfach ein Auge zu. Selbst wenn die Reporter (wie Sáenz) in korrektem Spanisch schrieben, bereitete es den Schriftsetzern einige Schwierigkeiten, die Texte in einer Sprache zu setzen, mit der sie überhaupt nicht vertraut waren. Meiner Mutter zufolge waren fehlende Akzente das verbreitetste Übel.
Allerdings waren wir sicherlich um einiges pingeliger als die meisten anderen. Selbst unsere Freunde in Atlanta machten sich darüber lustig, dass wir solche Bücherwürmer waren. Verstreut über unsere Couchtische, Küchentische, niedrigen Schränke, Toiletten und Regale lagen überall Romane herum, die wir während unseres Urlaubs in Mexiko gekauft hatten. Darunter waren auch englischsprachige Bücher, die jedoch allesamt mir gehörten. Mamá interessierte sich, wenn überhaupt, nur wenig für englische Literatur. Sie hatte vor einer Woche *Paula* von Isabel Allende zu Ende gelesen. Ich wusste,

dass ich mir das Buch auch bald würde zu Gemüte führen müssen, da es sie sehr bewegt hatte. Sie hatte es mit Tränen in den Augen zugeklappt, war zu mir gekommen, hatte mich wie ein alter Bär umarmt und mir ins Ohr geflüstert, wie sehr sie mich liebte. Da ich keine Ahnung hatte, was zum Teufel überhaupt los war, tätschelte ich ihr den Rücken und redete ihr zu, sich zu beruhigen und einen Kaffee mit mir zu trinken. Sie erklärte mir, das Buch handle von Allendes Tochter, die im Koma lag. Es war die nicht-fiktionale Hommage der großen chilenischen Schriftstellerin an ihre Tochter, in der Hoffnung, die Erzählung der Familiengeschichte werde sie aufwecken. Das erklärte Mamás Gefühle sowie ihre Ermahnung mehr als genug: »Ich will dich nie in einem Krankenhausbett liegen sehen, *hija,* weil dich irgendein *cabrón* über den Haufen geschossen hat!« Sie nutzte wirklich jede Gelegenheit, die sich ihr bot, mir meinen Beruf auszureden. Isabels Buch war lediglich der jüngste Versuch gewesen.

Für jeden Gedichtband von Neruda, der irgendwo herumlag, oder eine Sammlung Kurzgeschichten von Carlos Fuentes oder Allende, die man auf dem Spülkasten vorfand, stieß man auf ein Werk des Meisters höchstpersönlich, Gabriel García Márquez. Wir waren waschechte, unverbesserliche Gabi-Fans. Bei allen Exemplaren handelte es sich natürlich um die köstlichen spanischen Originalfassungen. *Laubsturm* thronte auf einem Stapel alter *Newsweeks.* Ich hatte gerade *Von Liebe und anderen Dämonen* zu Ende gelesen und es für Mamá in der Küche liegen gelassen, damit sie es in Angriff nehmen konnte, sobald sie mit *Paula* fertig war. Mamá hatte immer *Die Liebe in den Zeiten der Cholera* griffbereit neben dem Bett, wie eine Bibel, die sie von Zeit zu Zeit wieder zur Hand nahm. Mein absolutes Lieblingsbuch war natürlich *Hundert Jahre Einsamkeit.* Ich hatte es schon so oft gelesen, dass sich

während meiner letzten Lektüre jedes einzelne Blatt meiner Ausgabe vom Buchrücken gelöst hatte. Ich musste den Band mit Gummibändern zusammenhalten.
Bücher bildeten für uns einen Hauptgesprächsstoff. Mit einem Roman oder einer Gedichtsammlung in der Hand fühlte ich mich nie einsam. Seit wir nach Nashville gezogen waren, verbrachte Mamá sogar noch mehr Zeit mit Lesen. Außer meinem Sohn Sergio war niemand da, mit dem sie reden konnte. Wenn ich nach Hause kam, stand sie schon in den Startlöchern. Sie war zwar müde, ich aber auch. Erst tollte ich mit Sergio eine Weile auf dem Boden herum und setzte mich dann bei einer Tasse Kaffee eine Stunde mit Mamá hin, bevor wir mit den Vorbereitungen für das Abendessen begannen. Mit einem Wort: Sie ist meine beste Freundin. Ich weiß, dass ich das auch für sie bin, wenn auch momentan eine treulose. Ich hatte sie aus ihrem Zuhause gerissen und sie in ein Viertel verpflanzt, in dem keine Latinos lebten. Das würde sie mir nicht so schnell verzeihen.
Manchmal beunruhigte es mich, dass sie so viel las, bis spät in die Nacht aufblieb und sich erneut Schlaflosigkeit in ihr Leben schlich. Das war immer ein Grund zur Besorgnis.

Die Berichterstattung des *Cumberland Journal* Latino-Themen betreffend war besser als die des *Banner.* Sáenz schrieb auch gewandter als sein Gegenpart beim Konkurrenzblatt. »Zumindest setzt er die Akzente an die richtigen Stellen«, meinte Mamá.
Wir hatten beide ein Faible für Sáenz' Artikel entwickelt, vor allem weil sie von einem Insider und nicht von irgendeinem fremden Reporter (Gringo oder Latino) stammten, der nur hierher kam, um die örtliche Latino-Szene unter die Lupe zu nehmen. Sáenz hatte einmal einen entspannten Artikel dar-

über geschrieben, wie er jeden Sonntagabend mit hispanischen Jugendlichen aus der Gegend Basketball spielte, während die Mütter auf die Schnelle eine typische Mahlzeit aus Bohnen, Reis, *mole* und *tortillas* zubereiteten. Er hatte ihn in beiden Sprachen verfasst. Vermutlich wollte er sichergehen, dass alle Bewohner von Nashville ein Gefühl für das Leben in unserer Gemeinde bekommen konnten. Dafür mochten und respektierten Mamá und ich ihn, obwohl wir ihn nicht einmal persönlich kannten.

Der Schauplatz des Basketballartikels befand sich auf der Nolensville Road. In den wenigen Wochen, seit wir hier lebten, hatte ich schnell in Erfahrung gebracht, dass Nolensville der Ort war, wo viele Hispanos abhingen. McCabe hatte mir das bei meinem Einstellungsgespräch erzählt. »Sie werden bestimmt einen Großteil Ihrer Zeit dort verbringen«, hatte er erklärt. Wahrscheinlich meinte er, ich würde es mit betrunkenen Mexikanern zu tun haben, die Zeugen einer Kneipenschlägerei geworden waren. Dieser erste Fall, der brutale Mord an einem Zeitungsreporter, sorgte dafür, dass ich die Gemeinde von Nolensville mit anderen Augen betrachtete.

Ich rief von meinem Autotelefon aus beim *Cumberland Journal* an. Es dauerte eine Weile, bis endlich die Nachtreporterin ranging. Man hatte sie über den Tod ihres Kollegen noch nicht informiert. Während sie den ersten Schock verarbeitete (und sich vielleicht gleichzeitig überlegte, wie man diese Geschichte am besten aufziehen könnte), fragte ich sie nach der Telefonnummer des Chefredakteurs.

Tony Stapleton schlief tief und fest, als ich ihn aus dem Bett klingelte. Er war alles andere als erfreut. Sobald ich ihm erklärt hatte, dass ich der leitende Detective sei, der den Tod eines seiner Reporter untersuchte, schüttelte er den schweren, bleiernen Schlaf ab und stellte die notwendigen Fragen.

»Meine Güte, um wen handelt es sich?«

»Diego Sáenz. Ich komme gerade vom Tatort.«

»Wo?«

»River Park. Nicht weit von der Market Street Brewery entfernt.«

»Oh mein Gott … was wollte er da … wie ist er umgekommen?«

Ich teilte es ihm so sachlich wie möglich mit. Doch das Bild eines Menschen, dessen Kopf sich in eine zermatschte Birne verwandelt hat, lässt sich nicht so ohne weiteres beiseiteschieben.

»Aber das klingt ja fast wie Selbstmord.«

»Wir haben genug Indizien, um das Gegenteil zu beweisen.«

Er blieb einen Moment lang still. Ich konnte seinen Atem hören und wie er seiner Bettnachbarin etwas zuflüsterte.

»Könnten wir uns treffen, damit ich Ihnen ein paar Fragen stellen kann?«

»Natürlich, ja. Wir können uns im Büro unterhalten, wenn Sie möchten. Sie können aber auch zu mir nach Hause kommen.«

»Treffen wir uns lieber in der Redaktion«, schlug ich vor. Nicht aus Respekt vor seiner Privatsphäre. Ich wollte die Gelegenheit nutzen, mir Diego Sáenz' Schreibtisch anzusehen. Er stimmte zu. Wir legten auf. Ich fuhr in Richtung des Bürogebäudes des *Cumberland Journal.*

Tony Stapleton war ein kleiner, korpulenter Mann Mitte fünfzig, dessen Haar langsam dünner wurde, was man von seiner Taille allerdings nicht gerade behaupten konnte. Als wir uns in seinem Büro unterhielten, fummelte er ständig an den Gürtelschlaufen seiner Hose herum. Davor hatte er eine Frau gefragt – mit Sicherheit die Nachtreporterin, mit der ich geredet hatte, um Stapletons Telefonnummer zu bekommen –, ob noch frischer Kaffee da sei. Er hatte zwei Tassen mit hereingebracht. Ich trank meinen schwarz. Er fügte in seinen vier Päckchen Zucker und einen Klacks Sahne hinzu.

»Ich dachte, alle Latinos trinken ihren Kaffee gerne mit viel Sahne und Zucker«, bemerkte er mit einem Lächeln.

»Ich habe mein ganzes Leben in diesem Land verbracht«, erwiderte ich. »Bitter ist besser.«

»Sagen Sie mir, Detective, hat man Sie wegen Sáenz' kulturellem Hintergrund auf diesen Fall angesetzt?«

»Ja, ehrlich gesagt schon.« Lügen hatte keinen Zweck. Mein Aussehen und mein Name verrieten mich.

Er gluckste leise, der kleine Lacher durchbrach sein Entsetzen darüber, dass einer seiner Reporter ermordet worden war. »Das Police Department gibt sich also alle Mühe, etwas vielfältiger zu werden ...«

Der Art, wie er das Wort »vielfältiger« in die Länge zog, entnahm ich, dass er Zweifel hegte. Als Journalist wusste er wahrscheinlich mehr über mein Department als ich selbst. Dann wurde er wieder ernst. »Wissen Sie, Diego Sáenz war genauso amerikanisch wie ich. Oder Sie, zweifellos. Er wurde in Muscatine geboren, in Iowa. Hat Spanisch gesprochen wie jemand aus Mexiko City. Aber sein Englisch war genauso makellos wie das von Tom Brokaw.« Stapleton wandte sich ab, als wolle er für einen kurzen Moment seine Augen vor mir verbergen. Er sah sich nach einem Stuhl um und brauchte länger, einen zu finden, als ein Chefredakteur in seinem eigenen Büro brauchen sollte.

Auf dem Boden waren Bücher und Zeitschriften in kleinen Stapeln sortiert, willkürliche Versuche, ein wenig Ordnung in ein ungeordnetes Leben zu bringen. Vermutlich türmte er alles in der vagen Hoffnung auf, jedes einzelne Schriftstück irgendwann einmal zu lesen und einen Haufen nach dem anderen abzutragen. Wenn ich mir all die Bücher über die Geschichte verschiedener Zeitungen, über Themen, die speziell Nashville betrafen sowie zahlreiche Psychologiebücher und Ausgaben von *Newsweek, Time, The New York Times, Knoxville Journal, Atlanta Constitution* und *The New Yorker* ansah, war er schon gute drei Jahre im Rückstand. Zumindest wies das, was an der Wand hing, eine gewisse Ordnung auf. Fotos von Freunden und Bekannten, von Nashvilles Bürgermeister Thomas Julians bis hin zu Ronald Reagan, der Mitte der Achtziger der Stadt einen Besuch abgestattet hatte. Preise, die die Zeitung gewonnen hatte, sowie seine persönlichen Auszeichnungen als Journalist waren ebenfalls hübsch ordentlich ausgestellt.

Offensichtlich war das Nachrichtengeschäft Stapletons Leben, ganz gleich wie chaotisch es war.

»Was wissen Sie bisher, Detective?«, fragte er mich, während er mir den mit Kaffee gefüllten Styroporbecher reichte.

Ich erläuterte ihm den Stand der Dinge und fragte ihn dann: »Wissen Sie, warum Mr. Sáenz heute so früh am Morgen unten am Fluss war?«

»Keine Ahnung. Es sei denn, er hat an irgendeiner Story gearbeitet.«

»An was für Geschichten hat er denn gearbeitet?«

»Diego hatte immer vieles gleichzeitig laufen. Er war sehr gut darin, alles unter einen Hut zu bringen. Er hat immer dafür gesorgt, dass die Spanischbeilage für die Donnerstagsausgabe fertig war. Damit war er den Großteil der Woche beschäftigt. Dabei hat es sich überwiegend um Alltagsreportagen gehandelt. Manchmal hat er sich auch mit Dingen befasst, die er

›Aufholarbeit‹ nannte. Wie die Benny-Bitan-Morde beispielsweise. Wir hatten bereits Artikel über Bitans Festnahme gebracht, und darüber, wie er seine beiden Opfer getötet hat. Aber es war noch nichts auf Spanisch darüber veröffentlicht worden. Da hat Diego einen großen zusammenfassenden Bericht geschrieben – im Stil eines Zeitschriftenbeitrags –, der noch einmal den gesamten Fall behandelt hat. Wir haben ihn als Feature in der Spanischbeilage gebracht.«

Obwohl diese Morde kurz vor meinem Umzug nach Nashville passiert waren, wusste ich genauso viel darüber wie jeder andere Bewohner von Nashville. Detective Jerry Wilson vom Morddezernat hatte Benjamin »Benny« Bitan für die Morde an einem Arzt, der in Bellevue lebte, und einer Krankenschwester, die im Vanderbilt-Krankenhaus arbeitete, festgenommen. Bitan hatte es aufgrund der Art, wie er seine Morde ausgeführt hatte, überall im Land auf die Titelseiten geschafft. Anfang Oktober hatte er dem Arzt auf beiden Seiten den Hals aufgeschlitzt und dabei beide Halsschlagadern durchtrennt, bevor er ihm eine Kugel in die Brust jagte. Zwei Wochen später tötete er die Krankenschwester auf dieselbe Weise.

Detective Jerry Wilson hatte Bitan bei seinem letzten Opfer gefunden. Benny hatte sich neben der toten Krankenschwester zusammengerollt und war eingeschlafen. Wilson hatte in Bennys Taschen den Schlüssel gefunden, der den Mann unmittelbar mit beiden Morden in Verbindung brachte: eine Plastiktüte voll Modeschmuck. Wilsons Aussage der Presse gegenüber zufolge sahen die falschen Edelsteine aus wie Jadepyramiden, nicht größer als ein Daumennagel. In beiden Opfern hatte man jeweils eines dieser Schmuckstücke gefunden. Doc Callahan hatte sie während der Autopsie entdeckt, hinten auf der Zunge, gegen den Gaumen gedrückt.

Das war natürlich Futter für die Klatschpresse. Alle wollten wissen, was für ein Geistesgestörter Leuten den Hals aufschlitzte und ihnen Modeschmuck in den Mund schob. Auch verhalf es Detective Wilson zu sofortigem Lokalruhm. Jede Zeitung Tennessees und aller anderer Südstaaten verschafften dem Detective seine fünfzehn Minuten im Rampenlicht als der Mann, der eine Mordserie schon nach zwei bekannten Opfern aufgeklärt hatte.

Ich war Wilson bisher noch nicht begegnet. In Anbetracht seines frisch erworbenen Ruhms war ich mir nicht wirklich sicher, ob ich das überhaupt wollte. Ich war die Neue hier. Warum sollte sich ein berühmter Detective wie er mit einer Anfängerin wie mir abgeben?

Stapleton riss mich aus meinen Gedanken. »Ich glaube, ich kenne den Grund, weshalb Diego ermordet worden ist.«

»Und der wäre?«

»Drogen.«

»Sie meinen, er hat mit Drogen gedealt?«

»Nein, nein, nein. Er war an einer Geschichte über Drogen dran. Vor ein paar Wochen hat er einen Artikel über Kinder und Highschool-Schüler geschrieben, denen man auf dem Pausenhof kostenlos Joints geschenkt hatte. Er hat das Thema zunächst aus hispanischer Sicht aufgerollt, Sie wissen schon, wie die Gastarbeiterkinder von Drogenhändlern angesprochen werden, die nach neuen Märkten Ausschau halten. Erst machen sie sie von dem Zeug abhängig, und bevor man sich versieht, beklauen die Kids ihre Eltern, um sich Nachschub zu besorgen. Dann hat Diego herausgefunden, dass diese Geschichte nicht nur hispanische Jugendliche betrifft. Diese Drogenhändler klappern so ziemlich jede Junior-Highschool der Stadt ab. Die Story war größer, als er vorausgesehen hatte. Ich weiß, dass sich viele Eltern in der Redaktion gemeldet haben, die sein Bericht in Panik versetzt hatte.«

»Sie glauben also, diese Geschichte hat ihn das Leben gekostet?«, fragte ich ein wenig ungläubig. Journalisten hatten schon riskantere Artikel veröffentlicht und Vergeltungsmaßnahmen der Drogenkartelle überlebt.

»Ich bin mir nicht sicher. Diego hat angefangen, das Büro häufiger zu verlassen, als wir es von ihm gewohnt waren. Aber er hat immer dafür gesorgt, dass er mit allem rechtzeitig fertig wurde. Er hat sich gerne mit den Schriftsetzern unterhalten, wenn sie an der Spanischbeilage gearbeitet haben. Hat ihnen bei Sprachproblemen geholfen. Doch in letzter Zeit hat er sich immer häufiger abgemeldet. Ich hab ihn gefragt, an was er arbeitet. Er hat nur gesagt, er würde eine Fortsetzungsgeschichte über diese Schulhof-Drogen-Sache schreiben und kurz vor irgendetwas Großem stehen. Als ich wissen wollte, was dieses Große sei, wollte er es mir nicht sagen.«

»Warum haben Sie ihn nicht gedrängt?«

»Ich weiß nicht. Er hat jetzt seit zwei Jahren hier gearbeitet. Ein echt zuverlässiger Typ. Hat seine Artikel termingerecht abgegeben und hervorragende Arbeit geliefert. Hat ein paar Auszeichnungen für seine Berichte und seine spanischen Artikel gewonnen. Wenn man so einen jungen Kerl um sich hat, vertraut man irgendwann seinen Instinkten. Diego war ein hartnäckiger Bursche. Er hat gesagt, er würde an einem größeren Artikel arbeiten, und hat mich gefragt, ob ich ihm noch eine Woche geben könnte, ihn fertigzustellen. Ich war einverstanden. Hier ist viel los. Ich hatte keine Gelegenheit, ihm auf den Zahn zu fühlen.«

»Aber es ging um Drogen?«

»Das vermute ich, ja.« Stapleton betrachtete einen der unzähligen Zeitschriftenstapel um uns herum. Ich fragte mich, ob er in eine »Ich wünschte, ich hätte mehr Zeit zu lesen«-Trance gefallen war. Doch er dachte lediglich nach. »Diego hat viel

Zeit in Nolensville verbracht. Er hat sich sehr für die Hispanos engagiert. Ich glaube, er hat in den Grundschulen ehrenamtlich Englisch als Zweitsprache unterrichtet. Vielleicht sollten Sie dort mal vorbeischauen, wenn Sie mehr herausfinden wollen.«

»Das werde ich. Es wäre nur schön, wenn ich einen Ansprechpartner dort hätte, jemand, der Sáenz persönlich gekannt hat ...«

»Warten Sie mal, warten Sie mal«, Stapleton schnipste zwischen uns mit den Fingern; er versuchte angestrengt, sich an einen Namen zu erinnern. »Oh je, gleich merken Sie, wie schlecht mein Spanisch ist ... Verdammt, er fällt mir nicht ein. Aber er hatte dort einen Freund, einen Jungen mit einem Spitznamen ... das ist es: Katze.«

»*Gato?*«, hakte ich nach.

»Ja, aber noch was anderes ... Schwarz. *Negro,* stimmt's?« Sein Gesicht erhellte sich, als hätte er gerade einen Punkt beim spanischen Glücksrad gewonnen. »*Negro Gato* ... so was in der Art.«

»*Gato Negro?*«, korrigierte ich seinen Grammatik-Fehler.

»Genau! Ja. Diego hatte einen Freund, der Gato Negro heißt. Ein Junge drüben in Nolensville. Diego hat oft Basketball mit Gato Negro und einem Haufen anderer Jungs gespielt. Irgendeine Jugendgruppe. Als er an dem Artikel über die Drogen auf dem Schulhof geschrieben hat, hat er mir erzählt, Gato Negro hätte ihm dabei geholfen, an einige der Informationen heranzukommen.«

Ich notierte es mir. Mein erster Kontakt in Nolensville. »Was können Sie mir über dieses neue Drogengeschäft sagen, Mr. Stapleton? Sind da nur kleine Fische am Werk, oder glauben Sie, es handelt sich dabei um einen organisierten Versuch, Drogen im großen Stil nach Nashville zu bringen?«

»Sie klingen wie eine Reporterin, Detective.« Es war ganz offensichtlich als Kompliment gemeint. »Drogen gibt es hier natürlich schon. Gras oder Kokain kriegt man problemlos, wenn man welches will. Heroin genauso. Und hier in der Stadt leben hauptsächlich Schwarze und Weiße. Wenn man also bestimmten Drogenspuren folgt, führen sie einen in diese beiden Märkte. Allerdings weiß ich nicht, wie organisiert diese Märkte sind. Aber alles, womit Diego sich beschäftigt hat, hat er aus hispanischer Sicht betrachtet. Die Latino-Bevölkerung wächst. Wie Sie wahrscheinlich bereits wissen, entwickelt sie sich gerade zu einer weiteren Facette der Stadt.«

Offenbar hatte er damit kein Problem. Doch ich war überzeugt, dass nicht alle Bürger Nashvilles seine Begeisterung teilten, was den neuen Zustrom von Einwanderern betraf.

»Ihrer Meinung nach hat Mr. Sáenz also eine Story über einen organisierten Latino-Drogenmarkt verfolgt?«

»Das ist gut möglich. Gestern Morgen hat er in meinem Büro vorbeigeschaut und gesagt, er wolle über eine große Sache mit mir reden. In dem Moment hab ich zwei Anrufe reinbekommen und hatte auch noch zwei andere Reporter im Nacken sitzen, die mir Feuer unterm Hintern gemacht haben, wer von ihnen die Titelgeschichte schreiben darf. Ich hab Diego gebeten, mich später noch mal darauf anzusprechen, ich hatte in dem Augenblick einfach zu viel zu tun.«

»Wie hat er darauf reagiert?«

Stapleton sah aus, als versuche er, sich die Situation wieder ins Gedächtnis zu rufen. »Das war das letzte Mal, das ich mit Diego geredet habe. Ich hab wahrscheinlich ein bisschen ungeduldig geklungen. Sie wissen schon, wegen der Anrufe, der beiden anderen Reporter …« Schuldgefühle sickerten durch seine letzten Worte. Bei den darauffolgenden Sätzen, die wie

eine Beichte klangen, zog er die Augenbrauen hoch. »Ja. Er hat ein wenig niedergeschlagen gewirkt. Er hat gesagt: ›Alles klar, *jefe,* geht in Ordnung. Ich komm später noch mal vorbei.‹ Er hat mich immer *jefe* genannt. Sie wissen schon, Chef. Es war irgendwie sympathisch. Ach, verdammt. Ich fasse es nicht, dass er tot ist.«
Nach einer kurzen Pause fragte ich: »Würde es Ihnen etwas ausmachen, wenn ich einen Blick auf seinen Schreibtisch werfe?«
Stapleton stand auf, froh über den Themenwechsel. »Er steht ganz vorne.«

Sáenz' Schreibtisch war viel ordentlicher als der seines Chefs. Nur ein paar Zeitschriften waren in einer Ecke aufgestapelt. Ein Spanisch-Englisch-Wörterbuch stand neben einem einfachen Englisch-Wörterbuch auf einem Regal. Ein Rechner mit Bildschirm und Tastatur nahm den Großteil des Tisches in Anspruch. Auch wenn ich eine tiefe Abneigung gegen Computer hegte (da ich immer befürchtete, sie würden eines Tages Büchern den Todesstoß versetzen), wusste ich, dass ich mir Zugang zu Sáenz' Rechner verschaffen musste, um mögliche Hinweise auf seinen Mörder zu finden. Das Department hatte bestimmt einen Computerfachmann. Ein Partner, der zugleich Computerfreak war, wäre in einem solchen Fall auch ganz praktisch gewesen. »Kommen wir in Mr. Sáenz' Computerdateien rein?«
Stapleton schüttelte skeptisch den Kopf. »Ich kann Ihnen natürlich die Erlaubnis geben. Aber Diego hatte bestimmt ein Passwort für seine Dateien. Das müssten Sie erst mal rausfinden.«
»Ich hatte befürchtet, dass Sie das sagen würden.« Ich beachtete den Computer eine Weile nicht weiter und betrachtete

die wenigen Fotos, die Sáenz auf seinem Schreibtisch aufgereiht hatte. »Kennen Sie diese Leute?«
Stapleton beugte sich vor. »Das ist ein Bild von ihm mit seiner Familie, oben in Iowa. Seine Eltern, ein paar Brüder und Schwestern. Das ist ein Foto von ihm bei einer UPI-Preis-Verleihung. Wer das hier ist, weiß ich nicht.«
Auf dem Bild war Diego mit einem jungen Mann zu sehen, der etwa achtzehn, neunzehn Jahre alt war. Mit einem Ball in der Hand lehnten sie gegen den Pfosten eines Basketballkorbs. Diego lächelte. Der Junge machte einen harten Eindruck, die Arme verschränkt, eine Hand zu einer Faust geballt, das Wort »Loco« auf die Fingerknöchel tätowiert. Ich fragte mich, ob auf der anderen Hand »Vato« zu lesen war. Außerdem überlegte ich, ob das wohl Gato Negro war.
Stapleton erzählte mir, dass Diego nicht verheiratet gewesen und, soweit er wusste, auch sonst mit niemandem liiert war. »Ich glaube, er hatte eine Freundin in Iowa, aber er hat ihr den Laufpass gegeben oder sie ihm. Das war noch bevor er hierher kam.«
Ich beugte mich erneut über den Schreibtisch. »Er war sehr attraktiv«, sagte ich, während ich wieder an die Leiche dachte und daran, wie der Tod Schönheit vergehen lässt.
»Ja«, erwiderte Stapleton, »viele haben sich gefragt, warum er sich nicht bei einem lokalen Nachrichtensender beworben hat. Das passende Aussehen hatte er.«
»Das wäre was gewesen.«
»Ja, aber ihm hat noch etwas gefehlt, um Fernsehnachrichtensprecher zu werden.«
»Und das wäre?«
»Dummheit.«
Ein Zeitungsmensch durch und durch, dachte ich, als ich Stapleton betrachtete.

Der Redaktionsleiter kam auf seine eigenen Worte zurück, als befürchte er, einer meiner Verwandten könnte fürs Fernsehen arbeiten. »Diego war einer der intelligentesten Menschen, die ich je kennengelernt habe. Er hat an der Loyola in Chicago studiert und sein Journalismus-Studium mit Auszeichnung abgeschlossen. Dieser Job hier wurde gerade frei, als er die Universität verlassen hat. Zuerst habe ich gezögert, einen so jungen und völlig unerfahrenen Mann zu nehmen. Aber er hat mich während des Vorstellungsgesprächs einfach umgehauen. Ich hab ihn sofort eingestellt.«

Stapleton erlaubte mir, die Schubladen durchzusehen. Es befand sich allerdings nichts Besonderes darin, das irgendwelche Rückschlüsse zugelassen hätte. Lediglich Stifte, Heftklammern, Tipp-Ex, Presseausweise, Klebeband, Taschenrechner, Briefmarken, Reißzwecken und Schreibpapier des *Cumberland Journal.* »Wissen Sie, ob er immer ein Notizbuch bei sich hatte, Mr. Stapleton?«

Er überlegte einen Augenblick. »Ja. Ein kleines. Meistens hat er es in seine Hemdtasche gesteckt. Ich erinnere mich daran, weil er auf dieser Etage der einzige Reporter war, der einen Mont-Blanc-Füller besessen hat.« Stapleton lachte in sich hinein.

»Wie kommt denn ein Reporter zu einem Mont Blanc?«, fragte ich.

»Seine Mutter hat ihm den Stift zum Abschluss geschenkt. Oh Gott, ich muss sie anrufen …«

Daraufhin verabschiedete ich mich, dankte ihm für seine Hilfe und versicherte ihm, dass ich mich wieder bei ihm melden würde. Stapleton nickte verständnisvoll, obwohl der bedrückende Gedanke, den Eltern eine solche Nachricht überbringen zu müssen, jeden Winkel seines Geistes besetzt hielt.

Dann schaltete sich sein Journalistenverstand wieder ein und durchbrach die Trauer. »Detective«, rief er mir nach, als ich durch die Tür ging. »Die Informationen, die ich Ihnen gegeben habe, waren vertraulich. Der Name Gato Negro und so. Ich würde es sehr schätzen, wenn das alles zwischen Ihnen und mir bleiben würde, bis ich mich dazu entschließe, es zu drucken.«

Ich versprach es ihm mehr oder weniger, auch wenn in meinen Worten nur wenig Überzeugung lag. Sein singender Tonfall ließ erkennen, dass er bereit war, sich mit mir auf eine Diskussion einzulassen, wessen Rechte vorgingen, seine als Reporter oder meine als Detective bei der Mordkommission. Diese plötzliche Spannung war wohl notwendig. Aber ich hatte so etwas schon bei Begegnungen mit Reportern in Atlanta zu spüren bekommen. Es war raschen Freundschaften nicht gerade förderlich.

4

Bevor ich die Redaktionsräume des *Cumberland Journal* verließ, benutzte ich eines der Telefone am Empfang, um Doc anzurufen.

»Bitte entschuldigen Sie, dass ich Sie bei der Arbeit störe.«

»Ist schon in Ordnung. Ich kann sprechen«, erwiderte er. Am dumpfen Widerhall seiner Stimme hörte ich, dass er eine Freisprechanlage verwendete. Im Hintergrund meldete sich immer wieder ein Assistent zu Wort.

»Haben Sie bei Sáenz ein Notizbuch gefunden? In seiner Hemdtasche beispielsweise?«

»Nö. Nichts.«

»Wirklich?«

»Das hat mich in Anbetracht der Tatsache, dass er Reporter ist, auch überrascht.«

»Und einen Stift?«

»Oh ja. Einen Mont Blanc. Habe mir schon immer genau so einen gewünscht. Aber kein Notizbuch. Wenn er eines bei sich hatte, hat es Ihr Mörder wohl mitgehen lassen.«

»Dann glauben Sie jetzt auch, dass es sich um Mord handelt?«, fragte ich. Das erstaunte mich, da ich Doc noch gar nicht mitgeteilt hatte, was ich noch gefunden hatte, nachdem er den Tatort verlassen hatte.

»Ja, ich bin jetzt auch davon überzeugt. Erinnern Sie sich noch an diese Flecke an seiner Hand, auf die Sie mich aufmerksam gemacht haben? Ich habe Prellungen an Sáenz' rechter Hand gefunden. Auf dem Handrücken. Da sind überall Kratzer, unterhalb der Fingerknöchel. Dazu leichte Prellungen des Mittelglieds beider Mittelfinger, Ringfinger und kleinen Finger. Gute Arbeit, Romilia.«

»Verdammt.« Ich hatte sofort das Bild vor Augen, wie Sáenz gestorben war. »Jemand hat also Sáenz' Hand gepackt, während er die Waffe hielt?«

»Jep. Dann hat dieser Jemand sie ihm gewaltsam an den Hals gedrückt und mit seinem Finger den Abzug betätigt.«

»Der Täter hat ihn überwältigt.«

»Davon gehe ich aus. Ihr Killer ist stark. Es sieht so aus, als hätte er Sáenz' Hand richtig in die Mangel genommen.«

»Dann haben Sie wohl um die Eintrittswunde herum Brandspuren gefunden?«

»In der Tat. Er wurde aus nächster Nähe erschossen. Man hat ihm den Lauf fest gegen die Haut geschoben.«

Das Bild wurde immer schärfer, mit Ausnahme des Gesichts des Killers. Der Mörder hatte es irgendwie geschafft, nah genug an Sáenz heranzukommen, um ihn festzuhalten, die Waffe in der Hand des Reporters zu fassen zu kriegen, dann Sáenz' Hand und die Pistole unter dessen Kopf zu zwingen und seine Finger fest genug zusammenzudrücken, um die Waffe abzufeuern.

Mit dem Bild tauchten eine Menge neuer Fragen in meinem Kopf auf. Hatte Sáenz die Waffe auf den Mörder gerichtet? Wenn ja, wie hatte es der Killer geschafft, Sáenz' Hand schnell genug zu ergreifen? Hatte er sich seinem Opfer von hinten oder von vorne genähert? Warum trug ein Nachrichtenreporter eine Waffe bei sich?

»Das wirft viele Fragen auf, Doc«, stellte ich fest. »Ich würde gerne im Laufe des Tages bei Ihnen vorbeischauen, nachdem ich diesen Nolensville-Road-Hinweis überprüft habe.«

»Mi casa es su casa«, erwiderte er mit einem fürchterlichen Akzent. Dann lachte er.

Obwohl Nashville eine recht große Südstaatenstadt ist, kann sie sich nicht mit Atlanta messen. Selbst in den frühen Morgenstunden herrscht in Atlanta ein wenig Betrieb, auch wenn es sich dabei nur um Betrunkene und Obdachlose handelt. Auf Nashvilles Nolensville Road passierte um sieben Uhr morgens nur sehr wenig. Der vierspurige Highway, der vom Stadtzentrum aus nach Norden und Süden führte, war leer. Nur wenige Autos fuhren vorbei. In Nolensville sammelten sich die Armen von Nashville. Zahlreiche alte Geschäfte säumten die Straßen, Gebrauchtwagen, ein Reifenladen, allgegenwärtige Pfandhäuser, ein sehr alter McDonald's, auf den immer noch das ursprüngliche Neon-»M« aufmerksam machte, durch dessen gelben Hintergrund man die Leuchtröhre sehen konnte. Hier gab es keine Tankstellen, keine Parks, keine Kirchen. Und natürlich keine Banken. Die Pfandleiher hatten die Kontrolle über alle Kredit- und Investmenttransaktionen. Aus umgeworfenen Mülltonnen ergoss sich der Abfall mehrerer Tage über die Bürgersteige. Dieser Ort war Lichtjahre von den Straßen von Bellevue im Westen oder der südlich gelegenen Kleinstadt Franklin entfernt, wo die richtigen Geldwechsler lebten. Nolensville hatte mit diesen beiden vornehmen Gegenden nur insofern etwas gemein, als im Moment die Stille des frühen Morgens über dem Viertel lag und es so ruhig wirkte wie der friedlichste Ort auf Erden.
Ich musste ein paar Minuten herumfahren, bevor ich etwas entdeckte, dass mir als Startpunkt dienen konnte. Auf einem Schild an der Wand eines alten Holzgebäudes war *»Taquería«* zu lesen, während ein Pfeil in eine Seitenstraße deutete. Das Schild war nicht besonders groß, etwa in der Größe einer

kleinen Windschutzscheibe. Es wies nur wenige Verzierungen auf, lediglich die Farben der mexikanischen Flagge: Rot, Weiß und Grün. *Taquería* war kein Wort, das ein Latino benutzen würde, um eine Gringo-Klientel anzulocken. Dieses kleine Schild war offensichtlich dazu da, die Aufmerksamkeit der *raza,* der hispanischen Bevölkerung vor Ort, auf sich zu ziehen.

Ich bog in die Seitenstraße ein und ließ die Nolensville Road hinter mir zurück. Einen halben Block entfernt brannte ein Licht in einem recht großen Panoramafenster. Ein Sprung zog sich über eine Ecke. Eine Frau bewegte sich im Innern. Obwohl ich nur einmal an dem Fenster vorbeigefahren war, erkannte ich, dass sie älter war, Mitte fünfzig vielleicht. Sie ging hin und her und räumte Sachen in Regale.

Ich parkte den Wagen und trat auf die Eingangstür zu. Eine Straßenlaterne, die kein Licht schenkte, summte über mir, wobei ihr ununterbrochenes elektrisches Knistern die Stille des frühen Tages durchbrach. Auf dem Schild, das im Fenster der Tür hing, stand *»cerrado«*. Ich klopfte.

Die Frau drehte sich um und sah mich an, eine gewisse Härte durchdrang ihren Blick. Mit Sicherheit hatten einige ihrer Kinder und Enkel diesen Blick jedes Mal zu spüren bekommen, wenn sie etwas angestellt hatten. Was ich jetzt zweifellos gerade anstellte, war, ihren frühen Morgenrhythmus durcheinanderzubringen und sie von den Vorbereitungen eines langen Arbeitstages abzuhalten.

Sie kam zur Tür. Vielleicht erlaubte ihr die Tatsache, dass ich eine Frau war, dies zu tun. Doch sie öffnete erst, nachdem sie mich auf Englisch, das sie mit einem starken Akzent sprach, gefragt hatte, wer ich war. Ich stellte mich auf Spanisch vor, erklärte ihr, dass ich für die Polizei arbeitete, und zeigte ihr meine Marke und meinen Dienstausweis. Sie betrachtete ihn genau, schloss dann ohne zu zögern die Tür auf und öffnete sie weit. Die kalte Luft strömte hinein und veranlasste sie dazu, mir eine schroffe Höflichkeit entgegenzubringen, *»Pásese, por favor, pase adelante.«*

Ich dankte ihr und trat ein. Der Geruch von Hunderten von Säcken mit *masa harina*, dem Mehl, das man für *tortillas, tamales, pupusas, flautas* und jedes andere Gericht benutzt, das Mais als Grundlage hat, schlug mir in die Nase. Das war nicht mehr passiert, seit Mamá und ich Atlanta verlassen hatten. Die Regale dieser Frau beinhalteten eine Fülle an lateinamerikanischen Nahrungsmitteln: Dosen mit fertigem Bohnenmus, sowohl aus Pinto- als auch aus schwarzen Bohnen; roter Cascabel-Chili, getrocknet und in zerknitterten Plastiktüten abgepackt, Beutel mit süßen Broten, hoch aufgetürmt in einem Holztrog, drei mit Tomaten gefüllte Bottiche, Jalapeno-Chilischoten, Serrano-Chilischoten, gelbe Paprika, grüne *tomatillos* in ihren Schalen, Koriander, Zwiebeln, Knoblauch. Auf einer Seite waren in einem weiteren Bottich mindestens hundert CDs und Kassetten mit *rancheras, corridos, cumbias,* Gloria Estefan, Selena, Los Tigres del Norte, Los Bukis. In einem anderen Holzbehälter stapelten sich Videokassetten. Große Mengen verschiedener Käsesorten aus Kuh- und Ziegenmilch waren durch die Glastüren eines riesigen Kühlschranks zu sehen. Darin waren auch Tüten mit Fertigtortillas aufgetürmt, die nur darauf warteten, dass eine berufstätige Mutter vorbeikam, bevor sie nach Hause eilte, um das Abendessen für eine hungrige Familie vorzubereiten. Unzählige Poster schmückten die Wände: Selena posierte wunderschön und kurvenreich auf einem Foto, das nur ein paar Wochen vor ihrer Ermordung aufgenommen worden war; ein weiteres Poster zeigte eine Latina, die ich nicht kannte, die sich jedoch in einer Pose räkelte, in der sie ihre nackten

Brüste und ihre Scham kaum mit Armen und Oberschenkeln verdecken konnte; gleich daneben hing ein großes, altes Bild von Unserer Jungfrau von Guadalupe. Unter den Postern thronten zwei riesige Lautsprecher auf groben Holzregalen. Sie sahen aus wie zwei breite schwarze Münder, die jederzeit eine Runde trauriger *corridos* hinausschmettern konnten.

Dieser Ort unterschied sich sehr von der Nolensville Road. Während des Tages war die Bevölkerung auf der Straße da draußen höchstwahrscheinlich überwiegend afroamerikanisch und weiß. Diese Straße musste wirklich erst noch lernen, zwei Sprachen zu sprechen. Doch hier, nur einen halben Block von dem täglichen Gedränge von Nolensville entfernt, befand sich ein nahezu atmendes *raza*-Gebäude. Ich hatte das pulsierende Herz eines noch sehr kleinen, jedoch wachsenden Nashville-Latino-Barrios entdeckt.

»Was kann ich für Sie tun?«, fragte die ältere Dame auf Spanisch, während sie mich von oben bis unten musterte. Sie war etwa fünfundzwanzig Zentimeter kleiner als ich. »Sie sind ein Cop, sagen Sie?«

Chota war das Wort, das sie für Cop benutzte. Mexikanisch. Bei diesem nicht sonderlich schmeichelhaften Ausdruck schüttelte ich den Kopf. Ich hielt ihr die Hand hin und nannte ihr meinen Namen, sagte ihr aber noch nicht, dass ich bei der Mordkommission war. Sie gab mir eine Hand, während sie jedoch in der anderen einen Beutel voll Zwiebeln hatte. So wie sie ihn hielt, gab sie mir zu verstehen, ich solle schnell auf den Punkt kommen. Doch ich wartete darauf, dass sie sich vorstellte. Was sie nicht tat. »Und Sie sind …?«

»Marina. Doña Marina Osegueda, zu Ihren Diensten.« Die höflichen Worte kamen ihr automatisch über die Lippen. Ich bezweifelte, dass sie aufrichtig gemeint waren. Sie blickte mich einfach starr an und wartete. Sie trug ein recht schlichtes Kleid, dessen Schnitt so aussah, als hätte sie den Stoff in einem Nähladen gekauft und es selbst genäht. Ihr stahlgraues Haar hatte sie zu einem Knoten hochgesteckt, um es aus dem Gesicht zu halten. Sie ließ ihre alternden Augen hin- und herschnellen. Das hatte sie getan, seit sie mich durch das Fenster der Tür gesehen hatte. »Was brauchen Sie?«

»Ich suche jemanden.«

»Wie heißt er?«

»Man nennt ihn Gato Negro.«

Marinas durchdringender Blick durchbohrte mich nicht länger. Sie verdrehte die Augen, als sie sich umwandte, und trug den Beutel weißer Zwiebeln zu einer Tonne. »Was hat Nelson jetzt schon wieder angestellt?«, fragte sie, während sie die Zwiebeln sorgfältig in den dafür vorgesehenen Behälter legte.

»So heißt er? Nelson?«

»Ja. Nelson García. Aber er möchte lieber Gato Negro genannt werden.«

»Warum? Bedeutet das irgendwas, ist das so eine Gang-Sache oder …«

»Er kann den Namen Nelson einfach nicht ausstehen. Er findet, es klingt nach 'nem schwulen Gringo.«

Ich schüttelte über diese Logik den Kopf. Zweifellos war Doña Marina, die örtliche Anbieterin lateinamerikanischer Nahrungsmittel, auch die Schaltzentrale des örtlichen Klatsches und Tratsches.

»Habt ihr euch endlich entschlossen, ihn daran zu hindern, die Straßenlaternen kaputt zu machen?«, wollte sie wissen, während sie mit dem Kopf auf das Fenster und den Mast der Straßenlaterne draußen zeigte.

»Eigentlich nicht … hat Nelson das getan?«

»Ja, mit fünfzehn. Das war vor etwa vier Jahren. Ich hab die Polizei angerufen, aber von euch ist nie einer hier aufgetaucht.«

»Verstehe. Nein, ich bin wegen etwas anderem hier. Kennen Sie Nelson gut? Ist er ein Verwandter?« Ich fragte sie danach, weil ich herausfinden wollte, ob sie bei Nelson zu Hause anrufen würde, sobald ich wieder wegfuhr.

»Nein. Seine Familie ist erst vor ein paar Jahren hierher gezogen. Als er und seine Schwestern noch kleiner waren. Nette Familie. Aber Nelson ist ein bisschen wild.«

»Wissen Sie, wo er wohnt?«

Sie trat ans Fenster. Ich folgte ihr. Sie zeigte auf ein Haus auf der anderen Seite meines Wagens, das alleine in einem Gartenareal stand. Ein paar Fahrräder lagen im trockenen Gras. Ein dunkelblauer Pick-up in relativ gutem Zustand war direkt vor dem Haus geparkt.

»Genau da. Aber die schlafen jetzt alle. He, um was geht's hier überhaupt? Sie sehen nicht wie eine normale Polizistin aus, *hija.*«

Sie nannte mich »Tochter«, was mich die Mutter in ihr spüren ließ. Es weckte in mir den Wunsch, mehr über sie zu erfahren, über ihre eigenen Kinder und Enkel, wie lange sie schon hier gelebt und was sie nach Nashville verschlagen hatte, in eine Stadt, in der es bis vor kurzem keine Latinos gegeben hatte. Ich wollte ihr meinen Sohn vorstellen, nur um zu hören, wie süß er war. All das musste warten, so hoffte ich, bis zu meinem nächsten Besuch, wenn ich nicht im Dienst war. Aber ich würde Mamá ganz bestimmt davon erzählen, in Marinas Laden würde sich meine Mutter ein bisschen mehr zu Hause fühlen. Vielleicht half das gegen ihre Schlaflosigkeit.

»Oh, eigentlich keine große Sache. Ich arbeite an einem Fall.

Ich glaube, Gato Negro könnte mir dabei behilflich sein.« Ich lächelte und hoffte, so ihr Misstrauen zu zerstreuen.
»Geht es um Drogen?«, fragte sie auf einmal.
»Was ist mit Drogen?«
»Ach, dieser Junge. Ich hab gehört, dass er dieses Zeug raucht. Dieses grasige Zeug, Sie wissen schon.« Sie kannte den Jargon in keiner der beiden Sprachen. »Aber er ist wirklich ein guter Junge, Officer. Ich kenne ihn schon, seit er ein kleiner *chamaco* war.«
»Machen Sie sich keine Sorgen, Doña Marina, ich glaube nicht, dass er schon in ernsten Schwierigkeiten steckt.«
Sie hörte mein *hasta el momento,* mein »schon«. Sie sah mich an.
»Wissen Sie«, sagte sie, »ich habe noch nie eine *chota latina* in diesem Teil der Stadt gesehen.« Sie musterte mich weiter. Da sie sich gewollt neutral gab, konnte ich nicht einschätzen, ob sie mich mit Respekt oder mit notwendigem Abstand betrachtete.
Ich bemühte mich, ihren fesselnden Blick zu brechen. »Sie haben hier einen wunderbaren Laden«, schwärmte ich. »Ich würde im Laufe des Tages gerne noch einmal vorbeischauen und ein paar Sachen für meine Mutter besorgen.«
Das Kompliment sowie die Erwähnung von Mamá (ja, ich stammte tatsächlich aus dieser Welt und war nicht im *Chota*-Department ausgebrütet worden) schien ihre Strenge zu mildern. Sie lächelte sogar. »Er gefällt Ihnen? Ich hab ihn vor sieben Jahren gebaut. Na ja, meine Jungs haben ihn für mich gebaut. Am Anfang hatte ich nur wenig Kundschaft. Aber jetzt kann ich mit der Nachfrage kaum Schritt halten. Sogar *gringos* und *negros* kommen hierher, um Lebensmittel einzukaufen!«
Wir plauderten noch ein paar Minuten. Doch es kribbelte mir

in den Fingern, da ich jetzt einen richtigen Namen hatte, den ich weiterverfolgen konnte. Ich wollte zu diesem Haus hinüberschlendern, um mit dem Jungen zu reden. Ich hoffte, dass ich ihn zu dieser frühen Morgenstunde aus dem Schlaf reißen würde, was mir ehrlichere, unüberlegtere Antworten einbringen sollte. Allerdings erzählte ich Doña Marina nichts davon, denn ich wollte verhindern, dass sie den Hörer in die Hand nahm oder zu den Garcías hinüberging, um sie zu warnen. Vielleicht würde sie das ja auch gar nicht tun. Doch was konnte ich in Anbetracht der Tatsache, dass ich so früh am Morgen unterwegs war und nach einem Typen suchte, der Schwarze Katze hieß, noch tun, um sie davon zu überzeugen, dass es sich um keine ernste Angelegenheit handelte?

Ich verabschiedete mich herzlich und ging. Sie sah mir durchs Fenster nach und ließ den Blick auf meinem Rücken ruhen. Ich wandte mich um und lächelte ein letztes Mal. Doña Marina setzte schnell ein Lächeln auf und winkte zurück. Ich fuhr weg, in dem festen Glauben, dass ihr Lächeln nur von kurzer Dauer war.

Anstatt zu Gato Negros Haus zu marschieren, fuhr ich einen halben Block von Doña Marinas Laden fort. Es war ein letzter verzweifelter Versuch, sie davon abzuhalten, mich weiter zu beobachten. Vielleicht würde sie glauben, dass ich das Viertel verlassen hatte, und sich wieder daran machen, ihren Laden für den Tag vorzubereiten.

Ich ging auf das Haus mit der falschen Backsteinfassade zu, die teilweise zu bröckeln anfing. Die Dachschindeln waren unregelmäßig gedeckt. Auch wenn die Familie arm war, hielt sie die Veranda und den kleinen Garten sauber.

Eine Frau Mitte vierzig öffnete auf mein Klopfen. Sie war offensichtlich schon seit einer Weile auf den Beinen. »Ja?«, fragte sie in klarem Englisch, in dem ein mexikanischer Akzent mitschwang.

Ich stellte mich vor und zeigte ihr meine Marke. »Ist Nelson García zu Hause?«, fragte ich auf Spanisch.

Sie zögerte zunächst und erwiderte dann ebenfalls auf Spanisch: »Nein, er ist im Moment nicht hier. Er kommt später nach Hause.«

»Oh. Von der Arbeit?«

»Ja, natürlich.«

»Wann erwarten Sie ihn zurück?«

»Ich … ich weiß nicht genau. Er kommt zu unterschiedlichen Zeiten nach Hause.«

»Verstehe. Wo arbeitet er?«

Ihr fiel auf die Schnelle keine Lüge ein. Welcher Betrieb, in dem er hätte arbeiten können, wäre so früh am Morgen schon offen? Obendrein ein Betrieb, bei dem sich ein Cop nicht die Mühe machen würde, es zu überprüfen?

»Ich bin mir nicht sicher. Er hat den Job gewechselt.«

»Verstehe. Sind Sie seine Mutter?«

»Ja.«

»Und Sie wissen nicht, wo er arbeitet?«

Sie antwortete nicht, sondern blickte nach unten auf die Türschwelle.

Ich seufzte gereizt. »Hören Sie. Ich muss ihm nur ein paar Fragen stellen. Einem Freund von ihm namens Diego Sáenz ist etwas zugestoßen. Ich habe mich gefragt, ob Gato uns helfen könnte, herauszufinden, was passiert ist.«

»Diego ist etwas passiert?«, stieß sie hervor. »Was denn?«

»Er ist tot.« Mehr sagte ich nicht, verabschiedete mich und ging, während ich meinen nächsten Überraschungsbesuch plante. Wieder spürte ich ein Augenpaar auf mir und meinem Taurus, die ängstlichen Augen einer Frau, die gerade erfahren hatte, dass jemand, den sie kannte, gestorben war, und die zugleich verzweifelt versuchte, einen Sinn in dem Chaos einer solchen Nachricht zu entdecken.

Gerade als ich wegfahren wollte, spürte und hörte ich, wie etwas die Seite meines Wagens traf. Im Rückspiegel erblickte ich einen jungen Mann, der aussah, als wäre er eben aus dem Schlaf geschreckt. Er starrte mich im Spiegel an und kam dann auf meine Tür zu. Ich kurbelte das Fenster herunter.

»Ich bin Gato Negro, Mann«, sagte er. »Nelson.« Er sprach zwar Englisch, hatte jedoch einen seltsamen Akzent. Keinen mexikanischen. Er gab mir keine Gelegenheit, etwas zu erwidern. »Was soll das heißen, Diego is' tot? Was is' passiert?«

»Wir haben ihn letzte Nacht ermordet aufgefunden.«

Ich dachte, Gato wandte sich ab, um sich zu übergeben. Doch er wirbelte angesichts dieser Neuigkeit nur einmal herum. Er fluchte leise. Tränen traten ihm in die Augen.

»Warum hat deine Mutter für dich gelogen, Gato?«, fragte ich, während ich aus dem Wagen stieg.

»Ich weiß nich'. Wenn sie Cops sieht, fängt sie automatisch an zu lügen, versteh'n Sie, was ich meine? Scheiße, dabei bin ich nich' mal mehr auf Bewährung.«

»Aber du warst auf Bewährung?«

»Ja, wegen Ladendiebstahls. Aber jetzt bin ich sauber, Officer … wie heißen Sie?«

Ich stellte mich vor.

»Dann sind Sie *raza.* Und 'n Cop noch dazu. Verdammt.«

»Warum bist du rausgestürmt, um mich aufzuhalten?«, fragte ich.

»Diego is' mein Freund. Meine Mamá is' reingerannt gekomm' und hat's mir erzählt. Ich bin aus'm Bett gesprungen. Verdammt, Mann, ich kann nich' glauben, dass er tot is' …«

In diesem Moment konnte ich seinen Akzent genau bestimmen. Obwohl er zweisprachig war, hatte sein Englisch einen hundertprozentigen Südstaateneinschlag. Es kam mir seltsam vor, dieses typische Näseln aus dem Mund eines Amerikaners mexikanischer Herkunft zu hören.

»Wer würde deiner Meinung nach Diego tot sehen wollen, Gato?«

Er blickte mich ein paar Mal aus wässrigen Augen an. Sein schwarzes Haar, noch vom Schlaf zerzaust, hing ihm über dem linken Auge. »Is' die Info was wert?«

Ich zog einen Zwanzig-Dollar-Schein aus meinem Geldbeutel. Behielt ihn in der Hand, bis er loslegte.

Er blickte rechts und links die Straße hinunter, bevor er sagte: »Haben Sie schon mal von 'nem Typen gehört, der Tekún Umán heißt?«

Dieser Name kam mir bekannt vor. Aber nicht von hier. Die Erinnerung daran reichte in die Zeit zurück, als ich noch in Atlanta gewohnt hatte. Das sagte ich Gato.

»Ja, aber er lebt nich' mehr in Atlanta. Er hat sein Geschäft jetzt hier aufgemacht.«

»Was für ein Geschäft?«

Er senkte den Kopf und wich ganz offensichtlich meiner Frage aus.

»Komm schon, Gato, was weißt du über seine Geschäfte?«

»Sie sind von der Mordkommission, stimmt's? Dann haben Sie bestimmt nich' so viel mit den Typen vom Drogendezernat zu tun, oder?«

Gato war nicht nur ein ausgekochtes Bürschchen, er wusste auch ganz genau, wie das Police Department organisiert war.

»Tekún Umán hat also mit Drogen zu tun?«

Gato wandte sich zum Gehen. »Ich weiß nich' viel. Aber vor 'n paar Wochen haben mich 'n paar Leute angesprochen und mir 'n gutes Angebot gemacht. Sie haben mir erzählt, der Typ wär' zuverlässig und würde für einen sorgen, wenn man sich für ihn um den Straßenverkauf kümmert. Ich hab abgelehnt. Wie schon gesagt. Ich bin sauber.« Er achtete darauf, dass ich das ein paar Mal hörte. »Lesen Sie die Zeitung, Mann. Dann erfahren Sie was über ihn.«

Ich wollte ihn zurückhalten, aber ich wusste, ich hatte dafür keinen richtigen Grund. Dann kam mir eine naheliegende Frage in den Sinn. »He, warte mal kurz. Was ist Tekún Umán für ein Name? Wie heißt er wirklich?«

Er stand schon vor seiner Haustür, als er mir antwortete. »Das is' irgend'n indianischer Name aus Mittelamerika. Ich glaube, sein richtiger Name is' Murillo.« Mehr war er nicht bereit zu sagen. Seine Tür war jetzt zu.

5

Es gab nur einen Murillo, der in den vergangenen Tagen Schlagzeilen gemacht hatte. Rafael Murillo war ein angesehener Gentleman aus Atlanta, Gründer und Vorstandsvorsitzender von Southern Homestead, einer neuen, gemeinnützigen Organisation, die sich für die Umsiedlung von Flüchtlingen auf der ganzen Welt einsetzen wollte. Nachdem er eine Anzahl wohltätiger Vereine in der Gegend von Atlanta ins Leben gerufen hatte, war Murillo erst kürzlich nach Nashville gezogen, weil, wie die Zeitung ihn trocken zitierte, »ich einfach Countrymusic liebe«. Außerdem, so hatte er ernsthaft erklärt, habe er die Hauptstadt von Tennessee mehrmals bei verschiedenen Geschäftsreisen besucht und sich allmählich in sie verliebt. »Ich war in der glücklichen Lage, zehn Jahre lang gemeinnützige Arbeit in Atlanta leisten zu können. Diese Organisationen kommen jetzt sehr gut ohne mich zurecht und brauchen mich nicht mehr. Es war an der Zeit, ein wenig Abwechslung in mein Leben zu bringen. Nashville hat eine große Anziehungskraft auf mich ausgeübt. Und hier bin ich!«

Neben dem Artikel war ein Foto mit der Überschrift: »Menschenfreund aus Atlanta schlägt neue Wurzeln in Nashville«. Das Bild zeigte, wie Murillo und ein Mitglied des Stadtrats sich die Hand schüttelten. Murillo lächelte gelassen, er war es gewohnt, im Blitzlichtgewitter zu stehen. Der Weiße aus dem Stadtrat machte einen viel enthusiastischeren Eindruck. Als ich den Artikel las, wusste ich, warum: Murillo hatte den Ruf, in jeder Gegend, in der er sich niederließ, viele Jobs zu schaffen, bei dem Bau des Gebäudes angefangen, das sein sozial gesinntes Unternehmen beherbergen sollte. Anstatt eine bereits existierende Immobilie zu mieten, zog Murillo es vor, ganz neu anzufangen. »In Atlanta betreibe ich eine Suppenküche und ein Obdachlosenheim, die sich in Aussehen und Ausstattung mit jedem Sheraton oder Radisson messen können. Allerdings kommen diese Hotels nicht an meine Preise heran – alles ist umsonst. Ich glaube, dass sich mittelose Menschen und Obdachlose wenigstens für eine gewisse Zeit an den Annehmlichkeiten erfreuen sollten, nach denen wir alle streben. Das hilft ihnen, ein Gefühl der Würde zu entwickeln.«

Auf die Frage, wie er solche Projekte, die ihm kein Geld einbrachten, finanzieren könne, erwiderte er: »Die Kapitalgeber waren sehr gut zu mir. Außerdem bin ich mit Vorfahren gesegnet, die im Heimatland meines Vaters in lukrativen Geschäftszweigen tätig waren.«

Dieses Heimatland, so schrieb die Zeitung, war Guatemala. Die Familie seines Vaters besaß dort eine riesige Kaffeeplantage. Sein Vater hatte seine Mutter, eine weiße Frau aus Chattanooga, kennengelernt, als sie beide vor vierzig Jahren die Vanderbilt-Universität besuchten. Rafael Murillo war ihr einziges Kind. »Mamá und Papá haben mich verwöhnt. Daher bin ich der Meinung, dass es jetzt meine Pflicht ist, andere zu verwöhnen«, wurde er weiter zitiert.

»Ein intelligenter Schwätzer, wie's scheint«, murmelte ich, während ich die Zeitung durchblätterte, um das Ende des Artikels zu finden. Dann dachte ich an Gato Negro, den Jungen, der mir heute Morgen diesen Hinweis gegeben hatte. »Kindermund tut Wahrheit kund.« Gato Negro wusste et-

was. Ich hatte keine Ahnung, woher. Doch dem Teenager zufolge war Murillo nicht der großzügige Retter der Stadt, als den die Zeitung ihn hinstellte.
Ich blätterte zurück zum ersten Teil des Artikels und musterte sein Gesicht. Murillo war jung, Anfang dreißig vielleicht. Er trug einen sehr kurz geschnittenen Bart. Sein dickes schwarzes Haar war sorgfältig gepflegt und gekämmt. Seine Hautfarbe verriet nichts über seine lateinamerikanische Abstammung. Nach dem Foto zu urteilen, war sie sehr hell, heller als meine. Dann rief ich mir ins Gedächtnis, dass es uns in allen Formen, Größen und Farben gab. Das Aussehen eines Latinos ließ sich nicht eindeutig definieren.
Nashvilles erster Eindruck von Murillo war dank dieses Artikels sehr gut. Ich faltete die Zeitung zusammen und warf sie auf meinen Schreibtisch. »Schauen wir mal, ob dieser Eindruck trügt.«
Genau in diesem Moment kam mein Boss, Patrick McCabe, herein. Den drei Detectives der Spätschicht, die gerade aus der Tür gingen und ihren Dienst beendeten, sagte er kaum guten Morgen. Ein paar Polizisten der Frühschicht hatten sich bereits im Büro eingefunden. McCabe schaute zu mir herüber und gab mir ein stummes Zeichen, in sein Büro zu kommen.
Ich folgte seinem Wink. In einem kleinen Spiegel in einer Ecke des Raums rückte sich mein Boss die Krawatte zurecht. Er strich sich das lichter werdende braune Haar zurück und suchte auf seinem Schreibtisch nach einer weißen Tasse, die aussah, als hätte er sie seit Monaten nicht gespült. »Wollen Sie einen Kaffee?«, erkundigte er sich. Ich bedankte mich, verneinte jedoch. Er entschuldigte sich, ging hinaus, schenkte sich den ersten Kaffee des Tages ein und kam wieder zurück. Sein kleiner, etwa fünfzig Jahre alter Körper war weder rund-

lich noch dünn. Er war irgendetwas dazwischen, so als könne er sich nicht entscheiden, ob er sich fit halten sollte oder nicht. Soweit ich wusste, war zu viel Kaffee, den er über den ganzen Tag verteilt trank, sein einziges Laster. Er rauchte nicht und achtete darauf, dass jeder, der es tat, das »Nichtraucher«-Schild auf seinem Schreibtisch bemerkte.

»Mord unten am Fluss«, wandte er sich an mich, während er die Papiere auf seinem Schreibtisch ordnete. »Ein Zeitungsreporter. Kopfschuss, als Selbstmord getarnt. Was haben Sie sonst noch für mich, Romilia?«

Ich lächelte höflich, obwohl ich nicht weiß, warum. »Sieht so aus, als wüssten Sie ungefähr genauso viel wie ich.« Das war die falsche Antwort. Ich wusste es im selben Augenblick, als ich es aussprach.

»Das hoffe ich nicht.« Zum ersten Mal an diesem Morgen sah er mich direkt an.

Ich berichtete ihm, was ich bisher gefunden hatte, wobei ich die Hülle der Zigarettenschachtel und die blutige Spur in Richtung des Flusses besonders hervorhob, dann die Verbindung mit Gato Negro und die Drogenspur, die möglicherweise zu Murillo führte.

»Murillo … der Name kommt mir bekannt vor«, brummte er.

»Vielleicht haben Sie ihn in der Zeitung gelesen.« Ich reichte ihm den Artikel, den ich gerade durchgesehen hatte.

»Ach ja. Genau. Dieser Menschenfreund ist also einer Ihrer möglichen Verdächtigen. Da bin ich ja heilfroh, dass Sie diesen Fall bearbeiten, und nicht ich.«

»Warum?«

»Ich hab gehört, Murillo wird sich irgendwann diese Woche mit dem Bürgermeister treffen. Er ist bei den hohen Tieren der Stadt sehr beliebt. Ihr Verdacht sollte lieber gut begründet

sein, bevor Sie in seiner teuren Unterwäsche herumschnüffeln.«
McCabe machte plötzlich ein langes Gesicht und verdrehte die Augen, nachdem er durch das große Glasfenster seines Büros in den Hauptraum des Morddezernats geblickt hatte. Ich drehte mich um. Detective Jerry Wilson war gerade durch die Tür gekommen.
»Oh Gott«, brummte McCabe. »Hier kommt Mister Hollywood.«
Ich wusste nicht genau, was er damit meinte. Ein verständnisloser Blick war wohl über mein Gesicht gehuscht, denn McCabe erklärte es mir. »Er war heute Morgen in der Fernsehsendung ›Sonnenaufgang über Nashville‹. Die Medien scharen sich immer noch um ihn wie ein Rudel läufiger Hündinnen. Nur weil er Bitan zufällig schlafend neben der Krankenschwester vorgefunden hat. Ein Scheißglücksfall, und schon ist er der Supercop. Irgendwann kriegt er wahrscheinlich meinen Job …«
Offensichtlich dachte McCabe viel über Wilson nach. Mein Boss machte seiner Frustration vor mir, seinem neuesten Detective, zu ungehemmt Luft. Ich hatte bisher nicht gewusst, dass Wilson den Killer Bitan rein aus Zufall geschnappt hatte. Ich sagte: »Ich dachte, Wilson wäre ihm aus einer Bar gefolgt, bis Bitan ihn geradewegs zur Leiche der Krankenschwester geführt hat.«
»Das stimmt. Aber Wilson war bloß in dieser Bar, um etwas zu trinken. Nicht zu Ermittlungszwecken. Er hat nur zufällig neben Benny gesessen, als der mit dem Medaillon einer Frau herumgespielt hat. Aber eins muss ich ihm lassen. Wilson hat sich die wichtige Frage gestellt, was ein zugedröhnter Obdachloser wie Benny mit der Kette einer Frau zu schaffen hatte. Dann hat Benny angefangen, wildes Zeug zu reden, wie

dreckig sie sei und dass er sie beschützen wolle, bevor man sie findet. Er war total high. Wilson ist ihm gefolgt und hat gesehen, wie er sich neben das Opfer gelegt hat. Wissen Sie, wie groß die Chance ist, einem Serienmörder auf die Spur zu kommen? Gleich null.«

Ich wusste, dass er recht hatte. Von allen Mördern sind Serienkiller am schwierigsten aufzuspüren. Anders als bei häuslichen oder professionellen Morden, bei denen es ein Motiv und irgendeine Verbindung zwischen Killer und Opfer gibt, besteht zwischen einem Serienmörder und seinem Opfer in der Regel keine Beziehung. Der Killer bringt in einer Stadt vielleicht drei, vier oder fünf Menschen um und verschwindet dann an einen anderen Ort am anderen Ende des Landes, bevor die Behörden ihn ausfindig machen können.

Ich blickte ebenfalls durchs Fenster. Einige Detectives schlugen Wilson auf die Schulter und versicherten ihm, wie gut er im Fernsehen ausgesehen habe. Er sah tatsächlich gut aus. So um die dreißig, mit heller Haut, die durch unübersehbare regelmäßige Besuche im Sonnenstudio ziemlich gebräunt war. Er hatte kurzes, dichtes blondes Haar. Bei seiner Attraktivität kam er damit durch, es nicht ordentlich zu kämmen, sondern hier und da abstehen zu lassen, als hätte er gerade einen Hut abgenommen. Er war wirklich sehr attraktiv. Zog meine Blicke auf sich.

Wilson grinste seine Kollegen an, während er sich gleichzeitig Mühe gab, aufrichtig bescheiden zu wirken. Dann drehte er sich zu uns um und winkte McCabe zum Gruß durch das Fenster zu. McCabe winkte zurück, lächelte halbherzig und brummte: »Is' ja gut, is' ja gut, du kleines Arschloch …« Daraufhin wandte er sich wieder mir zu, als erinnere er sich plötzlich daran, dass ich auch noch da war. »Nichts von dem, was ich gerade gesagt habe, verlässt dieses Büro.«

»Natürlich.« Und ich würde mein Wort halten.

McCabe richtete seine Aufmerksamkeit wieder auf meinen Fall. »Rufen Sie das Drogendezernat in Atlanta an. Vielleicht haben die irgendwas über diesen Murillo. Wenn ja, statten Sie ihm einen Besuch ab.« So knapp, wie er die Worte ausstieß, wusste ich, dass ich wegtreten durfte.

»Der Kerl ist eine verdammte Schlange.«

Die Frau am anderen Ende des Telefons, eine Drogenfahnderin namens Dunn, nahm kein Blatt vor den Mund.

»Er bringt jeden Monat Kokain aus Guatemala ins Land. Heroin über irgendeine Verbindung in Haiti. Er ist der Kroger des Drogenhandels hier im Süden.«

Fast hätte ich über ihre Anspielung auf den sehr bekannten Lebensmittelladen laut losgelacht. »Sie haben also Beweise gegen ihn. Warum haben Sie nicht …?«

»Dann gründet der Scheißkerl alle diese Hilfsorganisationen, die ihm als Fassade dienen, aber keine bloßen Briefkastenfirmen sind, verstehen Sie? Sie helfen den Leuten wirklich. Die Suppenküche ist eher ein richtiges Restaurant und gibt kostenlos zwei Mahlzeiten am Tag aus. Das Obdachlosenheim ist, ach verdammt, es ist schöner als mein Haus. Alle lieben diesen Mann. Niemand wird ihn fallenlassen, vor allem nicht seine ›geliebten Armen und Unterdrückten‹, wie er sie gerne nennt.«

Schließlich gelang es mir, eine Frage zwischen ihre Schimpftiraden zu quetschen. »Warum haben Sie ihn dann noch nicht verhaftet?«

Obwohl ich die Frage ziemlich harmlos fand, ging sie sofort in die Defensive. »Was glauben Sie denn? Wie ich Ihnen schon gesagt habe, er ist eine verdammte Schlange! Er verkriecht sich einfach durch die Ritzen. Wir haben seine Telefone abgehört, sein Haus und sein Büro beobachtet, alles. Aber er benutzt Börsenjargon als Code, wenn er mit seinen Leuten übers Geschäft redet. Wenn die am Telefon zu ihm sagen: ›Verkaufszahlen von Martha White gehen nach oben‹, dann geht es wahrscheinlich um Koks. Wenn sie sagen: ›Der Kauf von Sweet'n'Low ist angelaufen‹, geht's um Heroin. Zumindest glauben wir das. Allerdings konnten wir bisher keine Razzia durchführen. Und jetzt hat sich dieser miese Hurensohn aus dem Staub gemacht und lässt sich in Nashville nieder, um da dieselbe Scheiße abzuziehen. Ich fass es einfach nicht …«

So ging es noch gute zehn Minuten weiter, in denen ich hauptsächlich ihren wütenden Schilderungen lauschte, was sie alles vergeblich unternommen hatten, um Mr. Murillo hinter Schloss und Riegel zu bringen. Ich fragte sie nach seinem Spitznamen, Tekún Umán. Darüber war ihr nichts bekannt, was mir sagte, dass, egal, wie lange sie ihn beobachtet hatten, ein Straßenkid wie mein neuer Freund Gato Negro besser über Mr. Murillo Bescheid wusste als das gesamte Drogendezernat des Atlanta Police Departments.

Ich dankte ihr und legte auf, während sie noch immer schwer atmete.

Murillos vorläufiges Büro befand sich in einem alten Schulgebäude zwei Blocks vom Centennial Park entfernt. Als ich mich dem Eingang näherte, warf ich einen Blick nach links und sah auf der anderen Seite des Parkplatzes den Parthenon, der in der Mitte des Parks stand. Dieser Sehenswürdigkeit musste ich noch einen Besuch abstatten. Mamá und meinem Sohn Sergio würde es Riesenspaß machen. Warum man gerade in Nashville so ein Bauwerk errichtet hatte, wusste ich nicht so genau, bis mir ein anderer Detective im Büro erklärte, dass diese Stadt einmal den Beinamen Athen des Südens getragen hatte. Doch wie sie zu dieser Bezeichnung kam, ist mir auch nicht klar. Ich war neu hier und war mit diesem Ort, den ich zaghaft mein Zuhause nannte, nur wenig vertraut.

Murillos Gebäude musste noch renoviert werden. Es handelte sich um eine alte Schule, die man vor einigen Jahrzehnten, so gegen Anfang des Jahrhunderts, erbaut hatte, jedenfalls lange, bevor alle anderen Bürogebäude um sie herum aus dem Boden geschossen waren. Obwohl sie wie die anderen Gebäude des Viertels einen überwiegend quadratischen Grundriss aufwies, war sie an einer Ecke abgerundet. Von außen wirkte das Haus wie der einsame Turm eines einfachen Schlosses. In dem runden Bau gab es Fenster, durch die ich auf der ersten Etage ein großes Büro ausmachen konnte. »Muss das Büro des Schuldirektors gewesen sein«, murmelte ich, da ich es als den offensichtlichen Machtsitz des gesamten Komplexes betrachtete.

Innen sah alles alt und verkommen aus. Obwohl die Flure sauber gefegt und gewischt waren und der Abfall in Sammelbehältern am Ende der Korridore aufbewahrt wurde, spürte ich, dass man die Schule schon seit langem nicht mehr benutzt hatte. Große Flecke, die jemand wegzuschrubben versucht hatte, verunstalteten nach wie vor die gebrochen weißen Wände. Wie in alten Gemäuern üblich, waren die Decken hoch, weshalb man das Gebäude vermutlich weder kostengünstig heizen noch kühlen konnte. Doch vielleicht zahlte Murillo gar nicht so viel; im Korridor war es verdammt kalt. Und dunkel. »Hier sieht's definitiv nicht aus wie im Radisson«, murmelte ich vor mich hin.

Es brannte kein Licht. Die Tür, auf der »Büro« stand und durch deren Milchglaseinsatz helles Licht nach draußen

drang, konnte ich nur mit Hilfe von ein paar vereinzelten Fenstern an der Nordfront finden.
Sie stand zwei Zentimeter offen. Musik eines hiesigen Country-Radiosenders kam durch den Spalt. Stimmen waren ebenfalls zu vernehmen. Ich öffnete die Tür noch ein Stückchen und hörte, wie sich zwei Männer auf Spanisch unterhielten. Einer von ihnen, der fettere, lachte leise über etwas, das der dünnere mit dem Mopp gerade erzählt hatte. Dann blickte der korpulente Typ von seinem Papierkram zu mir auf, lächelte und sagte: »Ja, kann ich Ihnen helfen?«, in klarem, schönem Englisch.
Ich stellte mich vor. »Ich bin auf der Suche nach Rafael Murillo. Wenn ich richtig informiert bin, gehört dieses Gebäude ihm.«
Der Englisch sprechende Mann kicherte. »Dieses Gebäude gehört ihm tatsächlich. Aber Sie werden ihn hier nicht oft vorfinden. Hi. Ich bin Francisco Colibrí, sein Assistent. Man nennt mich *Pajarito.*«
Klitzekleines Vögelchen. Ein Wahnsinnsspitzname. Wahrscheinlich bezog er sich auf seinen Nachnamen und war aufgrund seiner Beleibtheit auch ein bisschen ironisch gemeint. Dann stellte er mir den Mann mit dem Mopp als Miguel Martínez vor. Miguel sagte nichts, sondern lächelte nur schüchtern und winkte mir zu.
»Also«, fragte ich, »warum ist Mr. Murillo nicht oft in seinem Büro?«
»Oh, ihm gefällt die Einrichtung nicht. Oder der Mangel daran. Er kommt nur hierher, wenn er sich mit Leuten von den Behörden trifft oder Papiere für mich unterzeichnen muss. Sobald sie dieses Gebäude abgerissen und ein neues gebaut haben, werden Sie Mr. Murillo hier regelmäßig antreffen.«

»Verstehe. Ist er eigentlich nicht auch als Tekún Umán bekannt? Ziemlich beeindruckender Spitzname.«
Beide Männer sahen mich an, als hätte ich gerade irgendein Schimpfwort von mir gegeben.
»Heißt er denn nicht so?«, hakte ich nach.
»Äh, ja. Doch, so heißt er. Ich glaube, das stimmt, oder, Miguel?«
Miguel schüttelte den Kopf, da er sich offensichtlich nicht festlegen wollte.
»Ja, ich habe schon gehört, wie ein paar Leute ihn so genannt haben.« Pajarito wechselte schnell das Thema. »Aber, wie ich schon sagte, Mr. Murillo ist momentan nicht hier.«
In diesem Augenblick meldete sich der Hausmeister zu Wort: *»Díle que seguro el jefe anda ya con una de sus señoritas, pero a saber cuál.«* Sag ihr, dass der Boss bestimmt mit einem von seinen Mädchen unterwegs ist, aber wer weiß schon, mit welcher.
»Ay, entonces, es un mujeriego, pues«, erwiderte ich. Dann ist er also ein Weiberheld.
»Púchica!«, rief Miguel aus. Ich hatte keine Ahnung, was das Wort bedeutete, aber es klang wie ein Ausruf der Überraschung. Auch wenn ich durchaus danach aussah, fuhr er fort, habe er nicht damit gerechnet, dass ich ihre Muttersprache beherrschte.
Von da an setzten wir unser Gespräch auf Spanisch fort. Ich erkannte recht schnell die Parameter. Vermutlich bekamen sie im Büro sonst nur von Leuten Besuch, die ausschließlich Englisch sprachen. Dass jemand wie ich vorbeischaute, war eine Ausnahme. Wahrscheinlich betrachteten sie mich irgendwie eher als *gringa* denn als Latina, auch wenn ich nicht genau weiß, warum. Pajarito war offenbar Tex-Mex, texanischer Mexikaner; Haut und Wangenknochen verrieten deutlich seine

mexikanische Abstammung. Mit der Zeit unterhielten wir uns ungezwungener. Ich hatte sie noch nicht über meinen Beruf unterrichtet. Vielleicht glaubten sie, ich sei eine der vielen Ladys, die Mr. Tekún Umáns sexuelles Interesse erregen wollten. Miguel kam von weiter her als Pajarito. Seine Haut war viel dunkler als meine oder die seines Kollegen. Seine sanften Gesichtszüge, vor allem aber seine Augen, ließen einen gewissen indianischen Hintergrund erkennen, vielleicht aus Südmexiko. Sein schüchternes Lächeln, das sich auf seinem Gesicht ausbreitete, bevor er den Kopf senkte, um es zu verstecken, offenbarte ein freundliches, wenn auch unterwürfiges Wesen. Er war es, der diese alten, verlassenen Korridore so blitzblank hielt. Obwohl Pajarito eindeutig Miguels Vorgesetzter war, verband sie eine freundschaftliche Beziehung.
Das alles erkannte ich innerhalb weniger Minuten, denn schließlich fragte mich Pajarito lächelnd: »Und dürfte ich fragen, worüber Sie mit Mr. Tekún ... Mr. Murillo sprechen möchten?«
»Ich bin Detective bei der Mordkommission. Ich hätte ein paar Fragen an ihn.«
»De veras? Ist etwas passiert?«, fragte er, während sein Lächeln verschwand.
»Es hat einen Mord gegeben. Diego Sáenz. Wir haben ihn heute Morgen tot aufgefunden. Haben Sie ihn gekannt?«
In dem Augenblick, als ich *asesinato* sagte, konzentrierten beide ihre Aufmerksamkeit auf mich. Miguel lehnte den Kopf an den Griff seines Wischmopps. Er schien ihn fest zu umklammern. Schließlich wandte er sich ab. Pajarito zog die Augenbrauen nach unten, als versuche er, die Stirn zu runzeln.
»Sáenz, Sáenz ... nein, ich glaube nicht.«
»Es hat Sie hier nie ein hispanischer Zeitungsreporter aufgesucht und nach Mr. Murillo gefragt?«, hakte ich nach.

»Zeitungsreporter? Oh ja. Doch, ich glaube, da war einer. Ein junger Mann, stimmt's? Schwarzes Haar, hat Spanisch und Englisch gesprochen. Ja, wenn es sich um denselben Mann handelt, war er vor ein paar Wochen hier. Er hat gesagt, er sei von der Zeitung und wolle einen Artikel über Mr. Murillos gemeinnütziges Unternehmen schreiben. Ich habe ihm erklärt, dass die Zeitung schon vor einer Woche einen sehr großen Bericht über ihn veröffentlicht hätte. Aber der junge Mann meinte, er wolle eine Art Fortsetzungsartikel schreiben. Wie auch immer, ich habe ihm gesagt, er könne Mr. Murillo im Buchladen finden.«

»In welchem Buchladen?«

»Daniel Childs Bookery in Hillsborough. Er ist dort jeden Montag und Donnerstag. Bleibt stundenlang da. Der junge Reporter war an einem Montag hier. Deshalb habe ich ihm gesagt, dass er Mr. Murillo dort finden würde.«

Heute war ebenfalls Montag. Ich wusste, wohin ich gehen musste. Aber ich brauchte eine Wegbeschreibung. Pajarito zeichnete mir einen ungefähren Plan auf ein kleines Blatt Schreibpapier, auf dem in der oberen Ecke ordentlich »Murillo Enterprises« geschrieben stand.

Ich nahm den Plan und dankte ihm. Dann ging ich schnell zur Tür und beendete unser ungezwungenes Gespräch. Dabei erhaschte ich einen flüchtigen Blick ihrer Gesichter. Ich war mir nicht sicher, ob sie die Nachricht schockiert hatte, die ich ihnen gerade überbracht hatte, und ob sie möglicherweise besorgt waren, inwieweit ihr Boss mit der Sache zu tun hatte, oder ob sie von der Art, wie ich sie erst in ein zwangloses Gespräch verwickelt hatte, um dann wie eine *gringa* eiligst wieder zu verschwinden, sobald ich bekommen hatte, was ich wollte, verwirrt waren. Vielleicht beides.

6

Die Hillsborough Road brachte mich in eine hübschere Gegend der Stadt. Einkaufszentren, in denen einige luxuriösere Läden zu finden waren, und Kirchen mit gepflegten Rasenflächen reihten sich zu beiden Seiten der Straße auf. Drei Mercedes fuhren an mir vorbei. Entlang der Gehsteige war kein bisschen Müll zu sehen.

Daniel Childs Bookery ragte zwischen diesen Gebäuden heraus. Der Laden war größer als die Nachbargeschäfte. Ein riesiges, leicht lesbares Zifferblatt verzierte dessen Backsteinfassade und zeigte die Zeit an: 10.24 Uhr. Ich arbeitete mittlerweile seit ungefähr sechseinhalb Stunden an diesem Fall. Da ich am frühen Morgen mit der Arbeit begonnen hatte, als mich ein Cop der Spätschicht gegen 3.30 Uhr anrief und mir mitteilte, dass man einen Hispanoamerikaner tot aufgefunden hatte, spürte ich, wie mich langsam Müdigkeit übermannte. Dann erinnerte ich mich daran, dass Pajarito gesagt hatte, es gebe in dem Laden ein Café. Ich nahm mir vor, es in Anspruch zu nehmen.

Ich parkte meinen glanzlosen Taurus neben einem nagelneuen, dunklen, smaragdgrünen Jaguar. Ein roter Lexus stand gleich daneben. »Meine Güte, in dieser Stadt wimmelt es nur so von reichen Leuten.« Vor dem Laden hatte man zwei große Tische auf dem Bürgersteig aufgestellt. Darauf türmten sich Bücher, die man zu Ramschpreisen anbot. Ich warf einen schnellen Blick auf die Stapel, in der Hoffnung, einen verlorenen Schatz zu entdecken. Doch außer alten Büchern über den O.J.-Simpson-Prozess, Erstlingsromanen und von Ghostwritern verfassten Lebensbeichten unbeliebter Filmstars gab es da nichts zu holen.

Drinnen eröffnete sich einem ein völlig anderer Ausblick. Es war der größte Buchladen, den ich je gesehen hatte. Auf der rechten Seite befand sich ein abgeschlossener Bereich, der so groß war wie die Hälfte meines Hauses und in dem die neuesten Romane und Sachbücher ausgestellt waren. Es waren mehr Bücher, als ich zählen konnte. Vor mir lag der erste von drei langen Korridoren, die aus Bücherschränken bestanden, die mir bis zur Schulter gingen. Entlang der Wände des Raums (der Hauptraum war an sich schon so groß wie eine städtische Festhalle) standen weitere Bücherregale, die zweimal so hoch waren wie ich. Eine Kinderbuchabteilung nahm die gesamte hintere Wand in Anspruch. Sergio wäre sofort darauf zugerannt. Einzelne Kunden liefen zwanglos umher, saßen auf Bänken und lasen, während sie der klassischen Hintergrundmusik kaum Beachtung schenkten: Bach, vermutete ich. Ein Concerto.

Dann waren da noch die oberen Stockwerke. Auf der zweiten Etage eröffnete sich einem eine ganz andere Bücherwelt. Von einem schmalen Balkon mit einer hüfthohen Balustrade aus konnte man auf die erste hinuntersehen. In einem weiteren Bereich gab es keine Bücher, sondern Stühle, Tische und im hinteren Teil etwas, was wie eine Essenstheke aussah. Das musste das Café sein. Ein guter Ort, um mit der Suche nach Tekún Umán anzufangen. Bevor ich nach oben ging, ließ ich den Blick noch einmal über die Unmengen an Literatur schweifen und gab mir selbst das stille Versprechen, eines Abends ein paar Stunden mit meinem Sohn hier zu verbringen, sobald dieser Fall abgeschlossen war.

Fall abgeschlossen. Diese Worte bedrückten mich. Sechs Stunden alt. Wie viele Stunden würden noch vergehen, bis ich ihn wirklich würde abschließen können?

Das Café war wie jede andere Kaffeebar im Land, was mir ganz recht war. Obwohl sie eine Vielfalt an Geschmacksrichtungen und Stärken anbot, von entkoffeiniertem Latte bis zu guatemaltekischem Kaffee mit Himbeer-Schokoladengeschmack, wollte ich lediglich einen schlichten, starken Kolumbianer. Ich bestellte mir jedoch noch nichts. Bevor ich mit einer Tasse Kaffee in der Hand durch den Laden spazierte, musste ich erst einmal meinen Verdächtigen finden. Und ich konnte mir nicht vorstellen, der besagten Person mit einer heißen Tasse Java gegenüberzusitzen, während ich sie mit ein paar unaufdringlichen, aber prägnanten Fragen löcherte. Den Kaffee würde ich zum Mitnehmen ordern.

Er saß allein an einem kleinen Tisch genau neben dem Balkon. Das erlaubte ihm, ab und zu von dem Buch aufzublicken, das er gerade las, sich beiläufig auf der ersten Etage des Buchladens umzusehen und das Schauspiel der Frauen und Männer zu genießen, die langsam zwischen den Regalen umherschlenderten, Bücher herausnahmen und einen Blick auf die ersten Absätze warfen. Dann wandte er sich wieder seiner Lektüre zu und las eine weitere Seite, während er seinen Cappuccino vorsichtig und geschickt an die Lippen führte und wieder abstellte, ohne auf die Untertasse zu blicken. Er tat dies mit so viel Bedacht, dass der Cappuccino keinen schaumigen Rand auf seinem schwarzen Oberlippenbart zurückließ.

Er war in einen dunkelblauen Nadelstreifenanzug gekleidet, der allem Anschein nach sehr teuer war. Außerdem trug er schwarze Budapester Schuhe, die so glänzten, als hätte er sie gerade erst gekauft. Dann war da noch sein Hemd. Ein weißes Polohemd, mit Sicherheit von einer exklusiven Marke, aber dennoch nichts weiter als ein schlichtes Hemd zum Überziehen. Dieser Kleidungsstil, einen feinen Anzug mit einem dicken, gut geschnittenen T-Shirt zu kombinieren, war bei Männern eine Zeitlang sehr in Mode gewesen, und ich hatte ihn immer äußerst attraktiv gefunden.

Das Zeitungsfoto hatte seine Hautfarbe nicht richtig zur Geltung gebracht. Was ich als weiß betrachtet hatte, war eigentlich ein olivfarbener Teint, zwar nicht so dunkel wie meiner, aber dunkel genug, um zu zeigen, dass lateinamerikanisches Blut in seinen Adern floss. Sein ordentlich gestutzter Bart und sein dichtes Haar waren beide schwarz, mit einem leicht silbrigen Schimmer an den Schläfen, der genauso gut reflektierendes Licht hätte sein können.

Es saß niemand anderes mit ihm am Tisch. Außer diesem einen größeren Mann, der Tekún Umán den Rücken zuwandte, befand sich niemand sonst in seiner Nähe. Die meisten anderen Tische um ihn herum waren leer. Als ich mich Tekún Umán näherte, rührte sich der Mann hinter ihm, drehte mir ein wenig den Kopf zu und legte die Hände auf den Tisch. Höchstwahrscheinlich ein Leibwächter. Meine nächsten Schritte waren zunächst vorsichtig, dann wütend. Die können mich mal, dachte ich. Die konnten mich alle beide mal, sowohl der Bodyguard als auch der Mann, der das Bedürfnis verspürte, einen Beschützer anzuheuern.

Als ich näher kam, blickte Tekún Umán lächelnd von seinem Buch auf. Er sah mich unverwandt an. »Ah, Sie müssen Detective Romilia Chacón sein. Es ist mir ein Vergnügen.« Er stand auf. Der Leibwächter entspannte sich und nahm die Hände wieder vom Tisch. Obwohl ich ihn nicht ganz sehen konnte, erweckte seine Statur den Eindruck, als hätte er erst kürzlich ein spezielles Training absolviert, aufgrund dessen seine Muskeln sich deutlich unter seinem Hemd abzeichneten. »Ich bin Rafael Murillo«, fuhr Tekún fort, während er mir die Hand reichte. »Wollen Sie sich nicht setzen?« Er wies auf einen Stuhl.

Ich nahm Platz. »Pajarito ist wohl ein rechter Singvogel. Er hat Sie vor mir erreicht.«

»Nun ja, ehrlich gesagt hat er mich tatsächlich gerade angerufen.« Tekún lehnte sich in seinem Stuhl zurück, als wolle er einen besseren, leicht distanzierten Blick auf mich bekommen. Der Leibwächter rutschte näher an seinen Tisch heran, um mehr Platz für seinen Boss zu machen. Tekún betrachtete mich eingehend. »Er hatte recht.«

»Wer?«

»Pajarito. Er hat mir gesagt, dass mich bald eine sehr attraktive Frau aufsuchen würde.«

Ich strengte mich an, nicht darauf zu reagieren.

»Aber er hatte nicht in allem recht. Er meinte, Ihr Haar sei braun. ›Braun‹ klingt ganz hübsch, wenn von einer Hautfarbe die Rede ist, aber Ihr Haar verdient eine bessere Beschreibung.« Er hielt inne, musterte mich und fügte schließlich hinzu: »Ein dichter Chiffon golden schimmernden Rostrots.«

Okay, das reicht. Ich schlug die Augen nieder, um seinem freundlichen, aber hartnäckigen Blick auszuweichen. Da bemerkte ich, was er gerade las. *Cien años de soledad. Hundert Jahre Einsamkeit.* Gabriel García Márquez.

Er war ein Gabi-Fan. Und dann auch noch das spanische Original.

Ich hielt Überraschung und Begeisterung zurück und konzentrierte mich auf die vor mir liegende Aufgabe. »Hat Ihnen Pajarito auch verraten, warum ich mit Ihnen sprechen möchte?«

»Ja. Sie arbeiten für die Polizei und untersuchen den Tod dieses jungen Reporters.« Tekún beugte sich wieder näher an den Tisch, während ein aufrichtig besorgter Blick über sein Gesicht huschte. »Wie ist er denn gestorben?«
»Man hat ihm in den Kopf geschossen.«
»Oh mein Gott.« Tekún lehnte sich wieder zurück. »Mord? Ich hasse es, so etwas zu erfahren ...«
Ich räusperte mich. »Ja, und da ich in diesem Fall die Ermittlungen leite, bin ich gerade dabei, erste Spuren zu verfolgen.«
»Verstehe. Kaffee?«
Ich betrachtete ihn und sein Angebot. »Oh, äh, nein. Ich brauche nichts, danke.« Ich hatte wohl weder besonders enthusiastisch noch sonderlich überzeugend geklungen, denn Tekún hob die Hand und den Blick zu den Angestellten des Cafés. Eine junge Frau mit rotem Haar und Brille sprang wie auf Kommando von der großen kupfernen Espressomaschine weg und trabte auf uns zu.
»Möglicherweise irre ich mich, aber Sie sehen nicht nach dem Spezialitätenkaffee-Typ aus«, wandte sich Tekún wieder an mich, während die junge weiße Frau neben ihm wartete, um die Bestellung aufzunehmen. »Kolumbianischer oder guatemaltekischer Kaffee scheint eher Ihr Stil zu sein. Habe ich recht?«
»Na ja, tatsächlich ist kolumbianischer mein Lieblings...«
»Ausgezeichnet.« Er wandte sich an die Bedienung. »Einen großen Kolumbianer, bitte, Martha.«
Martha verschwand. Alles ging ziemlich schnell. Es hätte für mich keine große Sache sein dürfen. Der Mann bestellte mir lediglich einen Kaffee. Aber ich spürte, wie die Müdigkeit des Tages über mich kam. Ich drehte mich um und rief Martha zu: »Ich hole ihn mir«, aber sie war schon außer Hörweite. Ich

machte mir eine mentale Notiz, sofort zu bezahlen, nachdem ich Murillo befragt hatte. »Ich wusste gar nicht, dass es in diesen Cafés richtige Bedienungen gibt. Ich dachte, man müsste an die Theke gehen und sich alles selbst holen.«

»So ist es auch. Aber ich habe den Ruf, großzügige Trinkgelder zu geben. Sie bedienen mich überaus gern an meinem Tisch. Außerdem kann ich Schlangestehen nicht leiden.« Er sah mich direkt an und fügte dann hinzu, nachdem er mein Gesicht ein paar unendliche Sekunden lang gemustert hatte: »Sie sehen ein wenig müde aus.«

»Ich bin schon seit einer Weile auf den Beinen.« Bis der Kaffee kam, hatte ich das Bedürfnis, mich wieder zu konzentrieren. García Márquez war die nächstliegende Ankerboje. »Wie ich sehe, sind Sie ein Márquez-Fan.«

»Oh, natürlich. Es gibt keinen bedeutenderen Schriftsteller als ihn. Glauben Sie mir, wenn ich Ihnen sage, dass ich dieses Buch mindestens ein Dutzend Mal gelesen habe und es immer noch ab und zu wieder durchblättere? Ich weiß nicht, irgendwie ist so etwas Wahres an dieser verrückten Geschichte dran.« Er lachte. Ich wollte mit ihm lachen.

»Ja, ich habe es gelesen. Ein paar Mal«, erwiderte ich.

»Wirklich?« Tekún legte die Hand flach auf das Buch, wie ein Richter, der sich anschickte, einen Eid abzulegen. »Dann kennen Sie bestimmt die allererste Zeile: ›*Muchos años después, frente al pelotón del fusilamiento, el coronel Aureliano Buendía …*‹«

Ich fiel ihm ins Wort, indem ich das Zitat beendete. »›*… había de recordar aquella tarde remota en que su padre lo llevó a conocer el hielo.*‹«

Tekún grinste und brach dann in ein begeistertes Lachen aus. »Ist das nicht wunderbar? Eine Polizistin, die gute Literatur schätzt. Und noch dazu im Original.«

»Ich verstehe nicht ganz, warum Sie das so überrascht. Jeder sollte in der Lage sein, Márquez zu lesen.«
»Sie haben natürlich recht. Jetzt haben Sie mich erwischt.« Er rückte ein wenig in seinem Stuhl herum, um es sich bequemer zu machen. »Wen mögen Sie sonst noch?«
Ich ratterte eine Liste von Lieblingsnamen herunter: Allende, Fuentes, Suárez, Francisco Goldmann, Puig. Sobald ich Neruda nannte, unterbrach er mich mit einem weiteren Zitat: *»›Ay, que lo que soy siga existiendo y cesando de existir.‹«*
Er schenkte mir ein Lächeln. Ich war ihm einen Schritt voraus: »Das ist aus *Aufenthalt auf Erden,* stimmt's?«
»Sie kennen sich mit Neruda aus. Beeindruckend.« Wieder grinste er. Er hatte makellose Zähne.
Hinter ihm zündete sich der Leibwächter eine Zigarette an. Sie sah seltsam aus. Die Zigarette war braun, nicht weiß, jedoch dünner als eine Zigarre. Ich dachte an die Tage zurück, als ich noch geraucht und eine sehr exzentrische Freundin auf dem College ähnliche Zigaretten gequalmt hatte. Auch wenn ich mich nicht mehr an den Markennamen erinnern konnte, wusste ich noch, wie elegant die braune Zigarette gewirkt hatte.
Diese braune Zigarette wirkte in den riesigen Fingern des Bodyguards noch viel schmaler. Eben deswegen kam es mir auch so merkwürdig vor: ein angestellter Gorilla, der an einer dünnen, eleganten Kippe zog. Der Manager des Cafés, ein junger Weißer, der aussah, als arbeite er zwischen seinen College-Seminaren hier, roch und erblickte den Raucher ebenfalls. »Entschuldigen Sie bitte«, setzte er an, als er sich dem Tisch des Leibwächters näherte, »aber Sie können hier nicht rauchen.«
Godzilla aus Guanajuato blickte lediglich zum ihm auf. »Ich rauche hier.«

»Ja, aber gemäß der Hausordnung ist Rauchen nirgendwo in dieser Buchhandlung erlaubt, und das schließt das Café mit ein …«

»Das ist mir scheißegal, Kleiner.« Seine Stimme war tief und rauh. Sie verfehlte ihre Wirkung auf den blutjungen Geschäftsführer nicht, der anfing, nervöse Zuckungen zu bekommen.

»Es tut mir leid, aber ich kann Sie nicht …«

Der Bodyguard stand auf und blickte fast senkrecht auf den jungen Mann hinunter, dessen Gesichtszüge wieder den Ausdruck eines Kindes annahmen. Dem Kleinen klappte die Kinnlade herunter. Ich glaube, ich hörte, wie ihm ein Keuchen entfuhr.

Tekún Umán ging dazwischen. *»Raimundo, no te preoccupes, compa.«* Raimundo setzte sich langsam wieder hin. Das beruhigte den zitternden Manager nicht. Tekún wandte sich an ihn: »Bitte, wenn Sie meinem Freund erlauben würden, seine Zigarette zu genießen, wäre er viel glücklicher.« Mit diesen Worten schüttelte Tekún die Hand des jungen Mannes. Ich sah, wie ein grüner Schein in die Hand des Jungen schlüpfte. Dieser warf einen Blick darauf. Es musste ein großer Schein gewesen sein, so wie die Angst in seinen Augen sich mit der Überraschung über das großzügige Geschenk vermischte. Er bedankte sich murmelnd ein halbes Dutzend Mal, entweder für das Geld oder dafür, dass Tekún ihn davor gerettet hatte, das Gesicht vom Schädel gerissen zu bekommen. Dann ließ er uns allein.

Tekún Umán lächelte mich an. »Manchmal lässt sich Gewalt am besten mit Gelassenheit vermeiden. Manchmal auch nicht. Heute hat es funktioniert.«

Man brachte mir meinen Kaffee. Ich wartete nur kurz, dass er abkühlte, und nippte vorsichtig daran. »Das ist alles schön und gut. Es gibt nichts, was ich lieber tue, als über García Márquez zu plaudern. Aber wenn Sie erlauben, würde ich gerne wieder zum eigentlichen Grund meines Kommens zurückkehren.«

»Ah, ja. Der Tod dieses Reporters.« Tekún Umán beugte sich einsatzbereit zum Tisch vor.

»Er hat Sie vor ein paar Wochen aufgesucht. Warum?«

»Ja. Er ist hierher gekommen. Hat genau dort gesessen, wo Sie jetzt sitzen. Er hat gesagt, er wolle einen Folgebericht zu dem Artikel schreiben, den seine Zeitung eine Woche zuvor veröffentlicht hatte. Das hat mich etwas überrascht. Das *Cumberland Journal* hatte schon einen ausgezeichneten Bericht über mich gebracht, sehr sorgfältig recherchiert und korrekt. Das Foto war auch gut. Warum also, habe ich mich gefragt, sollte dieselbe Zeitung eine weitere Person schicken, um eine Woche später noch einen Artikel zu schreiben? Das erschien mir nicht sinnvoll, und das habe ich ihm auch so erklärt. ›Heben Sie sich den Platz für bedeutendere Nachrichten auf‹, habe ich ihm gesagt.«

»Und hat er Sie interviewt? Oder ist er einfach gegangen?«

»Wir haben uns eine Weile unterhalten. Er war ein recht intelligenter junger Mann, wenn auch nicht besonders belesen. Ich habe ihm empfohlen, diese Bildungslücke zu schließen und einige der Autoren zu lesen, die Sie gerade erwähnt haben. Er wirkte nicht sonderlich interessiert. Sein Spanisch war zwar gut, aber mir ist aufgefallen, dass er immer wieder auf Straßenslang zurückgegriffen hat. Sie wissen schon, er hat einem Fremden gegenüber Wörter wie *vato* oder *chingado* benutzt. So in der Art. Zumindest hat er es bei mir nicht mit *tuteo* versucht. Er hat mich mit *usted* angeredet, was, wie Sie sicher zustimmen werden, mehr als angebracht war. Aber er war ein

hartnäckiger junger Bursche, das muss ich ihm lassen.« Tekún lachte leise.
»Wie meinen Sie das?«
»Oh, er hat einfach weiter darauf bestanden, diesen Artikel zu schreiben.«
»Und Sie haben darauf bestanden, dass er es nicht tut?«
»Ja. Ich wollte wirklich nicht noch mehr Publicity als ich schon hatte. Irgendwann wird es peinlich.« Tekún nahm einen kleinen Löffel und fing an, den restlichen Schaum seines Cappuccinos mit den letzten Schlucken des starken Kaffees darunter zu verrühren.
Ich gab mir Mühe, meine nächste Frage vorsichtig zu formulieren. »Hat Mr. Sáenz Ihnen irgendwelche Fragen hinsichtlich neuer Drogenmärkte gestellt, die sich in der Umgebung von Nashville aufgetan haben?«
»Drogenmärkte? Was für Drogen? Pharmazeutische oder illegale oder was?« Obwohl er zu mir aufblickte, rührte er gelassen in seinem Kaffee.
»Illegale. Marihuana, Kokain, Heroin. Hat er Sie danach gefragt?«
»Warum sollte mich ein Reporter über Drogenmärkte befragen?«
Ich verwischte schnell meine Spur. »Mr. Sáenz hat an einem Bericht über den wachsenden Verkauf von illegaler Schmuggelware an Kinder in den örtlichen Schulen gearbeitet.«
»Oh ja. Ich habe ein paar seiner Artikel gelesen. ›High auf dem Schulhof.‹ So was in der Art. Nicht besonders originell.«
»Finden Sie? Dass auf dem Schulgelände Gras an Kinder verteilt wird, ist ein ziemlich interessantes und deprimierendes Thema. Es ist wichtig, dass die Zeitungen darüber informieren.«

»Ja, aber Mr. Sáenz hat seine Sache nicht sonderlich gut gemacht. Vor allem in der spanischen Beilage. Er muss an seiner Syntax arbeiten. Oder sollte ich sagen, musste.«

Ich rief mir die spanischen Artikel ins Gedächtnis, die ich gelesen hatte. Eigentlich hatte ich sie gar nicht mal so schlecht gefunden. Doch Tekún betrachtete alles offenbar mit einem sehr kritischen Blick.

Er schreckte mich aus meinen Gedanken. »Ich muss noch einmal nachhaken: Warum sollte man mich deswegen befragen? Ich bin Vorstandsvorsitzender eines gemeinnützigen Unternehmens, kein Drogendealer.«

»Ja, ich hätte diesbezüglich auch ein paar Fragen, Mr. Murillo, oder sollte ich Sie Tekún Umán nennen?« Jetzt war ich an der Reihe, ihm ein Lächeln zu schenken, das den bissigen Tonfall abschwächte, mit dem ich seinen Spitznamen ausgesprochen hatte. Ich hoffte, damit dem Blödsinn, den er mir auftischte, ein Ende zu machen. »Was bedeutet dieser Spitzname eigentlich?«

»Und wo haben Sie von dieser Bezeichnung erfahren?«, fragte er lächelnd, offensichtlich neugierig.

»Eine kleine Katze hat es mir erzählt.«

Er hörte auf, in seinem Kaffee zu rühren. Legte den Löffel auf die Untertasse.

»Was bedeutet es denn nun?«, hakte ich nach.

»Es ist ein alter indianischer Name aus Mittelamerika. Tekún Umán war ein Kriegerprinz der Quiché, einem der Maya-Völker von Guatemala. Er ist Anfang des 15. Jahrhunderts bei einem Zweikampf gegen Don Pedro de Alvarado gefallen. Er ist ein alter Volksheld der Guatemalteken.«

»Oh. Und Sie sind Guatemalteke?«, fragte ich.

»Zur Hälfte. Mein Vater stammt aus Guatemala. Meine Mutter ist aus Chattanooga, Tennessee.«

»Was für eine Mischung.«
Er lächelte ein wenig demütig. »Ich bin das, was man einen wahren Latino-Südstaatler nennt.«
»Aber warum dann der Spitzname?«
»Den habe ich in Atlanta bekommen. Vermutlich nennen mich die Leute so, weil sie mein Engagement für sie schätzen. Die Obdachlosenheime, die Suppenküchen, die Sanierung armer Barrios. Sie betrachten das als Heldentaten. Ich sehe es einfach als meine Aufgabe an. Meine Pflicht.« Er nahm einen Schluck von seinem Kaffee. »Ich muss zugeben, dass ich diesen Namen zum ersten Mal aus dem Mund einer Polizistin höre.«
Das verriet mir, dass ich einen Treffer gelandet hatte und mich langsam in das Innere seiner Welt vorarbeitete. »Und wie finanzieren Sie diese Pflicht? Einen kompletten Barrio umzugestalten, ist ein teures Vergnügen.«
»Wie ich schon gegenüber der Zeitung erwähnt habe, war meine Familie zu Hause in der alten Heimat mit großem Geldreichtum gesegnet. Kaffeeplantagen. Man könnte sagen, ich bin einer der Söhne der guatemaltekischen Oligarchie. Ich habe mich damit nie wohl gefühlt. Meine wohltätige Arbeit, die den Großteil meiner Zeit in Anspruch nimmt, ist meine Art, mich mit diesem Erbe auseinanderzusetzen.«
»Verstehe. Haben Ihnen die Kaffeeplantagen zu Hause auch den Jaguar da draußen beschert?« Natürlich war das nur geraten. Aber der Jaguar war der teuerste Wagen, den ich da unten gesehen hatte. Außerdem stand er nicht weit vom Eingang. Er hätte sich bestimmt problemlos einen Behindertenparkplatz erwerben können.
Sein Blick verlor an Freundlichkeit, jedoch nicht an Beharrlichkeit. »Den Jaguar und den Lexus, der danebensteht.«
Offensichtlich blickte ich verwirrt drein.

»Der Jaguar gehört mir. Raimundo fährt den Lexus. Auch wenn ich einen Kammerdiener habe, habe ich nie die Lust am Autofahren verloren. Raimundo folgt mir wie ein Schatten, ganz gleich wohin ich fahre.«

Prahlte er nur mit seinem Reichtum, oder war das eine Warnung, dass er jederzeit unter Schutz stand? Dieses Spielchen ermüdete mich langsam. »Dann gibt es also nichts, was Sie mir über Mr. Sáenz' Drogenrecherchen sagen könnten?«

Er hielt inne und sagte dann: »Offensichtlich glauben Sie, dass ich das könnte.«

»Ich habe nicht gesagt, was ich denke, Mr. Murillo. Ich stelle Ihnen lediglich eine Frage.«

»Ja. Eine Frage, die Sie gleich zweimal innerhalb eines sehr kurzen Gesprächs wiederholt haben. Ehrlich gesagt finde ich diese Andeutung beleidigend.«

»Es liegt nicht in meiner Absicht, Sie zu beleidigen, Mr. Murillo. Ich versuche nur, meinen Job zu machen und herauszufinden, wer Sáenz ermordet hat.« Ich nahm einen Schluck von meinem Kaffee. Er war köstlich. Ich hatte ihn etwa zur Hälfte ausgetrunken. Ich fragte mich, ob meine Anspannung vom Koffein herrührte oder von der hitzigen Wendung unserer Unterhaltung.

»Dürfte ich dann vorschlagen, Detective, dass Sie sich ein wenig vorsichtiger ausdrücken. Vielleicht sollten Sie erst einmal Voruntersuchungen anstellen, bevor Sie Leuten unangebrachte Fragen entgegenschleudern.«

Das war genug. »Mr. Murillo – oder Tekún Umán – oder wie auch immer Sie genannt werden wollen, Sie sind Teil meiner Voruntersuchung.«

Er lehnte sich zurück. Offensichtlich hatte er die Wut in meiner Stimme gehört. Ich hatte sie auch bemerkt. Diese Wut rührte indirekt von meinem Gespräch mit der Frau des Drogendezernats von Atlanta her. Die dortigen Drogenfahnder waren diesem Mann, der hier vor mir saß, zwei Jahre lang auf der Spur gewesen. Sie hatten genügend Informationen zusammengetragen, um sich ein nahezu vollständiges Bild eines Drogenbarons zu machen, der die Welt der gemeinnützigen Organisationen als Burggraben benutzte. Das Porträt war nur noch nicht detailliert genug gewesen, um es an die Wand zu hängen, bevor er die Stadt verließ. Jetzt war er hier, hatte seine Schäfchen im Trockenen und fing an, ein Satellitenreich in meiner neuen Heimatstadt aufzubauen.

Doch diese Wut kam nicht von der Frau aus Atlanta allein. Jeder, der mich gut kannte, wusste, dass mein Zorn ein stiller und ständiger Begleiter war, der in den Tiefen meines Gehirns schlummerte und stets auf den richtigen Moment wartete, um hervorzuschnellen. Manchmal kam er mir gelegen, auch wenn sich diese Bestie nicht leicht unter Kontrolle halten ließ. Jetzt war einer dieser Augenblicke. Es gab keinen Grund, um den heißen Brei herumzureden. Ihn direkt anzugehen, war offenbar der einzige Weg, um seine Fassade zu durchbrechen.

»Hören Sie, Murillo. Ich weiß, wer Sie sind. Atlanta hat eine Akte über Sie. Sie zeigen durchgehend großes Interesse für den Aktienmarkt, kaufen Martha-White-Mehl und Sweet-'n'-Low-Süßstoff. Jetzt sind Sie nach Nashville gekommen, um uns hier mit Ihrer ›Menschenfreundlichkeit‹ zu beglücken. Verarschen Sie mich nicht, Murillo. Ich bin nicht von der Drogenfahndung. Aber ich suche nach einem Mörder. Es kümmert mich einen feuchten Dreck, wie viele Stadträte Sie kennen. Ich frage Sie, was immer ich für wichtig halte, und ich erwarte klare Antworten.«

Ich hätte fast hinzugefügt: »Ich werde herausfinden, ob Sie irgendetwas mit dem Mord zu tun haben«, aber mein Urteilsvermögen hielt mich in letzter Sekunde davon ab. Doch da

ich wusste, was Gato Negro angedeutet und die Drogenfahnderin aus Atlanta mir durchs Telefon zugeschrien hatte, hatte ich keine Zeit, mich mit den Lügen dieses Mannes abzufinden.
Er erwiderte nichts. Starrte mich nur an. Sein Blick war fest auf mein Gesicht gerichtet. Raimundo, der Leibwächter, regte sich hinter ihm in seinem Stuhl, richtete sich auf und präsentierte mir die volle Höhe und Breite seines kobraförmigen Rückens. Ich stand auf, ohne meinen Kaffee auszutrinken. Dem Protokoll folgend, gab ich ihm meine Visitenkarte.
»Hier. Wenn Ihnen irgendetwas einfällt, das Ihrer Meinung nach für meine Untersuchung relevant sein könnte, würde ich mich über einen Anruf von Ihnen freuen.«
»Verstehe. Ist das hier Ihre Privatnummer?« Er sah ohne ein Lächeln zu mir auf.
»Das ist die Nummer meines Piepers, wenn Sie mich erreichen wollen … Sie rufen nur an, wenn Sie etwas zu sagen haben, *me entiende?«* Ich weiß nicht, warum ich ihm das auf Spanisch sagte, außer dass ich ihm zeigen wollte, dass ich in beiden Kulturen mit ihm fertig werden konnte und auch dazu entschlossen war.
»Perfectamente«, erwiderte er.
»Gut. Bedienung.« Ich wandte mich zur Theke. »Ich möchte zahlen, bitte. Wie viel bekommen Sie für den Kaffee?« Ich kramte in meiner Handtasche, konnte jedoch gerade noch erkennen, dass sie mir ein Zeichen gab. Dann hörte ich Tekúns Stimme hinter mir.
»Nein, Detective. Ich habe Sie schon gekauft.«
»Was?« Ich wandte mich ihm zu, bereit, ihn für diese Beleidigung meines Berufsstandes zu schlagen. »Was zum Teufel soll das heißen, Sie haben mich gekauft. Was fällt Ihnen ein, so etwas auch nur anzudeuten?«

»Ich meine, ich habe den Kaffee schon bezahlt. Ich habe ihn für Sie bezahlt.«
Ich erwiderte nichts, sondern ging einfach weg, während ich die Blicke der Bedienung, Murillos und Raimundos auf mir spürte.

7

Einer von Docs Laborassistenten hatte eine Nachricht auf meiner Telefonmailbox hinterlassen, in der er mich davon unterrichtete, dass die Blutproben, die ich auf dem Parkplatz und der Hochwassermauer gefunden hatte, A-negativ waren, also dieselbe Blutgruppe aufwiesen wie die von Sáenz. Wenn der Mörder eine andere Blutgruppe als A-negativ hatte, war er vermutlich während des Mordes nicht verletzt worden. Das könnte wiederum bedeuten, dass überhaupt kein Kampf stattgefunden hatte.

Das Blut von dem Fingerabdruck auf der Zellophanhülle der Zigarettenschachtel war ebenfalls A-negativ. Doc hatte den Abdruck an die Abteilung für Fingerabdrücke weitergeleitet, um überprüfen zu lassen, ob es im Automatisierten Fingerabdruck-Identifikationssystem, kurz AFIS, irgendeine Übereinstimmung gab. Da es für gewöhnlich die ganze Nacht dauerte, einen Abdruck mit der örtlichen Datei und der viel größeren Datenbank des FBI abzugleichen, konnte ich vor morgen früh mit keinem Ergebnis rechnen.

Die Blutgruppe gab mir Rätsel auf. Sie passte nicht ganz zu den anderen Informationen, die mir Doc bezüglich Sáenz' Waffenhand übermittelte. Diese war mit Blutergüssen übersät, so als hätte derjenige, der Sáenz' Hand umklammert hatte, sehr fest zudrücken müssen, um sie unter Kontrolle halten zu können. In den letzten Augenblicken seines Lebens war Sáenz wahrscheinlich bewusst geworden, was da gerade

passierte, so dass er versucht hatte, den Angreifer abzuschütteln.
Die einzige mir bisher mögliche Schlussfolgerung war, dass Sáenz seinen Mörder oder seine Mörder tatsächlich gekannt hatte. Vielleicht hatte er sogar mit seiner Waffe auf sie gezielt. Doch sie hatten es wohl irgendwie geschafft, die Waffe in ihre Gewalt zu bringen und sie auf ihn zu richten. Sie hatten ihn erschossen. War es möglicherweise ein Unfall gewesen, der sie in Panik geraten ließ, woraufhin sie das Ganze zu vertuschen versuchten, indem sie es wie einen Selbstmord aussehen ließen? Doch die Stelle, an der ihn die Kugel traf, ein glatter Durchschuss durch den Kopf, war zu präzise ausgewählt, zu strategisch günstig positioniert, als dass es ein Unfall hätte sein können.
Dann ging mir immer wieder ein Gedanke durch den Kopf. Sáenz hatte Tekún Umán gekannt. Und bestimmt auch seinen Leibwächter. Raimundo machte durchaus den Eindruck, als könne er jemanden dazu zwingen, sich selbst das Hirn wegzupusten. Er hätte sich auch Sáenz' andere Hand vom Leib halten können, indem er sie fest umklammerte, damit Sáenz sich nicht wehren konnte.
Die Zentrale hatte ebenfalls eine Nachricht auf meiner Mailbox hinterlassen, in der sie mir mitteilte, dass die Ballistik sich bemüht hatte, die Waffe in Sáenz' Hand zurückzuverfolgen. Sie war jedoch auf niemanden registriert. Es gab also keine Möglichkeit herauszufinden, ob sie dem Opfer gehört hatte.
»Ein Reporter, der eine illegale Waffe mit sich herumträgt … und er war gerade mal vierundzwanzig Jahre alt. Wo bekommt ein so junger Kerl, der für eine bekannte Zeitung arbeitet, eine unregistrierte Pistole her, und warum?«
Allmählich stieg ein Gefühl der Panik in mir hoch, dass sich meine Spuren möglicherweise gerade in nichts auflösten.

Tekún Umán würde sich mir nicht weiter mitteilen. Da war noch Gato Negro, doch der war nur ein Junge. Wie konnte er irgendetwas mit der Sache zu tun haben? »Nimm dich in Acht, Chacón«, ermahnte ich mich selbst. Um der Gründlichkeit willen, und vielleicht auch aus dem Bedürfnis heraus, das Ganze etwas distanzierter anzugehen, musste ich Gato ebenso als Verdächtigen in Betracht ziehen wie Tekún.

Das Telefon klingelte. Es waren die Leute vom Fotolabor ein Stockwerk tiefer; die Bilder vom Tatort seien fertig entwickelt. Ich dankte ihnen und sagte, ich käme sofort nach unten. »Na ja, wenigstens was zu tun«, murmelte ich, aber ich glaubte nicht wirklich daran, dass beim Durchsehen von mehr als hundert Fotos irgendetwas herauskommen würde. Ich hatte den Tatort sehr gründlich abgesucht, was selbst der junge Officer Beaver würde anerkennen müssen.

Ich schnappte mir meine Handtasche und überprüfte, ob das Pistolenhalfter an meinem Fußgelenk straff saß. Das Gewicht der 9-Millimeter-Parabellum zog das Leder nach unten. Wenn sich das Holster lockerte, drückte die Waffe immer gegen mein Fußgelenk. Dann ging ich auf die Eingangstür zu.

Detective Jerry Wilson kam heute schon zum zweiten Mal herein. Ich hatte gehört, wie ein paar Kollegen in unserer behelfsmäßigen Küche darüber geredet hatten, dass er gegen Mittag zu einem Radiointerview gefahren war. »Der Kerl ist 'ne echte Berühmtheit«, hatte einer der Detectives gesagt. Und das in keinem wohlwollenden Tonfall. Manche fragten sich, wie lange Wilson noch im Rampenlicht stehen und wie sich das auf seine Arbeit auswirken würde. Andere waren der Meinung, es könnte seine Karrierechancen nur verbessern. Er tat gewiss nichts, um diese beruflichen Ziele zu behindern.

Jetzt konnte ich einen genaueren Blick auf seinen hellbraunen Anzug und seine Seidenkrawatte werfen, die beide mit Si-

cherheit sehr teuer gewesen waren. Sein blondes Haar war nach wie vor nur leicht zerzaust, was dieselbe Wirkung hervorrief wie ein Muttermal auf dem sonst makellosen Gesicht einer Frau. Er war gute zehn Zentimeter größer als ich, schlank, so als ginge er ein paar Mal die Woche laufen. Seine Augen waren blauer als die von Supermann. Ich fragte mich, ob er wohl getönte Kontaktlinsen trug. Das hätte mich nicht gestört. Sein Lächeln breitete sich über sein ganzes Gesicht aus und entblößte schöne, perlweiße Zähne. Ich nahm an, dass er nicht viel älter war als ich, wenn auch schon über dreißig. Einunddreißig vielleicht.
Er schwamm immer noch im Kielwasser seines Erfolgs. Die lokalen Zeitungen und Fernsehsender waren seiner noch nicht überdrüssig geworden und luden ihn zu Talkshows, Fernseh- und Zeitungsinterviews ein. Ich hatte erst vor ein paar Tagen den neuesten Artikel über ihn gelesen. Darin hatte man ihn folgendermaßen zitiert: »All diese Aufmerksamkeit zu bekommen, war toll. Aber jetzt wird es Zeit, dass ich mich auf den nächsten Fall konzentriere. Ich bin noch ein recht junger Ermittler. Ich möchte mich noch nicht auf irgendwelchen Lorbeeren ausruhen.« Seine Bescheidenheit, ob aufrichtig oder nicht, hatte das Interesse des breiten Nashviller Publikums geweckt. Andere wiederum fragten sich, ob er in Zukunft nach bedeutenderen Posten streben würde, wie zum Beispiel nach dem des Leiters der Mordkommission, des Assistenten des Bezirksstaatsanwalts oder vielleicht sogar dem des Bezirksstaatsanwalts höchstpersönlich.
Doch wenn irgendjemand innerhalb des Morddezernats neidisch auf ihn war, ließ sich das an dem Händeschütteln und Rückengeklopfe der anderen Männer nicht erkennen.
Ich war gerade aus der Tür, als er mich aufhielt. »Verzeihung, sind Sie nicht Romilia Chacón?« Sein Akzent war der eines

Südstaatlers aus der Vorstadt. Ich vermutete, dass er aus Tennessee stammte, und erinnerte mich dann wieder daran, dass er den Wimpel der University of Tennessee Volunteers auf seinem Schreibtisch stehen hatte. Wahrscheinlich war er aus Knoxville.

»Ja«, erwiderte ich, während ich mich ihm mit einem Lächeln zuwandte. Wir schüttelten uns die Hand.

»Hi. Jerry Wilson. 'tschuldigung, ich wollte mich eigentlich schon früher vorstellen. Sie arbeiten jetzt seit ein paar Wochen hier, oder? Ich habe ein schlechtes Gewissen, weil ich Sie bisher noch nicht kennengelernt habe.«

»Ach, ist schon in Ordnung. Sie waren ja recht beschäftigt, Detective.«

Er lachte und rieb sich mit der linken Hand über das breite Kinn. »Bitte, nennen Sie mich doch Jerry.«

Ich erwiderte nichts, lächelte aber in Anerkennung der angebotenen Zwanglosigkeit, ohne mich festzulegen, ob ich sie in Anspruch nehmen würde oder nicht. Es würde mir nichts ausmachen, wenn wir uns mit Vornamen anredeten.

»Ich hab gehört, Sie arbeiten an Ihrem ersten Fall«, fuhr er fort. »Dieser Reporter, Sáenz. Sie halten es für einen Mord, stimmt's?«

»Ja. Zunächst hat es wie Suizid ausgesehen, aber wir sind recht schnell auf ziemlich offensichtliche Spuren gestoßen, die der Täter zurückgelassen hat.« Ich unterrichtete ihn, um welche Spuren es sich dabei handelte: die Waffe in der Hand, der telefonische Notruf, die kaum sichtbaren Blutstropfen, die zum Fluss führten.

Wilson zog eine Augenbraue hoch und senkte sie schnell wieder. »Klingt, als wär der Killer 'n richtiger Anfänger, wenn er so viele Fehler gemacht hat.«

»Stimmt«, gab ich zurück, obwohl ich anders darüber dachte.

Ich wusste nicht so recht, warum, aber ich spürte, wie Unsicherheit in mir aufkam. Vielleicht lag es an der Popularität des Mannes. Oder an seinem schnellen Einblick in meinen Fall. Er war schon ein paar Jahre länger bei der Polizei als ich. Ich lenkte das Gespräch auf ihn. »He, Sie haben letztens wirklich gute Arbeit abgeliefert. Ich weiß, ich muss mich ganz hinten anstellen, um Ihnen das zu sagen, aber herzlichen Glückwunsch zu dem Bitan-Fall. Einen Serienmörder zu fangen, na ja, das ist wie ein Sechser im Lotto.«

»Ja. Danke.« Er tat so, als schaue er sich im Raum um, als wolle er sich vergewissern, dass uns niemand belauschte. »Ehrlich gesagt waren es etwa zehn Prozent Ermittlungsarbeit und neunzig Prozent reines Glück.« Wir lachten beide höflich. »Aber ich bin vor allem froh, dass wir ihn geschnappt haben.«

»Soweit ich gehört habe, soll er ein ziemlich übler Scheißkerl sein«, sagte ich.

»Ist er auch. Ist er auch. Trauriger Fall. Zwei wirklich gute Menschen, die mit Bitan nichts zu schaffen hatten, sterben, nur weil er sich in seinen kranken Kopf gesetzt hat, ihre Zeit sei gekommen.«

»Weiß Gott, was im Hirn eines Serienmörders vor sich geht«, erwiderte ich.

»Da kann ich Ihnen nur zustimmen, ich weiß es jedenfalls nicht. Aber Gott sei Dank sitzt er jetzt im Gefängnis. Und jetzt würde ich die ganze Aufmerksamkeit am liebsten wieder von mir ablenken!« Er lockerte seine Krawatte etwas und lächelte, während er ein wenig Frust abließ. »McCabe macht mich fertig, wenn ich noch mehr Interviews gebe.«

Ich dachte an mein heutiges Gespräch mit McCabe zurück, als er mir sagte, er hoffe, ich könne ihm am Ende des Tages neue Informationen präsentieren. Er war absolut geradeheraus. »Er ist 'ne ziemlich harte Nuss, oder?«, fragte ich, als wir beide zu McCabes Büro mit den großen Fenstern hinüberblickten.

»Oh, er ist in Ordnung. Na ja, nein, Sie haben recht. Er ist sehr großzügig, wenn es darum geht, Forderungen zu stellen, und extrem knauserig im Lobausteilen. Aber er ist halt der Boss.«

Ich steuerte auf die Tür zu. Wilson schüttelte mir noch einmal die Hand. »He, wenn Sie irgendetwas brauchen, um sich hier besser einzuleben, oder wenn Sie Hilfe bei dem Fall benötigen, sagen Sie einfach Bescheid. Ich hab momentan etwas mehr Zeit.«

Ich dankte ihm. Wir trennten uns, wobei er mich mit diesem freundlichen Lächeln verließ.

Ich ging hinunter zum Fotolabor, holte meinen Stapel Fotos ab und kehrte an meinen Schreibtisch zurück, wo ich sie alle vor mir ausbreitete. McCabe kam aus seinem Büro und stellte sich mit einem Kaffee in der Hand neben mich. »Wird es nicht langsam Zeit, dass Sie nach Hause fahren, Romilia?«

»Ich kann Ihnen leider nicht viel anbieten, Lieutenant«, entgegnete ich, offensichtlich verlegen. »Der Feierabend muss also wohl noch etwas warten.« Dann informierte ich ihn über meine Tasse Kaffee mit Tekún Umán. Ich erzählte meinem Boss allerdings nicht, wie der Mistkerl angedeutet hatte, »mich zu kaufen«.

»Es ist also nichts weiter passiert, als dass Sie wütend geworden sind und er sich beleidigt gefühlt hat.«

»Ich glaube nach wie vor, dass er etwas mit der Sache zu tun hat.«

»Vielleicht. Aber was Sie glauben, ist einen Dreck wert, solange Sie es nicht beweisen können. Bleiben Sie weiter an Murillo dran. Aber seien Sie vorsichtig. Er ist der neue Liebling des Stadtrats von Nashville.«

»Natürlich. Wie Sie sehen, Boss, hab ich noch nicht viel.«
»Ja, aber Sie sind seit halb vier Uhr morgens auf den Beinen. Es ist jetzt drei Uhr nachmittags. Die Stadt wird Ihnen vier Überstunden zahlen müssen, und das gefällt denen da oben nicht.« Er setzte sich auf einen Stuhl neben meinem Schreibtisch. »Sie werden nicht viel leisten, wenn Sie sich nicht ausruhen.«
»Heißt das, ich soll nach Hause gehen?«
»Klingt so, oder?«
»Die Spuren könnten kalt werden.«
»Welche Spuren?«
Ich zog die Augenbrauen hoch; ich fragte mich, ob er sauer war oder lediglich eine Tatsache darlegte: Wenn überhaupt, gab es nur wenige Spuren.
»Sind das die Fotos?«, fragte er, während er auf den Stapel zeigte und seine Tasse an die Lippen führte.
»Ja. Ich wollte gerade einen Blick drauf werfen, um zu überprüfen, ob ich irgendetwas übersehen habe.«
»Dann nehmen Sie sie mit nach Hause«, erklärte er und stand vom Stuhl auf. »Keine Arbeitszeit auf Kosten der Stadt mehr. Ruhen Sie sich aus, Romi. Informieren Sie mich morgen Vormittag über neue Entwicklungen.«
Er hatte mich gerade ermahnt, die Gelder der Stadt nicht zu verschwenden. Hatte mich mit meinem Spitznamen angeredet und wollte innerhalb der nächsten siebzehn Stunden neue Informationen. Er war zugleich unauffällig liebenswert und permanent fordernd. Obwohl ich jedes Mal nervös war, wenn ich mit ihm redete, musste ich zugeben, dass ich ihn mochte – in seiner misstrauischen, bossmäßigen Art und Weise.

8

Ich fuhr nach Hause. Mein neues Heim befand sich im Norden der Stadt, oberhalb des Capital Centers. Ich wohnte in Germantown, einem kleinen Viertel nicht weit von der Interstate entfernt, schon fast am Stadtrand von Nashville. Germantown galt als eine der älteren Gegenden der Stadt, wo man einige der baufälligen Gebäude erst kürzlich renoviert hatte. Jeder, der in dieses Viertel zog, musste eine Einverständniserklärung unterschreiben, dass er sein Haus im Einklang mit den Normen der Geschichtsgesellschaft Nashvilles sanieren würde. Die Stadt hatte gehofft, auf diese Weise Germantown davor zu retten, zum Armenghetto zu werden. Dann kamen die Achtziger, und Nashville litt, was den Wohnungsmarkt betraf, an derselben Krankheit wie der Rest des Landes: Niemand kaufte. Germantown stagnierte in seinem halb entwickelten Zustand. Jetzt waren heruntergekommene Apartments, in denen die Polizei wöchentlich Drogenrazzien durchführte, keine fünfzig Meter von elegant renovierten Häusern entfernt, die stolz Bronzetafeln zur Schau stellten, welche Mitglieder der Geschichtsgesellschaft in die hundert Jahre alten Backsteine gedübelt hatten. »Zu Verkaufen«-Schilder staken überall in winzigen Vorgärten.

Und meine Mutter und ich lebten genau mittendrin.

Ich hatte zu einem guten Zeitpunkt gekauft. Jetzt nannte ich eines der kleineren, aber gut erhaltenen Häuser mein Eigen. Es besaß eine umgestaltete Veranda und war erst ein Jahr vor meinem Einzug mit einer cremefarbenen Außenverkleidung versehen worden. Das Dach war ebenfalls neu. Obwohl das Viertel aussah, als sei es zwischen vorrückendem Fortschritt und alteingesessener Armut gefangen, hielt ich es für eine gute Idee, hier zu kaufen. Es war das erste eigene Zuhause, das ich je besessen hatte.

Mamá war da anderer Meinung. *»Y por qué aquí?«* Die gute alte Doña Eva Chacón hatte mich das vor zwei Monaten gefragt, als wir uns das Haus zum ersten Mal ansahen, bevor ich es kaufte. Wir hatten zusammen vor dem kleinen Haus gestanden und es genau begutachtet, während wir auf den Immobilienmakler warteten. Ich hatte versucht, meinen dreijährigen Sohn davon abzuhalten, auf die Straße zu rennen. »Warum hast du dich für dieses Viertel entschieden, *hija?«* Sie klang besorgt und überaus beunruhigt.

»Das sind gute Häuser, Mamá. Sie sind in ausgezeichnetem Zustand. Ich hab dir immer gesagt, dass ich irgendwann ein schönes Haus für Sergio kaufen möchte und nicht irgendeinen Schrotthaufen, der jeden Augenblick einstürzen kann.«

»Cuidáte, vos«, ermahnte mich Mamá. »Schleuder mir keine schmutzigen Wörter entgegen.«

»Mamá, ›Schrott‹ ist doch nicht so schlimm.«

Mamá antwortete darauf nicht. Sie sah sich im Viertel um. Ein alter Mann, der leicht gebückt ging, als hätte er den Großteil seines Lebens mit harter Arbeit verbracht, spazierte auf der anderen Seite der Straße. Er war Afroamerikaner. »Ich weiß nicht, Romi. Du willst mit uns in einen Barrio voller *mollos* ziehen?«

Ich konnte diesen spanischen Ausdruck für Schwarze nicht ausstehen. »Mamá, das ist ein schönes Viertel. Und es wird mit der Zeit noch schöner werden. Auf dem Immobilienmarkt herrscht momentan nur ein wenig Flaute. Jetzt ist genau der richtige Zeitpunkt, um etwas zu kaufen. Und schau«, sagte ich, während ich nach Süden in Richtung der Skyline von Nashville zeigte, »wir sind nur ein paar Blocks vom Stadtzentrum entfernt. Sie bauen da ein wunderschönes Einkaufszentrum. Wir sind fast in Gehweite.«

»Ich werde hier ganz bestimmt nicht herumlaufen, *hija.*« Sie seufzte schwer, ein vertrauter, mütterlicher Stoßseufzer. »Warum konntest du dich nicht für eine Gegend entscheiden, wo mehr Latinos leben? Ich hab gehört, es gibt irgendwo ein Viertel mit vielen Hispanos, das Nolensville Road heißt.«

Ich hatte daraufhin bestimmt die Augen verdreht, da ich wusste, dass meine Mutter sich den Namen dieser Straße bewusst eingeprägt hatte. »Ja, und da herrschen die schlimmsten Wohnbedingungen von ganz Nashville. Deshalb ziehen die Latinos dorthin. Es ist die einzige Gegend, die sie sich leisten können. Mamá, du wirst dich mit der Tatsache abfinden müssen, dass unsere Leute in Nashville nicht so zahlreich sind wie in Atlanta. Es ist trotzdem eine schöne Stadt.«

Mamá ratterte einige Sätze auf Spanisch herunter. Sie sah weg und murmelte: »Sergio wird hier nicht glücklich sein.« Wie immer war ihr Enkelsohn ihre letzte Waffe.

Ich drehte mich um und suchte nach Sergio. Dann lächelte ich und sagte: »Oh, vielleicht wird er hier glücklicher als du glaubst.«

Mamá wandte sich um. Ich deutete mit dem Kopf in Richtung meines Sohnes, der einen etwa gleichaltrigen kleinen Jungen von nebenan kennengelernt hatte. Das afroamerikanische Nachbarskind und er folgten der Spur einer Ameisenkolonie, die auf dem Weg zurück in ihr Nest an einem Hang war. Sie kauerten beide über dem Hügel und beobachteten, wie die Insektenarmee damit beschäftigt war, Nahrung unter die Erde zu tragen. Als Nächstes machten sie sich einen Spaß daraus, kleine Zweige vor die Kolonne zu legen, um die Ameisen dabei zu beobachten, wie sie das Hindernis umgingen und ihre Wanderung fortsetzten.

Mamá machte sich erst gar nicht die Mühe, diese Szene schlechtzureden. Den Blick starr auf das Haus gerichtet, stellte sie lediglich fest: »Es wird lange dauern, bis wir uns hier zu Hause fühlen.«

Ich legte ihr den Arm um die Schulter. »Das hast du vor dreißig Jahren auch schon gesagt, als ihr El Salvador verlassen habt und nach Atlanta gekommen seid.«

Doch meine eigene Bemerkung hatte mich beunruhigt. Solche einschneidenden Veränderungen waren nicht gut für meine Mutter. Ich wusste das. Ich war mir darüber im Klaren, dass sich mit dem Umzug nach Nashville für sie eine Büchse der Pandora voller Erinnerungen öffnete. Alles, was ich dagegen tun konnte, war, mich auf den Sturm vorzubereiten. Es war ein lautloser Sturm, der aus schlaflosen Nächten bestand, in denen ich sie aufrecht im Bett sitzend vorfand, während sie sich hin- und herwiegte, unregelmäßig atmete, unfähig auch nur ein einziges Wort von sich zu geben, und die Wände anstarrte, als versuche eine Gruppe grün gekleideter Gespenster, diese niederzureißen und sich ihrer zu bemächtigen. Manchmal wünschte ich, die Anfälle wären lauter und entfesselten ein wenig von der zurückgehaltenen Hölle in ihr.

Dieses Gespräch hatte vor fast zwei Monaten stattgefunden, als wir gerade mit der Häusersuche begonnen hatten. Es war September gewesen. Die Blätter verfärbten sich bereits und ließen alle Berge und Gebirgskämme des Südens in einem wunderschönen Farbenkleid aus Gold, Rot und Lila erstrahlen. Mittlerweile waren die Bäume völlig kahl, da die kalten Wintermonate immer näher rückten.

Sergio stürzte sich an der Tür auf mich, so wie Dino Fred Feuerstein zu Fall brachte. Ich beschwerte mich kein bisschen.

»*Ey, mi cipote!* Wie geht's dir? Hast du mich heute vermisst?«

Er sah zu mir auf, während er immer noch meine Knie umschlang. »Mama, warum hast nicht mit *abuelita* und mir gefrühstückt?«

»Weil ich heute schon sehr früh arbeiten musste, *mi'jito.*«

»Hast du einen von den Bösen geschnappt?«, fragte er, wobei sein dreijähriges Stimmchen die Vorstellung von etwas ausdrückte, das er überhaupt erst noch begreifen musste.

»Noch nicht«, lachte ich, »und du und mein Boss werdet mich so lange danach fragen, bis ich ihn wirklich habe, was?«

Er kicherte nur und drückte mich noch fester. Ich hob ihn hoch, weil ich ihn zum einen umarmen und zum anderen auf Abstand zu dem Pistolenholster an meinem Fußgelenk halten wollte.

Selbst wenn sich unser Haus in keiner Latino-Welt befand, war es doch ein Ort, wo Spanisch dominierte. Diese Regel hatte meine Mutter aufgestellt. Mein Kind war schon so gut wie zweisprachig. Ich trug Sergio hinein, während ich Mamá meine Anwesenheit verkündete. Sie war in der Küche. Ich konnte hören, wie sie saubere Töpfe wegräumte.

Sie lehnte sich an den Türrahmen und verschränkte die Arme. »Nicht einmal einen Zettel hast du dagelassen, wo du hingehst.«

»Deshalb habe ich ja angerufen. Ich musste schnell weg, Mamá. Es hat einen Mord gegeben.«

»Das hab ich gehört.« Sie hatte den Fernseher an und hatte vermutlich die Lokalnachrichten gesehen. Obwohl sie nie Englisch sprach, narrte sie die Welt der Gringos, indem sie so ziemlich jedes Wort verstand. »Irgendein junger Latino. Wie hieß er noch mal?«

»Sáenz. Diego Sáenz.«

»Sáenz …«, sie dachte über den Namen nach. »Ich hab einmal eine Familie Sáenz in Houston gekannt. Hat er dort Familie?«

Ich dachte darüber nach, wie viele Sáenzs wohl in Houston lebten, so wie Jones oder Johnsons irgendwo sonst im Lande.

»Nein, ich glaube, er war aus Iowa. Aber du bist schon mal über seinen Namen gestolpert. Er hat für die Zeitung gearbeitet.«

Sie brauchte einen Augenblick, um darauf zu kommen. »Der Mann, der die Beilage geschrieben hat?«

Ich nickte zustimmend.

»Mein Gott. Was ist ihm zugestoßen?«

Ich wartete, bis Sergio in das andere Zimmer rannte, um seine Hercules-Puppe zu holen. Ich flüsterte fast: »Jemand hat ihm in den Kopf geschossen.«

Sie zog die Augenbrauen hoch und verdrehte die Augen. *»Ay Dios!* Was hat diese Stadt sonst noch zu bieten? Du hast gesagt, hier würde es friedlicher sein als in Atlanta, und jetzt schau, was hier los ist. Erst schnappen sie diesen Kerl unter der Brücke, der neben einer toten Krankenschwester geschlafen hat, und jetzt das.«

»Komm schon, Mamá, es ist doch nicht immer so.« Ich wollte dieses Gespräch nicht weiter vertiefen. Jedes Mal, wenn wir auf meine Arbeit zu sprechen kamen, versuchte sie, mir meinen Beruf madig zu machen und mich zu einer Heirat mit dem Erstbesten, der mich haben wollte, zu überreden.

Sie bereitete mir einen Nachmittagssnack zu, der eher einem riesigen Frühstück glich: Eier, Bohnen, Reis und ein paar vom gestrigen Abendessen übriggebliebene Tortillas. Für Sergio wickelte sie eine Tortilla um einen Hotdog. Er saß in seinem Kindersitz, tunkte die Tortilla in Ketchup und biss große Stücke ab. Zuerst war ich mir nicht sicher, ob ich überhaupt etwas essen konnte, nachdem ich erst vor ein paar Stunden Sáenz' verstümmelten Kopf gesehen hatte. Doch jetzt überkamen mich zugleich Müdigkeit und Hunger. Seit gestern Abend um sechs hatte ich nichts Ordentliches mehr gegessen. Ich war seit halb vier auf den Beinen gewesen, und mein Körper hatte mehr geleistet als sonst zu dieser Zeit. Ich hatte Hunger. Mir war klar, dass ich bald darauf schläfrig werden würde.

Doch da war noch dieser Stapel Fotos. An Zubettgehen war also noch nicht zu denken.

Nachdem wir uns beim Essen darüber unterhalten hatten, wie ihr Tag gewesen war, half ich meiner Mutter, den Tisch abzuräumen und das Geschirr zu spülen. Dann öffnete ich den Umschlag und breitete die Bilder auf dem Esszimmertisch aus, auf dem wir gerade erst gegessen hatten. Mamá kam vorbei. Obwohl ich mich bemühte, ihr mit dem Körper die Sicht auf die Bilder zu versperren, lugte sie mir über die linke Schulter. Ich konnte fast hören oder spüren, wie sich ihr Gesicht vor Entsetzen verzerrte. »Mädchen, warum bringst du solche Sachen mit nach Hause?«

Auch wenn ihr Tonfall wütend war, klang sie nicht selbstgerecht. Doch es war eine Stimme, die eine Frage stellte, die in einem Land von vor zwanzig Jahren begründet war. Im Gegensatz zu den Müttern anderer Detectives, die nicht fassen konnten, womit ihre Kinder im Job fertig werden mussten, hatte meine Mutter solche Gewalt schon erlebt. Und noch Schlimmeres.

»Entschuldige, Mamá. Aber ich muss mir diese Fotos genau

ansehen.« Dann veränderte sich mein Tonfall und gab meine Nervosität preis. »Ich arbeite schon einen ganzen Tag lang an diesem Fall und habe noch keine wirklich heiße Spur.«

Sie ging weg. Daraufhin hörte ich ihre Worte aus dem Flur, traurig und wahr: »Ich wünschte nur, du hättest dich für einen anderen Weg entschieden ...«

Ich seufzte und versuchte, meine Aufmerksamkeit wieder den Fotos zuzuwenden, die ich immer noch in einer bestimmten Ordnung über den Tisch ausbreitete. »Du weißt, warum ich mich für diesen Job entschieden habe, Mamá«, sagte ich mehr zu mir selbst als zu ihr. Meine Mutter war nicht mehr im Raum. Mein Sohn schaute im Fernsehzimmer »Nickelodeon«. Mit Ausnahme des Porträts an der Wand, das jetzt sicherlich auf mich herabblickte, war ich ganz allein. Das lächelnde Gesicht meiner älteren Schwester ließ nicht zu, dass ich irgendetwas vergaß. Meine Mutter hatte in die Ecke dieses großen Bildes ein kleines Foto gesteckt, das jemand bei Catalinas Beerdigung aufgenommen hatte. Darauf waren meine Mutter und ich neben Catalina zu sehen, die in ihrem Sarg lag, die Hände über der Brust verschränkt, in einem weißen Kleid mit hochgeschlossenem Kragen, der ihren Hals bedeckte und alles verbarg. Wir hatten uns auf salvadorianische Art fotografieren lassen, ohne ein Lächeln, den Blick direkt in die Kamera gerichtet, damit wir unsere geliebte Verstorbene nie vergaßen.

Die salvadorianische Vergangenheit meiner Mutter bat mich inständig, diesen Job aufzugeben. Unsere gemeinsame Vergangenheit in Atlanta verlangte, dass ich das wurde, was ich jetzt war. Und in gewisser Hinsicht war Catalina der einzige Grund, warum Mamá meinen Job ertragen konnte.

»Es ist für niemanden ein Geheimnis, warum ich diesen Beruf gewählt habe.«

Mit dieser Aussage, die ich in die Leere unseres Esszimmers hinein machte, versuchte ich meine Erinnerungen abzuschütteln und konzentrierte mich wieder auf den Mord an Diego Sáenz.

Das Gute an den Streifenpolizisten, die den Tatort fotografiert hatten, war, dass sie zu viele Fotos geschossen hatten. Besser als zu wenige. Ich musste aus etwa achtzig Fotos diejenigen auswählen, die speziell den engeren Tatort zeigten, vor allem den Bereich um Sáenz' Leiche herum. Es blieben schließlich zwanzig Bilder übrig, die ich auf dem Tisch ausbreitete. Die Hände auf den Rand des Tisches gestützt, beugte ich mich darüber.

Ich hatte mich bemüht, sie so anzuordnen, dass sie einen fast panoramischen Blick auf den Mordschauplatz boten. Dazu hatte ich die Fotos in zwei Reihen von jeweils zehn Bildern nebeneinandergelegt. Von der linken Ecke der ersten Reihe ließ ich den Blick zu der rechten schweifen. Die schemenhafte Aufnahme des Mastes und Oberdecks eines Flussschiffes machten den Anfang, gefolgt von der Hochwassermauer, die den Cumberland davon abhielt, das Zentrum von Nashville zu überfluten, dem roten Honda Civic, Sáenz' leblosem Oberkörper, der mit dem Gesicht nach oben dalag, einem kleinen Wäldchen und einer einsamen Straßenlaterne, die weiches Licht auf den Backsteinparkplatz warf, dann noch mehr Bäume auf der rechten Seite, die einen dunklen Fleck bildeten und so die lange, breite Hochwassermauer in der Dunkelheit verschwinden ließen.

Die darunter aufgereihten Fotografien zeigten mehr von dem Parkplatz. Er war kreisförmig und umgab die Stelle, an der der Mord stattgefunden hatte. Auf einem Bild war der Wagen als Ganzes zu sehen, auf zwei anderen die Leiche von Sáenz, und auf ein paar weiteren Fotos der leere Parkplatz. Ich konnte die untere Hälfte der Bäume erkennen, ihre dicken Stämme, die das Blitzlicht der Kamera ins Blickfeld gerückt hatte. Der Blitz hatte aber nicht diesen obskuren, dunklen Bereich direkt hinter den Bäumen erleuchten können, wo ich die Zellophanhülle der Zigarettenschachtel gefunden hatte.

Eine zweite Auswahl von Bildern hatte ich an die Seite gelegt. Jetzt fächerte ich sie mit den Fingern auf wie riesige Spielkarten, während ich weiterhin den Panoramablick betrachtete. Diese Fotos beinhalteten ein paar Aufnahmen von dem Handy (auf dem die Spurensicherung nur die Fingerabdrücke von Sáenz gefunden hatte), von der Leiche aus verschiedenen Perspektiven und Bilder vom Innern des Wagens.

Auf so gut wie jedem Foto, vor allem auf denen, die das Panorama bildeten, waren Polizisten zu sehen, Doc Callahan, die Fingerabdruck-Experten und ich. Wir liefen ins Bild oder wieder hinaus und blockierten manchmal die Sicht des Fotografen. Obwohl ich die Bilder ausgesucht hatte, auf denen man am meisten sehen konnte, gingen die Lebenden immer noch in diesem breiten Porträt des Toten umher.

Ich starrte diese Fotos eine gute halbe Stunde an, bis ich bemerkte, dass ich sie gar nicht mehr richtig wahrnahm. Entweder überkam mich Müdigkeit oder mangelnde Inspiration. Ich ging in den Flur, in den sich meine Mutter zurückgezogen hatte, und schlüpfte ins Badezimmer. »Eine Zigarette wäre jetzt genau das Richtige«, murmelte ich, während ich mich an jüngere Tage und schlechte Angewohnheiten erinnerte.

Nach dem Bad warf ich einen Blick in Mamás Zimmer. Sie lag auf ihrem Bett, die Brille auf der Nase, ein Buch über der Brust. Sie war so in die Geschichte vertieft, dass sie mich nicht sah, so versuchte sie, den Fotos zu entrinnen, auf die sie nur einen flüchtigen Blick erhascht hatte und die blitzschnell

ihre Vergangenheit voller Todesschwadronen und politischer Verfolgung wieder aufleben ließen. Ich ließ sie allein.
Ich blickte noch einmal auf die Fotos hinunter. Ein Bild, auf dem Doc die Leiche auf der Suche nach weiteren Verletzungen umdrehte, und sie dann wieder zurückdrehte, zog mich in seinen Bann. Das war das zweite Foto, auf dem man Sáenz' Leiche in Gänze sehen konnte. Das erste Foto zeigte Sáenz allein, während Doc im dunklen Hintergrund zu erkennen war und das Thermometer hochhielt, um die Temperatur abzulesen. Ich fragte mich, warum ich zwei Fotos aus derselben Perspektive ausgewählt und sie nebeneinandergelegt hatte. »Ich bin wohl einfach viel zu müde dafür«, murmelte ich. In diesem Moment entdeckte ich den grünen Funken.
Es war ein kleiner Funke. Man hätte es für einen glitzernden Fussel halten können, der auf den Abzug gefallen war. Ich rieb an dem Foto, um sicherzugehen. Der Funke war Teil des Fotos. Er glitzerte schwach aus einem Spalt zwischen zwei alten Backsteinen des Parkplatzes.
Zum ersten Mal betrachtete ich den Parkplatz an sich. Er war nicht aus Asphalt, sondern mit alten Backsteinen verlegt, dem Kopfsteinpflaster in Städten des vergangenen Jahrhunderts sehr ähnlich. Es gehörte zum Konzept des River Parks, einen Autoparkplatz aus diesen wunderschönen roten Steinen zu bauen. Ich erinnerte mich, wie die Räder meines Wagens ein schlagendes Geräusch gemacht hatten, als ich darüberfuhr. Die Backsteine waren ausreichend abgerundet, um lange, gleichmäßige Rillen auf dem gesamten Parkplatz zu bilden.
Auf einem Tischchen in einer Ecke des Zimmers lagen ein paar Hilfsmittel bereit, die ich benutzen konnte. Doch mein Vergrößerungsglas war nicht dabei. »Sergio, *hijo,* wo ist meine Lupe?«, fragte ich, da ich sofort wusste, dass er sie als Einziger im Haus genommen haben könnte.

Ich hatte recht. Eine Minute später kam er mit der Lupe in der Hand ins Esszimmer. »Bitteschön«, sagte er. Seine Stimme, die auf einmal ganz leise war, verriet, dass er wusste, dass er hätte Ärger bekommen können.

»Sei bitte ganz vorsichtig damit, okay?«, bat ich ihn.

»Vaya pues«, erwiderte er, wobei er die Worte in die Länge zog, während er zu seiner Nachmittagskindersendung »Blues Clues« zurücktrottete.

Die Lupe war keine große Hilfe. Ich betrachtete das erste Foto, auf dem Sáenz allein zu sehen war, während Doc im Hintergrund das Thermometer ablas. Auf dem Bild war der Funke nicht zu sehen. Obwohl das Foto aus fast genau demselben Winkel aufgenommen worden war, so als hätte sich der Fotograf nicht vom Fleck bewegt, glitzerte da nichts.

Ich musterte beide Aufnahmen sehr lange. Doch es war alles andere als Zeitverschwendung. Ich trank meinen Kaffee nicht aus.

»Oh Scheiße«, entfuhr es mir. Ich nahm beide Fotos, eines in jede Hand. Das in meiner linken war gemacht worden, bevor Doc die Leiche umgedreht hatte, um sich den Rücken des Opfers anzusehen und zu überprüfen, ob es da noch andere Einschüsse gab. Das andere in meiner rechten war aufgenommen worden, nachdem Doc den Leichnam bewegt hatte.

Kein Funke im ersten. Ein Funke im zweiten.

»Oh Scheiße. Das ist nicht gut, überhaupt nicht gut … Aber das kann doch nicht sein …«

Ich ließ die Lupe auf den Tisch fallen, schnappte mir die zwei Fotos und ließ den Rest liegen. Ich zog einen Mantel an. Im Flur rief ich laut und deutlich: »Mamá, ich bin gleich wieder zurück. Ich muss etwas überprüfen.«

Sie stand von ihrem Bett auf. *»Hija,* du bist doch gerade erst nach Hause gekommen. Wohin gehst du?«

»Ich muss nur etwas überprüfen, Mamá. Bin gleich wieder zurück. Versprochen.« Doch wir wussten beide, dass das eine Lüge war. Sie verdrehte die Augen und äußerte erneut ihr Missfallen über meinen Beruf und meine rätselhafte Besessenheit davon. Ich war überrascht, dass sie mein Versprechen, bald wieder zurück zu sein, nicht kommentierte, obwohl uns beiden klar war, dass es nicht der Wahrheit entsprach. Wir hatten uns wohl mittlerweile an meine üblichen *mentiras benditas,* meine heiligen, kleinen Lügen, gewöhnt.

Ich setzte mich in den Taurus und fuhr schneller durch die Stadt, als ich sollte.

Es war jetzt fünf Uhr nachmittags. Der Verkehr war so dicht, dass er wilde Flüche verdiente. Doch ich fuhr ins Stadtzentrum, das sich zu dieser Tageszeit eigentlich von Autos leerte. Was auch der Fall war. Auf dem Weg zur Market Street befanden sich nur noch zwei oder drei weitere Wagen mit mir auf der Straße. Auf der Höhe der Market Street Brewing Company konnte ich schon das gelbe Band erkennen, mit dem die Gegend nach wie vor abgeriegelt war. Ein Streifenpolizist stand auf einer Seite und blickte sich beiläufig um, wie man es ihm befohlen hatte.

Ich zeigte ihm meine Marke. Er entspannte sich, als er sah, dass ich Detective war. Ich schlüpfte unter der gelben Linie hindurch und betrachtete Sáenz' Kreideumriss, um mich zu orientieren. Dann hielt ich die Fotos hoch, um sie mit dem Schauplatz zu vergleichen. Schließlich stand ich an genau derselben Stelle, an der sich der Fotograf befunden hatte, als er diese beiden Aufnahmen schoss, so dass ich dasselbe vor mir sah wie er.

Die Sonne schien kaum noch. Der sich verdüsternde Schatten der kleinen Brauerei verhinderte, dass der trübe Sonnenuntergang bis hierher gelangte.

»Zumindest ist da der Backstein«, murmelte ich und ging darauf zu. Dann fiel mir die vorgeschriebene Vorgehensweise wieder ein.
Mein Auto war ein paar Meter vor dem Polizeiband geparkt. Ich lief zurück, öffnete den Kofferraum und holte meine Ausrüstung zum Sichern von Beweisen heraus. Ich durchstöberte große, mittlere und kleine Papier- und Plastiktüten, Etiketten zur Beschriftung der Beweisstücke, kleine Papierumschläge, schmale Fläschchen, die Apotheker benutzen, um Tabletten auszugeben, und Plastikbehälter mit luftdichten Deckeln, bis ich meine Pinzette fand. Eine Schachtel mit Einmalgummihandschuhen lag daneben.
Ich zog zuerst ein Paar Handschuhe über, damit ich meine eigenen Fingerabdrücke weder innen noch außen auf den Tüten hinterließ. Dann nahm ich die Pinzette und eine kleine Tüte, machte den Kofferraum zu und ging zurück zu der Kreidezeichnung.
Während ich mich über die Spalte zwischen den Backsteinen beugte, öffnete ich die Plastiktüte, hielt sie in der linken Hand und nahm die Pinzette mit der rechten. Ich benötigte mehrere Anläufe, um sie zu fassen zu kriegen, doch schließlich gelang es mir, sie aus ihrem sandigen Versteck hervorzuziehen.
»Oh Scheiße«, entfuhr es mir an diesem Tag zum dritten Mal.
»Was haben Sie gefunden, Detective?«, wollte der junge Officer wissen, als er näher trat.
Ich blickte starr auf die sandige, fleckige Jadepyramide, die vorsichtig zwischen die Spitzen meiner Pinzette geklemmt war.
»Ärger. Ich hab 'ne Menge Ärger gefunden.«

9

Obwohl ich jetzt eine Spur hatte, war niemand besonders glücklich darüber. Ich eingeschlossen.

Lieutenant McCabe lehnte in Gebetshaltung über seinem Schreibtisch. Er trug keine Krawatte. Sein Hemdkragen war aufgeknöpft. Er hatte die Ellbogen auf den Schreibtisch gestützt, während er die Finger in händeringender oder bittstellender Haltung verschränkt hielt. Er blinzelte ein paar Mal. In diesem Moment begriff ich, dass McCabe nicht nur Kaffee trank. Vielleicht war es seine kaum merkliche, aber frische Whiskey-Fahne, die ihn verriet. Seine Schicht war schon längst vorbei. Nach Feierabend war er vermutlich nach Hause gefahren, hatte seine Frau geküsst und sich den ersten von zwei Manhattans eingeschenkt. Er war in diesem Moment nicht betrunken. Wahrscheinlich war er gerade dabei gewesen, sich seinem täglichen Entspannungsritual hinzugeben und hatte seinen Drink schon zur Hälfte geleert, als ich anrief.

Wir saßen in seinem Büro und warteten auf Jerry Wilson. Ich wollte fragen: »Was bedeutet das jetzt, vor allem für Detective Wilson?« Aber mir war klar, dass diese Frage nicht angebracht war. Sowohl mein Boss als auch ich wussten, was das alles bedeutete. Dennoch gab mein Vorgesetzter vielsagende Kommentare über seinen Untergegebenen ab.

»Mit Wilson zu arbeiten, wird jetzt ungefähr so angenehm sein, wie mit einer paranoiden Kobra zu spielen. Das hat er sich selbst zuzuschreiben …«

Ich konnte mir den Mann, den ich heute kennengelernt hatte, den gutaussehenden, jungen Gentleman, der mich freundlich bei der Polizei willkommen geheißen hatte, weder als paranoid noch als Schlange vorstellen. Doch der erste Eindruck trügt manchmal. Diese zweite Aussage, dass Wilson es sich selbst zuzuschreiben habe, bereitete mir allerdings Kopfzerbrechen. Was hatte er sich selbst zuzuschreiben?

»Ich glaub das einfach nicht«, fuhr McCabe fort. »Ich meine, wir sind hier in Nashville, verdammt noch mal. Nicht in Chicago oder Houston. Aber Geographie ist wohl kein relevanter Faktor mehr ...«

Ich war mir nicht ganz sicher, auf was er anspielte. Er vergrub das Gesicht in den Handflächen und ließ es dort ruhen. Ab und zu stellte er mir eine Frage zum Tatort, um sicherzugehen, dass er das ganze Szenario richtig verstand. Er hatte jedoch alles von dem Augenblick an begriffen, als ich ihn zu Hause angerufen und ihm gesagt hatte: »Ich habe eine Jadepyramide gleich neben der Stelle gefunden, an der Sáenz' Leiche lag.«

»Aber Sie haben sie neben seinem Leichnam gefunden, nicht auf ihm«, meinte McCabe jetzt zu mir. »Nicht in seinem Mund. Das ist nicht derselbe Modus Operandi wie bei Jerrys Serienmörder. Wir haben die Pyramiden immer in den Leichen der Opfer gefunden, auf ihren Zungen.«

Ich erklärte ihm noch einmal die Fotosequenz, die ich bereits auf seinem Schreibtisch ausgebreitet hatte. »Ich bin mir ziemlich sicher, dass das Schmuckstück auf Sáenz plaziert war. Wahrscheinlich ist es ihm aus dem Mund gefallen, als Doc den Leichnam umgedreht hat ...«

In diesem Moment betrat Jerry Wilson das Büro. Er klopfte nicht an.

Er sah mich direkt an, ohne mir die Hand zu geben. Ich fühlte mich wie eine absolute Anfängerin. Außerdem wurde ich mir auch meines Alters, achtundzwanzig, bewusst, und aus irgendeinem Grund kam es mir so vor, als wäre ich mit achtundzwanzig ein Jahr zu jung, um Alkohol trinken zu dürfen.

»So«, begann er, »ich habe gehört, Sie sind im Sáenz-Fall auf etwas Interessantes gestoßen.« Nachdem er das gesagt hatte, starrte er mich zehn Sekunden lang einfach nur an. Seine blauen Augen, die heute Morgen geradezu himmlisch gewirkt hatten, durchbohrten mich jetzt wie ein scharfes Messer von United Steel. Dann richtete er diesen schneidenden Blick auf unseren Boss.

McCabe erhob sich nicht von seinem Schreibtisch. Er beugte sich vor und nahm den kleinen Plastikbeutel, in dem sich das grüne Schmuckstück befand. »Romilia hat das hier entdeckt.«

Wilson nahm den Beutel vorsichtig an dem daran befestigten Etikett, auf dem die Daten sowie meine und McCabes Initialen standen. Er musterte es genau, während er es sich knappe zehn Zentimeter vor die Nase hielt. Die kleine grüne Pyramide sah aus, als schwebe sie in den klaren Falten des Beutels. Dann legte Jerry das Beweisstück vorsichtig zurück auf den Schreibtisch. »Das ist nicht gut«, erklärte er schließlich.

»Nein, überhaupt nicht.« McCabe lehnte sich in seinem Stuhl zurück und rieb sich mit der linken Handfläche übers Gesicht.

Einen endlosen Augenblick lang redete niemand. Da es mir zu lange dauerte, entschied ich, das Schweigen zu brechen. »So wie ich das sehe, haben wir hier zwei Möglichkeiten: Entweder haben wir es mit einem Nachahmungstäter zu tun, oder der wahre Killer läuft immer noch frei herum.«

»Bitan hat diese beiden Menschen umgebracht«, fuhr Wilson mich an. »Wir haben ihn am zweiten Tatort erwischt.«

Ich strich mir mit den Fingern durchs Haar und ließ die Spitzen auf meine linke Schulter fallen. »Ich hoffe, das stimmt. Wenn das der Fall ist, haben wir einen Trittbrettfahrer am Hals.«

McCabe schaltete sich ein. »Wir könnten uns darüber viel besser im Klaren sein, wenn ein gewisser Jemand nicht beschlossen hätte, der Presse von Bitans kleinem Schmuckmotiv zu erzählen.« Er richtete den Blick direkt auf Wilson.

Wilsons weiches Gesicht verfärbte sich innerhalb von Sekunden tiefrot. »Die Untersuchung war abgeschlossen. Bitan saß im Gefängnis, Pat. Die Presse saß mir im Nacken, ich musste ihnen etwas erzählen ...«

»Einen Scheiß mussten Sie«, schnitt McCabe ihm das Wort ab. »Gegen Bitan muss erst noch Anklage erhoben werden. Anstatt sich den Medien anzubiedern, hätten Sie alle Entscheidungen mir überlassen müssen. Wenn niemand von den Schmuckstücken wüsste, könnten wir den Kreis der Verdächtigen auf ein paar Leute einengen, und zwar auf die Leute, die mit Bitan befreundet waren, die Penner, mit denen er unter der Brücke geschlafen hat. Aber jetzt könnte dank Ihnen jeder der Killer sein. Jeder Kerl zwischen zwanzig und vierzig, der sich zu oft einen runterholt, während er zwanghaft an seine Mutter denkt, die ihn mit einer gusseisernen Pfanne geschlagen hat, kann sich jetzt in die Schlange der Verdächtigen einreihen.«

McCabes plötzliche, überaus redegewandte Tirade brachte den Raum zum Schweigen. Wie ich vermutete, war es wohl das, was Wilson sich selbst zuzuschreiben hatte. Ich erkannte jetzt, dass unser sanftmütiger, kaffeetrinkender Boss auch Wutausbrüche bekommen konnte, die sich harscher Worte bedienten, bis sie einem ins Fleisch schnitten. Ich hoffte, nie unter seine verbale Klinge zu geraten.

Ich wartete, bis Wilsons Schamesröte wieder verflogen war,

bevor ich ihn fragte: »Detective Wilson, wie war der exakte Modus Operandi bei den Morden an dem Arzt und der Krankenschwester?«

»Vollkommen andere Tötungsweise. Erst hat Bitan ihnen mit einer scharfen Klinge den Hals aufgeschlitzt und ihnen dann mit einer Zweiundzwanziger in den Bauch geschossen. Zum Schluss hat er ihnen die Pyramide in den Mund gesteckt. Bei beiden Opfern hat Doc die Schmuckstücke gefunden.«

»Das unterscheidet sich sehr von diesem Fall«, erwiderte ich, in der Hoffnung, die Tatsache, dass ich Wilson zustimmte, würde zugleich seine Scham und die Wut unseres Bosses besänftigen. »Sáenz hat man mit einer Fünfundvierziger in den Kopf geschossen. Zuerst hat es wie Selbstmord ausgesehen. Aber dann hat sich ziemlich schnell herausgestellt, dass es Mord war.«

»Eben«, entgegnete Wilson. »Bitan hat kein Geheimnis darum gemacht. Er hat diese Leute umgebracht, indem er ihnen den Hals aufgeschlitzt und ein Loch in den Bauch geschossen hat. Es waren offenkundige Morde. Aber wer auch immer Ihren Sáenz ermordet hat, hat sich bemüht, irgendetwas zu vertuschen. Erst lässt er es wie einen Selbstmord aussehen, um dann später ein Kleinod auf oder in der Nähe der Leiche zu plazieren. Meiner Meinung nach versteht er sein Metier nicht besonders gut, wenn er es erst als das eine und dann als etwas anderes tarnt. Haben Sie überhaupt schon überprüft, ob diese Pyramide mit den anderen übereinstimmt?«

»Wir sind noch nicht dazu gekommen«, erwiderte ich. »Ich möchte auch, dass Doc erst einmal nachprüft, ob irgendwelche Spuren von Sáenz' Blut darauf zu finden sind.«

»Sehen Sie? Es gibt immer noch eine Menge unbeantworteter Fragen.« Wilson blickte McCabe unverwandt an. »Bis wir die

Antworten darauf haben, können wir es durchaus als Nachahmungstat betrachten.«

»Vielleicht ist es aber auch der Jadepyramidenkiller«, gab McCabe zurück, »und er hat nur seine Methode etwas verändert. Will uns abschütteln, es so aussehen lassen, als wäre er jemand anderes. Will, dass die Ermittler nervös werden und sich im Kreis drehen. So wie wir jetzt.«

Wilson konnte es kaum ertragen, sich das anhören zu müssen. »Ich wette einen Packen Geld darauf, dass Bitan unser Mörder ist, Pat«, beharrte er, während er mit dem Finger durchs Fenster auf das Staatsgefängnis zeigte, wie ich annahm, in dem Benny Bitan jetzt seine Tage und Nächte verbrachte.

»Ich weiß nicht, ob ich hoffen soll, dass Sie recht haben«, erwiderte McCabe. »Wenn Bitan tatsächlich schuldig ist, haben wir einen weiteren Spinner am Hals. Wenn nicht, dann ist unser Serienmörder schwieriger zu fassen als Sie bisher gedacht haben.«

Wilson sagte nichts dazu.

»So oder so«, fuhr McCabe fort, »ich will, dass Sie beide gemeinsam an dem Fall arbeiten. Statten Sie Bitan einen Besuch im Rocky-Mountain-Gefängnis ab, schauen Sie, ob er mittlerweile was anderes zu erzählen hat, dann …«

»Moment mal«, fiel Wilson ihm ins Wort, während er sich mit ausgestreckter Hand leicht über McCabes Schreibtisch beugte. »Wir beide? Sie meinen, sie und ich als Partner?«

McCabe zögerte ein paar quälende Sekunden lang, während er von seinem Schreibtisch zu Wilson aufblickte. »Ja, Jerry. Genau das meine ich. Kein Lone-Ranger-Syndrom mehr, was Sie betrifft. Sie müssen mit jemandem zusammenarbeiten.«

»Pat, ich habe seit zwei Jahren mit niemandem mehr zusammengearbeitet. Ich glaube nicht, dass jetzt der richtige Moment ist, um damit anzufangen.«

»Ich finde die Idee großartig, Jerry. Allein zu arbeiten, führt zu nichts.«
»Ja, aber sie ist doch noch 'ne totale Anfängerin, verdammt noch mal.« Er sah mich nicht einmal an, als seine Stimme zu einem nutzlosen Flüstern erstarb, so als wäre ich überhaupt nicht anwesend.
»Eine Anfängerin, die hartnäckig genug war, zum Tatort zurückzufahren und ein wichtiges Beweisstück zu finden, bevor der Regen oder die Straßenreinigung es wegspülen konnten. Hören Sie mir zu, Jerry: Das ist kein Vorschlag. Es ist ein Befehl.« Dann wandte sich McCabe an mich und drehte das lautlose Messer noch tiefer in Wilsons Wunde, indem er sagte: »Romilia, ich möchte, dass Sie als die leitende Ermittlerin sich mit dem FBI in Verbindung setzen. Rufen Sie deren Abteilung für Verhaltensforschung in Quantico an. Wir sind nie dazu gekommen, als wir Bitan geschnappt haben, was ich jetzt noch mehr bedauere. Überprüfen Sie, ob die beim FBI Informationen über andere Morde in den USA haben, bei denen Schmuck auf den Leichen hinterlassen wurde. Vor allem kleine jadeähnliche Pyramiden. Aber auch andere Schmuckstücke. Vielleicht hatte es der Mörder vorher mit Perlen und Diamanten.«
Dass er mich als die leitende Ermittlerin bezeichnet hatte, war Wilson nicht entgangen. Dieses Mal fiel er McCabe nicht ins Wort. Er lachte und schüttelte ungläubig den Kopf. »Pat, ich kann einfach nicht fassen, dass Sie das tun. Wie können Sie sie zum leitenden Detective machen? Sie ist völlig unerfahren! Und die Serienmorde waren meine Fälle.«
»Sáenz ist ihr Fall. Sie ist der leitende Detective.«
Sein Tonfall erlaubte keinen Widerspruch. Er musste sich nicht mehr seiner Wut bedienen, um seinen Standpunkt klarzumachen. Seine autoritären Entscheidungen reichten völlig.

Jerry sagte nichts mehr, wenngleich sein abruptes Kehrtmachen und Türzuschlagen, als er ging, für sich sprachen. Der Knall kroch mir das Rückgrat hoch und schlug es an wie eine Stimmgabel.

McCabe lächelte nur, als er sich wieder hinsetzte. Mir war nicht klar, ob er grinste, weil Wilson ein beschissener Kollege war, oder aus Genugtuung, dass er Wilsons Arsch endlich an die Wand nageln konnte.

Der unangenehmste Teil daran war, dass er mich als Nagel benutzte.

»Machen Sie sich wegen ihm keine Sorgen«, erklärte mir McCabe. »Der kriegt sich wieder ein. Es ist nur ein bisschen peinlich für ihn, verstehen Sie? Erst bekommt er den ganzen Applaus für seine Arbeit und dann stellt sich heraus, dass sie absolut nutzlos war.« Mein Boss lachte erneut in sich hinein. Er lachte länger, als mir angenehm war. Schließlich fing er sich wieder. »Sie werden schon zurechtkommen, Romilia. Sie haben das bisher großartig gemacht. Vergessen Sie nicht, Sie sind die leitende Ermittlerin. Das bedeutet, dass Sie die Entscheidungen treffen.«

Ich dachte darüber nach, wie unmöglich mir dieses Szenario vorkam. »Wilson hat recht, Lieutenant. Ich bin neu hier. Hat er, was die Leitung der Ermittlungen betrifft, dann nicht Vorrang?«

»Nicht unbedingt. Sie haben beide den gleichen Dienstgrad.«

Ich beugte mich etwas vor, während ich den Kopf schüttelte und spürte, wie mir das Haar gegen das Gesicht klatschte. »Wissen Sie, Boss, er sieht ziemlich wütend aus. Ich weiß nicht, ob das funktionieren wird.«

McCabe lehnte sich einfach nur in seinem Stuhl zurück. Er verschränkte die Finger vorm Gesicht und deutete ein Lä-

cheln an. Er sah aus, als stellte er sich gerade seinen Manhattan vor, der zu Hause im Kühlschrank auf ihn wartete.
»Keine Sorge, Romilia. Sie kriegen das hin.«

Ich verließ das Büro der Mordkommission und ging den Flur hinunter. Ich musste um eine Ecke biegen, um den Aufzug zu nehmen. Wilson wartete dort auf mich. Er überraschte mich, sein Gesicht direkt über meinem, im selben Augenblick, als ich um die Ecke gebogen kam, während er aus seinen blauen Augen auf mich herabblickte, die mir größer vorkamen als je zuvor. Sein Haar wirkte noch zerzauster. Doch jetzt fand ich es nicht mehr so attraktiv, sondern sah es als Warnung, dass dieser Typ vor Wut und Scham gleich völlig ausrasten würde.
»Ich schlage vor«, begann er mit leiser, beinahe flüsternder Stimme, als befürchte er, jemand könnte um die Ecke kommen und uns so vorfinden, »dass Sie mir viel Spielraum lassen. Ich werde diesen Fall lösen. Ich schnappe diesen Scheißkerl, der Ihren Sáenz umgebracht hat. Ich setze ihn direkt neben Benny Bitan.«
Obwohl mir das Angst machte, kotzte es mich gleichzeitig an. In dem Moment, als ich meiner Wut erlaubte, an die Oberfläche zu dringen, erkannte ich, dass sein Verhalten, diese lautlose Form der Bedrohung, wirklich sehr kindisch war. Er war ein Mann, den die Presse zunächst in die schwindelerregenden Höhen des öffentlichen Interesses katapultiert hatte und jetzt unausweichlich mit Schimpf und Schande und möglicherweise Spott überziehen würde. Kein Mann, den ich je gekannt habe, kommt mit so etwas gut klar. Er steckte mitten in einem Tobsuchtsanfall. Dennoch musste ich bedenken, dass er größer war als ich.
Ich ging vorsichtig, aber gradlinig vor. »Detective, ich schlage

vor, dass wir ganz von vorne anfangen. Noch einmal alles überprüfen, uns vergewissern, dass wir nichts übersehen haben. Wie Sie sicher selbst wissen, könnten wir sonst unliebsame Überraschungen erleben, wenn wir nur in eine Richtung ermitteln. Es könnte uns davon abhalten, den Fall aus einem anderen Blickwinkel zu betrachten.«

Einen Moment lang erwiderte er nichts; vielleicht war er überrascht, dass ich es wagte, ihm etwas zu entgegnen. Ich fuhr fort. »Da Sie der leitende Detective bei den ersten beiden Morden waren, könnten Sie doch das FBI in Quantico anrufen. Sie haben ein besseres Gespür für diese Fälle als ich. Sie sind besser darauf vorbereitet, mit denen zu reden.« Dann musste ich eine Aufgabe für mich finden. »Ich werde ... noch mal zum *Cumberland Journal* gehen und versuchen, an Sáenz' Computerdateien ranzukommen, auch wenn ich keine Ahnung von Computern habe. Vielleicht hat das Department einen Computerfachmann, der mir dabei helfen kann. Danach könnten wir gemeinsam Benny Bitan einen Besuch abstatten, um zu sehen, ob wir etwas aus ihm herausholen können.«

Mein Vorschlag, dass er das FBI anrufen solle, beruhigte ihn offenbar ein wenig. Er atmete aus, wobei er ein Stück von mir zurückwich. Wir betraten beide den Aufzug. Drei Etagen lang sagte keiner von uns ein Wort, bis er schließlich meinte: »Sie brauchen sich wegen des Fachmanns vom Department keine Umstände machen. Ich kenne mich mit Computern aus.«

Ich sah zu ihm auf. »Wirklich? Dann sollten wir zusammen zur Zeitung gehen.«

»In Ordnung.« Er fügte noch hinzu: »Wir sollten uns morgen möglichst früh treffen. Sagen wir sieben Uhr?«

»Klingt gut.«

Damit war unser Gespräch beendet. Auf der untersten Etage

trennten wir uns. Ich rief ihm noch »Gute Nacht« zu, doch er reagierte nicht. Vermutlich war er tief in Gedanken versunken und überlegte, wie oft man sein Gesicht in den Zeitungen und im Fernsehen gesehen hatte. Er würde es wieder auf die Titelseiten schaffen, dieses Mal allerdings aus anderen Gründen.

Als ich zu Hause durch die Tür trat, machte ich mich darauf gefasst, dass mich meine Mutter entweder tadeln, weil ich so spät kam, oder mir aus demselben Grund die kalte Schulter zeigen würde. Doch sie tat keines von beiden. Mamá lächelte mir aus der Küche zu. »Wie ist es gelaufen?«, fragte sie.

»Oh, nicht schlecht. Wie sieht's hier aus?«

»Sergio ist im Bett. Er möchte, dass du zu ihm kommst und ihm noch einen Gutenachtkuss gibst.«

»Das möchte ich auch. He, nach was duftet es hier?«

»Ich hab *chuco* gemacht. Möchtest du was davon?« Sie brachte mir eine Tasse des süßen, heißen Maisgetränks.

»Klingt wunderbar. Draußen ist es noch ein paar Grad kälter geworden.« Als ich ins Wohnzimmer ging, war ich immer noch verwirrt. Eigentlich hätte sie nicht so munter sein dürfen.

Ich gab meinem Jungen zwei Küsse, einen auf die Stirn, den anderen auf die Wange. Er rührte sich nicht. Ich versuchte es ein drittes Mal auf die andere Wange, aber vergebens. Er schlief schon tief und fest. Ich kehrte zurück ins Wohnzimmer. Während ich die Tasse mit beiden Händen umfasste, setzte ich mich, lehnte den Kopf gegen das Sofa und strengte mich an, etwas Entspannung in meinen Schädel zu zwingen. Ich musste morgen sehr früh zur Arbeit, mit einem Mann, der jede Minute explodieren konnte, wenn ich aus Versehen auf das falsche Knöpfchen drückte. Dieses *chuco,* dachte ich, schmeckt mit einem Schuss Whiskey sicher noch besser und zeigt noch mehr Wirkung.

Mamá rief aus der Küche zu mir herüber. »Übrigens, es hat ein netter junger Mann für dich angerufen.«

»Wirklich? Wer denn?«

»Ich hab seinen Namen vergessen. Aber ich hab ihn irgendwo aufgeschrieben. Er sagt, er will dich zum Essen einladen. Wir haben uns lange unterhalten. Ich habe bestimmt eine ganze Stunde mit ihm telefoniert. Was für ein Gentleman! Und sein Spanisch ist so gewandt. Wir haben hauptsächlich über Bücher geredet. Er ist auch ein García-Marquez-Fan! Er hat ein paar Zeilen aus *Coléra* zitiert, und ich hab mir gedacht: ›Na, dieser junge Mann ist genauso romantisch wie das Buch!‹ Warte mal, wo ist dieser Zettel? Oh, das ist er. Ja. Mr. Rafael Murillo. Er meinte, falls du dich nicht an seinen richtigen Namen erinnerst, erkennst du vielleicht seinen Spitznamen, Tekún Umán. Hieß nicht dieser Indianer aus Guatemala so?«

Ich versank in der Couch.

»Er hat gesagt, er hätte es heute sehr genossen, mit dir Kaffee zu trinken. Warum hast du mir nicht erzählt, dass du jemanden kennengelernt hast? Ich glaube, er ist ganz vernarrt in dich, *hija!*«

Meine Mutter kicherte vor sich hin.

10

Das *chuco* half nicht. Ich konnte nicht schlafen.

Ich war mir nicht sicher, was mir am meisten Kopfzerbrechen bereitete. Die Liste wurde auf jeden Fall immer länger. Ich war ganz neu bei der Polizei und arbeitete an meinem ersten Fall. Außerdem handelte es sich dabei nicht nur um einen einfachen Mord, der mehr schlecht als recht als Suizid getarnt worden war, sondern um ein Tötungsdelikt, das die Handschrift eines Serienkillers trug. Detective Jerry Wilson, einstmals Nashvilles Mann der Stunde, musste sich vor aller Welt der bitteren Wahrheit stellen, dass er möglicherweise den falschen Mann ins Gefängnis gesteckt hatte. Es war so sicher wie das Amen in der Kirche, dass ich – weil ich meine Pflicht getan hatte – auf seiner geistigen Abschussliste ganz oben stand.

Und jetzt bekam ich auch noch Anrufe von einem Drogendealer, der scharf auf mich war.

»Woher hat er meine Telefonnummer?«, fragte ich mich laut, während ich aus dem Bett schlüpfte. Wie die meisten Detectives bei der Mordkommission stand meine Privatnummer aus Sicherheitsgründen nicht im Telefonbuch. Allerdings brauchte man kein CIA-Agent zu sein, um sie herauszufinden. Dennoch musste er sich einige Mühe gegeben haben. Könnte irgendjemand im Department auf seiner Gehaltsliste stehen? Ich musste wieder daran denken, was er im

Café zu mir gesagt hatte – seine Anspielung, er könne mich kaufen.
»Dieser Scheißkerl.« Doch obwohl ich ihn beschimpfte, beschwor ich in Gedanken immer wieder sein Gesicht herauf. Sein Lächeln. Das Exemplar von *Cien años de soledad* neben seinem Kaffee. Er trug auch ein angenehmes Rasierwasser. Aber worüber hatte er sich eine Stunde lang mit meiner Mutter unterhalten? Ich setzte meine ganze Hoffnung auf ihre gemeinsame Liebe zur Literatur. Vielleicht hatten sie nur über Márquez geplaudert. Ich dachte eine Weile darüber nach, während ich den winzigen Riss in der Decke meines Zimmers begutachtete.
»Mach dich wenigstens nützlich, wenn du schon nicht einschlafen kannst.« Mit diesem Gedanken versuchte ich, die Bilder von ihm zu vertreiben.

Mamá hob die Tageszeitungen immer in einem Stapel im Keller auf. Warum, weiß ich auch nicht. Sie sagte, sie wolle sie zum Recyceln geben, aber irgendwie kam sie nie dazu, sie in die Papiertonne zu werfen. Sie war eine überzeugte Anhängerin der Wiederverwertung, vergaß nur ständig, die Tonne zu füllen und sie auf den Gehsteig zu stellen, damit sie jeden Mittwochmorgen geleert wurde. Es entsprach in etwa meiner Art, katholisch zu sein, indem ich lediglich an Weihnachten und Ostern in die Kirche ging. Die Zeitungen waren säuberlich auf dem Zementboden gleich unter der Treppe aufgestapelt. Man hätte nur noch ein paar Liter Benzin danebenstellen müssen, und schon hätte man das perfekte Bildmaterial für ein Buch über Sicherheitsvorkehrungen im Haushalt gehabt, um zu veranschaulichen, wie man sein Heim am besten abfackeln konnte.
Ich hatte sie zwar getriezt, weil sie sie so hoch aufgetürmt

hatte, doch jetzt war ich für ihre Unfähigkeit dankbar, ihr Umweltbewusstsein in die Tat umzusetzen. Ich nahm einen großen Packen vom Stapel und trug ihn nach oben.

Die Zeitungen waren fast perfekt geordnet (das musste ich Mamá lassen). Die Ausgaben der letzten vier Monate waren vollständig vorhanden. So weit musste ich aber gar nicht zurückgehen. Ich benötigte lediglich die Berichte von vor zwei Monaten, als man das erste Opfer, Dr. Lawrence Hatcher, tot aufgefunden hatte.

Hatcher, ein weißer Südstaatler aus Atlanta, der vor zwanzig Jahren seinen Abschluss an der Emory University gemacht hatte, hatte fast zwei Jahrzehnte lang als Allgemeinarzt in der Gegend von Nashville praktiziert. Er teilte sich mit drei weiteren Ärzten eine Praxis im Hillsborough District. Hatcher war dafür bekannt, sich um die Armen zu kümmern und sich in gemeinnützigen Organisationen zu engagieren; er war in den Achtzigern als Teil eines medizinischen Teams nach Nicaragua gegangen und hatte in den Neunzigern Flüchtlingslager außerhalb Bosniens betreut. Hatcher hatte erst vor kurzem das People's Health Institute ins Leben gerufen, eine gemeinnützige Klinik, die den Armen in den ländlichen Gegenden um Nashville herum erstklassige medizinische Versorgung anbieten würde.

Die erste Klinik wurde gleich vor den Toren Nashvilles in Shelbyville gebaut. Hatcher hatte für dieses Projekt Kritik geerntet, da er beschlossen hatte, diese Klinik auf die armen Bevölkerungsgruppen auf dem Land und nicht auf die in der Stadt auszurichten. Kritiker hatten angeführt, dass eine solche Einrichtung innerhalb der Stadtgrenzen mehr Leute erreichen würde. Hatcher hatte dem widersprochen und argumentiert, den Bedürftigen in Nashville stünden bereits ausreichend Angebote zur Verfügung, während die wachsende Zahl einkommensschwacher Menschen auf dem Land dringend auf Hilfe angewiesen sei.

Als man Hatcher am Morgen des 7. Oktobers tot im Percy Warner Park fand, wo er jeden Tag joggen ging, verstummte die Kritik jedoch. Man hatte ihm auf beiden Seiten den Hals aufgeschlitzt und dabei jeweils beide Halsschlagadern und Halsvenen durchtrennt. Außerdem hatte man ihm auch noch unnötigerweise eine Kugel in den Körper gejagt, die durch den unteren Thorax eingedrungen war und das Herz durchschlagen hatte, bevor sie in der Wirbelsäule stecken blieb. Obwohl der Artikel keine Jadepyramide erwähnte, wussten ich und ganz Nashville trotzdem, dass man das erste Kleinod auf der Zunge des Doktors gefunden hatte.

Ansonsten gab der Bericht nicht viel her, außer der Tatsache, dass der tote Hatcher eine siebenundvierzigjährige Witwe mit drei erwachsenen Kindern zurückließ, und ein paar Zitaten von Ermittlern (hauptsächlich von Jerry Wilson, dem leitenden Detective in dieser Mordsache), in denen es hieß, dass sie jeder erdenklichen Spur nachgingen.

Der Zeitung vom 16. Oktober zufolge war Ms. Pamela Kim Kalifornierin koreanischer Abstammung, die vor zwei Jahren in die Gegend von Nashville gezogen war. Neunundzwanzig Jahre alt und Single, arbeitete Kim als staatlich anerkannte Krankenschwester im Vanderbilt-Universitätskrankenhaus. Neben dem Artikel war ein recht großes Bild von ihr. Die Schultern zweier weiterer Personen, vielleicht Freunde, die mit ihr posierten, waren an den Rändern des Fotos zu erkennen. Sie war hübsch, mit einem ungezwungenen Lächeln und langem schwarzem Haar, das ihr über beide Schultern fiel. Obwohl nicht viel über sie bekannt war, führte der Artikel ein paar Einschätzungen von Kollegen über sie an. Sie war eine überzeugte Katholikin, die sechs Monate zuvor nach Lourdes gereist war, um die Stätte zu besuchen, an der angeblich die Jungfrau Maria erschienen war. Es war ebenfalls bekannt, dass sie an einem Abend in der Woche in einer örtlichen Suppenküche arbeitete. Obwohl sie noch neu war in Nashville, war der Artikel über sie länger als der über Hatcher, was darauf zurückzuführen war, dass sie auf dieselbe Art und Weise getötet worden war und man sie in den Armen ihres Killers gefunden hatte, der sie wie ein Liebhaber umklammert hielt.

Auf der anderen Seite des Artikels war ein Bild von Benny Bitan zu sehen, einem achtunddreißigjährigen Weißen, der ursprünglich aus Newport in Tennessee stammte und die vergangenen drei Jahre in Obdachlosenheimen verbracht hatte. Das Foto war alles andere als schmeichelhaft. Bennys Mund stand offen, mit vor Erstaunen heruntergeklappter Kinnlade. Seine Augen traten hervor, als hätte er seit einer Woche nicht geschlafen. Sein schütteres schwarzes Haar war verfilzt, entweder vom Schweiß oder dem dichten, schweren Tau, der ihn und die Leiche überzogen hatte, als man beide entdeckte. Der Artikel an sich erzählte die ganze Geschichte, wie Detective Wilson von einer Bar aus Bitan bis zu der Leiche gefolgt war. Es war im östlichen Teil der Stadt, in der Nähe des Old Hickory Boulevards. Wilson musste Bitan eine gute Stunde lang auf den Fersen bleiben, bevor der Obdachlose schließlich in die Dunkelheit unter der alten Eisenbahnbrücke abtauchte und sich an die zwei Stunden alte Leiche von Kim kuschelte. Obwohl die Zeitung Wilsons Mut unterstrich, las ich ein gewisses Maß an Machismo oder Dummheit heraus. Um den Verdächtigen zu verhaften, war Wilson allein und ohne auf Verstärkung zu warten unter die Brücke gekrochen. Es war gut, dies über meinen neuen Partner zu wissen.

Spätere Artikel berichteten über Bitans Leben, und wie es

zweifellos dazu beigetragen hatte, eine Killermaschine aus ihm zu machen. Nach dem Tod seiner Eltern war er bei verschiedenen Pflegefamilien aufgewachsen. Er hatte eine Vorgeschichte langjährigen Drogen- und Alkoholmissbrauchs. In den Obdachlosenheimen war er dafür bekannt gewesen, Schlägereien anzufangen, wobei er einmal einen anderen Mann mit einem Messer bedroht hatte. Obwohl man bei ihm keine Waffen gefunden hatte, hatte er in seinem Drogenrausch Wilson irgendetwas zugemurmelt, er habe das Messer und die Pistole nach Pamela Kims Ermordung in den Cumberland River geworfen. Die Polizei hatte den Fluss zwar abgesucht, jedoch keins von beiden gefunden (gleich unter der Frage die Waffen im Fluss betreffend, machte ich mir eine mentale Notiz: »Stadtplan von Nashville besorgen«). Ein paar Stunden später hatte Doc Callahan das grüne Schmuckstück auf Pamela Kims Zunge entdeckt.

Der Artikel sprach von Wilsons triumphalem Erfolg bei der Festnahme dieses Serienmörders. Auch wenn der gewaltsame Tod zweier Menschen eine Tragödie war, sei es doch ein Trost, dass man den Täter hatte stoppen können, bevor er noch mehr Schaden anrichten konnte. Das stimmte durchaus, sofern sich Bitan tatsächlich als der wahre Mörder herausstellte. Einige der berüchtigtsten Serienkiller hatten im ganzen Land jahrelang eine Spur der Verwüstung zurückgelassen, die buchstäblich mit Hunderten von Leichen übersät war. Es war ebenfalls bekannt, dass diese Täter ihre Vorgehensweise beim Töten änderten. Wenn der Tod der beiden Medizin-Fachleute auf Bitans Konto ging, dann hatte man ihn schon ganz am Anfang seiner mörderischen Laufbahn geschnappt.

Doch zwischen den ersten beiden Morden und dem Tod von Sáenz gab es natürlich einen offensichtlichen Unterschied: Diego Sáenz stammte nicht aus dem medizinischen Umfeld.

Er war Reporter. »Wenn Bitan unschuldig ist, heißt das womöglich, dass der Killer nicht nur seinen Modus Operandi, sondern auch den Typus seiner Opfer geändert hat«, murmelte ich und notierte das ebenfalls.

Ich hatte noch andere Aufgaben vor mir, denen ich nur mit wenig Begeisterung entgegensah, denn das bedeutete, die Fälle Hatcher und Kim neu aufzurollen. Eine davon bestand natürlich darin, Benny Bitan im Gefängnis zu besuchen. Eine andere war jedoch, die Menschen, die den Arzt und die Krankenschwester gekannt hatten, erneut zu befragen. Mir blieb also nichts anderes übrig, als Hatchers Familie aufzusuchen und mich an verschiedenen Orten umzusehen, um mehr über Kims Leben zu erfahren, zum Beispiel in der Suppenküche, in der sie ehrenamtlich gearbeitet hatte. Außerdem musste ich der Asservatenstelle einen Besuch abstatten, um die beiden Jadepyramiden zu begutachten, die man bei Hatcher und Kim gefunden hatte, und zu überprüfen, ob sie dem Schmuckstück, das ich neben Sáenz' Kreideumriss entdeckt hatte, entsprachen oder sich auf irgendeine Art und Weise davon unterschieden.

Ich blickte vom Küchentisch auf. Es war schon nach Mitternacht. »Meine Güte, Mädchen, du solltest jetzt schleunigst ins Bett.« Ich zog mich hoch, schaltete das Licht aus und ging den Flur hinunter.

Ohne mir auch nur die Zähne zu putzen, kroch ich ins Bett. Kurz bevor ich einschlief, hörte ich ein Geräusch am Ende des Bettes. Ein dumpfer Schlag gegen die Fußleiste. Ich fuhr zusammen. Die Geschichten aus den Zeitungen schwirrten mir im Kopf herum. Dann war mir klar, was es war. *»Hijo*, warum bist du auf?«

Sergio sagte nichts, zu schläfrig, um zu antworten. Im Schein des Nachtlichts konnte ich erkennen, wie er sich mit einer

Faust das Gesicht rieb. Normalerweise hätte ich ihn zu seinem Bett zurückgebracht oder ihn hingetragen, falls er zu schläfrig gewesen wäre, um alleine zu gehen. Aber nicht heute Nacht. Obwohl ich mich anstrengte, die Artikel, mit denen ich gerade eine ganze Stunde verbracht hatte, aus meinen Gedanken zu verbannen, ließen sie mir immer noch keine Ruhe. Der Gedanke an Diego Sáenz' blutigen Kopf hielt mich ebenfalls wach. »*Veníte, mi corazón*«, forderte ich meinen Sohn, mein kleines Herz, auf, zu mir zu kommen. Er kroch ins Bett und legte den Kopf auf meinen Oberarm. Ich zog die Decke über uns beide und rieb ihm mit der Nase ein paar Mal durch das dicke schwarze Haar. Es war perfekt, er half mir, in tiefe Träume zu gleiten.

11

Obwohl ich schon um halb sieben aufgestanden war, ließ mich das Klingeln des Telefons aufschrecken. Mein Körper reagierte ohne mein Einverständnis, schützte sich vor der hohen Wahrscheinlichkeit, dass am anderen Ende der Leitung Tekún Umán war. Da war auch noch etwas anderes, das sich gleich neben meine Abwehrhaltung einreihte, ein Nervenkitzel, der nicht gänzlich unwillkommen war.

Ich hatte kaum hallo gesagt, als McCabe, mein Boss, anordnete: »Kommen Sie besser sofort her.«

»Was ist denn los?«

»Sie müssen Ihren neuen Partner an die Leine nehmen.«

»Was? Ich kann doch nicht …«

»Die Medien sind hier. Die haben Feuer unterm Arsch, weil einer von ihren Leuten das jüngste Opfer des Jadepyramidenkillers ist. Sie wollen mit dem leitenden Detective sprechen.«

»Ist Wilson auch da?«, fragte ich.

»Nein. Nur die Medien. Jerry ist noch nicht zur Arbeit erschienen. Aber ich bin mir sicher, dass die Zeitungen ihn gestern Abend kontaktiert haben, als das mit Sáenz rausgekommen ist, und er seine blöde Klappe nicht halten konnte.«

Ich machte mich auf den Weg, ohne zu frühstücken. Gab aber meinem Sohn und meiner Mutter zum Abschied noch einen Kuss.

Ich konnte mich kaum durch die Eingangstür des Departments zwängen. Sobald mich jemand gefragt hatte, ob ich die leitende Ermittlerin in der Sáenz-Mordsache sei, und ich ja geantwortet hatte, waren sie offenbar alle bereit, mich auf der Stelle lebend zu verschlingen.

»Entspricht es den Tatsachen, dass man bei Sáenz' Leiche eine Jadepyramide gefunden hat?«

»War Sáenz' Hals genauso aufgeschlitzt wie bei den anderen beiden Opfern?«

»Gerüchten zufolge soll es sich hier um eine merkwürdige Art von Selbstmord handeln. Können Sie das bestätigen?«

»Hat man Sie auf den Fall angesetzt, weil Sie Latina sind?«

»Sprechen Sie Spanisch? Haben Sie Sáenz' Artikel im *Cumberland Journal* gelesen?«

»Woher kommen Sie, Detective? Sind Sie neu im Morddezernat?«

»War Detective Jerry Wilsons Untersuchung der Hatcher/Kim-Morde ein Reinfall? Hat man Sie auf diese Sache angesetzt, um Wilson abzulösen?«

Ich erkannte nur einen Menschen in der Menge, die junge Frau, die ich in den Redaktionsräumen des *Cumberland Journal* gesehen hatte, als ich mit Tony Stapleton geredet hatte. Ich konnte den versammelten Journalisten lediglich mitteilen, dass wir noch am Anfang unserer Ermittlungen stünden und wir zu diesem Zeitpunkt nicht alle Informationen herausgeben könnten. Zumindest denke ich, dass ich das gesagt habe. Ich hatte immer geglaubt, Reporter stünden in einem Konkurrenzverhältnis zueinander. Allmählich revidierte ich diese Meinung. Obwohl sie mich durchließen, arbeitete diese Journalistenmeute offenbar dennoch so weit zusammen, dass sie mich lange genug in ihrer Mitte behielten, bis sie alle Fragen herausgeplärrt hatten.

Bevor ich das Haus verließ, hatte ich noch daran gedacht, meinen Stadtplan aus dem Wandschrank zu holen. An meinem Schreibtisch warf ich einen schnellen Blick darauf. Ich benötigte nicht mehr als dreißig Sekunden, um zu erkennen, dass die Entfernung zwischen der Brücke am Old Hickory Boulevard und der nächstgelegenen Biegung des Cumberland River knappe fünf Kilometer betrug. Was meiner Meinung nach Benny Bitans Unschuld an Pamela Kims Mord bewies.

»Lieutenant«, begann ich, als ich mit dieser Information sein Büro betrat, ohne auch nur hallo zu sagen. Mamá hätte das bestimmt mit einem Stirnrunzeln bedacht. »Ich bin überrascht, dass das bisher niemandem aufgefallen ist. Hier hat man Bitan mit der Leiche gefunden. Hier ist der Cumberland. Angeblich hat er Kim umgebracht und die Waffen dann in den Fluss geworfen. Aber zwischen der Brücke und dem Fluss liegen fünf Kilometer. Wie soll er das alles in zwei Stunden geschafft haben und sich noch dazu in einer Bar ein paar Drinks genehmigt haben? Das wäre eine Strecke von insgesamt fast zehn Kilometern gewesen, ein schwieriger Marsch für einen Betrunkenen. Ich glaube, wir sollten dem Gefängnis einen Besuch abstatten und Bitan noch einmal befragen, bevor wir …«

»Bitan ist tot«, unterbrach mich mein Boss.

»Was?« Erst jetzt bemerkte ich, dass McCabe, seit ich sein Büro betreten hatte, versuchte, mir diese Neuigkeit mitzuteilen. Sein Gesicht wirkte niedergeschlagen, als tue es ihm in der Seele weh, mir diese Nachricht zu überbringen.

»Das Gefängnis hat mich angerufen, gleich nachdem ich mit Ihnen telefoniert habe. Sie haben Bitan mitten in der Nacht mit einem Bettlaken erhängt vorgefunden. Wilson ist gerade auf dem Weg dorthin.«

Bei Tod durch Strangulierung schießt zu viel Farbe in die Wangen des Toten. Ich kannte Benny Bitan nur von den Zeitungsfotos. Auf denen hatte er schon mitgenommen ausgesehen. Jetzt war sein Anblick der reinste Horror. Der Gedanke, dass er, falls es ein Leben nach dem Tod gab, mit diesem Gesicht dorthin musste, stieß mir unangenehm auf. Im Jenseits hätte er dann möglicherweise ebenso als Ausgestoßener geendet wie hier in der Welt der Lebenden.

Doc war bereits vor Ort. Er sprach leise, als wolle er die Luft in der grauen Zelle nicht aufwühlen. »Der genaue Todeszeitpunkt lässt sich anhand des Rigor mortis unmöglich bestimmen. Er war ein starker Mann, wenn auch nicht unbedingt bei guter Gesundheit. Möglicherweise ging es schnell, aber wie Sie erkennen können, hat es ihn auf jeden Fall erwischt.«

Ich erkannte es in der Tat. Doch ich konnte keinen Ausdruck des Schreckens, des Leids oder der Angst in dem Gesicht des Mannes entdecken. Manche glauben, dass bei einem schnellen, gewaltsamen Tod das Gesicht des Opfers zu dem letzten emotionalen Ausdruck erstarrt. Das stimmt nicht. Vor der Leichenstarre entspannt sich der Körper eine Zeitlang. Ganz gleich, welche Gefühle Benny Bitan in den letzten Augenblicken seines Lebens gehegt hatte, sie waren in den entspannenden Minuten nach dem Tod verlorengegangen. Der Tod, so rief ich mir ins Gedächtnis, nahm einem alles und ließ die Lebenden lediglich mit einem Kadaver zurück, dessen Schädel mit eingeschlossenem, abkühlendem Blut gefüllt war.

Wir untersuchten den umliegenden Bereich, doch die wenigen auffindbaren Hinweise deuteten auf Selbstmord hin. In der Gefängniszelle war niemand außer Benny gewesen. Der Raum bestand hauptsächlich aus drei Zementwänden. Sein Körper hing von siebzig Zentimetern straff gespanntem Bettlaken herunter. Das andere Ende war an das Metallgestänge der oberen Liege des Etagenbetts festgebunden. Er musste wirklich den sehnlichen Wunsch verspürt haben, zu sterben, denn er hatte sich von dem oberen Bett werfen und mit seinem ganzen Gewicht fallen lassen müssen, um sein Bewusstsein auszuschalten und seinen Tod durch Ersticken herbeizuführen.

Wir gingen. Wilson und ich sprachen erst darüber, als wir draußen waren.

»Wie heißt es so schön, ›Tote reden nicht‹?«, sagte er, als wir auf unsere Autos zustrebten.

Ich wusste nicht, wie ich auf dieses Klischee reagieren sollte.

»Haben Sie schon gegessen? Wollen Sie was frühstücken gehen?«

Ich sah ihn an, als er in seinen Wagen stieg. »Sie wollen jetzt frühstücken? Nachdem Sie das gesehen haben?«

Er blickte zu mir herüber. »Sie dürfen sich von so etwas nicht aus der Ruhe bringen lassen, Romilia. Es sei denn, natürlich, Sie sind neu in diesem Job.« Er verschwand in seinen Wagen.

Das war zu viel. Ich marschierte direkt auf seine Fahrertür zu und klopfte mit dem Mittelfingerknöchel gegen die Scheibe.

»Was?« Er sah mich fest an, als er das Fenster herunterließ.

»Als leitende Ermittlerin im Sáenz-Fall bitte ich Sie, jegliche Erklärungen an die Presse zu unterlassen.«

Er lachte kurz auf. »Verstehe. Sie wollen den Ruhm ganz für sich allein. Ich seh' schon die Schlagzeile: ›Anfänger-Cop rettet Nashville vor Serienmörder. Wilson steht als Idiot da.‹« Er ließ den Motor an.

»Reden Sie keinen Blödsinn, hier geht es nicht um Ruhm! Sie erzählen der ganzen Welt, wie unser Killer arbeitet, verstehen Sie das nicht ...?« Wenn er es verstand, sagte er es mir nicht. Sobald er den Vorwärtsgang eingelegt hatte, musste ich einen Schritt zurücktreten, woraufhin er mich einfach stehen ließ.

Ich lief einen kleinen Kreis ab, die Hände auf den Hüften, den Blick auf den hohen, stacheldrahtgekrönten Zaun des Gefängnisses gerichtet, mit dem Wald auf der einen Seite und der trostlosen Straße vor mir.

Da ich wusste, dass sich in diesem Augenblick bestimmt eine ganze Horde Reporter auf den Weg zum Gefängnis machte, kehrte ich ins Polizeirevier zurück, in der Hoffnung, vom Parkplatz bis zur Eingangstür freie Bahn zu haben.

Jemand hatte mir eine Nachricht von der Abteilung für Fingerabdrücke auf den Schreibtisch gelegt. Darin teilte man mir mit, man habe den verborgenen Fingerabdruck durch die regionalen Dateien des FBI gejagt, jedoch keine Übereinstimmungen gefunden. Die Fingerabdrücke dieses Killers waren nicht registriert, zumindest nicht im Südosten der USA. Außerdem informierte sie mich darüber, dass es sich bei der Blutgruppe auf der Zigarettenschachtelfolie um A-negativ handelte. Sáenz' Blutgruppe.

In diesem Moment rief Doc an. »Hören Sie, während wir im Gefängnis waren, hat eine meiner Assistentinnen die Blutgruppe auf Ihrer Jadepyramide ermittelt«, erklärte er.

»Wunderbar. Welche ist es?«

»A-negativ. Das Blut stammt zweifellos von Sáenz. A-negativ ist ziemlich selten.«

»Sonst noch was?«

»Mehr hat sie mir nicht gesagt. Sie können einen Blick in ihren Bericht werfen, wenn Sie möchten. Auf der Pyramide waren übrigens keine Fingerabdrücke. Genau wie bei den beiden anderen Morden hat der Killer wahrscheinlich Handschuhe getragen. Entweder das, oder das Blut hat etwaige Abdrücke überdeckt. Doch ich vermute, dass er oder sie Handschuhe getragen hat. Die Kollegen von der Spurensicherung haben gesagt, dass sie außer denen von Sáenz keine weiteren Fingerabdrücke auf dem Telefon, dem Wagen oder der Waffe gefunden haben.«

»Nochmals danke, Doc.«

»Immer wieder gerne, Romi.« Er legte auf.

Ich ließ mir das alles durch den Kopf gehen. Die Blutgruppe auf der Zellophanhülle der Zigarettenschachtel war dieselbe wie die des Opfers. Keine Fingerabdrücke – die von Sáenz ausgenommen – auf der Pyramide oder der Waffe. Benny Bitan, der an seinem Bettlaken hing. Ich warf einen Blick auf die Liste, die ich am Vorabend gegen Mitternacht zusammengestellt hatte: Es würde heute Morgen keine Befragung von Benny Bitan geben. Konnte ich also streichen. Aber Wilson und ich konnten Hatchers Familie und Kims Bekannte am Vanderbilt-Krankenhaus sowie das Obdachlosenheim aufsuchen, in dem sie ehrenamtlich gearbeitet hatte. Da waren auch noch die Pyramiden, die man auf den ersten beiden Opfern gefunden hatte. Außerdem musste ich natürlich noch mit Wilson fertig werden, meinem Partner, der irgendwo zwischen hier und Benny Bitans herabhängender Leiche gemütlich frühstückte.

Das Telefon klingelte erneut. »Ich verschwinde besser aus diesem Büro, wenn ich in Ruhe darüber nachdenken möchte.« Es war Tony Stapleton.

»Detective Chacón. Wie geht's Ihnen?«

»Bin schon etwas ausgelaugt. Was kann ich für Sie tun, Mr. Stapleton?«

»Der Tod von diesem Bitan drüben in der Haftanstalt … Irgendwelche Vorschläge für eine gute Schlagzeile?«

»Nicht wirklich. Außer dass es Selbstmord war.«

»Jeder weiß das, Detective. Aber warum hat er es getan? Oder war es tatsächlich Selbstmord? Haben Sie diesbezüglich irgendwelche Zweifel? Wissen Sie, wenn ihm bekannt gewesen wäre, was Sie gestern über Sáenz' Mord in Erfahrung gebracht haben, dann hätte sich der alte Benny vielleicht keinen Strick genommen. Was meinen Sie?«

Ich versuchte ein Kichern, aber es wollte nicht so richtig herauskommen. »Ich habe wirklich keine Theorien für Sie parat, Mr. Stapleton.«

»Nennen Sie mich doch Tony. Und vergessen Sie nicht, Detective. Ich habe Ihnen erst kürzlich geholfen. Dafür könnten Sie sich jetzt revanchieren.«

»Tony, ich habe nur meine Arbeit getan, als ich Sie aufgesucht habe. Zufälligerweise war mein Opfer einer Ihrer Angestellten. Wenn Sie der Geschäftsführer einer Speditionsfirma wären, hätte ich genauso gehandelt.«

»Ja, aber ich bin nicht der Geschäftsführer einer Speditionsfirma. Ich bin Chefredakteur einer Zeitung. Und in dieser Funktion buddele ich nach Informationen. Achten Sie also gar nicht weiter auf mich, wenn ich ein bisschen um Sie herumbuddele.« Er bemühte sich vergebens, seinen beißenden Kommentar mit einem fröhlichen Glucksen zu überspielen.

»Dann buddeln Sie mal«, erwiderte ich, womit ich ihm auf meine Weise sagte: »Du kannst mich mal, *pendejo.*«

Wir verabschiedeten uns herzlich und legten auf. Kaum hatte ich die Hand vom Hörer genommen, als das Telefon erneut klingelte. »Herrgott noch mal!« Ich meldete mich mit einem ziemlich lauten »Morddezernat, Chacón«.

»Meine Güte, klingt fast so, als hätten Sie den Tag etwas angespannt begonnen, Detective.«

Es war Murillo. Tekún Umán.

»Ja, Mr. Murillo. Wie kann ich Ihnen helfen?« Ich drückte mich so zurückhaltend wie möglich aus.

»Hat Ihnen Ihre Mutter gesagt, dass ich gestern Abend angerufen habe?«
»Ja, das hat sie getan.«
»Ich habe mich gefragt, warum Sie nicht zurückgerufen haben. Auch wenn ich natürlich weiß, dass Sie sehr beschäftigt sind.«
»Ja. Aber ich habe nicht zurückgerufen, weil Ihr Anruf offenbar eher persönlicher als dienstlicher Natur war. In Anbetracht der Tatsache, dass Ihr Wunsch, mit mir essen zu gehen, nichts mit diesem Fall zu tun hat, habe ich beschlossen, nicht darauf einzugehen.«
»Oh. Verstehe. Dann sind die Chancen eines privaten Treffens also gleich null?«
»Stimmt genau, Mr. Murillo.«
»Bitte, vergessen Sie den Mister. Da fühle ich mich so alt. Nennen Sie mich doch Rafael.«
»Wie Sie wünschen. Oder wie wär's mit Tekún?« Ich lachte knapp.
Er lachte nicht. »Sie könnten mich wohl so nennen, wenn Sie wollten.«
»So oder so, ich glaube nicht, dass wir uns treffen sollten, da wir beide in sehr unterschiedlichen Branchen arbeiten.«
»Warum sollten Verbrechensbekämpfung und Wohltätigkeitsarbeit nicht zusammenpassen? Ich glaube, wir könnten gemeinsam ein paar interessante Ideen entwickeln.«
»Ich bin momentan nicht an Ideen interessiert.«
»Romilia, ich möchte mich wirklich gerne mit Ihnen treffen. Ihre Mutter wäre einem Mittagessen heute offenbar nicht abgeneigt. Sie hat mich zu Ihnen nach Hause eingeladen. Es wäre keine *buena educación,* wenn Sie sich gegen einen Gast in Ihrem Haus wenden würden.«
»Moment mal«, warf ich ein. »Sie wissen, wo ich wohne?«

»Nein, Ihre Mutter meinte, ich sollte das erst einmal mit Ihnen klären. Aber wo liegt das Problem ...«
»Vergessen Sie's. Kein Mittagessen.«
»Doña Eva wird enttäuscht sein.«
»Das kann ich regeln.« Obwohl ich mich fragte, ob das wirklich stimmte. Meine Mutter war offenkundig ganz heiß auf diesen Typen, ein vielversprechender Schwiegersohn, der ihre Tochter weit weg von den Widrigkeiten des Polizistenlebens entführen würde.
»Wir wäre es dann mit einer Tasse Kaffee, Romi?« Na, toll. Er hatte sich lange genug mit Mamá unterhalten, um ihr meinen Spitznamen zu entlocken. »Hören Sie, ich weiß, Sie verdächtigen mich irgendwelcher illegaler Aktivitäten. Aber ich versichere Ihnen, ich habe eine blütenreine Weste. Ich möchte es Ihnen gerne beweisen. Außerdem kann ich Ihnen vielleicht bei Ihrem Fall behilflich sein.«
Ich blickte mich im Büro um. Mein neuer Partner war nirgends zu sehen. Wahrscheinlich mampfte er gerade in irgendeinem Cracker-Barrel-Restaurant ein paar Waffeln. Ohne ihn konnte ich sowieso nicht viel tun. Vielleicht konnte ich ein paar Dinge mit Tekún klären, persönliche wie auch berufliche.
»In Ordnung. Kaffee. Sonst nichts.«
Er legte freundlicherweise auf.

12

Auch wenn er darauf bestanden hatte, mich zu sehen, hatte ich es mir nicht nehmen lassen, den Kaffee zu bezahlen und unseren Treffpunkt zu bestimmen. Draußen herrschten zehn Grad, recht warm für Nashville im November. Die Sonne schien. Ein paar Wolken zierten den blauen Himmel. Obwohl keine Blätter mehr an den Bäumen hingen, war es genau die richtige Zeit, um raus an die frische Luft zu gehen.

Daher entschied ich mich für den Centennial Park und Kaffee von McDonald's zum Mitnehmen.

Ich reichte Tekún den Styroporbecher. Als er mich erblickt hatte, hatte er mich von seinem Jaguar aus angelächelt, die Tür geschlossen und mit einem elektronischen Schlüsselring abgesperrt, woraufhin der Wagen ein metallisches Zwitschern von sich gab. Sobald er das große M auf dem Kaffeebecher sah, runzelte er die Brauen und spitzte leicht die Lippen.

»Ist das Ihre Vorstellung von einem Date?«, fragte er.

»Nein. Das ist meine Vorstellung von einem Treffen.«

»Oh. Verstehe.« Er brach die Öffnung des Bechers auf und führte ihn an den Mund. Der Geruch ließ ihn innehalten. »Der ist schrecklich stark.«

»Das ist kein Latte, wenn Sie das meinen.«

»Was? Keine mit Cholesterin vollgepumpten Apfeltaschen dazu?« Er gab einen starken Südstaatenakzent zum Besten.

»Das würde schon zu viel zwischen uns bedeuten.«

»Okay. Möchten Sie ein bisschen spazieren gehen?«
Wir machten die ganze Runde um den Parthenon, während wir die Leute beobachteten, größtenteils Studenten der Vanderbilt-Universität, die den plötzlichen Wetterumschwung ausnutzten. Auf unserer Linken warfen sich drei junge Männer eine Frisbee-Scheibe zu. Eine Frau mit einem Doppelkinderwagen schob ihre beiden Babys über den Gehweg, der den großen Park durchquerte. Der Verkehrslärm von der West End Avenue lag in angenehmer Entfernung. Trotzdem hatte dieser Augenblick absolut nichts Angenehmes. Es war zehn Uhr morgens. Der Sáenz-Fall war schon dreißig Stunden alt. Die Medien nannten ihn jetzt den dritten möglichen Serienmord des Jadepyramidenkillers in der Gegend von Nashville. Es fiel mir schwer, meinen Spaziergang durch den Centennial zu genießen.
Außerdem war ich aus meinem Rhythmus gekommen, der mich, wie ich wusste, bei Verstand hielt. Ich trainierte täglich und achtete darauf, dass ich im Fitness-Studio ein paar Kilometer auf dem Laufband hinter mich brachte, bevor ich eine Stunde lang mit den Gewichten arbeitete. Gestern hatte ich es nicht zum Sport geschafft. Es wäre mein Arm- und Brustmuskeltag gewesen. Heute wären meine Beine, mein Rumpf und mein Rücken dran. Ich stemmte keine schweren Gewichte, sondern trainierte mit leichten Hanteln, wobei ich alle Übungen häufig wiederholte. Dieses tägliche Training war mehr als nur ein Ritual, es war ein Laster. Ich wusste das. Allerdings war es ein vernünftigeres Laster als Alkohol oder Drogen. Es war eine Sucht, die mir half, bei Verstand zu bleiben und den natürlichen Stress – oder wie meine Mutter sagte, *los demonios* – unter Kontrolle zu halten. Jetzt verlor ich zwei Tage wegen eines heißen Falles, der an meiner Fähigkeit nagte, meine Anspannung so gering wie möglich zu halten. Ein

kurzes Training im Fitness-Studio heute Morgen wäre ein guter Fixpunkt gewesen.

Tekún riss mich aus meinen Gedanken. »Ihre Mutter ist eine faszinierende und liebenswürdige Frau. Das konnte ich bei unserem Telefongespräch merken.«

»Sie ist schon was Besonderes.« Ich grinste, allerdings bestimmt mehr aus Verdruss.

»Aus El Salvador. Ich habe es gleich an ihrem Akzent erkannt. Sie haben starke Wurzeln.«

»Das hat man mir gesagt.«

»Waren Sie schon mal dort?« Er warf mir einen Blick von der Seite zu.

»Nein.«

»Tatsächlich? Sie sollten mal hinfahren. Es ist ein wunderschönes Land. Es gibt dort die traumhaftesten Strände der Welt. Haben Sie gewusst, dass Surfer aus Europa bis nach El Salvador reisen? Sie behaupten, es gäbe dort die besten Wellen. Ich bin überrascht, dass Sie nie in das Heimatland Ihrer Mutter zurückgekehrt sind.«

»Die Möglichkeit einer Rückkehr hat für meine Familie nie bestanden.«

Er hob den Kopf. Sein Kiefer öffnete sich leicht, als wollte er »Aha« sagen. Ich fragte mich, ob ich zu viel verraten hatte.

»Sie haben recht. Es ist ein wunderschönes Land. Aber es hat mehr als genug gelitten. Die Guerilla-Gruppen und die Armee und so weiter. Und die Todesschwadronen. Die Schwadronen im Land Ihrer Mutter könnten sich problemlos mit denen in meiner Heimat messen.«

»Guatemala, richtig?«, hakte ich nach. »Fahren Sie oft zurück?«

»Oh ja. So oft ich kann. Mein letzter Besuch ist allerdings schon etwas länger her. Die Geschäfte haben mich hier in *gringolandia* aufgehalten.« Er senkte den Blick auf das Gras. Mir fiel auf, dass er noch keinen Schluck von seinem Kaffee getrunken hatte. Er hielt den Becher einfach nur in der Hand, während er wahrscheinlich darauf wartete, dass wir beim Dahinschlendern an einem Mülleimer vorbeikamen.

Auf unserer Rechten fuhr ein roter Lexus an uns vorbei. Auch wenn die Fenster getönt waren, wusste ich, wer in dem Wagen saß: Raimundo. Ich schüttelte den Kopf und grinste. Mit Tekún durch einen Park zu flanieren, unterschied sich nicht groß von einem Spaziergang mit dem Präsidenten einer kleinen Nation. Ich fragte mich, ob der Lauf einer automatischen Waffe auf mich gerichtet war.

»Sie haben einen Sohn, soweit ich weiß.«

Pass auf, dachte ich. »Ja.«

»Sergio. Schöner Name. Nach wem ist er benannt?«

»Nach meinem Vater.«

»Verstehe. Ihr Vater ist tot, nicht wahr?«

Ich sah ihn an. »Ja. Er ist tot.«

»Das tut mir leid. Ihrer Mutter geht das offenbar immer noch sehr nahe.«

»Meiner Mutter geht es gut.«

»Davon bin ich überzeugt. Aber sie vermisst ihn sehr.«

Ich presste die Finger in die Styroporwand meines Kaffeebechers. Dann blieb ich stehen. Er ebenfalls. Wir sahen uns an. »Sagen Sie, worüber haben Sie und meine Mutter sich noch unterhalten?«

»Oh, über viele Dinge. Bücher natürlich. Dann habe ich ihr von meiner Familie zu Hause in Guatemala erzählt. Wie meine Mutter aus Tennessee meinem Vater in sein Heimatland gefolgt ist. Dass sie Spanisch mit einem starken Südstaatenakzent spricht. Daraufhin hat sie über sie alle geredet, Ihren Vater, Ihren Sohn. Und über Ihre Schwester natürlich. Catalina. Das war bestimmt eine schlimme Tragödie für Sie. Ich habe vor Jahren in Atlanta darüber in den Zeitungen gelesen, hatte es aber ganz vergessen. Sie haben den Mann nie geschnappt, oder? Sind nie wirklich dahintergekommen, wer es war?«

Ich hatte das Gefühl, mein Kaffee würde gleich aus dem Loch im Deckel herausquellen. Dann ging ein Zucken durch meine Finger, und der Druck auf den Becher ließ nach.

»Ich verstehe, wie Sie zu dem geworden sind, was Sie sind, Romi. Salvadorianisches Blut, das ganz natürlich nach Gerechtigkeit schreit. Ich meine, Ihrer Mutter zufolge hat Ihr Vater genau das in der alten Heimat getan. Deshalb mussten sie auch fliehen. Ich habe das schon oft beobachtet, wenn ein Paar, das seine Heimatstadt oder sein Land noch nie verlassen hat, woanders hingeht, an einen Ort wie diesen. Die Frau kommt meistens damit zurecht. Aber der Mann, na ja, Männer sind wohl einfach nicht so stark. Wir greifen zur Flasche oder zu Drogen oder zu irgendetwas anderem, das uns vermeintlich Halt gibt. Das ist eine traurige Art zu sterben. Und dann der Verlust Ihrer großen Schwester durch diesen Wahnsinnigen … Kein Wunder, dass Sie sind, wie Sie sind.«

»Ich bin nicht hierher gekommen, um darüber zu diskutieren, wer ich bin«, erwiderte ich, ohne Tekúns Namen auch nur aussprechen zu wollen. Ich wollte ihn nicht »Tekún« nennen, da es zu vertraut klang. Andererseits wollte ich ihm auch nicht den Respekt erweisen, ihn mit »Mr. Murillo« anzureden. Was ich mit ihm tun wollte, hätte mich meinen Job gekostet. »Sie haben gesagt, Sie könnten mir bei diesem Fall helfen. Deshalb bin ich hier.«

»In Ordnung, Romi. Aber ich glaube, Sie sollten wissen, wie sehr Ihre Mutter es nötig hat, zu reden.«

»Was meinen Sie damit, sie hat es nötig, zu reden? Wir reden sehr wohl miteinander. Sie haben wirklich nicht das Recht, sich in mein Privatleben einzumischen. Und hören Sie verdammt noch mal auf, mich Romi zu nennen!«

Mein Daumen durchstieß das Styropor. Heißer Kaffee lief mir über die Hand.

Er versuchte mir zu helfen. Bevor er mir den Becher aus der Hand nehmen konnte, schleuderte ich ihn mit einem Rückhandwurf von mir. Ich spürte, wie ich unkontrolliert die Zähne zusammenbiss. Mein Haar klatschte gegen mein Gesicht und fiel mir dann über die Schulter. Der Becher und der restliche Kaffee flogen auf Tekúns rechte Seite und landeten in einer kleinen, feuchten Explosion auf dem Gras. Ich wischte mir die Hand an meinem Mantel ab und rieb sie, um das Brennen loszuwerden. »Alles in Ordnung. Alles in Ordnung«, stieß ich hervor, als er einschreiten wollte. Dann hielt ich die andere Hand hoch, um ihm zu bedeuten, sich von mir fernzuhalten. Er respektierte das. Während ich mir mit dem Mantel den Kaffee von der Hand wischte, rührte er sich nicht von der Stelle. Er bot mir jedoch ein Taschentuch an, das ich annahm.

»Ich habe wohl ein paar wunde Punkte getroffen«, meinte er schließlich.

Ich antwortete nicht. Stattdessen fuhr ich damit fort, Kaffee abzutupfen, der gar nicht mehr da war. Nur noch das brennende Gefühl.

»Bitte entschuldigen Sie. Es war nicht meine Absicht, alte Wunden aufzureißen.«

Blödsinn, dachte ich, während ich beinahe zwangsläufig etwas anderes sagte, als erwarte man das von mir. »Ja, nun, wir tragen wohl alle ein Päckchen aus unserer Vergangenheit mit uns herum, mit dem wir zurechtkommen müssen.«

»Ja. Aber Ihr Päckchen ist offenbar praller gefüllt als das aller anderen.«

Ich warf den Kopf hoch und blickte ihn direkt an. »Haben Sie irgendwelche Informationen zu diesem Fall, die Sie mir mitteilen wollen, oder nicht?«

Er seufzte. Nachdem ich ihm sein Taschentuch zurückgegeben hatte, steckte er eine Hand in die Tasche. Wir setzten unseren Spaziergang fort. Er bot mir seinen Kaffee an. Ich lehnte ab. Nach etwa zwei Minuten, in denen er, wie ich vermutete, der Stille Gelegenheit geben wollte, das plötzliche Unbehagen des Kaffeeunfalls zu bereinigen, fing er an zu reden. »Als Ihr Opfer, Mr. Sáenz, mich aufgesucht hat ... Sie hatten recht, er hat an einem Artikel über den örtlichen Drogenmarkt gearbeitet. Er hat mir von einem Mann erzählt, der sich Two-Bits nennt. Der Name passt wohl zur Person. Er war ein zweitklassiger Drogendealer hier in der Stadt. Natürlich hatte ich noch nie von diesem Mann gehört. Doch nach dem Mord an Mr. Sáenz habe ich einen meiner Angestellten, Mr. Colibrí – ich glaube, Sie sind ihm in meinem Büro begegnet, sein Spitzname lautet Pajarito –, angewiesen, Nachforschungen über diesen Two-Bits anzustellen. Er sitzt momentan im Gefängnis. Die Polizei hat ihn vor ein paar Wochen geschnappt und eingesperrt.«

»Warum hat sich Sáenz für diesen Mann interessiert?«

Tekún machte den Eindruck, als überlege er sich sehr genau, was er sagte, jedoch nicht unbedingt, weil er es nötig hatte, irgendetwas zu verbergen. Denn er war bei allem, was er sagte, vorsichtig und plazierte seine Worte wie Spielfiguren in einer Schachpartie, stets auf ein Schachmatt aus. Mir drängte sich der Gedanke auf, dass er seine vorgebliche Freundlichkeit und seine Betroffenheit meinen Vater und meine Schwester betreffend dazu benutzte, sich bei mir einzuschmeicheln. »Mr. Sáenz hat offenbar geglaubt, Two-Bits hätte etwas mit den Morden an dem Arzt und der Krankenschwester zu tun.«

Ich blickte daraufhin sicherlich verwirrt drein. »Wie denn? Er ist im Gefängnis. Sie haben gesagt, er sitzt schon seit mehreren Wochen ein. Wie könnte er Hatcher und Kim ermordet haben?«

»Meinem Angestellten zufolge war Mr. Two-Bits ein unbedeutender Dealer, der unbedeutend geblieben ist, weil er seinen Drogenverkauf nicht wie ein Geschäft betrieben hat. Er ist ein primitiver Kerl, der für seine Brutalität bekannt ist. Ich glaube, Pajarito hat das Wort ›abartig‹ benutzt, als er von ihm gesprochen hat. Allerdings hatte Two-Bits durchaus ein paar Handlanger, die die Drecksarbeit für ihn erledigt haben könnten. Man könnte sie wohl als bezahlte Killer bezeichnen.«

Er redete wie ein Anfänger, wenn er von der Drogenwelt sprach. Was für eine beeindruckende schauspielerische Leistung, dachte ich und dachte an die Wut der Drogenfahnderin aus Atlanta, mit der ich telefoniert hatte. »Verstehe. Und Sie glauben, dass diese ›Killer‹ herumlaufen, Leute umbringen und Schmuckstücke in ihre Leichen stecken.«

»Ich habe keine Ahnung, Romi … Detective. Ich erzähle Ihnen lediglich, was ich weiß. Ich habe heute Morgen im Radio gehört, dass man bei dem jüngsten Mordopfer, Mr. Sáenz, möglicherweise eine weitere Jadepyramide gefunden hat. Ich habe es als meine Pflicht betrachtet, Sie über alles zu informieren, was ich weiß.«

»Verstehe. Danke, Tekún.« Meine Wut von vorhin hatte etwas nachgelassen. Informationen zu erhalten, die mich bei dieser Ermittlung weiterbringen konnten, trugen dazu bei, diesen alten, unbehaglichen, doch notwendigen Zorn zu besänftigen.

Zuerst bemerkte ich gar nicht, dass er stehen geblieben war und mich zwei Schritte ohne ihn hatte gehen lassen. »Ja.

Übrigens, Detective, wegen meines Spitznamens. Wissen Sie, es gibt nur wenige Menschen, die mich so nennen.«

»Oh, tatsächlich?«

»Ja. Nur ganz bestimmte Personen wissen darüber Bescheid. Haben Sie mir nicht erzählt, dass Ihnen eine kleine schwarze Katze diesen Namen genannt hat?«

»Ja, eine kleine Katze. Oder ein kleiner Vogel. Irgendein kleines Tier.« Ich lachte. Vielleicht etwas zu laut, als gut war. Dann heulte eine innere Alarmsirene in mir auf. Mein Wutausbruch von vorhin hatte, wie schon so oft, ein paar Meldevorrichtungen in meinem Gehirn lahmgelegt, die mir normalerweise halfen, Hinweise und Warnsignale wahrzunehmen.

»Verstehe.« Er lächelte. »Na, ich hoffe, diese Information über Two-Bits wird Ihnen von Nutzen sein.« Er hielt mir die Hand hin, und ich schüttelte sie. »Tut mir leid wegen des Kaffees. Ich hoffe, Ihre Hand ist bald wieder in Ordnung.« Dann drehte er sich um und marschierte auf seinen Jaguar zu. In Sekundenschnelle war er fort. Der smaragdgrüne Jaguar verließ den Centennial Park, während der rote Lexus ihm wie ein Schatten folgte.

13

Mein neuer, widerwilliger Partner war immer noch nicht vom Frühstück zurück. Grund genug für mich, einen weiteren Kaffeebecher mit dem Daumen zu durchbohren. Doch als ich an mein Treffen mit Tekún Umán zurückdachte, wurde mir klar, dass Kaffee das Letzte war, was ich jetzt brauchte. Aufputschmittel waren im Augenblick nicht nur unnötig, sie waren sogar schädlich.

Ich nutzte die Wartezeit, um mir die drei grünen Pyramiden aus der Asservatenstelle genauer anzusehen. Nachdem ich das Etikett jedes Beutels mit meinen Initialen versehen hatte, nahm ich sie von der Verwalterin der Asservatenkammer entgegen, bedankte mich bei ihr und kehrte an meinen Arbeitsplatz bei der Mordkommission zurück. Dort legte ich die drei Beutel hin, setzte mich auf meinen Stuhl, beugte mich vor und legte das Kinn auf beide Handflächen, während meine auf dem Schreibtisch abgestützten Ellbogen meinen Blick fest auf die Beutel mit den Beweisen gerichtet hielten.

Die kleinen Pyramiden waren in Größe und Gestalt völlig identisch. Jede war an der Basis etwa zweieinhalb Zentimeter breit und vom Boden bis zur Spitze genauso hoch. Sie waren alle drei perfekt und absolut gleichförmig, woraus ich schloss, dass sie aus einer Massenproduktion stammten und nicht von Hand gefertigt waren. Ihr leicht milchiges Aussehen ließ sie wie Jade erscheinen. Auch wenn die Medien und andere Polizisten von »Modeschmuck« gesprochen hatten, konnte ich an ihnen nichts entdecken, das es ermöglicht hätte, sie als solchen zu tragen. Vielleicht konnte man sie auf einen kleinen Sockel kleben und um den Hals oder als Teil eines Armbands tragen. Mir kamen noch anderen Assoziationen in den Sinn, wie zum Beispiel New-Age-Anhänger, die an die magischen Kräfte von Pyramiden glaubten. Leg eine Banane in eine Pyramide und sie wird nie verfaulen. Häng dir eine Pyramide um, und sie wird dich von deinem Krebsgeschwür heilen. Oder steck eine Pyramide in eine offene Halswunde und ... und was? Zuerst brachte mich das nicht weiter. Aber vielleicht stand die Pyramide für irgendeine Art Kult, einen Charles-Manson-Fan-Club, der an die Wiederauferstehung der Toten durch die Kraft der Pyramiden glaubte. Gott allein wusste das. Und Er war gerade keine große Hilfe.

»Was ist an euch dreien dran?«, fragte ich die Pyramiden. »Welcher Mörder ist so von euch – oder von dem, was ihr symbolisiert – besessen, dass er euch in seine Opfer steckt?«

Dann war da noch mein Gespräch mit Tekún über einen Drogendealer namens Two-Bits. Ich konnte die Verbindung nicht erkennen. Ich sah lediglich einen Latino-Dandy, der als Drogenbaron bekannt war und eine Polizistin wie mich auf die Fährte eines rivalisierenden Ganoven setzen wollte. Damit ich für ihn das Viertel säuberte, bevor er einzog und sein Geschäft eröffnete.

»Ya, basta«, sagte ich mir selbst. »Zu viele Fragen. Ich muss das irgendwie lösen.«

Jetzt, da ich die Pyramiden nebeneinander betrachtete, bestand kein Zweifel, dass sie absolut identisch waren. Meiner Meinung nach hatte sie ein und derselbe Killer zurückgelassen und nicht erst irgendein ursprünglicher Mörder, dem es ein Nachahmungstäter daraufhin gleichgetan hatte.

In diesem Moment kam Wilson durch die Tür. Er sah fertig

aus. Er rückte seine Krawatte zurecht und marschierte auf meinen Schreibtisch zu. Offenbar ließ er sich dabei Zeit. Dann wandte er sich ab, ging zu seinem eigenen Schreibtisch, warf seinen Mantel über den Stuhl, ordnete ein paar Papiere, die gar nicht geordnet werden mussten, öffnete eine Schublade, warf einen Blick hinein, schloss sie wieder und machte sich schließlich auf den Weg zu mir.

»He«, sagte ich, »gut gefrühstückt?«

»Ja. Wunderbar. Waffle House hat die besten Pecannusswaffeln.«

»Wie schön, dass Sie Ihnen geschmeckt haben. Sie sind wohl ein guter Esser. Ihr Frühstück hat über zwei Stunden gedauert.«

Er sah mich unverwandt an. »Ich hab nicht nur gefrühstückt. Ich hab auch ein paar Leute angerufen. Quantico zum Beispiel, so wie Sie mich gebeten hatten. Ich hab auch noch mal ... beim Gefängnis vorbeigeschaut.«

Ich spürte, wie mir die Kinnlade leicht herunterklappte. »Wozu?«

Er stieß einen Seufzer durch die Nase. »Um mit ein paar von den Wachen zu reden. Ich wollte nicht auf den offiziellen Bericht mit dem ganzen üblichen Geschwafel warten. Ich wollte wissen, was Benny in den beiden letzten Wochen, seit ich ihn in den Knast gebracht habe, so alles getrieben hat.« Wilson rückte sich in seinem Stuhl zurecht, damit er bequemer saß. Doch mir war völlig klar, dass der Stuhl nicht das Problem war. »Sie haben mir erzählt, es hätte mehrere Tage gedauert, bis er trocken war. Er hat so was wie ein Delirium tremens oder vielmehr einen kalten Entzug durchgemacht. Er hat so laut geschrien, dass sie gedacht haben, er würde die Bude zum Einstürzen bringen. Sie mussten ihn in eine Zwangsjacke stecken. Dann hat er sich langsam beruhigt. Sie haben gedacht, es würde ihm allmählich besser gehen, dass er nüchtern werden würde. Am Ende hat Benny eine der Wachen gefragt: ›Warum bin ich hier?‹ Sie haben es ihm erklärt. Als sie Kims Namen erwähnt haben, ist Benny wieder ausgerastet. Er hat angefangen, herumzuschreien und den Kopf gegen die Gitterstäbe zu stoßen. Daraufhin haben sie ihn wieder in die Zwangsjacke gesteckt. Nach ein paar Tagen haben sie ihn losgeschnallt. Er ist ruhiger geworden. Aber er hat nicht mit vielen Leuten geredet. Schließlich haben sie ihn erhängt aufgefunden.«

Danach hielt Wilson den Mund, um die Geschichte auf mich wirken zu lassen. Mir war nicht klar, ob es eine Geschichte oder ein Geständnis war. Ich wollte gerade zu einer entsprechenden Bemerkung ansetzen. Doch ich wusste, dass Zweifel an ihm nagten, ob er mit Bitan tatsächlich den richtigen Mörder gefasst hatte. Heute Morgen hatte ich ihn noch für ein arrogantes Arschloch mit Dienstmarke gehalten. Aber jetzt keimte in mir die Hoffnung auf, dass man mit diesem Kerl vielleicht doch zusammenarbeiten konnte. Anstatt irgendeinen Kommentar abzugeben, fragte ich ihn: »Können wir dann an die Arbeit gehen?«

Er sah mich nicht direkt an, als er mich fragte: »Haben Ihnen diese Pyramiden schon irgendetwas verraten?«

»Nicht viel.«

»Vielleicht fangen sie ja an zu reden, wenn Sie sie lange genug betrachten.«

Darauf erwiderte ich nichts.

»Ich habe in Quantico angerufen«, fuhr er fort. »Nach Auskunft des FBI sind bisher keine Morde aktenkundig, bei denen der Täter grüne Pyramiden auf den Leichen zurückgelassen hat. Sie betrachten das als unseren Zuständigkeitsbereich und sehen keinen Grund einzuschreiten. Wie sieht's bei Ihnen aus?«

Ich berichtete ihm von meinen Telefonaten mit Stapleton und Doc und meiner Tasse Kaffee mit Tekún Umán.
»Wer ist Tekún Umán?«, fragte er. Obwohl er ihn trotz seines Akzents aus dem Osten Tennessees recht gut aussprach, verwirrte ihn der seltsame Name.
»So ein aalglatter Kerl, der absolut nicht das ist, was er zu sein scheint.« Ich teilte Wilson mit, was ich über ihn in Erfahrung gebracht hatte – seinen richtigen Namen, Rafael Murillo, seine Tarnung als wohltätiger Geschäftsmann, sein schlechter Ruf beim Drogendezernat von Atlanta.
Wilson dachte ein paar Sekunden darüber nach. »Sie glauben, der Kerl hat irgendwas mit den Morden zu tun?«
»Auf jeden Fall. Ich weiß nur noch nicht so recht, was. Haben Sie schon mal von einem Typen namens Two-Bits gehört?«
»Klar. Ist 'n Drogendealer, der vor ein, zwei Monaten in den Bau gewandert ist. Sie haben ihn nach einem anonymen Telefontipp geschnappt. Ein Freund von mir, der Streife fährt, war bei der Verhaftung dabei. 'n richtig prolliger Typ, meinte er.«
»Ja, hm, Tekún meint, dass Two-Bits' Leute möglicherweise für die Morde verantwortlich sein könnten.«
Wilson grinste zum ersten Mal an diesem Tag. »Verstehe. Er will, dass wir die örtlichen Schläger vom Spielplatz vertreiben.«
»Genau das denke ich auch. Aber nehmen wir mal an, dass was an der Geschichte mit diesem Two-Bits dran ist. Warum sollte er einen Arzt und eine Krankenschwester umbringen lassen wollen?«
Wilson hatte darauf keine Antwort parat. »Ich weiß nicht. Vielleicht, wenn sie was über Two-Bits gewusst haben … das ist aber ziemlich weit hergeholt. Warum sollte ein rechtschaffener Arzt wie Hatcher irgendwas mit einem schleimigen Drogendealer zu tun haben?«

Dem konnte ich nichts entgegensetzen.
Wilson fragte in die Stille hinein: »Was ist mit Doc? Was hatte er für Neuigkeiten?«
»Die Fingerabdrücke auf Sáenz' Telefon, Wagen und Pistole waren alle von ihm. Das Blut ist auch ausschließlich von ihm. Nur der Abdruck auf der Zellophanhülle der Zigarettenschachtel stammt nicht von ihm.«
»Ja, was ist mit der Hülle? Sie haben gesagt, es wäre ein Daumenabdruck. Sonst haben Sie keine Abdrücke gefunden?«
»Nein.«
Er dachte einen Augenblick darüber nach. »Wie kann er da hingekommen sein?«
»An der Stelle, wo ich die Hülle gefunden habe, waren die Blätter und Kiefernnadeln ganz aufgewühlt, als wäre jemand auf ihnen ausgerutscht. Ich glaube, dass der Täter im Gras gestolpert und hingefallen ist und mit dem Daumen auf dem Zellophanpapier gelandet ist. Dann ist er wieder aufgestanden und weitergerannt.«
Wilson nickte zustimmend. »Anstatt eine Zigarette zu rauchen, gleich nachdem er Sáenz umgenietet hat, was Fingerabdrücke auf der ganzen Hülle hinterlassen hätte.«
»Genau.« Als Nächstes erzählte ich ihm von der winzigen Blutspur, die zu der Hochwassermauer führte. »Ich glaube, er ist in den Fluss gesprungen.«
»Ich fass es nicht«, gab er verwundert zurück. Nach einer weiteren langen Pause fügte er hinzu: »In dieser Nacht war es kalt.«
»Um die fünf Grad, würde ich sagen. Wer auch immer das getan hat, ist am nächsten Morgen möglicherweise mit einer dicken Erkältung aufgewacht. Der Täter ist entweder sehr stark oder sehr verrückt, um in diesen Fluss zu springen.«
»Oder sehr tot«, mutmaßte Wilson.

»Stimmt. Aber mir ist bisher nichts zu Ohren gekommen, dass man stromabwärts irgendwelche Leichen gefunden hätte. Etwas, das ich Doc zu fragen vergessen habe, ist, ob er auf Sáenz irgendwelche Stofffasern gefunden hat. Habt ihr bei Dr. Hatcher oder der Krankenschwester Kim fremde Fasern sichergestellt?«

Er überlegte einen Moment. »Nein, nicht bei Hatcher. Na ja, bei der Krankenschwester haben wir es wahrscheinlich nicht überprüft. Da wir Bitan hatten, haben wir es nicht mehr für nötig gehalten, nach etwas so Winzigem wie Stofffasern zu suchen. Aber soweit ich weiß, war nichts auf Hatcher. Sie könnten in seiner Akte nachsehen, wenn Sie wollen.«

»Keine schlechte Idee«, erwiderte ich, während ich mit den Fingernägeln auf meinen Schreibtisch trommelte. »Wenn auf Hatchers Leiche keine Fasern waren und wir auf Sáenz keine finden, haben wir möglicherweise eine Übereinstimmung bei den Morden. Vielleicht war der Killer nackt oder hat jedes Mal Handschuhe getragen.«

Wilson lächelte. Es war kein angenehmes, bekräftigendes Lächeln, sondern ein abwehrendes, jederzeit zum Zurückschlagen bereites Grinsen. »Aber nur, wenn man davon ausgeht, dass Bitan die anderen zwei nicht umgebracht hat.«

Das brachte mich völlig durcheinander. War das derselbe Typ, der mir gerade in traurigem Tonfall haarklein die rührselige Geschichte der letzten Tage Bitans vor seinem Selbstmord geboten hatte? Aber es hätte mich nicht überraschen dürfen. Ich hatte schon andere Männer gekannt, die mit der ganzen Kraft eines zugeschnappten Fangeisens an ihren ursprünglichen Überzeugungen festhielten. Ich beschloss, das Ganze logisch mit ihm auszudiskutieren.

»Das ist eine Theorie, Jerry. Denken Sie darüber nach. Benny Bitan war wie ein Liebhaber an Kim geschmiegt. Sie können darauf wetten, dass seine Kleider überall auf ihr Fasern zurückgelassen haben. An Hatcher hat man jedoch nichts gefunden. Kommt Ihnen das nicht ein bisschen widersprüchlich vor?«

»Vielleicht liegt es daran, dass Bitan ein stinknormaler, typisch amerikanischer, heterosexueller Mörder war. Vielleicht hat er sich nicht an Hatcher gekuschelt, weil der gute Doktor nicht sein Typ war. Kim war die einzige Frau, die er umgebracht hat.«

»Hören Sie, Jerry, ich habe nicht vor, Bitan als Mörder der ersten beiden Opfer vollkommen auszuschließen. Das mag ja vollkommen richtig sein. Ich will nur nicht an dieser Theorie kleben, ohne andere Möglichkeiten zu prüfen.« Ich sah ihn fest an. Er blickte fest zurück. Das würde ein harter Willenskampf werden. Ich bemühte mich, die Situation zu entschärfen. Mit Logik drang ich bei ihm nicht durch. Nächster Schritt: ein Appell an seine Menschlichkeit. »Sie haben selbst gesagt, dass Bitan im Gefängnis um Kims Tod getrauert hat. Es ist nicht Ihre Schuld, dass Bitan sich erhängt hat, Jerry. Und Sie werden wegen des Medienrummels um die Morde nicht gleich das Gesicht verlieren ...«

»Okay, ist gut, es reicht jetzt.« Er stand lachend auf, aber wie schon sein Lächeln war es kein willkommenes, einschmeichelndes Lachen. Es klang bitter. »Fangen Sie bloß nicht an, mich von oben herab zu behandeln, Detective Chacón. Bringen wir einfach unsere Ärsche in Bewegung und machen uns an die Arbeit.« Er ging zu seinem Schreibtisch, nahm seinen Mantel und kam auf dem Weg zur Tür an meinem vorbei. »Sind Sie fertig?«, fragte er, während er sich umwandte und die Arme hochhielt, als wolle er sagen: »Was ist?«

»Wohin sollen wir Ihrer Meinung nach gehen?«

Er erwiderte zuerst nichts. Es war offensichtlich, dass er das selbst nicht so genau wusste. »Na ja, Sie haben doch gesagt, Sie wollten den Computer von Sáenz überprüfen. Warum fahren wir nicht rüber in die Redaktion vom *Cumberland Journal* und tun genau das?«

Ich nickte, da ich erkannte, dass es verdammt schwer werden würde, meinen neuen Partner an die Kandare zu nehmen. Ich schnappte mir Mantel, Notizblock, Stift und die Beutel mit den Pyramiden und marschierte an ihm vorbei und auf die Tür zu. »Also los.«

14

Tony Stapleton lehnte sich genau über Wilsons rechte Schulter, während dieser auf Diego Sáenz' Computertastatur herumtippte. Ich stand zu Stapletons Rechten und hatte keine freie Sicht auf den Bildschirm. Allerdings konnte ich die verärgerten Seitenblicke meines Partners sehen, die er dem Zeitungsredakteur zuwarf.

»Wissen Sie«, wandte sich Wilson schließlich an ihn, »ich würde hier viel schneller vorankommen, wenn Sie mir nicht so im Nacken sitzen würden, Mr. Stapleton.«

»Ich vergewissere mich nur, dass hier alles koscher abläuft, Detective. Sie sind hier bei einer Zeitung, verstehen Sie. Wir müssen unsere Informanten schützen, egal ob lebend oder tot. Ich will dabei sein, wenn Sie Diegos Dateien knacken.«

»Das kann noch 'n Weilchen dauern«, erwiderte Wilson. »Dieser Computer ist zwar schon älter, aber man braucht trotzdem ein Passwort, um reinzukommen. Und bis jetzt hab ich es noch nicht gefunden. Bei jedem dritten Versuch, seine Dateien zu öffnen, fährt der Computer einfach herunter, so dass ich die Kiste erst wieder anschmeißen muss.«

Ich glaube, das verstand ich. Aber ich bin keine Computerexpertin. So wie er redete und die Tastatur bearbeitete, erkannte ich, dass Jerry ganz gut mit diesen kleinen Maschinen umzugehen wusste. Ich war froh, dass ich nicht den Computerfachmann des Departments bemüht hatte. Jerry fühlte sich an der Tastatur offensichtlich ganz zu Hause, während ich mich davor scheute, auch nur den Bildschirm anzusehen. Es ist ein wenig peinlich, in diesem Jahrhundert zu leben und so gut wie keine Ahnung von Computern zu haben, es ist fast so, als entwickele sich die Welt ohne einen weiter.

Stapleton richtete sich schließlich aus seiner Kauerhaltung auf, streckte die Arme über den Kopf und erklärte: »Ich muss wieder an meinen Schreibtisch. Aber seien Sie bitte so nett, mich zu rufen, sobald Sie irgendetwas gefunden haben.« Er entfernte sich und ging zurück zu seinem vollgestopften Büro, wobei er die Tür offen stehen ließ.

Ich trat näher an Jerry heran. »Gott sei Dank«, brummte er. »Der ist mir langsam auf die Nerven gegangen.«

»Ja, das kann ich mir vorstellen.« Ich setzte mich neben ihn. »Möchten Sie einen Kaffee oder so? Da drüben steht eine Kanne.« Ich deutete auf den Tisch.

»Das klingt super.«

»Milch und Zucker?«

»Nein. Schwarz.«

»Meine Sorte Kaffeetrinker.« Ich lächelte ihn so aufrichtig wie möglich an. Er warf mir einen Blick zu, sah mein Lächeln und lächelte tatsächlich zurück. Dann wandte er sich wieder mit ernster Miene dem Bildschirm zu. »Ich hab alles versucht, was mir so in den Sinn gekommen ist. Aber ich hab den Kerl nicht gekannt. Sonst würde mir noch mehr einfallen, was für eine Art Passwort er benutzt haben könnte.«

»Was haben Sie denn bisher ausprobiert?«

»Na ja, ich hab's mit ›Honda‹ versucht, seinem Auto. Stapleton hat mir die Namen seiner Eltern und Geschwister gesagt. Dann hab ich alle möglichen Kombinationen seines Namens ausprobiert. Auf seiner Visitenkarte, die ich im Schreibtisch gefunden habe, hat sein zweiter Vorname gestanden, Enrique. Kein Treffer. Dann hab ich Mexiko eingetippt, auch nichts.

Ich hab sogar seinen Namen rückwärts eingegeben. Fehlanzeige. Aber die meiste Zeit warte ich einfach nur darauf, dass sein verdammter Computer wieder hochfährt. Schauen Sie? Es passiert schon wieder.«

Ich blickte ihm über die Schulter und beobachtete, wie der Computerbildschirm erst blinkte und dann schwarz wurde. Jerry langte nach hinten, schaltete den Computer aus, wartete zehn Sekunden und schaltete ihn dann wieder ein. In der letzten halben Stunde hatte er das mindestens schon zehnmal getan.

Während ich den Kaffee neben Wilsons Arm stellte, kam mir ein Gedanke. »He, hören Sie, ich hab da eine Idee. Der Mann war Latino. Vielleicht hat er etwas Spanisches als Passwort benutzt.«

»Oh. Na, klar. Sie haben recht. Mein Gott, wenn er das getan hat, hätte niemand hier eine Chance, da reinzukommen.« Jerry sah sich im Redaktionsraum um, der mit weißen und schwarzen Angestellten gefüllt war, von denen die meisten mit Sicherheit nur Englisch sprachen. »Aber was für Wörter würde er benutzen?«

»Lassen Sie mich ein paar in den Ring werfen.«

Ich schlug ihm Wörter vor, von denen ich dachte, dass sie für Sáenz relevant sein könnten. *Periodista* für Zeitungsreporter. *Periódico* für Zeitung. *Computadora* für Computer.

Nichts. Der Computer fuhr wieder herunter. Wir probierten einen weiteren Schwung Wörter.

Da er mexikanischer Abstammung war, versuchten wir es mit *mole, chilango* und *momia.*

Wieder Fehlanzeige. Der Computer fuhr herunter.

»Meine Güte, das könnte den ganzen Tag dauern«, murmelte ich. Außerdem fiel es Jerry schwer, die Wörter richtig einzutippen, weil er nicht wusste, wie sie im Spanischen geschrieben wurden. Ich musste sie ihm buchstabieren. »Versuchen wir's mit ein paar Schimpfwörtern. Probieren Sie mal *mierda.*«

»Was bedeutet das?«, fragte Wilson, während er es eingab.

»Scheiße.«

»Oh. Nett. *Mierda* … Das muss ich mir merken«, erwiderte er lächelnd. »Kein Treffer. Sagen Sie mir noch eins.«

»Versuchen Sie's mit *chingado.*«

»Was heißt das?«

»Es bedeutet, äh, na ja, Sie wissen schon. Vögeln. Oder abgefuckt.«

Er lachte erneut. »Sie sind der zurückhaltende Typ, was?«

»Meine Mutter hat mir beigebracht, diese Wörter nie zu benutzen, sonst würde die Jungfrau Maria herunterfahren und mich mit ihrer Krone schlagen.«

»Verstehe. Nein. Fehlanzeige.«

»Okay. Versuchen Sie *jodido.*«

»Was ist das?«

»Dasselbe wie *chingado.*«

»Aha. Nein. Und da geht's wieder von vorne los«, sagte er, während er zusah, wie der Bildschirm schwarz wurde. Er schaltete den Rechner aus, wartete und schaltete ihn wieder an. »Okay. Neue Runde.«

»Encachimbado.«

»Buchstabieren Sie's.«

Ich tat es.

»Das bedeutet?«

»… äh, dasselbe wie *chingado* und *jodido.* Nur dass man es in Nicaragua benutzt.«

»Verdammt, ihr macht's wirklich auf vielerlei Arten, was?«

»Sie wissen doch, was man über uns sagt. Wir sind ein romantisches Völkchen.«

»Wieder Fehlanzeige. Geben Sie mir was anderes.«
»Oh, warten Sie mal. Okay, *pendejo.*«
»Das klingt gut. Noch ein Wort für vögeln?«
»Nein. Aber werfen Sie das nie irgendjemanden an den Kopf.«
»Was heißt es denn?«
»Das ist das schlimmste Schimpfwort für einen Mann. Es bedeutet so viel wie ›Schamhaar‹. Den Rest können Sie sich ausmalen.«
»Ja.« Er tippte es ein, schrieb es jedoch mit »h« anstatt mit »j«.
»Nein, nein, das stimmt nicht«, warf ich ein und buchstabierte es für ihn.
Der Computer leuchtete auf. Wir waren drin.
»Na hallo!« Jerry schob seinen Stuhl zurück. »Sieht aus, als hätte dieser Sáenz Sinn für Humor gehabt.«
Jerry hämmerte auf der Tastatur herum. Innerhalb von ein paar Sekunden leuchtete eine ganze Liste von Dateien vor uns auf. Stapleton hörte Jerrys Ausruf. Er hastete aus seinem Büro und stand in null Komma nichts an Jerrys Seite. »Was haben Sie gefunden?«
»Den Zugang!«, erwiderte Jerry. Er drehte sich um und stieß seinen Kaffee um. Die schwarze Flüssigkeit floss auf den Computer zu. Allmählich erkannte ich ein Muster hinter diesem Tag. Verschütteter Kaffee überall.
»Oh verdammt«, knurrte Jerry. »Die Computerkabel ... Mein Gott, wir könnten alles verlieren«, schimpfte er und sah auf den Bildschirm.
Ich rannte los und schnappte mir Papierhandtücher, die neben der Kaffeemaschine lagen. Stapleton machte sich offenbar keine Sorgen. »So oft, wie wir hier schon Kaffee verschüttet haben, bin ich überrascht, dass der Teppich nicht schon ganz

braun ist. Sorgen Sie nur dafür, dass der Computer nicht durchbrennt.« Stapleton half mir, die Kaffeelache aufzuwischen, während Jerry ein paar Tasten drückte, um sicherzugehen, dass nichts verlorengegangen war.

Wir blickten alle auf den Bildschirm. Jerry bewegte den Cursor über die verschiedenen Dateinamen. »Wo fangen wir an, Romilia?«

In seinem Tonfall schwang ein wenig Wertschätzung mit, als wäre er beeindruckt, weil ich beim Knacken des Passworts geholfen hatte. Es war schön, meinen Vornamen aus seinem Mund zu hören. »Ganz oben«, erwiderte ich.

Mit Stapletons Hilfe konnten wir die Dateien überspringen, die für den Fall irrelevant schienen. Alle Dateien aus Sáenz' erstem Jahr bei der Zeitung waren offenbar nicht besonders wichtig, wie auch einige der Artikel über die Latino-Gemeinde, die er Anfang des Jahres geschrieben hatte. Die jüngsten Dateien sahen jedoch interessant aus. Bei manchen handelte es sich um Artikel, andere jedoch beinhalteten Notizen, die Sáenz zur Vorbereitung seiner Texte benutzt hatte. Er war ein ziemlich gut organisierter Mensch, kennzeichnete alle Artikel mit dem Anhängsel ».art« und alle Notizen mit dem Anhängsel ».dra«. »Basketba.dra« stand für die Notizen zum Artikel über seine sonntäglichen Basketballspiele mit den Latino-Teenagern. »Basketba.art« war der fertige Text, den die Zeitung schließlich in der spanischen Sonntagsbeilage veröffentlicht hatte. Wir nahmen uns nicht die Zeit, die Artikel zu lesen, da wir einfach eine Zeitung aus dem Magazin nehmen und die gedruckte Fassung lesen konnten. Die Notizdateien waren für uns von größerem Interesse. »Vielleicht finden wir darin Informationen, die uns weiterhelfen. In seinen Notizen könnten Dinge stehen, die er nicht veröffentlicht hat.« Ich sah Stapleton an. »Sie haben mir doch erzählt, dass er kurz vor seinem Tod an etwas ganz Großem gearbeitet hat. Vielleicht hat er die Infos hier drin gespeichert.«

»Sehr gut möglich«, erwiderte Stapleton. Er befeuchtete sich die Unterlippe mit der Zunge. Meine Güte, dachte ich, der ist so was von heiß darauf, auf eine saftige Story zu stoßen.

»Glauben Sie, Romilia?«, fragte Jerry. »Ich meine, das ist 'ne Menge Arbeit, einen ganzen Haufen Notizen einzutippen, bevor man den Artikel schreibt. Kommt Ihnen das nicht überflüssig vor?«

»Warum?«

»Na ja, er muss sich schon irgendwo Sachen notiert haben. Warum sollte er sich die Mühe machen, erst die Notizen abzutippen und dann den eigentlichen Artikel? Klingt nach doppelter Arbeit.«

»Nicht wirklich«, schaltete sich Stapleton ein. »Viele meiner Reporter tun das. Wenn sie unterwegs sind, kritzeln Sie die Infos in ihren Notizblock. Dann kommen sie ins Büro und hauen die Notizen so schnell wie möglich in den Computer, damit sie nicht verlorengehen. Manchmal kann man seine eigene Handschrift nicht mehr lesen, wenn man ein exaktes Zitat von jemandem benutzen möchte.«

»Das klingt logisch«, erwiderte Jerry. »Welche Dateien wollen wir uns ansehen?«

Ich lugte ihm über die Schulter und betrachtete den Bildschirm. »Hier, diese hier. ›Bitan.dra‹. Das klingt interessant.«

Er rief die Datei auf. Der Bildschirm veränderte sich und zeigte mir dann, wie eine Datei aussah. Sie war auf Spanisch verfasst.

»Oh Mann, na toll«, entfuhr es Jerry.

»Kein Problem, Jerry, wir sind hier nicht hilflos. Lassen Sie mich mal auf den Stuhl, damit ich mir das anschauen kann.«

Jerry stand auf und räumte den Platz für mich.

»Es ist fast wie ein Tagebuch. Sehen Sie? Er hat jeden Eintrag datiert, bevor er einen Absatz mit Notizen geschrieben hat. Das ist der achtzehnte Oktober. Sehen Sie Ihren Namen hier?«

Jerry blickte fest auf den Bildschirm. »Ja. Was schreibt er?«

Ich übersetzte. »Hier steht, Sie wären Bitan bis zur Brücke gefolgt und hätten ihn mit Pamela Kim vorgefunden. Sie hätten es verdächtig gefunden, dass ein Betrunkener mit dem teuren Medaillon einer Frau herumspielt und darüber redet, dass er sich um sie kümmern müsse, damit sie niemand belästigt.«

»So ziemlich dasselbe stand auch in den englischen Artikeln.«

»Ja. Sieht so aus, als hätte Sáenz einige dieser Informationen aus den Artikeln, die man zu dieser Zeit über Sie veröffentlicht hat. Da. Hier heißt es ›20. Oktober. Telefoninterview mit Detective Jerry Wilson‹. He, er hat mit Ihnen geredet.«

»Das überrascht mich nicht. Er und jeder andere Reporter in Nashville.« Er betrachtete den Bildschirm etwas genauer. Ein schmerz- oder schamerfüllter Blick streifte kurz sein Gesicht. »Von den schwindelnden Höhen des Ruhmes fällt man noch tiefer.« Er warf Stapleton einen eisigen Blick zu.

»He. Wir tun nur unseren Job.«

In diesem Augenblick rief ein Reporter nach Stapleton und zeigte auf ein Telefon. Stapleton stöhnte und eilte dann schnell in sein Büro.

»Gemeine Dreckskerle, allesamt«, schimpfte Jerry. »Immer auf Blut aus.«

Ich sah ihn an und hatte in diesem Moment Mitleid mit ihm. »Wir kriegen diesen Kerl, Jerry.«

Er grinste ein wenig traurig. »Machen Sie weiter. Gehen Sie noch ein Stückchen runter.«

Ich fand noch andere Tagebucheinträge über den Bitan-Artikel, aber nichts davon verriet uns mehr, als das, was wir schon in den Zeitungen gelesen hatten.

»Öffnen wir mal eine andere Datei«, schlug Jerry vor. Er hantierte mit der Maus herum und fand die Liste mit den Dateien. Als er weiter nach unten scrollte, entdeckte ich die Bezeichnung »drogas.dra«.

»Langsam, warten Sie mal kurz. Lassen Sie uns einen Blick in die hier werfen.«

»Was bedeutet das?«, fragte er.

»Drogen. Sáenz hat an einer Story über Kinder gearbeitet, denen man im Schulhof Gras angeboten hat, um sie abhängig zu machen und einen Markt hier zu eröffnen. Klicken Sie diese Datei hier an.«

Er tat es. Wie schon zuvor hatte Sáenz aus der Datei eine Art Tagebuch seiner Notizen gemacht. 18. Oktober, Anruf bei der Polizei wegen eventueller Interviews mit Drogenfahndern. 24. Oktober, Gespräch mit Gato Negro (Nelson García). Da war auch der Hinweis auf Tekún Umán. Und gleich darauf, am 25. Oktober, Anruf beim Drogendezernat in Atlanta.

»Verdammt«, murmelte ich, »er war hinter Murillo her.«

Jerry lehnte sich zu mir. »Glauben Sie?«

»Ja. Ich frage mich, ob Mr. Tekún Sáenz genauso viel Honig um den Bart geschmiert hat wie mir.«

»Was meinen Sie damit?«

Ich erzählte Jerry schnell, was ich zuvor wohlweislich verschwiegen hatte. Dass Tekún mich bei unserem Treffen zu einem Kaffee eingeladen und dann meine Mutter angerufen und sie mit seiner geschmeidigen Art beeindruckt hatte.

Jerry sah mich mit leicht geöffnetem Mund an. »Wollen Sie damit sagen, dass ein möglicher Drogenboss Sie anbaggert?«

»Na ja, das weiß ich nicht.« Die Worte klangen unehrlich, sobald sie meinen Mund verlassen hatten

Jerry lachte.

»Was ist daran so lustig?«

»Ihre Bescheidenheit ist zum Schießen.«

Ich bin sicher, dass ich rot wurde. »Hören Sie, ich will das jetzt nicht weiter ausdiskutieren. Der Typ hat einen ziemlich schlechten Ruf. Und weiß Gott, er könnte ein Verdächtiger sein.«

»Sie glauben also, dass dieser Tekún Sáenz umgelegt hat.«

»Vielleicht. Sáenz war Reporter. Er war wegen eines Interviews hinter Tekún her, Tekún hat abgelehnt. Als ich gestern mit ihm darüber geredet habe, ist er deswegen richtig sauer geworden.«

»Ja, aber würde ein Drogendealer Jadepyramiden auf den Leichen seiner Opfer zurücklassen?«

Ich dachte einen Moment darüber nach. »Wenn er ein Serienmörder wäre.«

Jerry schüttelte den Kopf. »Ich weiß nicht recht. Mit Drogen kann man gutes Geld verdienen. Man muss schon ein besonderer Typ Mensch sein, um so ein Geschäft ans Laufen zu bringen. Sie wissen schon, grausam, skrupellos, mit Geschäftssinn, und geldgierig. Aber nicht unbedingt psychisch gestört.«

Dem widersprach ich nicht. Ich scrollte weiter nach unten. In dieser Drogendatei war nicht viel mehr zu finden.

»Suchen wir nach einer anderen Datei«, schlug Jerry vor. Er rief erneut die Liste auf.

Die Dateien waren alphabetisch geordnet. Viele klangen so, als hätten sie nichts mit unserem Fall zu tun. Eine hieß »Taqueria.art«, woraufhin mir wieder einfiel, dass Sáenz einen Artikel über den Laden geschrieben hatte, den Doña Marina nicht weit von der Nolensville Road betrieb. Eine andere war mit »Sara« gekennzeichnet, ein Brief an seine Schwester zu Hause in Iowa. Wir suchten die Liste nach weiteren Dateien ab, die so klangen, als könnten sie für uns von Bedeutung sein.

Eine Datei hieß »Kaibil«. Sie war weder mit »art« noch mit »dra« gekennzeichnet. Dieser Eintrag stammte vom 1. November, ein Tag vor Sáenz' Ermordung.

»Was bedeutet dieses Wort ›Kaibil‹?«, wollte Jerry wissen.

»Ich hab keine Ahnung.«

Er öffnete die Datei. Sie war leer.

Jerry versuchte, ans untere Ende der Seite zu scrollen. »Was ist los? Er hat eine Datei geöffnet, aber nichts darin gespeichert.«

Ich starrte den weißen Bildschirm an. »Vielleicht wollte er irgendwelche Informationen aufschreiben und ist dann gestört worden.«

»Vielleicht.«

Ich murmelte das Wort »Kaibil« mehrmals vor mich hin. »Wissen Sie was, das kommt mir irgendwie bekannt vor. Es klingt fast Indianisch.«

»Was, Sie meinen, wie Apache oder so was?«

»Nein. Indianer aus Mittelamerika.«

»Dann ist das kein spanisches Wort?«

»Nicht dass ich wüsste.«

In diesem Augenblick kam Tony Stapleton aus seinem Büro, wo er das Telefongespräch gerade beendet hatte. Er ging auf uns zu. »Ich glaube, Sie müssen rüber ins Vanderbilt-Krankenhaus.«

»Warum?«, fragte Jerry.

»Einer meiner Reporter ist gerade dort. Hat gerade angerufen. Erinnern Sie sich noch an Sáenz' Freund, den Schwarze-Katze-Typ?«

Ich murmelte: »Gato Negro.«
»Genau der. Na ja, er liegt dort. Sein Zustand ist kritisch.«
»Was ist passiert?«, fragte ich.
»Sie wissen es nicht genau. Mein Reporter sagt, er sieht aus, als hätte man ihn durch den Fleischwolf gedreht. Aber der Junge will nicht reden.«

15

Meiner Meinung nach war »durch den Fleischwolf gedreht« nicht das passende Bild. Gato Negro sah vielmehr so aus, als hätte man ihn in Fetzen gerissen.

»Ein Farmer hat ihn am Stadtrand entdeckt«, erklärte mir der Arzt, ein junger weißer Mann, der grüne OP-Kleidung trug. Bevor wir sein Dienstzimmer betraten, hatte er sich als Dr. Clancy vorgestellt. Er war ein attraktiver Typ, der in diesem Augenblick jedoch aussah, als ob ihm eine Zwölf-Stunden-Schicht schwer unter den Augen lastete. Er sprach mit leiser, fester Stimme, die die Tatsachen zwar so klar, aber auch so mitfühlend wie möglich vortragen wollte. »Er hat den Notruf gewählt. Die Polizei und ein Krankenwagen sind sofort hingefahren. Sie haben abgerissene Hautfetzen von dem Jungen an den Metalldornen eines Stacheldrahtzauns gefunden. Aber nach dem, was mir der Polizist erzählt hat, hat es so ausgesehen, als hätte, wer immer das getan hat, seinen Körper wie einen Lumpen benutzt und ihn wiederholt über den Stacheldraht gezogen. Er hat ein Auge verloren.«

Obwohl sie ihn gesäubert und ihm die Kleider ausgezogen hatten, konnte ich immer noch deutlich erkennen, was seine Angreifer mit ihm angestellt hatten. Wir waren in der Notaufnahme. Ich konnte die Laute anderer Patienten draußen vor diesem kleinen Raum hören, in dem eine Krankenschwester damit beschäftigt war, jede einzelne Wunde an Gato Negros geschundenem Körper zu verbinden. Aufgrund seines Zustands hatten sie den Jungen zunächst in einem Einzelzimmer untergebracht, bevor sie ihn in einen Raum weiter oben im Krankenhaus verlegten, wo man ihn waschen konnte, damit weniger Hinweise auf das zu sehen sein würden, was ihm zugestoßen war. Hier hatte das Krankenhauspersonal allerdings noch keine Zeit gehabt, das Zimmer gänzlich aufzuräumen. Gatos zerfetzte Kleidung lag nach wie vor in einem blutigen Haufen in einer Ecke des Raumes. Selbst seine Tennisschuhe waren zerrissen. Blut befleckte die frischen Bettlaken, die man leicht über ihn gelegt hatte.

»Sie haben ihn auch zusammengeschlagen. Die Verletzungen in seinem Gesicht stammen nicht alle vom Stacheldraht. Jemand hat ihn mit schweren Fausthieben bearbeitet. Oder mit einem Baseballschläger.«

Aus den Augenwinkeln bemerkte ich, wie Jerry zusammenzuckte. Zwei Mal. Schließlich brachte er eine Frage heraus. Aber seine Stimme klang, als hätte ihm jemand in den Magen getreten. Vielleicht fiel es ihm schwerer, solche Wunden an einem lebenden Menschen zu betrachten als Gewalteinwirkungen auf einen Toten. »Schläft er? Oder hat er das Bewusstsein verloren?«

»Wir haben ihm ein Sedativum gegeben. Er braucht Ruhe. Wir haben ihn auch auf das hier gesetzt.« Er klopfte sachte auf einen durchsichtigen, mit Glukose gefüllten Plastikbeutel, der über Gato Negro hing und mit dem er durch einen dünnen Schlauch im Arm verbunden war. »So wird er eine Weile Nahrung zu sich nehmen müssen. Er wird es überleben. Aber er wird auf einem Auge blind bleiben. Wir können ihm ein künstliches Auge anpassen lassen, wenn er möchte, wenn es in ein paar Wochen abgeheilt ist.« Offenbar bemühte er sich, alles zur Verfügung zu stellen, was das Krankenhaus anbieten

konnte. »Ist er ein Verwandter von Ihnen?«, fragte er etwas zögerlich. Ich vermutete, dass er die Farbe von Gatos zerfetzter Haut mit der meinen verglich.
»Was? Oh nein. Nein, er ist nur ein Freund. Und eine Spur in einem Fall, an dem wir arbeiten.«
»Verstehe. Die Jadepyramidenmorde, nehme ich an?« Clancy sah mich mit strahlend blauen Augen an.
»Stimmt genau«, erwiderte ich. Auch wenn ich seine Gesellschaft eigentlich als nett und angenehm empfand, hoffte ich, dass mein Tonfall ihn vorerst auf Distanz hielt. Zu viele Gefühle brannten sich schon durch meinen Schädel. »Wann können wir mit ihm reden?«, wollte ich wissen.
»Wir haben ihm ein Muskelrelaxans gegeben. Sobald er aufwacht, können sie mit ihm sprechen. Oh, und da ist noch etwas, das Sie sich ansehen sollten.« Clancy hob das Bettlaken vorsichtig von Gato und faltete es zweimal zurück, damit wir einen Blick auf den Bauch des Jungen werfen konnten, der in leichte Krankenhauskleidung gehüllt war. Dann hob er das Hemd. Darunter war eine Vielzahl von Verbänden, von denen einige so klein waren wie die Pflaster, die ich auf die Schrammen meines Sohnes klebte, andere jedoch um einiges größer, wie der Verband direkt in der Mitte seines Bauchs. Der Arzt zog langsam den Klebestreifen ab und hob die Gazekompresse an. »Ich verstehe nicht, was es bedeutet, aber die Buchstaben sind klar zu erkennen.«
Mein Blick fiel auf die Buchstaben, die man kopfüber in die dunkle Haut von Gato Negros Unterleib geritzt hatte: *Soplón.*
Selbst der Akzent war richtig gesetzt, über dem zweiten »o«.
»Oh mein Gott …«, entfuhr es Jerry. Dann fragte er mich mit noch zittrigerer Stimme: »Was bedeutet das?«
»Es bedeutet ›Spitzel‹.«

»Verdammt.« Jerry schüttelte so vehement den Kopf, dass er ihn fast durchrüttelte. »Oh verdammt ...«

Clancy bedeckte die Wortwunde wieder und erklärte: »Für mich sieht es nach dem Werk einer Rasierklinge aus. Die Buchstaben sind klar und deutlich erkennbar, zu eindeutig, um mit einem gewöhnlichen Messer eingeritzt worden zu sein.« Dann zog er dem Jungen das Hemd und das Laken wieder zurecht und ging dabei beinahe so vorsichtig vor, als bereite er einen geheiligten Leichnam für ein Begräbnis vor.

Ich dankte dem jungen Arzt, als er sich verabschiedete. Er musste irgendetwas in mir gesehen haben, denn er verließ uns zu schnell. Ich war froh darüber. Die kochende Wut drohte aus meinen Augenwinkeln auszubrechen und mir die Wangen hinunterzulaufen. Doch ich würde es nicht zulassen. Auch wenn mir klar war, dass es mehr als nur Wut war, ich verspürte auch Scham. Scham, weil ich wusste, wie es dazu gekommen war und welche Worte dazu geführt hatten, dass es passiert war. Ich wollte die Wut in mir zurückhalten, damit sie die Scham wegbrannte. Menschen aus meiner Vergangenheit hätten mich vor dieser aufwallenden Hitze gewarnt, vor diesem Verlangen, meiner blinden Wut freien Lauf zu lassen, um sich auf ihren Feind, ihren Verursacher zu stürzen. Vielleicht hätten sie recht gehabt. Vielleicht.

Etwa eine Minute lang lastete tiefes Schweigen wie ein schwerer Fels auf uns, bis Jerry schließlich etwas sagte.

»Sollen wir warten, bis er aufwacht, um herauszufinden, was passiert ist? Oder versuchen wir, ihn jetzt aufzuwecken?«

»Wir brauchen ihn nicht zu wecken. Wir kennen den *pendejo*, der ihm das angetan hat. Kommen Sie.«

16

»Wo ist Ihr Boss?«, fragte ich, während ich durch die Tür von Pajaritos Empfangsbüro stürmte. Ich stand vor ihm und blickte ihm direkt ins Gesicht. Er trat einen kleinen Schritt zurück und versuchte, ein »Oh, hallo, Detective, wie geht es Ihnen?« zu murmeln, scheiterte jedoch kläglich. Dann blickte er zu Jerry hinüber. Mein Partner wandte nur leicht den Kopf ab. Er wollte nicht hier sein. Das hatte er mir im selben Augenblick, als wir das Krankenhaus verließen, klar zu verstehen gegeben, indem er mich davor gewarnt hatte, voreilige Schlüsse zu ziehen. Ich achtete nicht auf ihn.

»Tekún Umán, wo ist er?«

»Wer? Oh, Mr. Murillo. Er ist gerade in einer sehr wichtigen Besprechung, Detective. Wenn Sie so lange warten möchten?«

»Ich scheiß auf Warten. Wo ist er?«

»Mr. Murillo ist beschäftigt, Detective. Bitte beruhigen Sie sich und setzen Sie sich. Ich hole Ihnen eine Tasse Kaffee …«

Während Pajarito redete, kam Miguel Martínez, der Hausmeister, aus einem Hinterzimmer. Er schob einen großen Putzwagen vor sich her, der voll war mit Lappen, Desinfektionsmitteln, Bleiche, Reinigungsmitteln, Polituren und einem riesigen Abfalleimer. Er starrte mich nur an.

»Wo ist sein Büro, Pajarito?«, verlangte ich zu wissen.

Pajarito hob eingeschüchtert die Hand und deutete mit dem Daumen auf den langen Flur hinter ihm. Ich marschierte ihn hinunter. Jerry folgte mir, auch wenn mir der Klang seines Gangs verriet, dass er drei Schritte hinter mir hertrödelte. Als ich den Flur hinunterstürzte, hörte ich hinter mir Pajaritos halb flüsternde Stimme, die mich warnte, ich beginge gerade einen großen Fehler und solle besser warten.

Ich packte den Türknauf, als wollte ich ihn herausreißen, und warf die Tür auf. Sie knallte gegen den Stopper und sprang mir fast wieder entgegen. Jerry hob eine Hand und hielt sie auf. Tekún saß bequem an einem runden Tisch, der sich gleich neben seinem Schreibtisch befand. Rechts und links von ihm hatten zwei weiße Männer in Anzug und Krawatte Platz genommen. Sorgfältig geordnete Papierstapel lagen auf dem Tisch. Eine junge weiße Frau, die Notizen in einen Laptop tippte, saß neben dem Mann zu Tekúns Linken. Ich hielt sie für eine Sekretärin. Alle sahen mich an.

In diesen wenigen Sekunden warf ich einen Blick auf sein Büro; es war der Raum, den ich von außen gesehen hatte, als ich das erste Mal hierher gekommen war, und den ich als Büro des Chefs ausgemacht hatte. Seine Größe und sein Schnitt beeindruckten mich. Da man es im ersten Stock der runden, turmähnlichen Ecke des Gebäudes eingerichtet hatte, waren alle Wände ebenfalls gerundet, genau wie das Oval Office des US-Präsidenten. Ein paar Bilder hingen an der Wand, Reproduktionen (ich ging davon aus, dass es Reproduktionen waren) von Picasso-Gemälden, die aus seiner frühen blauen Periode und seiner späteren, ausgereiften kubistischen Phase stammten. Tekúns Schreibtisch stand von mir aus gesehen auf der gegenüberliegenden Seite des Ovals. Hätte er jetzt dort gesessen, hätte es nicht den Hauch eines Zweifels gegeben, wer in diesem Raum die Macht innehatte. Zwischen mir und seinem Schreibtisch befand sich lediglich ein großer, reich verzierter Teppich, mit einem detailliert gezeichneten roten Drachen in der Mitte, dessen Zunge auf mich zuschnellte.

Obwohl die ungeheure Größe des Büros mir für ein paar Sekunden den Wind aus den Segeln genommen hatte, gab mir meine schäumende Wut meine Kraft zurück. Tekún saß nicht an seinem Schreibtisch, sondern daneben. In diesem kurzen Augenblick stand er langsam auf und wandte mir einen besorgten Blick zu. »Romilia. Bitte verzeihen Sie, aber ich befinde mich hier gerade in einer Besprechung. Um was geht es denn?« Er klang wie ein Liebhaber, was mein Blut nur noch mehr zum Kochen brachte.

»Kommen Sie mir nicht mit diesem Scheiß, Tekún. Sie wissen genau, dass es um einen Jungen im Vanderbilt-Krankenhaus geht, den man fast umgebracht hat und der ein Auge verloren hat, und das alles nur Ihretwegen.«

Tekún lachte leise vor Verlegenheit. Ich wusste nicht, ob es um seinet- oder um meinetwillen war. »Liebling, bitte, ich weiß überhaupt nicht, was hier eigentlich los ist.«

»Sie Dreckskerl. Ich bin Detective Romilia Chacón und keine Ihrer *putas,* die Sie sich um den Hals hängen.« Ich marschierte auf den Tisch zu und bohrte den Zeigefinger in die Platte. »Spielen Sie nur weiter Ihre Spielchen. Bauen Sie sich weiter diese Fassade auf«, ich deutete auf die Papiere, »und tun so, als wären Sie ein Wohltäter Nashvilles. Aber ich sitze Ihnen im Nacken, Murillo. Wenn ich irgendetwas Faules an Ihnen rieche, zerre ich Sie aufs Revier.« Einen kurzen Augenblick herrschte völlige Stille. Ich beschloss, die Stille zu nutzen, während mich meine Wut nach wie vor nicht davon abhalten konnte, meine Arbeit als Ermittlerin zu tun. »Erklären Sie mir nur eins. Was sagt Ihnen das Wort ›kaibil‹?«

Er starrte mich aufrichtig verwirrt an. »Wie bitte? Was für ein Wort? Detective, ich habe keine Ahnung, wovon Sie reden …«

Ich konnte ihm ansehen, dass ihn die Bedeutung des Wortes wirklich nicht kümmerte.
Erst als ich meine kleine Schimpftirade beendete hatte, bemerkte ich, dass Jerry nicht direkt hinter mir war. Er stand in der Tür, während er verzweifelt versuchte, meinen Namen zu murmeln, meine Aufmerksamkeit auf sich zu lenken, mich irgendwie zu warnen. Zuerst bemühte ich mich, ihm keine Beachtung zu schenken, doch seine andauernden Warnungen nahmen meinem gerechten Zorn langsam die Schärfe, so als schlüge jemand die Pfähle unter einem Haus an einer Klippe weg. Ich spürte, wie er endgültig zusammenbrach, als ich zu dem Weißen zu Tekúns Rechten hinüberblickte. Ich erkannte ihn.
Tekún füllte die Lücken für mich. Erst deutete er auf den Mann zu seiner Linken. »Romilia, ich möchte Ihnen Stadtrat Robert Harrison vorstellen und zu seiner Rechten Ms. Lisa Collier von der Staatsanwaltschaft, zuständig für Kapitalgesellschaften.« Dann zeigte er auf den Herrn zu seiner Rechten. »Und natürlich Seine Ehren Winston Campbell, Bürgermeister von Nashville.«
Das Wuthaus an der Klippe fiel in sich zusammen. Eine riesige Toilette spülte es hinaus ins Meer.
Ich sah zum Bürgermeister hinüber. »Oh. Hallo, Bürgermeister Campbell … Stadtrat Harrison … Ms., äh, Ms. Collier … es ist mir ein Vergnügen …«
Tekún schaltete sich ein. »Wir haben gerade ein paar Aufgabenbeschreibungen durchgesehen und uns durch den Papierkram gearbeitet, um den legalen Status als steuerbefreites Unternehmen zu erlangen, unter den alle gemeinnützigen Vereine fallen, damit wir sowohl staatliche als auch private Gelder erhalten können. Nicht besonders aufregend, aber notwendig, um ein starkes finanzielles Fundament aufzubau-

en. Bürgermeister Campbell muss sich um diese Dinge natürlich nicht kümmern. Er wollte nur anwesend sein, um mir in der Anfangsphase des Aufbaus meiner Gesellschaft Gehör und Unterstützung zu schenken. In etwa einer Stunde findet ein Fototermin mit der Presse statt, wenn Sie noch so lange bleiben möchten.« Er sah mich mit einem vollkommenen, zuvorkommenden Lächeln an.

Da wandte sich der Bürgermeister, ein Mann Anfang fünfzig, der für seine Begeisterungsfähigkeit und Ordnungsliebe, wenn es um die Führung der Stadtgeschäfte ging, bekannt war, zum ersten Mal an mich. »Junge Dame, ich gehe wohl recht in der Annahme, dass Sie Polizistin sind. In welchem Department sind Sie tätig?«

Ich sagte es ihm, Mordkommission.

»Ja. Verstehe. Nur zu Ihrer Information, nach dieser Sitzung mit Mr. Murillo werde ich Lieutenant Patrick McCabe anrufen.«

»Ja, Sir.« Ich senkte den Blick auf den Tisch und beobachtete, wie in einem Traum gefangen, wie mein Haus, mein Vorgarten und mein Job in dieselbe riesige Toilette stürzten, die vorher das Gerüst meiner Rechtschaffenheit hinweggerissen hatte.

Ich verließ unter wiederholten Entschuldigungen das Büro und stolperte dabei über meine eigenen Worte, während ich mich gleichzeitig aus der Tür schob.

Jerry blieb noch eine gute Minute an der Schwelle stehen und bat alle Anwesenden ebenfalls um Entschuldigung. »Bürgermeister, es tut mir wirklich sehr leid. Mr. Murillo, ich hoffe sehr, dass Sie die Umstände berücksichtigen und in Erwägung ziehen könnten, uns unser Eindringen zu verzeihen …« Tekún versicherte meinem Partner, dass er das tun werde. Dann folgte mir Jerry den Flur hinunter.

Wir gingen an Pajarito und Miguel Martínez vorbei. Der junge Mann aus Oaxaca umklammerte seinen Wischmopp, als wolle er sich dahinter verstecken. Er brauchte sich keine Sorgen zu machen. Jegliche Spur von Zorn hatte der unnachgiebige Hund der Scham vertrieben. Dann hörte ich, wie Pajarito Miguel auf Spanisch zuraunte: »Ich hab ihr gesagt, dass jetzt nicht der richtige Moment ist, ganz und gar nicht …«
Jerry öffnete für mich die Beifahrertür. Er fuhr. Wir sprachen kein Wort, während er mich von Tekúns altem Gebäude zum Büro der Mordkommission brachte.

17

Murillo hat Sie offenbar davor bewahrt, in Ihre selbst ausgehobene Grube zu fallen.«

Ich stand vor Lieutenant McCabes Schreibtisch. Er setzte sich. Jerry stand neben mir. Er rieb sich ein paar Mal die Nase, als wolle er etwas sagen, wisse aber nicht, was. Ich konnte es ihm nicht verübeln, dass er schwieg.

McCabe sah mich nicht an, während er erklärte: »Bürgermeister Campbell hat mich allerdings tatsächlich angerufen. Er hat mir erzählt, dass er eigentlich Ihren Kopf fordern wollte. Aber Ihr Kumpel Tekún hat offenbar ein paar Takte mit ihm geredet, nachdem Sie und Jerry weg waren. Tekún hat ihn gebeten, in Ihrem Fall noch einmal Gnade vor Recht ergehen zu lassen. Sie haben es also ihm zu verdanken, dass Sie Ihren Job noch haben. Wenn man bedenkt, dass Sie den Bürgermeister, einen Stadtrat und die Staatsanwältin mehr oder weniger bezichtigt haben, eine falsche gemeinnützige Gesellschaft als Fassade für einen florierenden Drogenhandel aufzubauen, ist das ziemlich erstaunlich.«

Ich spürte, wie mir Tränen in die Augen schossen. Ich atmete leise aus und bemühte mich, jeden Muskel in meinem Gesicht unter Kontrolle zu halten, um nicht zu weinen. Ich würde nicht weinen.

»Der Bürgermeister will, dass Sie sich bei Mr. Rafael Murillo entschuldigen. Schriftlich.«

»Ja, Sir.«

»Es wäre, denke ich, ebenfalls ratsam, wenn Sie sich auch bei den drei Stadtgrößen entschuldigen würden. Vor allem beim Bürgermeister. Verdammt, Romilia ...« Er schüttelte den Kopf. Dann wandte er sich an Jerry, der an der Tür stand. Er sah auch ein wenig mitgenommen aus. Seit wir zu Tekúns Büro gefahren waren, hatte er so gut wie nichts gesagt.
»Jerry, gehen Sie raus und holen Sie sich einen Kaffee. Und schließen Sie die Tür.«
Mein Partner gehorchte unserem Boss. McCabe und ich waren allein. Nachdem er es gute zwei Minuten lang vermieden hatte, mir in die Augen zu sehen, blickte er mir direkt ins Gesicht, während er sich mit den Ellbogen auf dem Schreibtisch abstützte. Dann richtete er sich wieder auf und steuerte einen Aktenschrank an. »Wissen Sie, Romilia, Sie hatten einen ziemlich guten Ruf in Atlanta.«
Ich wusste, was jetzt kam. Ich kniff die Augen zusammen.
»Großartige Empfehlungen. Ihre Ausbilder und Vorgesetzten in Atlanta hatten fast nur Lob für Sie übrig, von einer einzigen Sache abgesehen.«
Er zog meine Akte heraus. Er hielt sie in einer Hand und öffnete sie. »Wie hat sie sich noch mal ausgedrückt ... oh ja. Hier. Ihr Sergeant vom Polizeirevier von Atlanta. Dieser eine Satz: ›Hat Schwierigkeiten, sich zu beherrschen, vor allem wenn es um die Rechte der Opfer geht.‹ Als ich das zum ersten Mal gelesen habe, war ich mir nicht sicher, was Ihr Sergeant damit gemeint hat. Daher habe ich sie angerufen. Sergeant Haggerty war sehr freundlich. Aber sie hat mich auch über ein paar Zwischenfälle unterrichtet, in die Sie verwickelt waren, hinsichtlich eines Jungen, der zusammengeschlagen worden war, und einer jungen Frau, die man vergewaltigt hatte. Sie erinnern sich sicher daran.«
»Ja, Sir.«

»Der Fall des Jungen war nicht ganz eindeutig, hat sie mir erklärt. Sie mussten Gewalt anwenden, um den Verdächtigen verhaften zu können, und haben ihn dabei mit dem Kopf gegen eine Backsteinmauer geschleudert. Er hat eine Gehirnerschütterung davongetragen. Bei dem Verdächtigen in dem Vergewaltigungsfall lag die Sache allerdings ein wenig anders.« McCabe stand direkt neben mir und musterte mich von der Seite. »Man hat Sie beschuldigt, ihn mit Ihrer Pistole verprügelt zu haben.«
»Das habe ich nicht getan.«
»Wie bitte?« Er klang verärgert.
»Ich habe das nicht getan, Sir … er hat sich gewehrt. Ich musste ihn festhalten … ich habe ihn ein einziges Mal mit dem Griff meiner Waffe geschlagen.«
Einen Augenblick sagte er nichts. Er setzte sich an den Rand seines Schreibtischs und betrachtete mich. »Sie sehen nicht so aus, als könnten Sie irgendjemandem weh tun. Ich meine, ich weiß, dass Sie regelmäßig trainieren, dass Sie in Form sind. Das steht auch in Ihrer Akte, wie diszipliniert und strikt Sie sich fit halten.
Aber Ihr alltägliches Verhalten hat mich getäuscht. Sie wirken nicht wie der gewalttätige Typ. Aber das können Sie wohl durchaus sein. Und das ist nicht gut, Romilia. Überhaupt nicht gut.«
Er stand erneut auf, entfernte sich vom Schreibtisch und stellte sich hinter mich, wo ich ihn nicht mehr im Blick hatte. Aber ich wagte es nicht, mich umzudrehen und ihn anzusehen. Ich hätte hier genauso gut in der Army sein können, während ich in respektvoll-entspannter Haltung dastand. Allerdings war ich alles andere als entspannt.
Er sprach hinter mir weiter. »Ich weiß nicht, woher das kommt, aber ich weiß, dass Sie deswegen Hilfe in Anspruch

nehmen können. Das Department steht mit ein paar Psychologen in Kontakt. Ich schlage vor, dass Sie sich überlegen, einen davon aufzusuchen. Sie sind noch jung, Romilia. Das spricht für Sie. Egal welcher Mist Ihnen im Kopf herumschwirrt, Sie haben immer noch eine Chance, ihn loszuwerden.« Dann ging er um mich herum und ließ mich sein Gesicht sehen. »Aber ich sage Ihnen eins. Ich will den Bockmist, den Sie in Atlanta durchgezogen haben, nicht hier bei mir. Sie haben keine Ahnung, wer Gato Negro auseinandergenommen hat. Trotzdem sind Sie auf ein Gefühl hin auf eine sehr angesehene Person losgegangen, die sich mit Nashvilles Führungsriege angefreundet hat. Ich mag Sie, Romilia. Ich glaube, Sie könnten es hier sehr weit bringen. Aber ich werde Ihnen nicht den Rücken stärken, wenn so etwas noch einmal passiert.«

»Ja, Sir.«

Eine Träne lief mir die Wange herunter. Ich wischte sie schnell weg. Er bemerkte es und trat, ohne darauf einzugehen, an seinen Schreibtisch. »Also. Was gibt's Neues im Sáenz-Fall?«

Ich berichtete ihm von den Informationen, die wir auf dem Computer des Reporters gefunden hatten, einschließlich des Wortes »kaibil«. Mir blieben die Worte im Halse stecken, während ich mich verzweifelt um Objektivität bemühte, um meinen mündlichen Bericht zu beenden.

»Kaibil? Was zum Teufel ist das?«, fragte er.

»Ich weiß es nicht, Sir. Die Datei ist leer. Aber ich werde ein paar Nachforschungen darüber anstellen.«

»Warum glauben Sie, dass es so wichtig ist?«

»Weil er die Datei das letzte Mal am Tag vor seiner Ermordung geöffnet hat. Sein Chefredakteur Stapleton hat mir erzählt, dass Sáenz an irgendeiner großen Sache dran war, bevor er gestorben ist.«

»Verstehe. Sehen Sie da irgendeine Verbindung zu Murillo?«
»Ich bin mir nicht sicher, Sir. Aber das Wort ›kaibil‹, es klingt fast indigen …«
»Wie bitte?«
»Es ist nur so eine Ahnung. Aber Murillo benutzt gerne diesen indianischen Namen, Tekún Umán. Vielleicht ist ›kaibil‹ irgendein indianisches Codewort für ihn, und Sáenz war gerade dabei, irgendetwas über diesen Code herauszufinden.«
»Sie glauben also, dass Sáenz aufgrund dieser Kaibil-Sache an Murillo dran war?«
»Ja, Sir.«
McCabe schüttelte nicht ganz überzeugt den Kopf. »Machen Sie weiter. Wenn Sie Murillo irgendwie festnageln können, wird Ihnen der Bürgermeister vielleicht verzeihen. Vergewissern Sie sich nur, dass die Spur tatsächlich zu ihm führt. Übrigens, wie geht's dem Jungen?«
»Er ist in kritischem Zustand. Risswunden überall am Körper. Hat ein Auge verloren.«
McCabe schüttelte erneut den Kopf. »Wie schrecklich.«
»Ja.«
Er sagte nichts weiter, abgesehen davon, dass er mich aus seinem Büro entließ. Ich ging hinaus und an Jerrys Schreibtisch vorbei. Mein Partner versuchte nicht, mich aufzuhalten, als ich auf die Toiletten zustrebte. Dort schloss ich mich in eine der Kabinen ein und riss ein langes Stück Klopapier von der Rolle ab, mit dem ich mir die Nase putzte und die Augen wischte, während ich die ganze Zeit meiner großen Schwester Catalina zuraunte: *»Ay chingado,* Caty, *ese jodido me va a tumbar …«* Doch dieser *jodido,* Rafael Murillo, der Tekún Umán der Armen, konnte meinen Geist nicht so erfüllen, wie es die Erinnerungen an meine tote Schwester taten.

18

Meine Mutter merkt es immer, wenn ich an Catalina denke. Das ist die einzige Gelegenheit, bei der Mamá und ich die Rollen tauschen. Sie ist dann auf einmal ganz gefestigt und kann es mit allem aufnehmen, einschließlich des schwindenden Selbstvertrauens ihrer noch lebenden Tochter. Ich lasse sie gewähren. Sie konnte stark sein, selbst in einer Übergangszeit, wenn sie keine Familie oder Freunde um sich hatte, die sie von ihren eigenen *demonios*, hervorgebracht und herangewachsen in der Gewalt eines anderen Landes, abzulenken vermochten.

Als ich durch die Tür kam, erkannte sie sofort, dass etwas nicht stimmte. Sie fragte natürlich. Ich erzählte ihr, was passiert war. Sie stellte mühelos die Verbindung her, da sie sich an die anderen beiden Male erinnerte, als ich in Atlanta die Beherrschung verloren hatte, an die beiden Zwischenfälle, die für immer in meiner Akte stehen würden. Bisher, so hatte ich gedacht, wussten nur sie und meine Kollegen in Atlanta von meiner einzigen, jedoch großen beruflichen Schwäche als Detective bei der Mordkommission. Jetzt waren mein Boss und die Polizisten, die hier mit mir arbeiteten, ebenfalls im Bilde oder würden es bald sein. Ich fühlte mich gebrandmarkt.

Mamá legte mir die Hand auf die Schulter, umarmte mich aber nicht. Sie sah mir in die Augen. »Weißt du, was wir beide jetzt gebrauchen könnten? Wir sollten rausgehen und etwas essen.

Ich habe vor kurzem in der Zeitung gelesen, dass es eine gute *taquería* in der Stadt gibt …«

Ich wusste, dass sie Doña Marinas Laden drüben in Nolensville meinte. Diego Sáenz hatte in der spanischen Beilage darüber berichtet. Der Artikel war gestern in der Morgenausgabe des *Cumberland Journal* erschienen, am selben Morgen, an dem wir Sáenz tot in der Market Street gefunden hatten.

»Ja. Ich war schon mal dort.«

»Wirklich? *Hija,* davon hast du mir ja gar nichts erzählt. Wie wär's, wenn wir mit Sergio dort zu Abend essen? Ich hab keine Lust zu kochen.«

Die Sonne ging bereits unter, als ich mich mit meiner Familie auf den Weg zur Nolensville Road machte. Es herrschte mehr Verkehr als am gestrigen frühen Morgen, als ich diese Straße zum ersten Mal entlanggefahren war. Schwarze und weiße Männer, Frauen und Kinder füllten die Bürgersteige und schufen eine lebendige Atmosphäre, die tags zuvor noch nicht geherrscht hatte. Der etwas wärmere Tag erlaubte es den Menschen, umherzuschlendern und miteinander zu reden. Alte Männer saßen auf Parkbänken und beobachteten die vorbeifahrenden Autos. Kinder spielten gefährlich nah am Randstein Straßenbaseball.

Es war auch eine gute Gelegenheit, um Mamá den Zustand der Häuser in diesem Teil der Stadt zu zeigen, da sie gehofft hatte, dass ich hier eines kaufen würde, als wir nach Nashville zogen.

»Siehst du, Mamá? Die sind alle ziemlich schlecht instandgehalten.«

Auch wenn sie mir darauf antwortete, war ihre Aufmerksamkeit offenbar auf etwas anderes gerichtet. »Du hast recht, Mädchen. Sie sehen ein wenig heruntergekommen aus …

schau mal da! Diese Jungs da drüben, ich wette, die sind aus irgendeiner Gegend von Mexiko, vielleicht Guanajuato!«

Ich sah zu der kleinen Gruppe Männer hinüber, die gerade eine Bar betraten. Sie sahen so aus, als kämen sie direkt von der Arbeit. Nach dem Zustand ihrer Stiefel zu urteilen, handelte es sich entweder um Bauarbeiter oder Gärtner. Ich setzte auf Gärtner, da ich keine Betonspritzer auf ihrer Kleidung entdecken konnte, lediglich Grasflecken.

Ich parkte das Auto direkt vor Doña Marinas Laden. Während wir ausstiegen und ich Sergios Hand nahm, ging ein halbes Dutzend Leute rein und raus, von denen die meisten Latinos waren, ein paar Weiße waren jedoch auch darunter.

Ein großes, herzliches Lächeln breitete sich über das Gesicht meiner Mutter aus. »*Ay, qué lindo*«, entfuhr es ihr.

Ich stellte Mamá Doña Marina vor. »Sie haben Ihre Mutter mitgebracht, wie Sie gesagt haben!«, rief die alte Ladenbesitzerin aus und lächelte mich an. Ich wusste, dass ich einige Pluspunkte bei ihr gesammelt hatte.

Nach ein paar Minuten höflicher Konversation gab ich den beiden Frauen die Gelegenheit, sich kennenzulernen. Sergio und ich schlenderten in einen anderen Teil des Ladens, wobei er mich zu den Süßigkeiten und dem süßen Brot zerrte. Obwohl wir jetzt schon seit einigen Wochen in Nashville lebten, hatte er weder Atlanta noch die Läden vergessen, die wir in unserem alten Viertel immer aufgesucht hatten, Läden, die ähnlich aussahen und rochen wie dieser. Er machte es sich gleich gemütlich.

»Mamá, Mamá, *por favor,* Mami, darf ich ein *pan dulce* haben?«

»Ja, Liebling, warte nur kurz, wir müssen es erst mal bezahlen …«

Ich blickte durchs Fenster nach draußen und die Straße hinauf. Da stand Gato Negros Haus. Als Mamá vorgeschlagen hatte, hierher zu kommen und ein paar *tamales* und *tacos* mitzunehmen, hatte ich zuerst gezögert. Es war ein langer Tag gewesen, und so, wie mich das, was dem jungen Mann zugestoßen war, aufgewühlt hatte, wollte ich die heutigen Ereignisse schnellstens hinter mir lassen. Ein Mal richtig darüber schlafen, so hatte ich gehofft, würde mir helfen, diese Melancholie und Selbstverachtung abzuschütteln. Ich hatte auch einfach nur zum Fitness-Studio in der Stadt fahren und ein paar Bleiplatten zusammenkrachen lassen wollen. Andererseits wusste ich, dass die Vorschläge meiner Mutter für gewöhnlich die richtigen waren. Aus dem Haus herauszukommen und sich ein Essen zu gönnen, das jemand anderes zubereitet hatte, war wahrscheinlich das Beste für mich.

Vor Gato Negros Haus waren keine Autos geparkt. Ich ging davon aus, dass die ganze Familie im Vanderbilt-Krankenhaus war, um ihn herumstand und darauf wartete, dass er aus seinem Medikamenten-Schlaf aufwachte, damit sie ihm Trost spenden und gleichzeitig Vorhaltungen machen konnte, dass er mit den falschen Leuten herumhing.

Ein erneutes Gefühl der Scham überfiel mich. Gato Negro würde in diesem Moment nicht im Krankenhaus liegen, wenn ich vorsichtiger gewesen wäre. So wütend ich auch auf Tekún Umán war, so sehr verachtete ich mich für meine eigene Dummheit. »Warum hast du das überhaupt erwähnt?«, murmelte ich vor mich hin, als ich mir meine Unterhaltung mit Tekún im Café des Buchladens in Erinnerung rief, bei dem ich auf eine kleine Katze angespielt hatte, die mir von Murillo erzählt hatte. In diesem Moment hatte ich mir wenig dabei gedacht, weil ich glaubte, Tekún hätte keine Ahnung, von wem ich redete. Aber ich wusste auch, dass ich damit hatte kokettieren wollen, ein vorsichtiger Flirt, um mit dem Mann warm zu werden und ihm auf die Schliche zu kommen. Es war dumm gewesen und hatte nur dazu geführt, dass ich die Identität meines neuen Informanten preisgegeben hatte. Tekún hatte den Namen verifiziert, indem er das Wort »schwarz« hinzugefügt hatte, als wir heute um den Parthenon spaziert waren. Ich war direkt in eine gut plazierte Falle getappt. Es gab nur drei Menschen, die davon wissen konnten: Gato Negro, Tekún Umán und ich selbst. Das waren mehr als genug. Ich erkannte, dass die blinde Wut auf Tekún eigentlich von der brennenden Scham angefacht wurde, die in meinem Innersten loderte.

In diesem Augenblick durchquerte jemand mein Blickfeld. Der Mann lief an dem Fenster vorbei und wandte sich dann nach links, in den Laden von Doña Marina. Es war Pajarito. Mein Herz schlug mir gegen die Rippen. Die Scham hielt es an Ort und Stelle. Pajarito erblickte mich. Er ging direkt auf mich zu. »Hallo, Detective.«

»Hallo, Mr. Colibrí«, erwiderte ich.

»Bitte nennen Sie mich doch Pajarito.«

Dazu äußerte ich mich nicht.

»Was heute passiert ist, tut mir sehr leid«, erklärte er.

»Nein, ich bin diejenige, die sich entschuldigen muss.« Doch mir wollte sonst nichts einfallen, was ich hätte sagen können. Es stimmte. Ich musste mich entschuldigen; mein Boss hatte mir diese Anweisung gegeben. Aber soweit ich wusste, konnte Pajarito mit den Dingen, denen sich sein Vorgesetzter schuldig gemacht hatte, durchaus nichts zu tun haben. Vielleicht würde meine Entschuldigung ihm gegenüber aufrichtiger sein. »Ich wollte Sie heute nicht anschreien. Ich habe einfach nur gedacht, ich müsste dringend mit Ihrem Chef sprechen.«

»Ah. Ja. Nun, Mr. Murillo möchte ebenfalls sein Bedauern

über das ausdrücken, was heute geschehen ist. Es tut ihm leid, dass, aus welchen Gründen Sie ihn auch immer bestimmter Taten verdächtigen, diese Gründe jetzt nicht mehr existieren.«
Seine Ausdrucksweise brachte mich ein wenig durcheinander. Er bemerkte meine Verwirrung.
»Ich will damit nur sagen, dass Mr. Murillo keinen Groll gegen Sie hegt und auch weiterhin mit Ihnen in Kontakt bleiben möchte, falls das möglich wäre.«
Meine Verwirrung verwandelte sich in Misstrauen. »Verstehe. Sagen Sie, Pajarito, kommen Sie oft zum Einkaufen hierher?«
»Einkaufen? Oh ja, der Laden. Ja, ich schaue ab und zu hier vorbei.«
»Und sind Sie heute hierher gekommen, um Lebensmittel für Ihren Boss zu besorgen?«
»Mr. Murillo ist eigentlich strenger Vegetarier. Er isst so gut wie gar kein mexikanisches Essen.« Pajarito beugte sich zu meinem Ohr vor, als wolle er die Ladenbesitzerin nicht beleidigen, die eine Reihe weiter stand. »Viel zu fettig, verstehen Sie. Ist schlecht fürs Herz. Aber wie nicht zu übersehen ist, liebe ich es!« Er rieb sich den runden Bauch.
»Dann kaufen Sie für sich ein?« Ich lächelte und kam dann direkt auf den Punkt. »Oder sind Sie hier, um eine Nachricht für Ihren Boss zu überbringen?«
Zuerst erwiderte er nichts, schenkte mir dann aber ein peinlich berührtes Grinsen. »Zwei Fliegen mit einer Klappe.«
»Na gut.« Ich lehnte mich zu Pajarito. »Dann schlage ich jetzt noch eine Fliege tot. Bitte sagen Sie Mr. Murillo, er wird bald eine schriftliche Entschuldigung von mir erhalten. Dieser Brief ist jedoch keine Einladung an ihn, mich anzurufen.«
»Oh. Wie schade.«

Ich achtete nur mit halbem Ohr darauf, was Pajarito mir sonst noch zu sagen hatte, da ich bemerkte, dass Doña Marina und meine Mutter einen Gang näher an uns heranrückten. Ich wollte nicht, dass meine Mutter mitbekam, wie ich mit jemandem redete, der in meinen Fall verwickelt war. Doch ich hörte, wie Pajarito erklärte: »Wirklich schade, denn Mr. Murillo hat offenbar eine Schwäche für Sie. Oh, er sagt mir das nicht so direkt. Aber ich arbeite schon lange genug für ihn, um zu merken, was er fühlt.«

Als Doña Marina Mamá einige Keramikvasen und -schüsseln aus Mexiko zeigte, wandte ich meine Aufmerksamkeit wieder ihm zu. Mamá bewunderte die angeblich indianischen Zeichnungen und Reliefs auf den Gefäßen.

»Dann sind Sie also ein langjähriger Angestellter von Mr. Umán?«

»Oh ja. Wir kennen uns schon seit vielen Jahren.«

»Dann können Sie mir vielleicht ein paar Informationen geben. Kennen Sie die Bedeutung des Wortes ›kaibil‹?«

»Wie bitte?« Er sah ein wenig verwirrt aus.

»›Kaibil‹. Ich glaube, es ist ein indianisches Wort, genau wie der Name ›Tekún Umán‹.«

»›Kabel‹? Oh, wie *cabal*, ist das nicht Spanisch für ›vollständig‹ oder so was?«

Ich schnaubte so heftig, dass meine Nasenflügel fast Feuer sprühten. »Sie wollen mir also weismachen, dass Sie noch nie von dem Wort ›kaibil‹ gehört haben?«

»Nein, ich glaube nicht …« Seine ein wenig zittrige Antwort wurde von dem lauten, harten Knall einer großen Keramikschüssel unterbrochen, die auf dem Holzboden des Ladens zersprang.

Alle drehten sich zu meiner Mutter um, die mit leeren Händen, in denen sie gerade noch das nun zerbrochene Gefäß gehalten hatte, dastand, in den Augen einen ganz bestimmten Ausdruck des Schreckens, den ich nur indirekt durch sie erlebt hatte. Doña Marina bückte sich und fing an, die größeren Bruchstücke der Schüssel aufzusammeln, während sie vor sich hin murmelte, dass die Schüssel leichter kaputtgegangen sei, als sie gedacht hätte, dass sie ungefähr fünfzehn Dollar koste, sie aber vielleicht für ihre neue Freundin den Preis etwas senken könne. Meine Mutter vernahm nichts. Sie starrte mich einfach nur an, als fragte sie sich, wo in aller Welt ich von einem Wort erfahren haben könnte, das sie jetzt kaum laut auszusprechen wagte.

»Kaibil. Ay, Dios.«

19

Ich kam für die zerbrochene Schüssel auf und händigte Marina den vollen Preis aus. Dann bat ich die Ladeninhaberin, mir bitte schnell eine Tüte mit Tacos, Enchiladas und ein paar Schachteln Bohnen und Reis sowie eine Portion Tortillas einzupacken. Sie tat es. Ich bezahlte alles, dankte der älteren Frau und half meiner Mutter durch die Eingangstür nach draußen. Mein Sohn trottete hinter uns her. Pajarito stand daneben und sah verwirrt zu. Während Mamá zitternd in den Wagen stieg, blickte ich zurück und sah Doña Marina, die sich aus der Tür lehnte und leise fragte: *»Pobrecita, qué le habría pasado?«* Ich hätte ihr gerne auf die Frage geantwortet, wenn ich nur selbst gewusst hätte, was mit meiner Mutter los war.

»Mami, was hast du? Geht's dir gut?«

»Ja, ja. Ich bin okay, okay …« Aber sie atmete schwer. Sie blickte starr auf das vorüberziehende Nolensville, als ich nach Norden fuhr, um die Autobahn nach Hause zu nehmen. Ihre Stimme zitterte, als ihr die Worte über die Lippen kamen. »Oh Gott, Doña Marina wird denken, ich bin irgendeine *loca*, die reif für die Anstalt ist …«

»Mach dir deswegen keine Gedanken, Mami. Was ist passiert? Was hat dich so erschreckt?«

»Warum sprichst du von den *Kaibiles?«* Sie wandte sich mir zu und sah mich direkt an.

»Die *Kaibiles* … *kaibil* … was, das ist eine Gruppe? Mami, wie kommt es, dass du davon weißt …« Ich hielt inne, da mir

ein Gedanke kam, allerdings kein angenehmer. »Mami, hat das etwas mit meinen Großeltern zu tun?«
Einen langen Augenblick dachte ich, sie würde mich nicht beachten. Das war jedoch nicht der Fall. Während sie mir zuhörte, drangen auch andere Stimmen an ihr Ohr und sie sah die Gesichter der Menschen, die sie vor achtundzwanzig Jahren in einem Land und einer Welt weit weg von hier gekannt hatte.

Erst nach einer Dreiviertelstunde und zwei Gläschen Whiskey aus einer verstaubten Flasche sah sie sich in der Lage zu reden. Während dieser Zeit saß sie am Küchentisch. Sergio stand da und starrte seine Großmutter an, die sich in dem unbeweglichen Stuhl hin- und herwiegte. Ich brachte ihn ins Bett und versicherte ihm, alles sei in Ordnung und es würde seiner *abuela* bald wieder gutgehen. Dann gab ich ihm einen Kuss und sang eine sehr schnelle Version von *Dormite niñito,* wobei ich wie eine Schallplatte klang, die man in der falschen Geschwindigkeit abspielte.
Ich ging zurück in die Küche. Als ich hereinkam, fing meine Mutter an zu erzählen.
»Deine Großeltern sind zu einer Zeit verschwunden, als die salvadorianischen Streitkräfte gemeinsam mit der guatemaltekischen Armee Truppenübungen abgehalten haben. Damals hatte man überall auf der Welt Angst vor dem Kommunismus, und alle haben sich vor Kuba gefürchtet. Jedenfalls haben sie behauptet, sie würden sich davor fürchten. Wenn du mich fragst, hatte es überhaupt nichts mit Kuba zu tun. Aber das war ihre Rechtfertigung.«
Ich hatte die Geschichte der Eltern meiner Mutter noch nie richtig gehört und hatte auch nie alle Gründe erfahren, weshalb Mamá und mein Vater beschlossen hatten, in die Staaten

zu fliehen. Vielleicht hatte es schon Situationen gegeben, in denen Mamá es mir hatte erzählen wollen. Aber entweder war ich noch nicht so weit gewesen, es zu hören, oder sie war nicht fähig gewesen, darüber zu reden.

»Beide Armeen haben auf einer Militärbasis trainiert, gleich am Rande von El Comienzo, unserer kleinen Stadt. Wir haben sie immer gehört, wenn sie im Gleichschritt durch die Straßen marschiert sind und militärische Schlachtrufe geschrien haben. Es gab zwei Gruppen: die *Atacatl,* die salvadorianischen Sondereinheiten, und die *Kaibil,* die guatemaltekischen Kommandos. Sie haben drei Monate in unserer Stadt trainiert, sind durch die Wälder gerannt und haben kleine Unterstände neben unseren Gärtchen aufgebaut. Wir haben sie ständig dabei beobachtet, wie sie in den Wald hinein- und wieder herausgestürmt sind. Dann sind Flugzeuge über die Stadt geflogen, aus denen Soldaten gesprungen sind und ihre großen Fallschirme geöffnet haben, und die ganze Stadt hat aufgeblickt und zugesehen, wie diese Männer aus dem Himmel gefallen und nach unten geschwebt sind. Wir hatten so etwas noch nie erlebt. Unsere Stadt lag allerdings tief in den Bergen. Es gab kein Fernsehen und nur wenige Radios. Jedes Ereignis wie das Auftauchen der *Kaibiles* und *Atacatl,* na ja, es war was Besonderes. Zuerst waren wir nervös. Aber nach einiger Zeit hatten wir uns an sie gewöhnt. Sie waren fast so etwas wie unser Unterhaltungsprogramm.«

Mamá zögerte danach lange. Sie atmete schwer. Das Wiegen begann von neuem. Ich berührte ihre Schulter. Sie sah mich an.

»Niemand wollte an ihrem Camp vorbeigehen, weil alle meinten, es würde Unglück bringen. Aber ich kann mich noch an einen Tag erinnern, als ich an der Bushaltestelle stand, an der der alte Bluebird-Bus immer vorbeifuhr und einmal wöchentlich Passagiere mit in die Hauptstadt nahm. Ich

konnte die Einfahrt zum Lager sehen. Ein riesiger Totenkopf und darunter zwei sich überkreuzende Knochen waren auf eine Holztafel gemalt. Die Augen waren riesig, wie zwei große Höhleneingänge. Der Totenkopf trug das Barett der Atacatl. Unter dem Schädel hing ein weiteres Schild, auf dem stand: ›*Persígnate antes de entrar*‹. Bekreuzige dich, bevor du eintrittst. Ich weiß noch, dass ich darüber gelacht habe. Deinem Vater hat das gar nicht gefallen. ›*Hija,* lach sie nicht aus‹, hat er mich ermahnt. ›Sie könnten dich hören.‹ Wie sollen sie mich denn hören?, hab ich erwidert. Sie waren weit weg, auf der anderen Seite des Feldes, wo die Bushaltestelle war. Er meinte, sie könnten alles hören und sehen.
Wir hatten deine Schwester bei uns. Catalina hatte eine Erkältung, daran erinnere ich mich noch. Da sie ein wenig erkältet war, hatten wir überlegt, ob wir überhaupt in die Hauptstadt fahren sollten. Aber dein Vater hatte dort ein Geschäft mit einem Landbesitzer in Aussicht, der bereit war, uns ein paar Hektar Land zu verkaufen. Ich weiß noch, dass es ein wichtiger Ausflug war. Damals war es wichtig. Also sind wir hingefahren und haben deine Großeltern übers Wochenende allein gelassen … An diesem Wochenende haben die *Kaibil* und *Atacatl* ihren ›Abschluss‹ gefeiert oder wie auch immer sie es genannt haben … Da ist alles passiert …«
Sie konnte nicht weiterreden. Ihre Stimme stockte und versagte dann ganz. Ich hielt lange ihre Hand. Murmelnd beschrieb sie, welcher Anblick sich ihnen geboten hatte, als sie und mein Vater zurückkehrten und sahen, was von der Stadt übrig war. Da ich meine Großeltern nie kennengelernt hatte, konnte ich mir nur ein altes Paar vorstellen, das man mir auf Bildern gezeigt hatte und das jetzt tot unter den Trümmern, der Asche und Unmengen anderer Leichen lag, die über eine einstmals lebendige Stadt verstreut waren.

Schließlich fragte ich sie: »Mami, die Soldaten ... waren es *Kaibiles?«*
Sie sah mich unverwandt an. Fast runzelte sie die Stirn über mein mangelndes Verständnis. *»Kaibiles. Atacatl.* Das ist doch ein und dasselbe.«

20

Nach dem dritten Klingeln ging Jerry ran.

»He«, sagte ich. »Sind Sie noch auf?«

»Nein ... ja, bin gerade vor den Fernsehnachrichten eingeschlafen. Was ist los?«

»Ich hab etwas über *Kaibil.*«

»Wirklich? Was?«

»*Kaibil* ist der Name einer Todesschwadron in Guatemala.«

»Was?« Ich glaubte, ihn lachen zu hören. »Eine Todesschwadron? Ich habe diesen Begriff schon seit Jahren nicht mehr gehört. Wo haben Sie die Info her?«

»Von meiner Mutter.«

»Oh.« Er klang immer noch verwirrt.

»Ich erklär's Ihnen später. Aber hören Sie: Ich habe meine Mutter ins Bett gebracht. Sie fühlt sich nicht wohl.«

»Was hat sie denn?«

Ich wollte ihm sagen, was es war: posttraumatisches Stresssyndrom. Doch stattdessen erwiderte ich: »Grippe. Haben Sie einen Computer zu Hause?«

»Ja. Warum?«

»Haben Sie auch Internet?«

»Natürlich. Ich verbringe jeden Abend mehr Zeit damit, als mir guttut. So sieht das Leben eines geschiedenen Mannes aus.«

»Super. Kann ich rüberkommen?«

Sein Zögern verriet mir, dass er gerade eine anzügliche Bemerkung machen wollte, es sich jedoch anders überlegte. »Klar. Ich warne Sie, ich hab heute schon versucht, ›kaibil‹ abzufragen, und konnte nichts finden. Aber wenn Sie jetzt neue Informationen darüber haben, können wir vielleicht größere Dateien herunterladen und ›kaibil‹ irgendwo darin finden ...«

Da er in Computerjargon verfiel, unterbrach ich ihn: »Ich bin in zehn Minuten bei Ihnen.«

Jerrys Wohnung war zwar klein, aber sehr schön. Der Apartmentblock, in dem sie sich befand, lag zehn Minuten westlich von Nashvilles Zentrum entfernt. Für einen Junggesellen hatte sie genau die richtige Größe – zwei Schlafzimmer, eine kleine Küche und ein größeres Ess- und Wohnzimmer mit einer gewölbten Decke, die die Wohnung noch geräumiger erscheinen ließ. Es sah aus, als hätte er gerade erst aufgeräumt, während ich mit dem Auto durch die Stadt unterwegs war. Ein sehr großer Fernseher mit dem entsprechenden Zubehör – Videorekorder, Satellitenanlage und ein elegantes CD-Stereosystem – nahm eine komplette Wand ein.

Sein Computer stand auf einem Schreibtisch im vorderen Zimmer. Alle Bücher, die ich sah, hatten irgendetwas mit Computern zu tun. Kein einziger Roman in Sicht.

Ich warf meinen Mantel über einen Stuhl. Wir machten uns schnell an die Arbeit. Während wir das Internet durchsuchten, bekam ich obendrein noch einen Computer-Crashkurs.

»Hier. Ich glaube, Sie sollten hier sitzen und die Maus bedienen, Romilia. Meine Güte, eine junge Frau wie Sie, die im neuen Jahrtausend lebt und nicht einmal den Bildschirm einschalten kann.«

»He, ich hab schon mal an einem Computer gesessen. Ich benutze ihn nur nicht in allen Bereichen meines Lebens.«

»Schon gut, schon gut. Hängen Sie ruhig weiter einer primitiven Gesellschaft an, während wir anderen den Zug ins 21. Jahrhundert nehmen ...«

Ich beachtete seinen Sarkasmus nicht. Eigentlich machte es mir auch überhaupt nichts aus. Sarkastische Bemerkungen und Witze stimmten mich zuversichtlicher, als wenn er mir die kalte Schulter gezeigt hätte. Ich wollte ihn fast fragen, wie er damit zurechtkam, dass die Medien seine Verhaftung von Bitan in Zweifel zogen. Dann verwarf ich diesen Gedanken, weil das Eis zwischen uns noch nicht gänzlich geschmolzen war.

Er zeigte mir, wie man die Maus auf bestimmte kleine Kapseln und Kästchen schob, dann die rechte Taste klicken musste und daraufhin beobachten konnte, wie der Bildschirm sich veränderte. Seine Begeisterung für Computer war nicht zu überhören. Als er so zu meiner Rechten saß, auf den Bildschirm blickte und mich anleitete, die Maus in bestimmte Richtungen zu bewegen, damit wir noch mehr Dateien öffnen konnten, hatte ich das Gefühl, dass er sich Mühe gab, mich zu bekehren. Er redete wie der Anhänger einer Computersekte. Das war okay. Langsam gewöhnte ich mich daran, die Maus zu führen, auch wenn ich nicht immer wusste, was ich gerade mit dem Computer anstellte.

»Was ist das da?« Ich zeigte auf eine Ecke des Bildschirms.

»Oh. Das ist ein Werbebanner irgendeiner Schokoladenfirma. Klicken Sie es nicht an. Sie verschwenden sonst nur Ihre Zeit.«

»Dann kann ich mir also aussuchen, ob ich mir die Werbungen ansehen will oder nicht?«

»Jep. Und die meisten entscheiden sich dafür, es nicht zu tun.«

»Verstehe. Und das da?« Ich bewegte die Maus in die rechte Ecke.

»Das ist die Datums- und Zeitanzeige. Sehen Sie? Es ist fast Mitternacht, der dritte November. Oh, jetzt ist sie umgesprungen. Jetzt ist der vierte November.«
Ich verdrehte die Augen. »Meine Güte. Schon der Vierte. Sáenz ist am zweiten ermordet worden. Ich kann's nicht ausstehen, wenn bei einem Fall die Tage einfach so verstreichen.«
»Ich weiß, was Sie meinen. Die Zeit ist fies und ungemütlich, wenn man an einem Mord arbeitet.«
»Wem sagen Sie das. He, ich könnte doch mit der Maus das Datum anklicken und es einen Tag oder so zurückdrehen?« Ich kicherte über meinen eigenen Witz. »Dann hätte ich das Gefühl, ich hätte was geleistet.«
»Nein. Um das tun zu können, müssten Sie ins Innere des Computers. Und soweit ich gehört habe, besitzen Computer nicht die Macht, auf Zeitreisen zu gehen. Wir müssen einfach weiterarbeiten, bis wir unseren bösen Buben gefasst haben. Okay, jetzt tippen Sie mal ›Mittelamerika‹ ein.«
Ich tat es. Eine lange Liste tauchte vor mir auf.
»Okay, warten Sie mal. Ich kann *kaibil* nirgends entdecken. Versuchen Sie's mal mit ›Politik‹.«
Ich klickte es an. Eine ganz neue Liste erschien. Jerry rückte näher an den Bildschirm heran. »Versuchen Sie das hier. ›Militärischer Konflikt‹.«
Als wir diese Datei öffneten, entdeckten wir ein paar Schlagworte, die vielversprechend klangen. Guerilla-Taktik. Guerillakrieg. Sandinisten-Contra-Krieg. FMLN, was, wie ich wiedererkannte, die Guerilla-Gruppe war, die einst in El Salvador gekämpft hatte und mittlerweile die Partei der Nationalen Befreiung geworden war. Die FSLN oder Nationale Sandinistische Befreiungsfront bezeichnete das ausgediente sandinistische Regime. Die URNG, die Revolutionäre

Nationale Einheit Guatemalas, war die guatemaltekische Guerillastreitmacht. Sie war ebenfalls zu einer politischen Partei geworden, nachdem man den guatemaltekischen Bürgerkrieg offiziell für beendet erklärt hatte.
»Aber gar nichts über Todesschwadronen«, murmelte ich.
»Was ist damit?« Jerry tippte mit dem Finger auf das Stichwort »Menschenrechtsverletzungen«. Ich klickte es an. Wie schon bei der Liste militärischer Konflikte war diese hier nach den verschiedenen Ländern geordnet. »Öffnen Sie ›Guatemala‹«, forderte er mich auf. Ich gehorchte. Ich sah »Menschenrechtsverletzungen: Militär«.
»Das klingt vielversprechend. Probieren Sie's.«
Ich tat es. Eine kurze Auflistung militärischer Begriffe erschien. Und darunter fanden wir »Kaibiles«.
Ich klickte es an. Das Faksimile eines Zeitschriftenartikels nahm den ganzen Bildschirm ein. Es gab sogar ein paar Fotos. Ich überflog ihn schnell. »Sieht so aus, als hätten es die *Kaibiles* schon 1991 in die *New York Times* geschafft«, sagte ich. »Irgendwas über den Mord an einem US-Bürger in Guatemala. Es sah ganz nach einem Angriff einer Todesschwadron aus, bei dem die Mörder den Mann enthauptet haben.«
»Mein Gott. Das ist ja grauenhaft.«
»Ja. Hier steht, dass die *Kaibiles* zu den guatemaltekischen Sonderkommandos gehören, die dazu ausgebildet sind, mit speziellen militärischen Manövern Guerilla-Truppen zu bekämpfen. Allerdings besteht der dringende Verdacht, dass sie auch als Todesschwadron agiert haben.«
Jerry legte seine Hand auf meine und bewegte die Maus. Die Berührung seiner Hand überraschte mich. Bestimmt bemerkte er, wie ich leicht zusammenzuckte. Doch er bediente die Maus einfach weiter, als wolle er mir zeigen, dass er es ohne Hintergedanken tat. »Mal sehen, was wir hier finden kön-

nen.« Er klickte einen Untertitel an und rief eine weitere Datei auf. »Hier ist ein aktuellerer Artikel. ›Was passiert mit Todesschwadronen in Friedenszeiten?‹ Sieht so aus, als würde das aus irgendeiner alternativen Zeitung stammen.«
Ich beugte mich vor und las ein paar Absätze aus dem Artikel.

Jetzt, da das Friedensabkommen in Guatemala unterzeichnet ist, fragen sich viele, was nun mit den Todesschwadronen passieren wird, die in den letzten dreißig Jahren ein wesentlicher Bestandteil der guatemaltekischen Geschichte waren. Die Schwadronen, die vom Militär dazu ausgebildet wurden, die Guerillas im Dschungel und in den Bergen zu bekämpfen, wurden ebenfalls darauf trainiert, gegen bestimmte Gruppen innerhalb der Zivilbevölkerung vorzugehen und sie umzubringen. Während die Armee dafür berüchtigt war, ganze Dörfer voller Zivilisten niederzubrennen und zu bombardieren, machten sich die Todesschwadronen meistens in der Nacht ans Werk, wobei sie sich heimtückischerer Formen der Gewalt bedienten, um Angst und Unterdrückung zu verbreiten.
Ihre Angriffsziele waren nicht notwendigerweise willkürlich ausgewählt. Die Todesschwadronen verstanden sich darauf, die »revolutionären Aufrührer«, die in den entlegenen Dörfern lebten, ausfindig zu machen und zu eliminieren. Während es sich bei vielen dieser angeblichen Aufrührer um Menschen handelte, die auf die eine oder andere Art die Guerilla unterstützten, waren andere wiederum lediglich Sozialarbeiter, Missionare und Gemeindeentwickler, die sich für die Verbesserung der Lebensumstände der Armen einsetzten. Nicht selten fand

man Menschen tot auf der Straße auf, die in Krankenhäusern oder Schulen gearbeitet hatten und denen man für ihre guten Taten den Hals aufgeschlitzt hatte.
So stellt sich die dringende Frage, was mit diesen ausgebildeten Killern in einem Land passiert, das sich jetzt darum bemüht, Frieden einkehren zu lassen. Manche sind der Meinung, sie hätten keinen Platz in der guatemaltekischen Gesellschaft. Sie sollten verhaftet und gezwungen werden, sich vor Gericht für ihre Verbrechen zu verantworten. Manche Angehörige des Militärs, denen diese Möglichkeit durchaus bewusst war, sind lieber aus dem Land geflohen, als in ihrer Heimat zu bleiben und sich der Justiz zu stellen. Sie sind in Mexiko untergetaucht, von wo aus sich manche in die Vereinigten Staaten abgesetzt haben. Das wirft wiederum eine Menge Fragen auf, wie eine solche Gruppe von Menschen in unserem Land leben kann. »Ich sage Ihnen eins«, so ein Missionar, der in Guatemala auf dem Land lebt. »Die können mit jeder Gang in Chicago oder L.A. mithalten.«

Als mich Jerry weiter nach unten scrollen ließ, entdeckte ich die Fotos, die den Artikel begleiteten. Ich erkannte, dass das Internet Dinge ausstellte, die nicht unbedingt für jedermanns Augen bestimmt waren. Auf keinen Fall würde ich wollen, dass mein Sohn diese Bilder von toten jungen Menschen sah, die man nebeneinander aufgereiht hatte, mit eingefallenen braunen Gesichtern und Augen, die entweder ganz oder halb geschlossen waren und in denen ein Ausdruck toter Passivität lag. Man hatte ihnen mit Rasierklingen die Hälse aufgeschlitzt und ihnen in Brust und Unterleib geschossen. Und da, auf der nackten Brust eines toten Jungen, der kaum älter als vierzehn war, hatte man mit einer sehr scharfen Klinge das Wort *comunista* eingeritzt.

Jerry scrollte weiter, aber ich konnte ihm anmerken, dass ihm die Bilder ebenfalls nahegingen. Er schüttelte den Kopf.

»Wollen Sie noch mehr sehen?«, fragte er.

»Nein. Ich glaube, das reicht. Wir haben jetzt, was wir wissen wollen.«

21

Sie glauben, eine guatemaltekische Todesschwadron hat diese Leute umgebracht?« Aus McCabes Blick sprach wenig Vertrauen in unsere Theorie. In seiner Stimme schwang Ungeduld mit.

»Vielleicht keine ganze Schwadron, Lieutenant«, erwiderte ich. Obwohl es noch früh am Morgen war, erst sieben Stunden nach unserem Fund der *Kaibil*-Dateien im Internet, sahen McCabes Augen aus, als hätte er schon zu viel Kaffee getrunken. Ich erklärte ihm unsere Theorie: »Es ist mehr als wahrscheinlich, dass es sich nur um eine Person handelt. Aber diese Person benutzt Taktiken der Todesschwadronen, um Bürger von Nashville zu ermorden.«

»Aber warum? Und wer?« McCabe lehnte sich im Stuhl zurück. »Und dann auch noch in Nashville, verdammt noch mal! Wir sind hier fast fünftausend Kilometer von Guatemala entfernt. Todesschwadronen gibt es nur in lateinamerikanischen Ländern. Hier leben nicht viele Latinos. Und die Opfer sind auch keine Latinos, außer Sáenz. Wo ist die Verbindung? Und warum sollte jemand einen Arzt, eine Krankenschwester und einen Reporter umbringen? Sie beide haben noch eine Menge Lücken zu schließen.«

»Das mit den Latinos stimmt nicht unbedingt«, wandte Jerry ein. Er drückte sich vorsichtig, aber deutlich aus. »Wie Sie wissen, ziehen jetzt immer mehr Latinos in diese Gegend. Wie der Artikel aus dem Internet gesagt hat, haben sich einige

Soldaten der *Kaibiles* zerstreut und nach Mexiko abgesetzt, von denen manche wiederum in die USA gekommen sind. Könnte doch sein, dass es einen bis nach Nashville verschlagen hat. Vielleicht fällt es ihm schwer, alte Angewohnheiten abzulegen.«

»Ja, aber warum der Arzt, um Himmels willen? Warum die Krankenschwester? Was ist sein Motiv?«

»Dem Artikel zufolge«, fuhr Jerry fort, »waren Ärzte, Krankenhausangestellte und jeder, der sich für das Allgemeinwohl eingesetzt hat, potenzielle Ziele. In Guatemala hat man viele unschuldige Menschen umgebracht. Dr. Hatcher und Pamela Kim waren beide im Gesundheitswesen tätig und haben außerdem einen Großteil ihrer Zeit der Aufgabe gewidmet, armen Menschen zu helfen. Hatcher hat diese Klinik draußen in Shelbyville eröffnet. Kim hat in einer Suppenküche in der Stadt gearbeitet.«

McCabe schüttelte immer noch vehement den Kopf. »Was ist mit Sáenz? Was hat er getan, Brot und Fisch vermehrt?«

»Was das betrifft, sind wir uns noch nicht ganz sicher«, meldete ich mich zögerlich zu Wort. »Soweit wir wissen, war er nirgends ehrenamtlich tätig, abgesehen davon, dass er ein paar Stunden Englisch als Zweitsprache unterrichtet hat. Na ja, er hat auch diese Artikel über die hispanische Gemeinde geschrieben. Aber er hat nicht so viel soziales Engagement gezeigt wie die beiden anderen Opfer.«

»Das ist wirklich schwer zu schlucken, Leute«, erklärte McCabe. »Ihr versucht mir tatsächlich zu verkaufen, dass ein Soldat einer mittelamerikanischen Todesschwadron hier sein Unwesen treibt. Dass er was gegen Weltverbesserer hat. Warum? Hat er sie nicht mehr alle? Ist er vom politischen Mörder zum Serienkiller geworden?«

Ich antwortete schließlich: »Das alles wissen wir eben noch

nicht. Was das Motiv betrifft, tappen wir immer noch im Dunkeln.«

»Im Dunkeln. Verstehe. Wie spielen dann die kleinen Pyramiden hier mit rein?« Er wedelte mit der Hand in der Luft herum, was wohl seine Art war, eine Pyramide darzustellen.

Ich senkte den Blick auf seinen Schreibtisch. Darüber hatte ich nicht viel nachgedacht. Jerry allerdings schon. »Als ich gestern im Internet gesurft bin, bevor Romilia bei mir aufgetaucht ist, habe ich Seiten über Pyramiden und Jade aufgerufen. Das hat mich auf die Spur der Maya gebracht. Die Mayapyramiden in Guatemala und Mexiko. Und die Jade. Beides gehört zu Guatemala. Haben Sie je von der berühmten Pyramide von Tikal gehört?« Ich konnte McCabe ansehen, dass ihm das überhaupt nichts sagte. Nicht der richtige Moment, um sich Gedanken über die geographischen und kulturellen Wissenslücken unseres Chefs zu machen, Jerry, wollte ich einwenden. Jerry erklärte weiter. »Das sind riesige Tempel im Dschungel ... und Jade ist ein Mineral, das auch in Guatemala vorkommt.«

»Und?«

»Vielleicht lässt dieser *Kaibil*, wenn es ihn gibt, dieses Schmuckstück als Symbol dessen zurück, wer er ist.«

McCabe sah erst Jerry, dann mich eindringlich an. Er verschränkte die Arme. Völlig emotionslos bemerkte er: »Klingt für mich wie ein Geistesgestörter.«

»Das würde ich nicht ausschließen«, erwiderte ich.

»Und was ist mit ihrer kleinen Murillo-Spur, Romilia?«

»Ich bin mir nicht sicher, ob ich das kommentieren sollte, Sir.«

»Warum nicht?«

»Ich dachte, man hätte es mir untergesagt.«

»Wer hat das?«

Ich hielt erst inne, erwiderte dann aber: »Na ja, der Bürgermeister. Und Sie haben gesagt …«
»Ich habe gesagt, dass Sie verdammt wasserdichte Beweise gegen ihn in der Hand haben sollten, wenn Sie ihn verhaften. Ich weiß nicht, ob dieser Mann eine Schlange oder ein Heiliger ist. Wenn Sie herausfinden, dass er eine Schlange ist, bringen Sie mir seine Haut, um es mir zu beweisen.«
Jerry schaltete sich ein, als wolle er mir zu Hilfe eilen. Ich hatte nichts dagegen. »Aber im Internet hieß es, Sir, dass es zu den Vorgehensweisen der *Kaibiles* gehört hat, Wörter in die Körper ihrer Opfer zu ritzen. Das haben sie mit dem Jungen, Gato Negro, auch gemacht. Und wie Romilia schon erwähnt hat, Murillo hat sie nach einer ›schwarzen Katze‹ gefragt, die ihn verraten hat.«
Auch wenn mir klar war, dass alle Anwesenden über diesen Zwischenfall Bescheid wussten, brannte ich immer noch vor Scham, als ich die Worte laut ausgesprochen hörte. Offenbar wusste Jerry nichts von meinem Fehler. Vielleicht tat er es aber doch und wollte mich nur nicht in Verlegenheit bringen. Trotzdem fragte ich mich, ob ich in den Ruf kommen würde, der eine Cop im Department zu sein, der die Namen seiner Informanten an deren Feinde weitergab. Das könnte auf der Straße das Ende für mich bedeuten. Die beiden Männer vor mir schien das nicht zu kümmern.
Jerry fuhr fort, unserem Boss die möglichen Verbindungen zu erklären. »Murillo stammt aus Guatemala. Er benutzt gern diesen indianischen Namen, Tekún Umán. *Kaibil* ist ebenfalls ein indianisches Wort. Vielleicht hat er einen ehemaligen *Kaibil* angeheuert, um die Drecksarbeit für ihn zu erledigen.«
»Es gibt da immer noch eine Menge Fragezeichen, die ihr ausräumen müsst, Jerry. Vielleicht hat Murillo diesen Jungen

übel zurichten lassen. Aber er hat ihn nicht umgebracht. Und in die Leichen der drei Mordopfer war nichts eingeritzt.«

»Aber man hat ihnen die Hälse aufgeschlitzt«, wandte Jerry ein.

»Bei zwei von ihnen war das der Fall. Aber das ist nicht dasselbe, wie jemandem ein Wort in den Bauch einzuritzen. Wenn ihr eine Verbindung herstellen könnt, wunderbar. Aber bisher bin ich nicht überzeugt.«

Jerry seufzte. Es war der Seufzer einer vorübergehenden Niederlage, für uns beide.

Mir kam ein Gedanke. »Was ist mit Murillos Leibwächter? Ich glaube, er heißt Raimundo. Er sieht aus, als könne er jemanden mächtig in die Mangel zu nehmen. Er könnte ohne weiteres derjenige sein, der Gato Negro so übel zugerichtet hat.«

»Dann überprüfen Sie den Leibwächter. Verbinden Sie ein paar Punkte miteinander. Vielleicht führen sie Sie zu Murillo. Bis Sie so weit sind, rühren Sie ihn nicht an. Ich will nicht noch mehr Ärger mit dem Bürgermeister.«

Ich grübelte immer noch. »Aber warum sollte Tekún ein ehemaliges Mitglied einer Todesschwadron auf seiner Gehaltsliste stehen haben? Das kommt mir zu absurd, zu riskant vor für einen Geschäftsmann, vor allem wenn er mit Drogen handelt.«

»Nicht unbedingt«, erwiderte Jerry. »Die Drogenwelt besteht nicht gerade aus einem Haufen Chorknaben, wissen Sie. Vielleicht hat Tekún in der alten Heimat noch Verwandte, die beschlossen haben, ihm einen ihrer Besten in Sachen militärische Schlagkraft zu schicken.«

»Da ist noch was, Kinder«, sagte McCabe. Ein seltsames Wort aus seinem Mund, dachte ich. »Wenn ihr die Punkte miteinander verbindet, vergewissert euch, dass sie eindeutig das

Wort ›Drogenkartell‹ ergeben, bevor ihr das Ganze Murillo anhängt. Wenn er ein Drogendealer ist, klarer Fall, dann buchten wir ihn ein. Lasst ihn in Ruhe, bis ihr euch absolut sicher seid. Aber ich frage euch, wenn das Drogendezernat von Atlanta es schon nicht geschafft hat, an ihn ranzukommen, welche Chancen habt ihr beide wohl?«

22

Wilson und ich verließen gerade McCabes Büro, um Gato Negro im Krankenhaus zu besuchen, als mein Telefon klingelte.

»Warten Sie mal kurz«, sagte ich, da ich keinen Anruf verpassen wollte, der etwas mit dem Fall zu tun haben könnte. Jerry verschwand im Waschraum, während ich ranging. Zuerst war ich froh, dass ich abgehoben hatte. Es war Tony Stapleton von der Zeitung. Da er uns gestern mit Sáenz' Computer geholfen hatte, fing ich an, ihn als freiwilligen Assistenten in unserem Fall zu betrachten. Mein erster Fehler an diesem Tag.

»He, Romilia, hören Sie mal. Ich wollte Ihnen nur etwas mitteilen. Ich habe einige Nachforschungen über das Wort *kaibil* angestellt, konnte aber nichts finden. Da Sie meinten, es klänge wie ein indianischer Begriff, habe ich einen meiner Leute in die Bibliothek geschickt, damit er etwas dazu aufstöbert. Nichts. Sie haben es sogar im Internet versucht, aber Fehlanzeige.«

Darüber musste ich lächeln. Meiner Meinung nach war es besser, wenn der Zeitungsmann nichts von dem wusste, was wir möglicherweise in Erfahrung gebracht hatten. Es gab keinen Grund, Panik in der Stadt ausbrechen zu lassen, solange wir nicht noch mehr Fakten zu diesem Fall gesammelt hatten.

Stapleton fuhr fort: »Deshalb bin ich letzte Nacht hiergeblieben und habe über dieses Wort nachgedacht. Ich habe versucht, ein paar Verbindungen herzustellen, verstehen Sie, und das Wort irgendwie mit dem Verbrechen zusammenzubringen. Ich hab einen Blick in die Akte von Pamela Kim geworfen, die wir hier zur Verfügung haben, aber da hab ich nicht viel gefunden. Dann hab ich mir Hatchers Akte angesehen. Ich habe ihn vor etwa einem Jahr persönlich interviewt. Wir hatten in der Sonntagsausgabe einen Artikel über ihn gebracht, und ich wollte den Mann persönlich kennenlernen. Mich hat seine Arbeit interessiert, besonders sein ehrenamtliches Engagement in Übersee in den vergangenen Jahren. Der Mann war in Bosnien, in den Flüchtlingslagern um Ruanda, in Guatemala, Nicaragua und Chile. Er hat sich auch sehr für die Umwelt starkgemacht und ist mit irgendeiner gemeinnützigen Gruppe aus Memphis den Amazonas hinuntergereist. Er hat angefangen, mir von diesen Orten zu erzählen, hauptsächlich von Mittelamerika. Sein Herz hat für diese Leute geschlagen, wissen Sie, für die Armen, die ums Überleben kämpfen ...«

Ich fragte mich, wie lange das noch so weitergehen würde. Offenbar bewegte er sich auf einen bestimmten Punkt zu, und je näher er der Sache kam, umso nervöser wurde ich. Mein Fuß begann zu scharren, ungeduldig wie ein startbereiter Motor.

»... und er hat mir auch von der Gewalt berichtet, der die Menschen dort ausgesetzt sind. Vor allem in Guatemala und El Salvador, wo Todesschwadronen seit Jahrzehnten ihr Unwesen treiben.«

Oh-oh.

»Ich habe über diese Gespräche mit ihm nachgedacht. Er hat mir erzählt, dass jede Todesschwadron einen eigenen Namen hatte, was ich ziemlich seltsam fand. Er hat mir ein paar dieser Namen genannt, aber ich habe mir natürlich keinen davon gemerkt, weil sie in meinen Ohren so fremd geklungen haben. Doch dann hab ich mir gesagt, ›kaibil‹ ist auch ein seltsames Wort. Und dann hab ich angefangen, darüber nachzusinnen, wie Dr. Hatcher und Pamela Kim ermordet worden sind. Ich habe im Internet nach ein paar speziellen Dingen in Verbindung mit Mittelamerika und Todesschwadronen und so was gesucht ...«

Verdammt. Ich hörte ihm zu, während er mir erklärte, wie er ein paar interessante Dateien gefunden hatte. Den Informationen nach zu urteilen, die er mir lieferte, handelte es sich dabei höchstwahrscheinlich um dieselben Dateien, die Wilson und ich um Mitternacht durchgesehen hatten.

»Also, Detective«, schloss er, während er jetzt einen Lauf voller Fragen auf mein Ohr richtete, »möchten Sie irgendeine Erklärung dazu abgeben, dass die drei Opfer möglicherweise auf für Todesschwadronen typische Weise umgebracht worden sind?«

»Nicht wirklich.«

»Sie streiten es weder ab noch bestätigen Sie es?«

»Ich gebe dazu keinen Kommentar ab.«

»Verstehe. Sie sind also auf keine Informationen zu dem Wort ›kaibil‹ gestoßen?«

»Kein Kommentar.«

»Ah. Interessant, Detective Chacón.«

Ich erwiderte nichts.

»Vielleicht sollte ich Ihren Boss anrufen, Lieutenant McCabe.«

»Bitte. Tun Sie das. Allerdings habe ich so ein Gefühl, dass er Ihnen genau dasselbe sagen wird wie ich.«

»Okay. Jetzt mal ganz inoffiziell: Die Geschichte ist spannend, aber auch unheimlich, Romilia.« Er redete mit mir, als wären wir plötzlich die besten Freunde. In Anbetracht unserer gemeinsamen, achtundvierzig Stunden alten Vergangenheit war ich mir nicht sicher, woran ich bei ihm war. Er war mir bei dem Fall eine große Hilfe gewesen, andererseits wollte er alles wissen, was wir wussten. Sein Journalistenblut brodelte immer heiß. Er fuhr fort: »Wissen Sie, ich glaube, ich muss drucken, was ich habe. Wenn Sie mir irgendetwas mitteilen könnten, das ein wenig Licht in die Sache bringt, wäre ich dankbar, es zu hören.«

Ich seufzte, da ich nicht bereit war, mich auf dieses Spiel einzulassen. »Ich kann Ihnen nicht viel sagen, Mr. Stapleton. Wir arbeiten an dem Fall, und wir hoffen, schon bald auf neue Informationen zu stoßen.«

Er dankte mir und legte auf.

Ich schnappte mir meinen Mantel und warf ihn mir über die Schulter. Jerry kam aus der Toilette. »Kommen Sie«, forderte ich meinen Partner auf: »Machen wir, dass wir von hier verschwinden.«

Der Verkehr auf der Interstate staute sich um die Baustellen herum und hielt uns gute zwanzig Minuten auf. Wilson war merklich still.

»Was ist los?«, fragte ich ihn.

Er warf mir einen Blick zu, wandte sich wieder ab und schaute die Straße hinunter auf die Baustelle. Automatisch führte er den rechten Zeigefinger an den Mund und kaute auf dem Fingernagel herum. »Benny«, sagte er schließlich.

Ich nickte bekräftigend und langsam, erwiderte nichts und gab ihm den gesamten Raum des Wagens, um zu reden.

»Ich glaube, er war nur ein paar Jahre älter als ich. Also, ich bin einunddreißig. Ich denke, er war so um die siebenunddreißig, achtunddreißig. Aber, mein Gott, er hat ausgesehen wie über fünfzig. Hat zu viel getrunken, wissen Sie. Man konnte es an seinem Gesicht erkennen. Seine Nase hat ausgesehen wie die von Rudolf, diesem verdammten Rentier, ganz knubbelig, mit geplatzten Äderchen. Sein Haar war schon ganz dünn und nur wie ein alter Teppich gegen seinen Schädel geklatscht. Er war ein unglaublicher Anblick. Er hat kaum einen ordentlichen Satz über die Lippen gebracht. Sein ganzer Körper, mein Gott, hat nach abgestandenem Alkohol gestunken. Nachdem wir Bitan weggebracht hatten, konnte man den Whiskey sogar an Pamela Kims Leiche riechen.

Ich begreif's einfach nicht. Ich meine, es hat so gewirkt, als würde er ein Geständnis ablegen, verstehen Sie? Er hat geredet, als wäre er schuldig, als ob er die Tatsache, dass sie tot war, nicht ertragen würde, er aber nun mal nichts dran ändern konnte ...«

Ich nahm mir etwas Zeit, bevor ich ihn fragte: »Ziehen Sie die Möglichkeit in Betracht, dass er vielleicht unschuldig war?«

Wilson wandte sich mir zu. Sein Blick kam mir aggressiv, vielleicht sogar abwehrend vor. Aber dieser Eindruck verpuffte sehr schnell. »Nach allem, was mir der Gefängniswärter erzählt hat ... ist es wohl so.«

Seine Faust schnellte vor und knallte gegen das Armaturenbrett. Ich spürte, wie ich sowohl von dem Faustschlag als auch von seinem nahezu geknurrten Fluch aufschreckte. »Verzeihen Sie«, sagte er, »aber verdammt noch mal, er ist tot. Er ist tot, und es sieht so aus, als ob es keinen Grund dafür gibt.«

»Hören Sie, Wilson. Jetzt mal halblang.« Ich wollte ihm sagen, dass es nicht seine Schuld war, dass Benny Bitan Selbstmord begangen hatte, aber ich war mir nicht sich, ob es ehrlich klingen würde. Wenn man seine Haltung gestern Morgen bedachte, als wir das Gefängnis und Bitans von Blut aufgequollenes Gesicht verließen, war ich noch nicht bereit,

den Gedanken völlig zu verwerfen, dass Benny Bitan tatsächlich an Jerry Wilson gedacht hatte, als er mit einem um den Hals geknoteten Bettlaken von seinem Bett sprang. Aber ich konnte dieses Gespräch in eine andere Richtung lenken und möglicherweise einen Vorteil für unseren Fall daraus ziehen.
»Wenn Benny gewusst hat, dass er unschuldig war, glauben Sie, er hätte sich dann umgebracht? Mir scheint, er hätte dann vielmehr versucht, um seine Rechte zu kämpfen und der Welt seine Unschuld zu beweisen. Aber stattdessen hat er sich erhängt.«
»Wollen Sie damit andeuten, er hätte doch der Täter sein können?«
»Nein, das will ich nicht ... im Augenblick habe ich keine Ahnung. Aber es könnte doch sein, dass er sich aus Gründen umgebracht hat, von denen wir nichts wissen. Vielleicht hatte er Depressionen oder einen Nervenzusammenbruch erlitten. Na ja, er war immerhin obdachlos, hatte kein Zuhause, hat zu viel getrunken und unter Brücken geschlafen. Vielleicht war das plötzlich einfach alles zu viel für ihn und er hat sich das Leben genommen.«
»Ja. Vielleicht war seine Verhaftung der letzte Tropfen, der das Fass zum Überlaufen gebracht hat.« Er blickte erneut aus dem Fenster.
»He. Hören Sie. So dürfen Sie nicht denken, Jerry. Sie haben getan, was Sie tun mussten. Sie haben ihn neben der Leiche von Pamela Kim vorgefunden. Er hatte ihr Blut an sich. Meine Güte, er hat mit ihrer verstümmelten Leiche geschlafen! Sie mussten ihn verhaften. Sie hatten keine andere Wahl.«
Es kam wieder Bewegung in den Verkehr. Eine fahneschwenkende Frau winkte uns auf die einzige freie Spur der Interstate.
»Wahrscheinlich haben Sie recht«, murmelte er vor sich hin.

»Vielleicht.« Dann richtete er sich in seinem Sitz auf. Ich dachte, er würde sich bei mir bedanken, weil ich ihm zugehört hatte, allerdings hätte es mich sehr überrascht, von diesem Typen mit etwas so Überschwänglichem bedacht zu werden. Aber er dankte mir nicht. Er schenkte mir sogar etwas viel Besseres. »So oder so, wir haben wohl keine andere Wahl, als die Fälle Hatcher und Kim neu aufzurollen.«
Mir entfuhr ein dankbarer Stoßseufzer. »Ja, ich glaube, das sollten wir tun«, erwiderte ich, erleichtert, dass ich keinen Eiertanz mehr um seinen zweifelhaften Erfolg bei der Lösung dieser Fälle vollführen musste. Doch um sicherzugehen, wagte ich mich noch ein bisschen weiter vor und hakte vorsichtig nach: »Heißt das, dass in diesem Fall jetzt Sie der leitende Detective sind?«
Er blickte noch demütiger geradeaus. »Nein. McCabe wäre bestimmt der Meinung, dass Sie die leitende Ermittlerin für alle Fälle sein sollten, da Sie an dem Sáenz-Mord arbeiten und es so aussieht, als würde der Killer immer noch frei herumlaufen. Und ich würde ihm zustimmen müssen. Sie bestimmen die Richtung, Detective Chacón.« Er drehte sich zu mir. »Ich bin direkt hinter Ihnen.«
Wir beließen es dabei. Außer einem »Danke« von mir sagten wir nichts weiter. Die Baustelle wurde geöffnet. Wir kamen in Fahrt.

23

Ich konnte wirklich nicht behaupten, dass Gato Negro besser aussah als am Vortag. Nur seine Verbände wirkten neu und sauber, außerdem hatte man seine Bettwäsche gewechselt. Sie hatten ihn in ein halb privates Zimmer verlegt. Er teilte es sich mit einem Herrn mittleren Alters, den wir wegen der zugezogenen Vorhänge zwischen uns nicht sehen konnten.

Gato konnte uns mit seinem einen Auge anblicken. Hinter dem weißen Verband, der diagonal um seinen Kopf gewickelt war und eine runde, dicke Gazekompresse an Ort und Stelle hielt, damit die leere Augenhöhle nicht tropfte, war kein zweites Auge. Seine Haut war gesund, jung, braun. Aber wegen der vielen Mullbinden und Verbände, die den Hals, die Schultern, die Arme, die Hände und Fingerspitzen, sprich jeden Quadratzentimeter seines Körpers bedeckten, den die zahlreichen Dornen des Stacheldrahts zerfetzt hatten, war davon nicht viel zu sehen. Sein gesundes Auge wirkte in der anderen Höhle wie verloren. Manchmal wich es mir aus, kreiste dann wieder zurück und wandte sich mir zu, um mich mit seinem Blick zu bannen.

Ich stellte die unvermeidliche, aber absurde Frage: »Wie fühlst du dich?«

»Gut«, erwiderte er. Sonst nichts.

Ich tastete mich vorsichtig weiter. »Da hat dir jemand sehr schöne Blumen geschickt. Deine Freundin vielleicht?«

»Meine Schwester, aus Texas.«

»Oh. Verstehe. Hat dich deine Familie viel besucht, Gato?«
»Ja. Sie waren hier. Meine Mamá wartet gerade im Flur.«
»Ja, wir haben sie gesehen. Sie wirkt den Umständen entsprechend ganz zuversichtlich.«
Wieder blieb er stumm.
Jerry startete einen Versuch. »Hör zu, mein Junge, wir wollen dich nicht lange stören. Wir wissen, dass du die Hölle durchgemacht hast. Wir müssen dir nur ein paar Fragen stellen und herausfinden, wer dir das angetan hat.«
»Ich weiß es nicht.«
»Na komm schon, Nelson.« Jerry ließ nicht locker. Da er sich, wie ich wusste, den spanischen Spitznamen des Jungen nicht merken konnte, hatte er auf das Klemmbrett am Ende des Bettes gelugt. »Hast du den Kerl denn gar nicht zu Gesicht bekommen?«
»Wie denn? Ich hab 'n Auge verloren, Mann!«
Sein Aufschrei ließ den Raum verstummen.
Ich setzte mich aufs Bett. Das gefiel ihm zwar nicht, aber er schubste mich auch nicht herunter. Dazu war er zu schwach.
»Hör mal, Gato. Wer auch immer dir das angetan hat, muss dafür bezahlen. Die Täter müssen vor Gericht gestellt werden. Du brauchst keine Angst mehr vor ihnen zu haben. Wenn du Angst hast, man könnte dich da mit hineinziehen, kannst du ganz unbesorgt sein. Soweit ich sehe, ist deine Akte sauber. Und wegen Vergeltungsmaßnahmen musst du dir auch keine Sorgen machen. Ich verspreche dir, du bist jetzt in Sicherheit …«
»Ja, klar, ich bin in Sicherheit. Ich hab gedacht, es wär sicher, mit Ihnen zu reden, weil ich geglaubt hab, Sie wär'n in Ordnung, 'ne Polizistin, aber 'ne Latina-Polizistin. Jetzt schauen Sie sich an, was passiert, sobald ich Ihnen was erzähle!«
»Heißt das, Tekún Umán hat dir das angetan?«

»Das heißt überhaupt nichts, Mann! Ich sag kein Wort über niemanden. Vor allem nich' zu Ihnen.«
Er sah mich mit seinem einen Auge direkt an. Dann wanderte das Auge zurück, um die Leere des Raums vor sich anzustarren, während sich eine Träne bildete und ihm aus dem Augenwinkel rollte. Sie lief ihm etwa zweieinhalb Zentimeter über die Wange, bevor sie auf einen Verband traf. Ich fragte mich, ob der andere Tränenkanal auch noch funktionierte, ob auch er eine Träne vergoss, die die blutbefleckte Binde über seiner Augenhöhle sofort aufsaugen würde.
Ich war überrascht, dass er weitersprach. Es war ein Murmeln, das er mit der Träne herausließ, vielleicht seine Art, das Gefühlschaos mit ein paar Worten durchzustehen. »Genau wie dieser Reporter gesagt hat, Mann. Keiner is' vor denen sicher. Es kann einen erwischen, nur weil man mit den falschen Leuten am falschen Ort is'.«
»Reporter?«, hakte ich nach. »Welcher Reporter?«
Zuerst sagte er nichts, als überlege er noch, ob er es erklären sollte oder nicht. Dann fuhr er fort, da er wohl zu dem Schluss gekommen war, dass das, was er zu sagen hatte, ihn nicht in noch größere Gefahr brachte. »Der Typ von der Zeitung. Hat hier vorbeigeschaut. Netter Kerl. Hat sich Sorgen um mich gemacht, hat gesagt, dass er sich vergewissern wollte, dass es mir gutgeht. Hat gemeint, dass vielleicht irgend'ne Gruppe, irgend'ne Gang oder so was in der Stadt rumhängt.«
»Eine Todesschwadron?«, fragte Jerry. Er hatte die Augen weit aufgerissen, während er auf eine Antwort wartete.
»Ja, genau. Das is' das Wort, das er benutzt hat. Ich hab ihm gesagt, ich hätt noch nie davon gehört, ich weiß nur, dass die Gangs langsam richtig austicken. Aber das hier war keine Gang, hab ich ihm gesagt, und ich hab ihm meinen Bauch

gezeigt. Er hat mich gefragt, wer das war, aber ich hab's ihm nich' gesagt.«
»Was hat er dich noch gefragt?«, hakte Jerry nach.
»Sonst nich' viel. Hat nur wissen wollen, ob ich zu viel Angst hätte, um drüber zu reden. Ich hab geantwortet, ja, das stimmt. Und das war auch alles, was ich zu sagen hatte. Und mehr sag ich euch beiden auch nich'.«

Wir verließen das Zimmer. Jerry verschwand in eine Toilette. Ich ging im Flur auf und ab. Als er wieder herauskam, lächelte er mich an. Seine Augen glänzten. Ich nahm an, dass er mich aufheitern wollte. Doch es klappte nicht.
Ich wusste, aus dieser Sache würde ich nicht herauskommen, ohne dass er mich danach fragte. Im Wagen kam er schließlich darauf zu sprechen. »Um was ging es da eigentlich gerade?«
Jetzt war ich an der Reihe zu gestehen. Ich hatte wohl nur auf den Augenblick gewartet, um es ihm zu erzählen. »Ich glaube, Gato Negro denkt, dass ich ihn an Tekún verraten habe.«
»Oh.« Jerry blickte sich um und sah mich dann direkt an. »Und, haben Sie?«
»Ich denke … ja. Ich denke, das habe ich.« Ich versuchte ihm zu erklären, was passiert war. Doch je mehr ich mich anstrengte, es ihm zu erläutern, umso schlimmer hörte es sich an. Die einzige vernünftige Erklärung, die ich ihm anbieten konnte, war: »Ich fasse es einfach nicht, dass Tekún gewusst hat, von wem ich geredet habe.«
»Es sei denn, Tekún hatte direkten Kontakt mit dem Jungen«, erwiderte er, während er auf das Krankenhaus zeigte. »Vielleicht hat … wie heißt er noch … Gato? Ja, Gato. Vielleicht hat er auf der Straße für Tekún Drogen verkauft.«
»Das ist möglich. Aber als ich Gato zum ersten Mal begegnet bin, hat er mir erzählt, er sei sauber.«

Jerry lachte kurz auf. »Was soll er Ihnen sonst sagen, Romilia?«
Das tat weh, weil er damit recht hatte. Außerdem spielte er darauf an, dass nur eine Anfängerin etwas anderes glauben würde.
»Na ja, machen wir weiter«, sagte er, während er sich vor meiner Scham zurückzog, ohne sie mir erträglicher machen zu müssen. »Gato ist offenbar eine Sackgasse für uns. Was tun wir als Nächstes?«
Ich zog ein kleines Notizbuch aus meiner Manteltasche und öffnete es. Ich hatte ein paar Diagramme hineingezeichnet. »Ich habe zu rekonstruieren versucht, wer wen gekannt hat. Soweit wir wissen, haben sich die drei Opfer untereinander nicht gekannt. Hatcher und Kim haben beide in medizinischen Berufen gearbeitet, allerdings hatte Hatcher seine eigene Praxis in Bellevue, während Kim im … he, sie hat hier gearbeitet, im Vanderbilt-Krankenhaus.«
»Das stimmt«, bestätigte Wilson. »Na und?«
»Die Einzigen, zwischen denen es eine Verbindung gegeben haben könnte, sind demnach Benny Bitan und Pamela Kim.«
»Wie kommen Sie darauf?«
»Sie hat ehrenamtlich in einer Suppenküche für Obdachlose in der Stadt gearbeitet. Und er war obdachlos.«
»Oh. Sie glauben, sie könnten sich in dem Obdachlosenheim kennengelernt haben, während sie dort gearbeitet hat?«
»Genau.«
Jerry rieb sich mit einem Finger die Nase und nickte dann. »Klingt logisch. Wo ist dieses Obdachlosenheim?«
»Keine Ahnung. Aber vielleicht weiß es einer ihrer Kollegen.«
Ich stieg aus dem Wagen. Jerry folgte mir. Wir gingen zurück ins Krankenhaus und zur nächsten Schwesternstation.
Die diensthabende Oberschwester schickte uns zu einem

Afroamerikaner namens James, der mit Pamela Kim gearbeitet hatte. James, jung, etwa meine Größe, mit einem bereitwilligen Lächeln und Augen, die gelassen schläfrig wirkten, stellte einen leeren Rollstuhl zur Seite und unterhielt sich mit uns. Er sagte uns, er wisse nur den Namen des Obdachlosenheims: »Die Krippe«. »Ich glaube, es gehört zu einer der katholischen Kirchen in der Gegend«, erklärte er.

»Danke. Kannten Sie Pamela Kim gut?«, fragte ich.

»Oh ja, wir waren recht gut befreundet.« Sein attraktives Lächeln ließ Traurigkeit erkennen, ebenso die Art, wie er den Kopf ein wenig schief legte. »Eigentlich hatte ich gehofft, dass mehr als Freundschaft draus würde. Ich hab sie ein paar Mal gefragt, ob sie mit mir ausgehen will, aber sie schien nicht besonders interessiert. Also, wenn Sie mich fragen, hat sie diese Typen im Obdachlosenheim mehr geliebt als irgendjemanden sonst.«

24

Die Krippe« befand sich im Untergeschoss von St. Augustine, einer großen katholischen Kirche im Stadtzentrum. Sie stand am Broadway, ungefähr einen Block weit von dem ursprünglichen Studio der Grand-Ole-Opry-Radioshow. Ich vermutete, dass wir uns weniger als zwei Kilometer westlich von der Gegend, wo man Diego Sáenz' Leiche entdeckt hatte, und etwa dreieinhalb Kilometer von Tekún Umáns Büros entfernt befanden. Ich hatte keine Ahnung, ob diese geographische Lagebestimmung für diesen Fall irgendeine Bedeutung hatte, behielt es aber im Hinterkopf.

Obwohl es sich um ein großes, prächtiges Gebäude handelte, erkannte ich sofort, dass St. Augustine keine Kirche für reiche Leute war. Ein Eckstein draußen neben der Tür datierte ihren Bau auf 1923. Die Geschäftswelt von Nashville war hoch und düster um sie herum gewachsen. Lediglich ein paar Häuserblocks weiter konnte man die Schaufenster sehen, in denen Dutzende Gitarren an Haken hingen sowie ein paar Flöten, Trommeln und Keyboards ausgestellt waren, die man dort gebraucht kaufen konnte. Dort wimmelte es nur so von Menschen, die kauften, verkauften und mit den Händlern feilschten. Andere, die Anzüge, Krawatten, Kleider und teure Schuhe trugen, verließen ihre Bürogebäude, um irgendwo Mittagessen zu gehen. Hier vor der Kirche herrschte weniger Betrieb, vom vorbeiziehenden Verkehr einmal abgesehen, der sich seinen Weg ins Stadtzentrum und wieder hinaus bahnte.

In der Kirche beteten ein paar Leute auf Knien. Andere hielten sitzend einen Rosenkranz oder ein Buch in der Hand oder saßen einfach nur schweigend und regungslos da, selbst als wir an ihnen vorbeigingen. Rechts vom Altar stand ein Schild mit einem Pfeil, der abwärts zeigte. Drei Männer schlenderten darauf zu und verschwanden um eine Ecke. Alle drei trugen dicke Mützen, Schals und alte Handschuhe, aus denen ein paar ihrer Finger hervorlugten, und vermittelten den Eindruck, als wüssten sie, wo sie hingingen. Jerry und ich folgten ihnen. Am Altar gab mein Knie automatisch unter mir nach. Ich machte einen halben Kniefall, hielt dann jedoch inne, da ich mir der Anwesenheit meines Partners bewusst wurde. Ich weiß nicht genau, warum ich zögerte, abgesehen davon, dass es mir scheinheilig vorkam. Warum sollte ich eine religiöse Geste machen, etwas, das ich sowieso nur zweimal im Jahr tat? Außerdem hatte ich wegen meines Verhaltens Gato Negro gegenüber und aufgrund der Tatsache, dass mein vorlautes, kleines Mundwerk ihn in ein Krankenhausbett befördert hatte, nicht das Gefühl, als hätte ich das Recht, mich auf meine schwachen, religiösen Wurzeln zu besinnen.

»Sind Sie katholisch?«, fragte Jerry, als ich mich rasch wieder aufrichtete.

»Äh, ja. Ein bisschen.«

»Ich bin in einer methodistischen Familie aufgewachsen. Aber das ist schon sehr lange her.«

»Ja. Bei mir auch.« Ich fühlte mich unbehaglich, über Religion mit ihm zu reden. Rasch ging ich auf das Schild zu, auf dem »Krippe« stand und ein Pfeil ein paar Stufen abwärts zeigte.

Die Treppe führte uns ins Untergeschoss. Auch wenn der Raum mit seinen cremefarbenen Hohlblocksteinwänden und einem dunkelgrau gestrichenen Zementboden sehr schlicht war, wirkte er doch recht fröhlich. Die langen Leuchtstoffröhren, die von den Deckenbalken herunterhingen, warfen im ganzen Raum Licht auf jede Tischreihe. Aus einem großen Radio mit zwei Lautsprechern dudelte ein Country-Sender. Garth Brooks sang mit schmachtender Stimme ein Liebeslied. Weiß-rot karierte Plastiktischdecken zierten alle Tische. Fünf Leute arbeiteten hinter der Theke und gaben Essen aus. Das hier war mehr als nur eine Suppenküche. Es gab zwar Suppe, aber auch Schinken, gegrilltes Hähnchen, Kartoffelpüree, Reis, Soße, Brot, Fisch, Brötchen und Maisbrot, Cola, Kaffee, Säfte und Milch. Auf einem zweiten Tisch befand sich eine Auswahl Gebäck und Kuchen. Eine kleine Kühltruhe mit Eiscreme stand neben der Dessertauslage.

»Wow«, entfuhr es Jerry. »Das sieht ja großartig aus.«

»Bedienen Sie sich«, wandte sich ein junger Mann auf der anderen Seite an uns. Er war wahrscheinlich ungefähr so alt wie ich, weiß, mit blondem Haar und blauen Augen. Er trug eine Brille mit einem feinen Drahtgestell. Die kreisförmigen Brillengläser waren kaum größer als die Rundung seiner Augen. Er war dünn, so als hätte er einen Großteil seines erwachsenen Lebens unter armen Leuten verbracht, und trug Jeans und T-Shirt sowie eine Schürze, die seinen ganzen Unterkörper bedeckte.

»Oh nein, wirklich, lieber nicht«, erwiderte Jerry und hob die Hände.

»Warum nicht?«, fragte der Helfer. »Es ist genug für alle da.«

»Sind Sie sicher?« Jerry lächelte.

Der Helfer gab meinem Partner einen Teller und ein Tablett.

»Fühlen Sie sich wie zu Hause.« Dann reichte er auch mir beides.
»Das ist sehr nett von Ihnen«, wandte ich lächelnd ein, »aber, wissen Sie, wir sind nicht … na ja, obdachlos.«
Er nickte und kniff leicht die Augen zusammen, so als wolle er sagen: »Das ist nicht zu übersehen, Detective.« Ich hatte das Gefühl, es sei gar nicht nötig, mich vorzustellen.
»Das sieht köstlich aus!«, rief Jerry. »Sie tischen hier wirklich ein richtiges Festessen auf.«
»Uns gefällt der Gedanke, dass wir nicht nur Essen, sondern auch Würde anbieten.«
Während wir unsere Teller füllten, stellte sich der freiwillige Helfer vor. »Ich bin Robert. Kann ich Ihnen bei der Suche nach jemand Bestimmtem weiterhelfen?«
»Offenbar wissen Sie bereits, dass wir nach jemandem suchen«, erwiderte ich grinsend. »Ja, in der Tat. Wir sind Detectives und untersuchen die Morde, die kürzlich passiert sind.«
Er nickte erneut verständnisvoll. Immer so verständnisvoll. Ich hatte den Eindruck, es mit einem Kirchenmitarbeiter zu tun zu haben.
»Wir suchen nach jemandem, der Pamela Kim gekannt hat. Oder Benny Bitan.«
»Ja, wir haben das von Benny gehört«, erklärte Robert. »Das war eine traurige Sache. Wenn auch nicht überraschend.«
»Wirklich?«, schaltete sich Jerry ein. »Warum?«
»Benny war manisch-depressiv. Er hat deswegen Medikamente genommen, sich aber nie wirklich an die Verschreibung gehalten. Dann hat er sich wieder eine Woche lang mit Jim Beam abgefüllt und ist irgendwo halbtot gestrandet. Ich habe mich immer gefragt, ob er versucht hat, sich zu Tode zu trinken.«

Jerry bewegte voller Verständnis den Kopf. Ich wusste, dass sich eine gewisse Erleichterung und Rechtfertigung irgendwo hinter dieser Geste verbarg.

»Haben Sie Pamela Kim gekannt?«, fragte ich.

»Oh ja. Wunderbare Helferin. Überaus reizende Person, innen wie außen.« Er lächelte. »Sie hatte hier lange ehrenamtlich gearbeitet, ich glaube, seit ihrem Umzug nach Nashville. Ich bin selbst auch aus dem Norden und habe nach ihr hier angefangen. Sie ist zwei-, manchmal dreimal die Woche gekommen. Wir bieten auch ein Abendessen an. Das Tolle an ihr war, dass sie sich nach der Essensausgabe mit ihrem Teller zu den Männern gesetzt und mit ihnen gegessen hat. Nicht alle Helfer tun das. Sie wollen sich zwar engagieren, haben aber wohl ein wenig Angst davor, sich unter die Obdachlosen zu mischen.«

»Ist ja ganz natürlich«, schaltete sich ein Mann ein, der direkt neben mir stand und sich ein Stück Fisch nahm. »Sie wissen ja, wie wir Obdachlosen sind. Sobald ihr wegschaut, schlitzen wir euch die Kehle auf.«

Robert blickte zu dem Mann hin und zog die Augenbrauen hoch, jedoch mehr aus Verständnis und Mitgefühl. »In den Nachrichten nennen sie das die nackten Tatsachen, stimmt's nicht, Jack?«

»Genau«, erwiderte Jack. »Wenn sonst nichts mehr geht, schiebt's auf die Armen.« Jack drehte sich um, sah auf mich herunter und lächelte. Er war ein hochgewachsener, dicker Mann, weiß, mit einem gezwirbelten Schnauzer und dem Schatten eines zwei Tage alten Barts um das Kinn. Sein braunes Haar schaute unter seiner Skimütze hervor. Ein dünner grauer Schal war um seinen Hals gewickelt. Über etwas, was wie zwei Sweatshirts aussah, trug er eine Sportjacke, die er sich wohl gerade erst besorgt hatte. Das Etikett hing noch am

Ärmel. Ralph Lauren. Vermutlich hatte irgendein Bekleidungsgeschäft sie ihm gegeben. Wahrscheinlich war sie irgendwo eingerissen oder hatte eine schiefe Naht, irgendeinen Fehler, der sie unverkäuflich machte. So war der alte Jack kostenlos zu einer Fünfhundert-Dollar-Jacke gekommen.
Jack entfernte sich. Ich wandte mich an Robert: »Ich nehme an, Jack hat Benny Bitan gekannt.«
Robert nickte nur.
Ich schenkte mir etwas Kaffee ein und ging mit meinem Teller auf Jack zu. Er saß mit ein paar anderen Leuten am anderen Ende des Tisches, hauptsächlich Männer, mit Ausnahme einer Frau.
Auf einmal spürte ich selbst, was Robert angesprochen hatte: dieses beunruhigende Gefühl, mit denen zusammenzusitzen, die diesen Ort regelmäßig aufsuchten. Jerry stellte sich neben mich, seinen Teller mit Hähnchen, Schinken und Beilagen gefüllt. Wir gingen zu Jack hinüber.
Sie waren gerade mitten in einem Gespräch. Sobald wir uns setzten, brach die Unterhaltung ab.
Ich stellte Jerry und mich vor. Gerade wollte ich den Grund unserer Untersuchung darlegen, als Jack mir seine halb behandschuhte Hand hinstreckte. »Erfreut, Sie kennenzulernen. Jack Fardle.«
Wir schüttelten uns die Hände. Dann veranlasste uns Jack die Hand aller anderen am Tisch zu schütteln. Mir war nicht klar, ob es als eine ehrlich gemeinte Geste gedacht war oder ob sie uns damit auf den Arm nehmen wollten.
»Wie können wir Ihnen bei Ihrer Untersuchung helfen?«, fragte er. Er drückte sich klar und verständlich aus. Seine Stimme klang gebildet.
»Haben Sie Pamela Kim gekannt?«
»Oh ja. Wunderbare junge Frau. Wirklich freundlich. Hätte

eine gute Nonne abgegeben.« Als er das sagte, stimmten ihm ein paar der Männer murmelnd zu. Allerdings waren sie offenbar nicht bereit, mit uns zu sprechen. Jack übernahm das Reden.

Ich fragte weiter: »Hat Pamela Benny Bitan gekannt?«

Niemand antwortete.

Jack zog eine Schachtel aus seiner Brusttasche. Er holte eine alte Nickelbrille heraus und setzte sie auf, als bräuchte er sie, um sein Essen besser zu sehen. Sobald er sie auf der Nase hatte, sah er aus wie ein zerzauster Professor. Er fing an zu reden, während er die Schachtel zurück in die Brusttasche steckte. »Natürlich haben sich Benny und Pamela gekannt. Sie waren gute Freunde. Jetzt, da der arme Benny tot ist, kann es nicht schaden, diese kleine Information preiszugeben.« Er stocherte mit der Gabel im Fisch herum.

»Ja, aber Pam war mit vielen Leuten befreundet«, fügte die Frau am anderen Ende des Tisches hinzu. Sie sah zu uns auf und richtete dann den Blick auf mich. Ihre braunen Augen blieben regungslos, während ihr ebenholzfarbenes Gesicht mir direkt zugewandt war. »Pam war ein guter Mensch. Keiner von uns hatte einen Grund, sie umzubringen. Wenn Sie früher hergekommen wären und uns danach gefragt hätten, hätten wir Ihnen das sagen können. Dann hätte man Benny vielleicht nicht am Gefängnisbalken erhängt gefunden.«

»Komm, Yolanda, du weißt, das ist ein bisschen ungerecht«, ging Jack dazwischen, während er eine Hand hob und in der anderen vorsichtig ein Brötchen hielt. »Benny war ein großer Romantiker, wir alle wissen das.«

»Das ist wahr, das ist wahr«, erwiderte Yolanda.

»Und es ist ihm schwergefallen, seine Hormonschübe im Gleichgewicht zu halten, könnte man so sagen«, fuhr Jack fort. »Er hat seine Medikamente nicht regelmäßig eingenommen, deshalb konnten seine Stimmungsschwankungen manchmal ziemlich furchterregend sein, vor allem wenn er getrunken hatte. Für Benny hätte es wohl überall mit Selbstmord enden können. Aber ins Gefängnis gesteckt zu werden, war wohl ein bisschen zu viel für ihn.« Jack erzählte das alles ganz sachlich. Anscheinend erkannte er in Jerry nicht den Mann, der Benny verhaftet hatte. Dennoch senkte mein Partner den Blick auf seinen Teller und überließ mir die Fragen.

Ich hakte noch einmal nach: »Was meinen Sie damit, Jack, er sei ein Romantiker gewesen?«

»Oh, er war ein hoffnungsloser Fall. Vor allem, wenn es um Pamela ging.«

»Wie das?«

»Er war in sie verliebt! Oh, wir waren alle in sie verliebt. Sogar du, stimmt's, Yolanda?« Die Männer lachten darüber. »Aber Benny, der hat sie wirklich geliebt. Er hat es ihr sogar gestanden. Sie hat einfach gutherzig darüber gelacht und ihm gesagt, sie hätte ihn zwar sehr gern, könnte ihn aber nicht auf dieselbe Art lieben. Dass es schon jemanden in ihrem Leben gebe.«

»Wirklich?«, fragte Jerry. »Wen denn?«

»Benny wusste es nicht«, erklärte Jack. »Irgendein aufgeblasener Typ mit Geld vermutlich. Wie auch immer, Benny war deswegen völlig am Boden zerstört. Wenn Sie mich fragen, hat ihr Liebhaber sie umgebracht. Benny hat die beiden bestimmt verfolgt. Ihr Freund hat sie umgebracht und sie liegen lassen. Benny hat sie gefunden, sich neben sie gelegt und, Sie wissen schon, um sie getrauert.«

»Sie glauben also nicht, dass Bitan sie umgebracht hat?«, fragte ich.

Jack wedelte erneut mit der Hand. »Ich habe keine Ahnung. Vielleicht war er's. Vielleicht auch nicht. Das einzige Problem ist nur, Detective, dass die meisten Menschen mehr als bereit sind, jemanden wie Benny zu beschuldigen, bevor sie sich woanders umsehen. Wie schon gesagt, es ist einfach und in den Augen der meisten legitim, den Armen die Schuld zu geben.«

Dieser Mann hatte ganz offensichtlich eine eigene Einstellung. Außerdem drückte er sie auch sehr gewandt aus.

»Und dieser Liebhaber von Pamela, Sie haben keine Ahnung, wer das war?«

»Nein. Er ist hier nie aufgetaucht, das steht fest.«

Yolanda meldete sich zu Wort: »Ich glaube, Benny hat mal erzählt, dass Pamela diesen Kerl bei irgendeiner Veranstaltung unten in Memphis kennengelernt hat, was war das noch mal … irgendein Umwelttreffen, sauberes Wasser, rettet den Dschungel, so was in der Art.«

»Das ist sehr gut möglich«, sagte Jack. »Es sieht Pamela ähnlich, die Welt retten zu wollen.«

Nach einem kurzen Augenblick, in dem ich die Luft zwischen mir und den Obdachlosen anstarrte, nahm ich meinen Teller.

»Kommen Sie, Jerry. Wir müssen los.«

»Was? Ich bin mit meinem Schinken noch nicht fertig.«

»Lassen Sie sich den Rest einpacken.«

Wir dankten den Obdachlosen für ihre Hilfe und verließen den Tisch. Als ich auf die Geschirrablage zustrebte, hörte ich Jacks Stimme: *»Au revoir, le policier!«*, was für mich wie perfektes Französisch klang.

»Mann. Dieser Typ ist sonderbar«, murmelte ich.

»Was ist denn los?«, fragte Jerry.

»Ich hab so eine Ahnung. Sind Kims persönliche Sachen immer noch unter Verschluss?«

»Natürlich. Bitan war noch nicht vor Gericht erschienen. Alle Beweisstücke müssen noch lange nach dem Gerichtsverfahren oder einem Freispruch aufbewahrt werden.«

»Glauben Sie, sie hatte eine Handtasche bei sich?«
Er dachte kurz nach. »Ja. Sie hatte eine Handtasche dabei.«
»Gehen wir.«

In der Asservatenstelle reichte man mir einen Plastikbeutel mit ihrer Handtasche darin. Dann bekam ich noch ein Dutzend anderer kleinerer Tüten ausgehändigt, in denen der Inhalt der Handtasche war. Ich betrachtete jedes einzelne Stück: Lippenstift, Auto- und Hausschlüssel, Brieftasche, Scheckbuch, drei eingeschweißte Kondome, die immer noch aneinanderhingen (das entging mir nicht), eine Haarbürste, ein kleines Make-up-Set, separat von dem Lippenstift, ein Adressbuch, eine kleine, abgelaufene Sprühdose mit Tränengas, eine halb aufgebrauchte Kaugummipackung und ein Taschenbuch.
Ich nahm das Adressbuch. Nachdem ich das Etikett, das an dem Beutel befestig war, mit meinen Initialen und dem Datum versehen hatte, holte ich das kleine Buch heraus und blätterte es durch.
»Verraten Sie mir, wonach Sie suchen? Wessen Namen?«
»Wenn sie einen Freund hatte, hat sie seinen Namen vielleicht hier reingeschrieben.«
»Na toll. Wollen Sie etwa jeden in diesem Buch anrufen und ihn fragen, ob er Kims Liebhaber war? Warum überprüfen Sie nicht noch gleich bei jedem, ob er sie umgelegt hat?«
»Seien Sie still«, sagte ich und ging direkt zu »H«.
Unter H standen nur drei Nummern. Han und Harrison waren beide in Kalifornien, Pamelas Heimatstaat. Aber die Nummer, vor der kein Name stand, begann mit der dreistelligen Vorwahl von Nashville, gefolgt von vier Ziffern und einer weiteren dreistelligen Durchwahl, 319.
Ich suchte in der Asservatenstelle nach einem Telefon und rief

die Nummer an. Es meldete sich eine Sekretärin: »Praxis für Allgemeinmedizin«, sagte sie fröhlich.
»Ja, Durchwahl 319, bitte.«
Sie zögerte und erklärte dann: »Es tut mir leid, diese Durchwahl ist nicht länger in Gebrauch. Dr. Hatcher ist letzten Monat verstorben. Möchten Sie vielleicht mit einem der anderen Ärzte sprechen?«

25

Sie glauben also, dass Hatcher und Pamela Kim ein Paar waren. Nur auf den Verdacht hin, dass sie auf demselben Greenpeace-Treffen in Memphis waren. Was sagt uns das?«, fragte mich Jerry.

Wir waren wieder unterwegs zu unserem Auto. Der Nachmittag versprach eine Wende in unseren Ermittlungen. Der mögliche Ehebruch bedeutete ein mögliches Motiv. Das hieß natürlich auch, dass wir der Witwe des Doktors einen Besuch abstatten mussten. Früher oder später würden wir dazu gezwungen sein, wenn wir die Fälle Hatcher und Kim neu aufrollten, das war mir klar. Die anonyme Telefonnummer in Kims Notizbuch sorgte dafür, dass es früher dazu kam.

»Es klärt eines«, erwiderte ich. »Es sagt mir, dass es sich hier nicht um wahllose Serienmorde handelt. Abgesehen von irgendeinem gemeinsamen Merkmal, das der Killer als Richtmaß benutzt, stehen die Opfer von Serienmördern in der Regel in keiner Beziehung zueinander. Ein Serientäter sucht sich zum Beispiel lauter ältere Frauen als Opfer aus. Oder männliche Prostituierte. Oder dünne kleine Mädchen. Aber es gibt keine persönliche Beziehung. Hier schon. Liebe. Viele Menschen töten aus Liebe.«

»Ja, aber wir sind nicht hundertprozentig sicher, dass sie tatsächlich ein Liebespaar waren. Ich meine, er hätte genauso gut ihr Hausarzt sein können. Und vielleicht hatte Ms. Kim ja die

Angewohnheit, Telefonnummern ohne den dazugehörigen Namen aufzuschreiben. Wer weiß?«

»Ich habe ihr ganzes Telefonbuch durchforstet. Pamela Kim war ein sehr sorgfältiger Mensch. Schöne, leserliche Handschrift, und neben jeder Nummer stand ein Name. Bei allen außer einer.«

»Okay. In Ordnung. Verstehe. Aber warum hat sie gemeint, es so geheim halten zu müssen? Außereheliche Affären sind nicht gerade was Neues.«

»Ich weiß nicht. Vielleicht musste nicht sie es geheim halten, sondern der gute Doktor. Er war eine angesehene, bekannte Persönlichkeit in dieser Stadt. Er hatte einen sehr guten Ruf, vielleicht wollte er nicht, dass er in den Schmutz gezogen wird.«

Jerry äußerte sich nicht dazu. Durch sein Schweigen stimmte er mir anscheinend zu. Dann sagte er: »Verdammt, es geht mir gegen den Strich, einer Witwe solche Nachrichten zu überbringen. Aber falls sie schuldig ist, erzählen wir ihr sowieso nichts Neues. Ich kann mir nur nicht vorstellen, dass Mrs. Hatcher hinter diesen Morden steckt. Sie ist kein schwaches, zierliches Frauchen, ganz gleich, wie viel Fantasie man hat.« Er pfiff und lachte dann. »Sie ist sogar eine sehr gut aussehende, kultivierte Lady. Als ich sie über den Tod ihres Manns informieren musste, war sie natürlich am Boden zerstört, aber dennoch war da ein Teil von ihr, der den Schock unter Kontrolle halten wollte. Ihre Reaktion wirkte aber alles andere als gespielt.« Er sah aus dem Fenster. »Ich kann's nicht ausstehen, Leuten solche Sachen zu sagen. Ist Ihnen klar, wie viel Macht wir über Menschen haben, nur aufgrund der Dinge, die wir in Erfahrung bringen?«

»Was ist mit der Macht, die sie über uns haben«, gab ich zu bedenken, »wenn sie bereits darüber Bescheid wussten?«

»Was meinen Sie damit?«

»Wie Sie schon gesagt haben. Wenn Mrs. Hatcher diese Verbrechen begangen hat, wusste sie schon von der Affäre. Sie setzt uns gegenüber ein Pokerface auf und lügt uns mit ihren vorgespielten Gefühlen an. Es ist an uns zu beurteilen, ob sie die Wahrheit herausweint oder ob es Krokodilstränen sind. Also hat sie Macht über uns.«

»Sie sind nicht besonders konsequent, Romilia. Erst glauben Sie, was Ihnen irgendein Junge von der Straße erzählt – wie bei Gato Negro –, und dann legen Sie eine komplette Kehrtwende hin und wollen eine Witwe mittleren Alters an die Wand nageln.«

Ich war mir nicht sicher, was ich davon halten sollte. »Sie haben doch selbst gesagt, ich solle nicht alles glauben, was man mir erzählt.«

»Stimmt.«

»Allerdings fehlen immer noch zu viele Puzzleteile«, schloss ich. »Wenn sie die beiden umgebracht hat, hat sie auch Sáenz ermordet, aber warum? Oder hat sie jemanden engagiert, der die Morde für sie ausgeführt hat? Und wie passt diese *Kaibil*-Geschichte ins Bild, wenn sie die Täterin ist?«

Jerry blickte durch die Windschutzscheibe, als versuche er, das alles zu verdauen. »Vielleicht hat sie Tekún Umán für die Morde bezahlt. Und er hat sie auf die gute alte guatemaltekische Art umlegen lassen. Aber das ist verrückt. Warum um alles in der Welt sollte es zwischen ihr und ihm irgendeine Verbindung geben?«

Ich schüttelte langsam den Kopf. Nicht weil ich dem widersprach. Ich war einfach nur verwirrt.

Schließlich fragte er mich: »Glauben Sie, dass ein Soldat einer Todesschwadron frei in unserer Stadt herumläuft?«

»Ich habe keine Ahnung. Aber wenn ja, bleibe ich bei dem,

was ich gesagt habe: Er ist kein Serienmörder. Irgendjemand hatte ein klares Motiv, diese Leute tot sehen zu wollen.«

Wir schwiegen eine Zeitlang. Ich hatte nicht einmal das Radio eingeschaltet. Im Moment brauchte ich Ruhe. In meinen Augen war dies ein lauter Fall. Der Lärm anderer Stimmen – die eigentlich gar nicht so laut waren – klatschte gegen das Innere meines Schädels. Die Stimme meines Chefs, der mich für meine Vorstellung in Tekún Umáns Büro zurechtwies. Die Stimme des Bürgermeisters und sein messerscharfer Blick, als er mir klipp und klar zu verstehen gab, dass er noch am selben Abend meinen Kopf auf einem Silbertablett verspeisen würde, zusammen mit Kartöffelchen, Lachs und was Bürgermeister sonst noch so essen. Selbst die Stimme meines neuen Partners verfolgte mich manchmal, wenn auch weniger als zuvor. Seine Drohung bei unserer ersten Auseinandersetzung, ich solle ihm nicht in die Quere kommen. Das war jetzt überstanden, Gott sei Dank. Ich war mir nicht ganz sicher, warum es vorbei war, abgesehen von seinen jüngsten Bemühungen, etwas bescheidener aufzutreten und anderen zuzuhören. Da war auch noch Tony Stapletons knappe, professionelle Stimme, die bereit war, Neuigkeiten wie ein Haufen Tornados auf die Stadt loszulassen. Ich wollte – nein, ich musste – den Mörder finden, bevor er mir mit einer Schlagzeile in der Morgenzeitung zuvorkam.

Dann war da natürlich noch meine Mutter. Doch das war keine laute Stimme. Es war die einzige Stimme, die ich hören wollte, die tadelnden, liebevollen Worte, die ihre Tochter und ihren Enkelsohn *mimados* bleiben ließen, verhätschelt und verwöhnt. Diese Stimme war verstummt. Während ich die Stadt nach einem Killer durchkämmte, blieb sie zu Hause, ging durch Flure, die sie sich immer noch nicht angeeignet hatte, blickte durch die Fenster auf eine fremde Stadt und wartete darauf, dass ein unbestimmter Feind sich dem Haus näherte, es einriss und nach ihr griff. Sergio spürte bestimmt diese Angst in ihr, die Angst eines kleinen Mädchens, das zu viel gesehen, einer jungen Erwachsenen, die alles verloren hat. In seinem jungen Leben hatte er sie nur ein paar Mal in diesem Zustand gesehen. Ich wollte, dass er es gar nicht miterleben musste. Ich wollte die Schranke zwischen ihrer gewalttätigen Vergangenheit und seiner unbekümmerten Kindheit sein. Doch es gelang mir nicht immer.

Die Autofahrt und die Stille zwischen uns waren wie Balsam. Jetzt, da das Radio nicht lief und wir uns ein paar Minuten gönnten, in denen wir einfach nur im Wagen saßen, als wären wir ganz allein, konnte ich versuchen, diese Stimmen wie kleine Mäuse einzufangen, sie in ein Einmachglas in meinem Kopf zu stecken und den Deckel fest zuzuschrauben. Ein Schriftsteller hatte mir diesen kleinen Trick beigebracht. Er hatte mir erklärt, es sei eine gute Möglichkeit, sich von Schuld zu befreien oder von anderen negativen Gefühlen, die einen gerade belasteten. Nimm einfach alle diese rattenähnlichen Stimmen und sperr sie ein.

Während ich gerade damit beschäftigt war, drängte sich mir eine unvermeidliche Frage auf: Was hatte Diego Sáenz mit Hatcher und Kim zu tun? Hatten sie etwa ein Dreiecksverhältnis gehabt? Vielleicht waren er und Kim ein Liebespaar. Oder er wollte ihr Liebhaber sein. Das brachte mich auf den Gedanken, er könne derjenige sein, der die beiden anderen ermordet hatte – allerdings wollte mir niemand einfallen, der dann ihn umgebracht hatte.

Entweder konnte Jerry meine Gedanken lesen, oder seine eigenen Überlegungen folgten einer ähnlichen Spur. »Vielleicht wusste Sáenz etwas über Hatchers und Kims Affäre.«

»Ja?«, fragte ich und wartete auf mehr.

»Ich weiß nicht, ich versuche nur, das noch etwas weiter auszuspinnen. Vielleicht wusste Diego von ihrer Affäre und wollte sie aufdecken. Aber, nein, das klingt alles andere als wasserdicht …«

»Vergessen Sie die Sache mit der Todesschwadron nicht«, rief ich ihm ins Gedächtnis.

»Oh ja. Genau. Die Todesschwadronen.« Er verdrehte die Augen. »Sie wissen nicht zufällig, ob es in Mittelamerika eine Todesschwadron für Liebesstreitigkeiten gegeben hat? Vielleicht eine, die ›Cupidos Killer‹ hieß?«

Ich beachtete ihn nicht.

Bei Wilma Hatchers Anblick fragte man sich unwillkürlich, warum um alles in der Welt ihr Ehemann losziehen und eine Affäre anfangen sollte. Andererseits hat mir auch noch nie jemand richtig erklären können, wie Männer denken, bis auf den Spruch, dass der kleine Kopf in der Hose mehr zu melden hat als der große auf den Schultern. Mrs. Hatcher war bildschön, Ende vierzig oder Anfang fünfzig, schlank, eine Frau, die sich offensichtlich in Form hielt. Ihre blonden Haare legten sich über ihren Kopf, als hätten Gottes Winde sie höchstpersönlich an ihren vorgesehenen Platz geweht. Ihre blauen Augen waren kristallklar, wirkten aber nicht unbedingt bedrohlich. Sie bat uns mit einem knappen, förmlichen Lächeln hinein, das jedoch durchaus aufrichtig schien. »Ich habe mich schon gefragt, wann ich Sie wiedersehen würde, angesichts der Nachrichten über diesen jungen Reporter«, erklärte sie sachlich, als wir durch die Tür traten. Sie trug eine braune Hose, ein helles cremefarbenes Oberteil, das ihre gutgebaute Figur betonte, und zwei Goldreife am linken Handgelenk, die perfekt zu den Farben der Kleidung passten. Ihre Hausschuhe, die leise über den Boden tappten,

konnten es mit einigen meiner schickeren Schuhe aufnehmen.
Hatchers Zuhause war ziemlich luxuriös eingerichtet. »Arztvilla«, dachte ich. Auch wenn es nicht übertrieben wirkte, ging es weit über das hinaus, was ich mir in meinen kühnsten Träumen je würde leisten können. Allein die Eingangshalle war dreimal so groß wie das Zimmer meines Sohnes. Ein langes, rundes Treppenhaus führte nach oben. Die Bodenfliesen gaben ein klickendes Geräusch von sich, als ich darüberschritt; meine Absätze und die teure Keramikoberfläche gaben ein hübsches Musikinstrument ab. Abgesehen von dem melodischen Rhythmus eines klassischen Stücks, das aus einem entfernten Radio drang, war kein Geräusch zu hören. Ich tippte auf Albinoni, ein Adagio für Orgel. Passt, dachte ich, zu einer Witwe, die immer noch in Trauer ist. Der einzige Geruch im Haus kam von einer Kanne frischen Kaffees, als ob sie gewusst hätte, dass wir ihr einen Besuch abstatten würden. Sie bot uns eine Tasse an. Wir sagten beide ja. »Ich bin wirklich koffeinabhängig«, erklärte Jerry. Mrs. Hatcher sah ihn lediglich an, ohne das geringste Lachen, auf das er, glaube ich, spekuliert hatte.
Als ich mich in den gepolsterten Ledersessel setzte, öffnete ich automatisch mein Notizbuch. Sie schien sich nicht daran zu stören, während sie uns Kaffee aus einer schmalen, hohen Kanne eingoss. »Wenn ich richtig verstehe, könnten die Fragen, die den Tod meines Mannes betreffen, wieder relevant werden«, sagte sie. »Das Schmuckstück, das man bei Mr. Sáenz gefunden hat, war von derselben Art wie das bei Larry?«
»Ja«, bestätigte Jerry, »eine Jadepyramide.«
»Ich verstehe.« Sie schenkte vorsichtig ein. »Der Mörder hinterlässt ein interessantes Zeichen. Dann war Mr. Bitan also unschuldig?«

»Wir sind …, wir sind uns noch nicht hundertprozentig sicher, Mrs. Hatcher«, erwiderte Jerry, wobei er sich anstrengte, nicht beschämt zu klingen. »Bevor wir solche Vermutungen anstellen können, müssen wir noch einiges klären, um sicherzugehen, dass es sich nicht um eine Nachahmungstat handelt.«

»Das muss sehr schwer für Sie sein«, entgegnete sie sofort. »Sie waren in letzter Zeit viel in den Nachrichten. Jetzt wird Ihre gesamte Ermittlung in Zweifel gezogen.«

Ich wusste nicht, ob ihre Bemerkung als Beleidigung gemeint war oder ob sie nur eine Tatsache äußerte. Jerry ging es ebenso. Ich konnte ihm ansehen, dass ihm bei dieser Frage ebenso unbehaglich zumute war wie mir, wenn nicht noch unbehaglicher.

»Ich habe heute Morgen einen Leitartikel im *Banner* gelesen, in dem von Ihnen die Rede war, Detective Wilson. Der Autor hat den Standpunkt vertreten, dass Sie vielleicht etwas zu voreilig versucht haben, die Ermittlungen in den Mordfällen meines Mannes und dieser jungen Frau abzuschließen. Dass Sie diesem Obdachlosen um Ihretwillen oder um Ihres Rufes willen die Schuld zugeschoben haben. Was denken Sie darüber?«

Jerry atmete tief durch. Nicht, um zu seufzen. Ich hatte den Eindruck, dass er genug Sauerstoff in sich aufnehmen wollte, um Feuer zu spucken wie ein erzürnter Drachen. »Ich denke, ich bin noch einmal hier, weil ich mich vergewissern will, dass der Untersuchung nichts weiter hinzuzufügen ist, Mrs. Hatcher.« Welche lüsternen Gedanken er im Wagen auch immer ihr gegenüber gehegt hatte, sie verbrannten jetzt in seinem eigenen Zorn. Er zögerte nicht, direkt zur Sache zu kommen. »Sagen Sie, Mrs. Hatcher, hatten Sie jemals den Verdacht, dass Ihr Mann eine Affäre mit einer anderen Frau hat?«

Das saß. Es traf sie unerwartet, oder zumindest wollte sie uns das glauben machen. Sie rückte in ihrem Stuhl nach links. Ihr Blick senkte sich einen Augenblick auf den Boden, hob sich dann wieder und nahm Jerry ins Visier. »Nein, das hatte ich nicht. Glauben Sie, ich hätte Grund dazu gehabt?«

Da ich vermeiden wollte, dass unsere Unterredung zu einem Wettbewerb der bösen Blicke zwischen den beiden ausartete, warf ich ein: »Wir haben die Büronummer Ihres Mannes – seine Durchwahl – in Pamela Kims persönlichem Telefonbuch gefunden. Der Name Ihres Mannes war nicht daneben aufgeführt.«

Ihre Zunge bewegte sich hinter ihrer linken Wange. Dann verschwand sie. »Mein Mann hat seine Durchwahl an niemanden weitergegeben.«

Weder Jerry noch ich sagten ein Wort.

Wieder verlagerte sie ihr Gewicht, dieses Mal nach rechts. Sie senkte den Kopf ein wenig. Ich konnte ein feuchtes Glitzern in ihren Augen erkennen. »Nein«, sagte sie, »nein, ich habe nichts von einer Affäre gewusst, Detectives. Sind Sie sich ganz sicher?«

Ich antwortete auf ihre Frage. »Wir wissen nur, dass seine Nummer in ihrem Buch steht. Daher versuchen wir jetzt, eine Bestätigung für eine Verbindung zwischen Ihrem Mann und Ms. Kim zu finden.«

»Was natürlich bedeutet«, erwiderte sie, »dass es sich hier nicht um willkürliche Morde handelt. Beide wurden ganz gezielt umgebracht. Und jetzt suchen Sie nach einem Motiv, das ich durchaus gehabt hätte, wenn ich über die Affäre Bescheid gewusst hätte. Ich verstehe. Warum sollte ich dann den Journalisten ermorden?« Als sie das fragte, verzog sie die Lippen zu einem kurzen, schmalen Lächeln. Sie sah uns nacheinander an.

»Wir beschuldigen Sie nicht, Mrs. Hatcher«, beschwichtigte ich. »Wir führen nur eine Ermittlung durch. Aber Sie haben recht. Diese mögliche Affäre bedeutet, dass es mehr als nur willkürliche Morde waren. Es könnte da eine Verbindung geben. Haben Sie irgendeine Ahnung, wer Ihren Mann hätte umbringen wollen?«

»Das habe ich Ihnen schon gesagt, als Sie das letzte Mal da waren«, gab sie zurück, während sie den Blick auf Jerry richtete. Ihr Tonfall war kurz angebunden, fast ein leises Knurren. »Ich habe nicht die leiseste Ahnung, warum jemand Larry hätte umbringen wollen. Er hat nur Gutes für die Stadt getan. Er hat seine ganze Zeit dafür aufgewendet, viel zu viel Zeit, verdammt ...«

Das fand direkt Eingang in mein Notizbuch. Sie ist wegen seiner wohltätigen Arbeit verbittert.

»Larry hat immer an andere Menschen gedacht. Er hat sich wegen unseres, unseres Wohlstands immer schuldig gefühlt, als wären wir steinreich. Aber ich sage Ihnen, alles, was wir besitzen, haben wir uns hart erarbeitet. Larry hat geschuftet wie ein Tier, um es so weit zu schaffen. Dann mit Mitte vierzig fängt er auf einmal an, deswegen Schuldgefühle zu bekommen. Die meisten Männer durchleben eine Midlife-Crisis, aber bei Larry musste es ausgerechnet eine Gewissenskrise sein. Er wollte die Welt retten, die Armen speisen, den Obdachlosen helfen, den Dschungel retten, Kriege in Übersee beenden. Ach, Scheiße.«

Dieses letzte Wort klang aus ihrem gepflegten Mund sehr befremdlich. Sobald wir weg sind, dachte ich daraufhin, wenn in diesem luxuriösen Haus außer ihr niemand mehr ist, vielleicht werden dann solche Worte ohne weiteres von einem Raum in den nächsten geschleudert.

»Sogar unsere Töchter haben sich gefragt, was mit ihm los

war. Jetzt tauchen Sie hier auf und teilen mir mit, dass er nebenbei eine Geliebte hatte, und dass es möglicherweise diese Koreanerin war. Na, jetzt ist mein Leben vollkommen!«

Sie weinte. Zuerst dachte ich, es würde Jerry ihr gegenüber versöhnlicher stimmen wegen dem, was sie über seine misslungene Untersuchung gesagt hatte. Aber das tat es nicht. Er hielt die Arme weiterhin verschränkt, legte den Kopf schief und blickte sie weiter starr an, während er darauf wartete, dass ihre Tränen versiegten. Schließlich fragte er sie: »Hatte Ihr Mann irgendwelche Probleme bei der Arbeit? Gab es in seiner Praxis irgendjemanden, der einen Groll gegen ihn gehegt hat, oder vielleicht in dieser freien Klinik draußen in Shelbyville – hatte er Schwierigkeiten, sie auf den Weg zu bringen?«

Sie kämpfte stumm mit den Tränen und tupfte sich die Augen mit einer winzigen Papierserviette ab. »Ich weiß nicht. Er hatte dieselben Probleme, mit denen sich jede Praxis herumärgert. Er hat nur noch selten über seine Wohltätigkeitsprojekte mit mir geredet. Wir haben uns … deswegen gestritten, wie Sie sich jetzt denken können. Ich war es leid, dass er so viel Zeit woanders verbracht hat, um an seinen Projekten zu arbeiten und diese verdammte Klinik in Gang zu bringen. Dann hat er angefangen, Geld aus unseren eigenen Anlagen zu ›borgen‹, um für die Kosten der Klinik aufzukommen. Jetzt finde ich heraus, dass er nicht nur die Armen gerettet hat, wenn er nicht zu Hause war … Die Klinik, ja, die hat ihn vor seinem Tod viel beschäftigt. Er hatte wohl irgendwelche finanziellen Sorgen, weil er nicht genug Geld aufbringen konnte, um das Projekt abzuschließen. Ich bin mir nicht sicher.« Sie schüttelte den Kopf, verwirrt und wütend.

»Aber die Klinik steht«, warf ich ein. »Zumindest habe ich das in der Zeitung gelesen.«

»Ja, sie steht, sie steht. Wahrscheinlich läuft sie gut. Jemand hat Larry am Ende unter die Arme gegriffen, jedenfalls hat er mir das erzählt. Nachdem ich ihn wegen unseres hart verdienten Geldes oft genug angegangen bin. Er ist einen Deal mit irgendeinem hohen Tier aus weiß Gott wo eingegangen, ich weiß nicht … Atlanta, hat er gesagt, glaube ich. Aber er hat mir nie viel erzählt, Detective.« Sie sah mich an. Dann fügte sie müde hinzu: »Larry und ich haben in diesen letzten Tagen nur wenig miteinander gesprochen.«

26

Die Freie Klinik, die Dr. Hatcher in Shelbyville gegründet hatte, befand sich gleich am Rande der kleinen Stadt neben einer Pferderanch. Als wir daran vorbeifuhren, fielen mir die langen schwarzen Zäune auf, hinter denen sich Pferde vom Grün der Wiesen abhoben und Männer umherliefen oder mit kleinen Traktoren Heu zu verschiedenen Futterstationen brachten. Mittelgroße Ställe waren hier und da in der Landschaft verstreut. Viele der Männer, die dort beschäftigt waren, waren Mexikaner. Ein Latino mittleren Alters ritt ein Pferd, das ein wenig unruhig wirkte, doch der Mann hatte offenbar die noch ungebändigte Energie des Tieres völlig unter Kontrolle.

Die Klinik war an sich nicht besonders spektakulär. Sie war gut unterhalten und relativ sauber, mit vertäfelten Wänden und billigen Teppichböden. Stühle, die aussahen, als wären sie gebraucht gekauft worden, säumten die Wände. Kleine Beistelltische standen in den Ecken. Bei einem kurzen Blick auf die Tische entdeckte man spanische Ausgaben von *Reader's Digest, La Biblia, Hispanic Magazine, Time, Newsweek* und andere Zeitschriften in beiden Sprachen.

Die meisten Stühle waren besetzt. Junge Mütter mit Kindern, die entweder auf ihrem Schoß saßen oder ihnen um die Füße herumwuselten, warteten geduldig darauf, dass sie an die Reihe kamen. Sie unterhielten sich flüsternd auf Spanisch und wollten voneinander wissen: »Warum bist du hier? Ja, mein

Junge hat schon wieder eine Ohrenentzündung, ist das zu fassen?«

Ich näherte mich einer Gruppe. *»Qué tal?«*, fragte ich sie, und sie alle antworteten: *»Bien, gracias.«* Obwohl sie alle Latinas waren, waren diese Frauen, die möglicherweise mit denselben Babys in den Armen den Rio Grande zu Fuß überquert hatten, Welten von meiner amerikanischen Latino-Erziehung entfernt. Sie konnten mich in einer Menge von Latinos in Sekundenschnelle ausmachen und erkennen, was ich nicht war: eine von ihnen. Ich musste mir nach wie vor ein dickes Fell auf der Seele zulegen, um mich nicht daran zu stören.

Ein paar Patienten anderer ethnischer Herkunft waren auch anwesend. Zwei Afroamerikanerinnen saßen beieinander und unterhielten sich leise. Drei weiße Frauen und ein weißer Mann hatten im Raum verstreut Platz genommen. Sie redeten mit niemandem. So gut wie alle, die hier versammelt waren, hatten den müden Gesichtsausdruck von Menschen, die einen Kranken in der Familie hatten und einen ganzen Tag in der Klinik ausharren mussten, um eine Schachtel Antibiotika oder ein Rezept für ein starkes Hustenmittel zu bekommen.

Die Empfangssekretärin, eine junge weiße Südstaatlerin, die nicht aussah, als könne sie auch nur ein Wort Spanisch sprechen, lächelte und überraschte mich: *»Sí? Cómo podría servirle?«* Wegen ihres Südstaaten-Akzents klang es ziemlich zerhackt, war jedoch verständlich genug.

Dennoch antwortete ich auf Englisch, als ich mich und Jerry vorstellte und ihr erklärte, warum wir hier waren. »Könnten wir vielleicht einen Blick in Dr. Hatchers Büro werfen?«

»Na klar, ja, das dürfte okay sein. Haben Sie beim letzten Mal nicht gefunden, was Sie gesucht haben?«

Jerry stand hinter mir, sah sich um und brachte ein paar Kin-

der zum Lachen, indem er Grimassen in ihre Richtung schnitt.
»Nein, wahrscheinlich nicht«, erwiderte ich. Ich versprach, dass wir nicht lange brauchen würden.
Sie führte uns ins Hinterzimmer. »Wir haben hier noch nichts angerührt, wissen Sie, nicht geputzt und gar nichts. Vielleicht riecht es ein bisschen muffig, der Raum war seit seinem Tod verschlossen. Ich glaube, die meisten von uns wollen da einfach nicht hineingehen, verstehen Sie?« Ihre Stimme war leise und traurig.
Sie öffnete die Tür und ließ uns dann allein, um zu ihren Aufgaben am Empfang zurückzukehren.
»Also«, fragte Jerry, »was suchen wir?«
»Na ja, Sie waren als Letzter hier. Vielleicht können Sie mir sagen, was Sie gefunden haben.«
»Was? Ich? Ich war nicht hier.«
Ich sah ihn an. »Die Frau am Empfang hat gesagt, Sie wären hier gewesen. Da es Ihr Fall war, dachte ich, sie hätte Sie gemeint.«
Er schüttelte verneinend den Kopf. »Wir haben seine Praxis in Nashville überprüft, eine Gemeinschaftspraxis für Allgemeinmedizin, wo Sie mit der Nummer in Kims Telefonbuch angerufen haben. Aber wir sind nie hier herausgefahren. Zu der Zeit war es nicht von Bedeutung.«
»Komisch, sie hat gesagt, wir wären erst letzte Woche hier gewesen.«
»Vielleicht waren es die Inkassobeauftragten oder so. Wir sehen alle gleich aus, wissen Sie.« Er zupfte an seinem Revers, spielte auf die Art an, wie sich Polizisten anziehen.
»Das trifft vielleicht auf Sie zu«, gab ich freundlich zurück, wobei ich auf meine Vorliebe für Rot verwies, eine Farbe, in der sich Finanzbeamte oder Detectives nicht notwendigerweise kleideten. »Wie auch immer, wir sollten einen Blick in

die Finanzen werfen. Mrs. Hatcher hat gesagt, er hätte Geldprobleme gehabt, aus denen ihm jemand aus Atlanta rausgeholfen hat. Und Tekún Umán ist aus Atlanta.«

»Gut. Wenn nicht Liebe, warum nicht Geld?«

Wir kramten hier und da und ließen uns zunächst Zeit. Ich nahm Papiere vom Schreibtisch und las sie leise durch. Es handelte sich überwiegend um Steuerbescheide, Berichte von gemeinnützigen Organisationen, Spendenaufstellungen, Rundschreiben, eine Liste mit den Namen und Adressen von Geldgebern, Haushaltspläne und Finanzberichte. Obwohl ich das ziemlich langweilig fand, wusste ich, dass ich alles unter die Lupe nehmen sollte. »Sieht aus, als wäre er an seinem letzten Tag hier weggegangen, ohne seine Arbeit zu beenden. Oder vielleicht hat er sich auf irgendein Treffen vorbereitet …« Da entdeckte ich den Terminkalender. Ich blätterte ihn durch. »He, Jerry, wann ist Hatcher ermordet worden?«

»Am siebten Oktober.«

Ich schlug das Datum im Terminkalender auf. Er hatte einen sehr vollen Kalender, viele Treffen mit örtlichen Größen, Stadträten, anderen Ärzten, Anwälten. Er hatte jeden Namen in jeder Spalte für jeden Tag und jede Zeit ausgeschrieben, außer bei der 8-Uhr-Verabredung am Abend des 6. Oktobers, mit FC.

In Gedanken ging ich alle Namen durch, die mit diesem Fall zu tun hatten. Bei den ganzen Spitznamen wie Gato Negro für Nelson Garcia oder Tekún Umán für Rafael Murillo geriet ich etwas durcheinander.

Jerry riss mich aus meinen Überlegungen. Er stöberte in einem offenen Aktenschrank herum. »Hier ist nicht viel drin, außer Papierkram über die Klinik. Scheint ungefähr dasselbe zu sein wie das Zeug auf dem Schreibtisch: Haushaltspläne,

Rechenschaftsberichte, Rundschreiben, langweilig, langweilig, langweilig.« Er schloss den Aktenschrank.

»Schauen Sie sich das an«, sagte ich, einen Rechenschaftsbericht in Händen. »Da ist alles in verschiedene Rechnungsposten aufgegliedert. Hier ist ein Eingang einer ›Anonymen Schenkung‹. Fünfundsiebzigtausend Dollar. Können Sie das glauben? Das ist eine unglaubliche Spende für ein so kleines Vorhaben wie diese Klinik.«

»Netter Spender«, erwiderte Jerry, während er sich ein paar Fotos von Hatchers Familie ansah, die auf einem Beistelltisch standen. »Ich hätte nichts dagegen, seine Bekanntschaft zu machen.«

»Vielleicht findet sich der Name dieses Typen in der Akte. Eine große Spende über tausend Dollar oder sogar fünftausend Dollar kann ich noch nachvollziehen. Aber wer kann denn fünfundsiebzigtausend Dollar verschenken?«

Ich wanderte zum Aktenschrank, den Jerry gerade geschlossen hatte. Als ich die Akten durchging, entdeckte ich eine die mit »Jahresabschluss« überschrieben war. Allerdings stieß ich darin auf keine Namen. Ich fand lediglich weitere Kopien desselben Dokuments, das ich auf dem Schreibtisch entdeckt hatte. Es gab nur einen Unterschied: Obwohl es sich vermutlich um denselben Jahresabschluss für dasselbe Quartal handelte, waren die Zahlen unter »Einnahmen« nicht dieselben.

Ich zog eine der Kopien aus der Akte und ging damit zum Schreibtisch. »Warten Sie mal. In dem Jahresabschluss auf dem Schreibtisch heißt es, ein anonymer Spender hat fünfundsiebzigtausend Dollar zur Verfügung gestellt, während die sonstigen Einnahmen zehntausend Dollar betragen haben. Aber in dem aus der Akte heißt es, es wären Einnahmen in Höhe von fünfundachtzigtausend Dollar gewesen, und von einem anonymen Spender ist keine Rede mehr.«

»Lassen Sie mich mal sehen«, murmelte Jerry. Er betrachtete beide Kopien desselben Jahresabschlusses. Dann lachte er kurz. »Na, ich werd nicht mehr. Sieht so aus, als hätte der gute Doktor die Bücher frisiert.«

»Genau«, erwiderte ich. »Ich weiß nicht gerade viel über Haushaltspläne. Aber wenn ich mich an irgendwas aus meinen Buchhaltungskursen am College erinnere, sollte man in einem Haushaltsplan oder einem Jahresabschluss unter sonstige Einnahmen nie zu große Summen stehen haben. Das wirkt immer ein klein wenig verdächtig.«

»Ja. Da fragen sich andere gleich, woher man so viel ›sonstiges‹ Geld herhat. Die Preisfrage lautet also, welches der beiden Dokumente sagt die Wahrheit?«

Ich dachte darüber nach und meinte dann: »Wie Sie schon gesagt haben, die ›sonstigen Einnahmen‹ sollten in jedem Haushaltsplan klein ausfallen. Aber hier«, ich deutete auf die fünfundachtzigtausend Dollar, »ist die Summe hoch. Sehr hoch. In dem Jahresabschluss auf dem Schreibtisch sind es gerade mal zehntausend. Aber weil er die fünfundsiebzigtausend irgendwie erklären musste, hat er einen Rechnungsposten erfunden: ›Anonyme Schenkung‹. Ich wette, er hatte vor, auf irgendeine Aufsichtsratssitzung zu gehen, wo er den Ausschussmitgliedern die Zahlen vorlegen musste. Mit dem Verweis auf einen anonymen Spender hat er sie rechtmäßiger erscheinen lassen.«

»Welche reiche Person in Nashville sollten wir also verdächtigen?« Jerry blickte auf mich herunter. »Da gibt es einige, wissen Sie. Allein im Musikgeschäft tummeln sich Dutzende von Millionären.«

»Ich glaube nicht, dass das irgendwas mit Musik zu tun hat.«

»Dann denken Sie vermutlich an Mr. Tekún Umán.«

»Mrs. Hatcher hat dieses hohe Tier aus Atlanta erwähnt. Wer

könnte es sonst sein?« Ich warf einen Blick hinter den Schreibtisch und hätte fast im Schatten des Stuhls einen Zigarettenstummel übersehen. Das Zimmer roch an sich nicht nach Zigaretten. Nach meiner Einschätzung war Dr. Hatcher kein Raucher gewesen. Sein tägliches Lauftraining untermauerte diese Vermutung.

Ich beugte mich hinunter, um mir die Kippe genauer anzusehen, berührte sie jedoch nicht. Man hatte sie auf der dicken Plastikplatte ausgedrückt, auf der der Bürostuhl hin- und hergerollt werden konnte, ohne den Teppich in Mitleidenschaft zu ziehen.

»Jerry, haben Sie einen Plastikbeutel bei sich?«

»Nein, aber ich könnte einen holen. Warum?«

»Ich hab hier etwas gefunden, das wir mitnehmen sollten.«

Er ging zum Wagen und brachte mir einen Beutel mit einem Etikett. Ich hob den Zigarettenstummel mit der Tüte über den Fingern auf und hielt ihn ins Licht.

»Was haben Sie da?«, fragte er.

Ich betrachtete den braunen Stummel. Zuerst lächelte ich, da ich wusste, dass mir dies hier bei McCabe von Nutzen sein würde. Doch dann runzelte ich die Stirn. Irgendetwas stimmte nicht. »Ein Beweisstück, glaube ich.«

Wir traten aus dem Büro und in den Haupteingang. Die Empfangssekretärin rief uns zu: »Ich hoffe, Sie haben gefunden, was Sie gesucht haben, Officers.«

»Oh ja, vielen Dank, Ma'am.« Ich wollte gerade hinausgehen, als ich mich umdrehte und sie fragte: »Was haben Sie eigentlich damit gemeint, wir wären schon mal hier gewesen? Wir waren noch nie hier.« Jerry blieb ebenfalls stehen, neugierig, was sie antworten würde.

»Oh, ich hab nicht Sie gemeint, sondern jemand anderen aus Ihrem Department.«

»Tatsächlich?«, hakte Jerry nach. »Wen denn?«
»Ich erinnere mich nicht mehr an den Namen des jungen Mannes. Aber er hat gesagt, er wäre von der Polizei. Er hat mir seine Marke und so gezeigt.«
»Sie meinen so eine Marke?« Ich zeigte ihr meine.
»Oh nein. Die sah ganz anders aus. Sie war golden und sternförmig, wissen Sie? Und ich glaube, es stand ›Deputy‹ oder so etwas Ähnliches drauf.«
Ich dachte an meinen Sohn Sergio. Er hatte eine kleine goldfarbene Spielzeugmarke, auf der in Blockbuchstaben »Deputy« stand.
»Er war ein recht gutaussehender junger Mann, Anfang zwanzig. Mit schwarzem Haar, er hat Spanisch gesprochen, aber auch ausgezeichnetes Englisch, so wie einer aus dem Norden …«
Ich drehte mich um und sah meinen Partner an. Seine Kinnlade sackte leicht nach unten, als er das hörte.
Dann flüsterte ich das Offensichtliche: »Sáenz.«

27

Der Abendverkehr wurde immer dichter, als wir durch Nashville fuhren. Es war ein langer Tag gewesen, der sehr früh begonnen hatte, eigentlich schon um Mitternacht, als Jerry und ich bei ihm zu Hause am Computer gesessen hatten, um nach Informationen über die guatemaltekischen Todesschwadronen zu suchen. Wir hatten im Laufe des Tages viele Orte aufgesucht und mit vielen Leuten geredet. Ich war müde. Obwohl ich wegen unserer Entdeckungen ganz aufgekratzt war und ihnen unverzüglich nachgehen wollte, brauchte ich erst einmal etwas Entspannung zu Hause, auch wenn sich das auf eine Mahlzeit mit meiner Mutter und meinem Sohn beschränken musste, bevor ich einen Teil des Abends damit verbrachte, unsere Spuren telefonisch weiterzuverfolgen.

Als ich auf den Broadway abbog, sah ich, wie ein Lieferwagen des *Cumberland Journal* anhielt und zwei Ladungen gebündelter Zeitungen vor einem Kiosk ablud. Der Kioskbesitzer winkte dem Fahrer zu, als er nach draußen ging, und schnitt mit einem Taschenmesser die Schnüre von den Bündeln.

»Also«, setzte Jerry an, »Sie glauben, die Zigarettenkippe stammt von Tekún?«

»Nein. Von seinem Leibwächter. Der Kerl hatte die Unverfrorenheit, in Daniel Childs Bookery zu rauchen, oben im Café. Dem Manager, der ihn gebeten hat, sie auszumachen, hat er eine Todesangst eingejagt. Er muss wirklich schwer nikotinabhängig sein, wenn er sich sogar im Büro der Klinik eine angezündet hat …«

»Ja, aber wie wollen Sie Tekún dafür drankriegen, Hatchers Büro durchwühlt zu haben? Wahrscheinlich rauchen viele Leute diese Marke.«

»Stimmt. Ich würde diesen Zigarettenstummel nicht vor Gericht benutzen. Doch jetzt haben wir etwas, das wir unserem Boss zeigen können, damit er uns ein wenig mehr um Tekún herumschnüffeln lässt.«

»Ah.« Dann blickte er aus dem Fenster, als interessiere ihn irgendetwas anderes mehr als unsere Unterhaltung. Schließlich verriet er mir, was es war. »Haben Sie Hunger?«

Ich dachte darüber nach. »Ja, hab ich tatsächlich.«

»Wollen wir kurz haltmachen und uns ein Sandwich holen?«

Die Idee klang gut. Allerdings hatte ich nicht viel von meiner Familie gesehen. »Danke, aber ich fahre lieber nach Hause. Mein Junge macht mir Feuer unterm Arsch, wenn ich nicht bald zu Hause auftauche.« So drückte ich auf meine Harte-Detective-Art aus, dass mir mein Sohn fehlte.

»Sie haben nur einen Jungen?«

»Ja. Er heißt Sergio. Er ist drei Jahre alt.«

»Wie schön. Und Ihr Mann, ist er zu Hause?« Jerry zögerte etwas bei der Frage, vielleicht weil er seine Nase nicht in meine Privatangelegenheiten stecken wollte.

»Ich bin nicht verheiratet.«

»Oh. Entschuldigung.«

»Das ist schon okay, Sie müssen sich nicht entschuldigen. Dieses Arrangement passt mir ganz gut.«

»Ich bin geschieden«, erklärte er. »Manche Menschen glauben, Scheidung wäre etwas ganz Schreckliches. Aber ich weiß nicht. Meine beiden Kinder sind jetzt glücklicher als zu der

Zeit, als meine Frau und ich noch zusammen waren. Wir waren wohl einfach nicht füreinander bestimmt, auch wenn wir dachten, es wäre so. Dieser Job hat ihr ziemlich zugesetzt.«

»Ich hab gehört, das ist ziemlich oft der Fall«, erwiderte ich. »Sie haben also Kinder?«

»Ja. Zwei Jungs. Sie sind jetzt acht und sechs Jahre alt. Großartige Kinder.«

»Sehen Sie sie oft?«

»Nein.« Er senkte den Blick auf seinen Schoß. »Sie leben jetzt mit ihrer Mutter in Seattle. Aber wir bleiben in Kontakt. Sie wissen schon, E-Mail, Telefon, Unterhaltsschecks.«

»Verstehe.«

Ich stellte den Wagen auf dem Parkplatz des Polizeireviers ab. Wir gingen hinein, zwei Menschen, erschöpft von einem langen Tag. Jerry löste schon seine Krawatte, als wir den Aufzug in den dritten Stock nahmen. Ich wollte am liebsten die Schuhe ausziehen, die Schnürsenkel zusammenknoten, sie mir über die Schulter werfen und den Rest des Abends barfuß verbringen. Dazu sollte es jedoch nicht kommen.

Wir blickten durch die Tür der Mordkommission und hörten den ohrenbetäubenden Lärm klingelnder Telefone und überforderter Detectives, die die Hörer abhoben und einleuchtende Erklärungen für irgendetwas abgaben, das sie nicht erklären konnten. Als uns unser Boss entdeckte, der ebenfalls am Telefon hing, durchbohrte er uns mit Blicken und gab uns ein Zeichen, in sein Büro zu kommen.

Er schloss die Tür hinter uns. »Ihr zwei seht aus, als hättet ihr heute noch keine Zeitung gelesen.« Er warf uns die Abendausgabe des *Cumberland Journal* hin.

TODESSCHWADRON
FÜR DREI MORDE VERANTWORTLICH?

»Todesschwadron« ist kein Begriff, dem man in Nashville normalerweise begegnet. Tatsächlich sind Todesschwadronen vielmehr aus Ländern wie El Salvador oder Kolumbien bekannt, wo Drogenkartelle und Oligarchien eben solche terroristischen Gruppen dazu benutzen, die Bevölkerung unter Kontrolle zu halten. Dieser Begriff könnte sich jedoch als die Verbindung zwischen den Morden von Lawrence Hatcher, Pamela Kim und Diego Sáenz herausstellen.

Das Morddezernat des Nashville Police Departments hat die Existenz solcher Todesschwadronen weder bestätigt noch dementiert. Doch die Detectives Romilia Chacón und Jerry Wilson stießen kürzlich in der Redaktion des Cumberland Journal auf eine Datei in Diego Sáenz' Computer, die auf eine Verstrickung von Todesschwadronen in diese Mordfälle hinweisen könnte.

Die Datei, die den Namen »Kaibil« trug, wurde von Sáenz am 1. November, einen Tag vor seiner Ermordung, erstellt. Saénz, ein Enthüllungsjournalist, stellte offenbar gerade Nachforschungen über dieses Wort an, als er ein weiteres Opfer wurde.

»Kaibil« ist ein indianisches Wort aus Guatemala, das »Krieger« bedeutet. Die guatemaltekische Armee verwendete diese Bezeichnung für eine ihrer Spezialkommandos, die im Verdacht stehen, als Todesschwadronen agiert zu haben. In Guatemala sind die »Kaibil« als militärische Einheiten bekannt, die sich nachts als Zivilisten verkleiden, einzelne Personen aufspüren und sie auf eine Art und Weise umbringen, die Angst und Schrecken verbreiten soll.

Der Artikel spekulierte in jede erdenkliche Richtung, ohne sich dabei verleumderisch zu äußern. Andererseits wollte mir sowieso niemand einfallen, der die Zeitung deswegen verklagen würde. Tekún Umán wurde nicht erwähnt, auch wenn Gato Negro mit den Worten zitiert wurde, er könne sich nicht daran erinnern, wer ihn angegriffen habe. Gato Negros Arzt wurde zitiert, dass der Junge ein zu großes Trauma erlitten habe, um sich zu erinnern. Die Zeitung stellte die offensichtliche Verbindung zwischen der Angewohnheit der guatemaltekischen *Kaibiles,* Wörter in die Körper ihrer Opfer zu schneiden, und der Art her, wie Gatos Angreifer »Verräter« in seinen Bauch geritzt hatten. Außerdem wies er darauf hin, dass guatemaltekische Todesschwadronen dafür bekannt waren, ihren Opfern den Hals aufzuschlitzen, so wie es bei Hatcher und Kim passiert war. Zum Schluss überließ er es der Fantasie des Lesers, sich Gedanken über die Schmuckstücke zu machen. »Guatemala, ein Land, das sowohl für seine Jade als auch für seine Maya-Pyramiden bekannt ist, ist ein Staat, in dem zugleich Gewalt und Armut herrschen …« Mist, dachte ich. Kein Bewohner von Nashville würde nach diesem Bericht noch Gutes von Mittelamerika und seinen Menschen denken.
Der Artikel ließ auch Jerry nicht ungeschoren. Er machte auf die Tatsache aufmerksam, dass der einst allein ermittelnde Detective, der Benny Bitan mit der Leiche von Pamela Kim gefunden hatte, jetzt mit einem Partner zusammenarbeitete. »Auf die Frage, ob dies auf die irrtümliche Verhaftung von Bitan zurückzuführen sei, antwortete Lieutenant Patrick McCabe, Leiter der Mordkommission: ›Unsere Detectives sind allen erdenklichen Spuren nachgegangen.‹«
»Verdammt. Erst rücken sie einen ins Rampenlicht und dann reißen sie einen in Stücke, Herrgott noch mal …« Jerry knall-

te die Zeitung auf den Boden. Er ließ McCabe und mich stehen, stürmte hinaus und trat in das offene Großraumbüro der Mordkommission. Auf seinem Weg nach draußen ließ er den linken Arm herausschnellen und schlug mit der Faust gegen einen Aktenschrank. Die Empfangssekretärin, eine junge Frau, die neben dem Aktenschrank saß, fuhr in ihrem Stuhl auf. Sie blickte Jerry starr nach, als er hinter der Toilettentür verschwand.

Momentan hatte ich keine Zeit, mir Sorgen um Jerrys verletzten Stolz zu machen. »Mein Gott«, sagte ich, als ich erneut auf die Zeitung blickte, »das könnte eine Panik in der Stadt auslösen.«

»Könnte?« McCabes Augen sahen wie riesige Gestirne aus, die auf mein Gesicht zukamen. »Romilia, hören Sie das Klingeln dieser Telefone? Es ist schon so weit! Alle, vom Bürgermeister bis zum Hausmeister im Erdgeschoss, rufen hier an und verlangen, dass wir unsere Ärsche in Bewegung setzen und diese *Kaibiles* schnappen! Ich habe mindestens zehn Anrufe von Leuten gekriegt, die von mir verlangt haben, die Einwanderungsbehörde einzuschalten, damit sie hier jeden Hispanoamerikaner wegkarrt, den sie zu Gesicht kriegt.«

Mir standen die Nackenhaare zu Berge, als ich das hörte. »Na toll. Jetzt wird es Vergeltungsmaßnahmen gegen alle Latinos geben ... verdammt ...«

»Dazu käme es nicht, wenn ihr diesen Fall schleunigst löst. Und tun Sie's, bevor Stapleton mich wieder anruft. Dieser Drecksack tritt mir in den Arsch, wann immer sich ihm die Gelegenheit dazu bietet, der Scheißkerl.«

Offensichtlich stand mein Boss Stapleton nicht wohlwollend gegenüber. Dann fiel mir meine erste Begegnung mit dem Chefredakteur wieder ein, als er knurrig herumgewitzelt hatte, das Department bemühe sich, »vielfältiger zu werden«.

Vermutlich hatten Stapleton und McCabe schon lange bevor ich nach Nashville kam ihre Meinungsverschiedenheiten gehabt.

»Also. Haben Sie irgendetwas Neues?«, bellte McCabe.

Ich warf einen Blick auf die offene Tür und hoffte, dass Jerry bald wieder zurück sein würde. In diesem Augenblick verließ er die Toilette. Beschwingt drehte er sich zu der Empfangssekretärin um, schenkte ihr sein breitestes Lächeln, machte eine Geste, als entschuldige er sich für seinen plötzlichen Wutausbruch, und zog einen unsichtbaren Hut, was sie offenbar überzeugte. Als Jerry in McCabes Büro zurückkehrte, grinste er uns einfach nur an. »Entschuldigung. Musste mal. Wo waren wir?«

Ich erzählte McCabe schnell und mit bebender Stimme, was wir bisher herausgefunden hatten. Meine Stimme zitterte die ganze Zeit, als wäre ich für den Telefonlärm vor McCabes Büro persönlich verantwortlich.

Nachdem ich geendet hatte, beugte sich McCabe lediglich im Stehen über den Schreibtisch und starrte uns an. »Sie wollen also Ihren Freund Tekún Umán noch einmal überprüfen?«

»Ja.«

»Wegen eines Zigarettenstummels?«

»Na ja, nicht nur deswegen. Ich habe noch etwas anderes in Hatchers Büro gefunden.« Auch Jerry schaute mich an. In dem ganzen Durcheinander hatte ich ihm nicht von der Verabredung des Arztes einen Tag vor seiner Ermordung erzählt. Nachdem mein Hirn mit verschiedenen Informationen durchgerüttelt worden war, hatte ich es inzwischen endlich geschafft, »FC« zu entschlüsseln.

»Ich glaube, Dr. Hatcher hatte einen Tag, bevor er ermordet wurde, eine Verabredung mit Pajarito. Ich habe in seinem

Kalender die Initialen FC entdeckt. Ich glaube, sie könnten für Francisco Colibrí stehen.«

McCabe senkte nur den Kopf und betrachtete seinen Schreibtisch. Ich nahm an, dass sein Blick ausdruckslos war, aber ich konnte seine Augen nicht sehen.

»Macht einfach nur, dass ihr hier rauskommt«, sagte er schließlich.

Ich verstand das als Erlaubnis, eine Überwachung aufzuziehen.

28

Jerry und ich hielten an einem örtlichen Barbecue Grill, der etwa zwei Blocks von dem Ort entfernt lag, an dem man Sáenz ermordet hatte. Im Restaurant saßen schon einige Leute. So gut wie alle redeten über die neuesten »Entdeckungen« des *Cumberland Journal.*

»Liebling, ich geh auf keinen Fall mehr spät aus. Nicht solange der Mörder noch frei herumläuft.«

»Du meinst ›die‹ Mörder. Angeblich könnte es 'nen ganzen Haufen davon geben. Wie haben sie das noch mal genannt, eine ›Todesschwadron‹? Der Scheiß macht einem echt Angst, Mann. Klingt schlimmer als 'ne Gang.«

»Meine Frau hat immer beim Kirchenflohmarkt ausgeholfen. Aber ich lass sie da nicht mehr hin. In der Zeitung hat gestanden, diese hispanischen Todesschwadronen haben es auf Menschen abgesehen, die Gutes tun wollen.«

Ich rieb mir mit der linken Hand übers Gesicht. In einer oberen Ecke des kleinen Restaurants lief ein Fernseher. Als die Nachrichten kamen, verstummten alle. Der Sprecher kaute noch einmal dieselben Spekulationen durch, die wir alle schon im *Journal* gelesen hatten.

Dann blendeten sie einen Experten ein, irgendeinen Universitätsprofessor, den sie im Laufe des Tages interviewt hatten. Lateinamerikanische Studien waren sein Fachgebiet. »Wenn es sich hier um die Aktivitäten einer Todesschwadron handelt, sollten wir uns wirklich Sorgen machen. Das hat nichts mit einem Serienmörder zu tun, der Menschen scheinbar ohne besonderen Grund umbringt oder der töten muss, um seine sexuellen Schuldgefühle loszuwerden. Bei Todesschwadronen handelt es sich um militärisch ausgebildete Personen, die wissen, wie und wo man jemanden auf schreckliche und brutale Weise eliminieren kann. In der Regel sind sie in eine bestimmte Richtung politisch indoktriniert, die man gemeinhin als faschistisch bezeichnen könnte.«

»Wie beurteilen Sie die Jadepyramiden, die man im Mund der Opfer gefunden hat, Professor?«, fragte der Interviewer.

Der Experte hob eine Augenbraue. »Todesschwadronen hinterlassen gerne ihre Handschrift, um den Rest der Bevölkerung zu verängstigen. Man tötet einen Menschen im Dorf, lässt irgendein Symbol zurück, das besagt, wer man ist, und schon hat man das ganze Dorf in einen panischen Zustand versetzt. Niemand wird mehr irgendetwas mit dem zu tun haben wollen, was das Opfer getan hat. So kontrolliert man durch Angst und Schrecken eine ganze Bevölkerung.«

Auf die Frage, ob er glaube, dass eine Todesschwadron ihr Unwesen in Nashville trieb, zögerte er und antwortete dann: »Ich habe keine Ahnung. Aber ich weiß, dass der Krieg in Guatemala offiziell beendet ist. Was macht ein Land mit seinen zahlreichen ausgebildeten Killern? Vielleicht will man sie loswerden. Vielleicht hat man sie außer Landes gebracht, manche könnten auch über Mexiko hierher gelangt sein. Sollte das der Fall sein, bedeutet die Tatsache, dass sie den Ort gewechselt haben, nicht unbedingt, dass sie auch ihr Verhalten geändert haben.«

»Das war's«, erklärte der Mann, der drei Sitze weiter von mir an der Bar saß. Er stand auf. »Ich geh nach Hause und lade mein Gewehr.«

»Ich sag euch«, meinte ein anderer, »ich hab gewusst, dass

irgendwann was Schlimmes passieren würde, bei den ganzen Illegalen, die in die Gegend kommen. Die tauchen in ganzen Wagenladungen hier auf! Da muss ja irgendwann irgend'n Verrückter dabei sein, der zwar behauptet, dass er Tomaten pflücken will, aber eigentlich vorhat, ein paar Kehlen durchzuschneiden. Die Einwanderungsbehörde muss hier antanzen und aufräumen!«

Der Typ war ein Weißer. Ein schwarzer Mann, der neben ihm saß, stimmte ihm zu. Großartig, dachte ich: Weiß und Schwarz gegen Braun. Und das Schlimmste daran war, dass ich etwas damit zu tun hatte. Ich hatte »Kaibil« auf Sáenz' Computer gefunden. Obwohl die schwindende Stimme der Vernunft in meinem Kopf sich Mühe gab, es mir auszureden, indem sie mir sagte, dass ich nur meinen Job tat, sprachen andere Stimmen, viele von ihnen auf Spanisch, über andere Probleme, vor allem über meine Beziehung zu meinen eigenen Leuten im düsteren Licht meiner Arbeit.

Ich schob meinen Teller weg, der noch halbvoll war. »Gehen wir«, sagte ich.

Jerry sah mich an, den Mund voller gegrilltem Fleisch. Dann verdrehte er die Augen. »Verdammt. Ich wundere mich, dass Ihre Mutter Sie nicht besser erzogen hat. So schnell, wie Sie mich zu essen zwingen, krieg ich bestimmt Sodbrennen.«

Ich bat Jerry, bei einer Tankstelle anzuhalten. »Ich muss kurz zu Hause anrufen.« Er erwiderte nichts, sondern wartete einfach im Wagen.

»*Hola,* Mamá«, sagte ich, während ich mir einen Finger ins andere Ohr steckte, um den Verkehrslärm vom Broadway auszublenden. »Wie geht es dir und Sergio? Ist alles in Ordnung?«

Obwohl ich mir Mühe gab, fröhlich zu klingen, wollte sie nichts davon hören. »*Hija,* bitte komm nach Hause.«

Es war eine flehentliche Bitte, die sie den ganzen Nachmittag lang in Tränen getränkt hatte. »Mamá, geht es dir gut? Ist mit Sergio alles in Ordnung?«
»Ja, ja, ihm geht es gut. Ihm geht es gut. Aber diese Nachrichten über *los escuadrones.* Selbst *Univisión* hat darüber berichtet. Sie haben uns sogar angerufen, kannst du das glauben?« Ihre Stimme hellte sich dabei etwas auf. »Dieser gutaussehende kubanische Nachrichtensprecher, ich hab tatsächlich mit ihm gesprochen! Er wollte nach Nashville fliegen, um mit dir über die *Kaibiles* zu reden.« Die bloße Erwähnung dieses Wortes warf sie in ihre ursprüngliche, große Angst zurück. »Romi, bitte komm nach Hause.«
Ich wollte sie durch die Telefonleitung in die Arme schließen, sie festhalten und sie beruhigen. Doch ich war selbst völlig verunsichert. »Mamá, ich glaube, du und Sergio seid in Sicherheit. Sperr nur alle Türen ab. Ich rufe das Revier an und bitte sie, dass die Streife stündlich eine Runde durch das Viertel macht, okay? Du musst dir überhaupt keine Sorgen machen.«
»Und was ist mit dir? Du bist da draußen und suchst sie, oder? Romilia, das sind *Kaibiles! Por favor ...«*
Zum ersten Mal durchbohrte ihre Furcht meine Unwissenheit und traf mich. Ich dachte an Hatcher und Kim, deren Hälse an zwei Stellen aufgeschlitzt worden waren, vom Kieferknochen unter dem Ohr bis zum Schlüsselbein, wie zwei blutige Kiemen. Ich dachte an Sáenz' ausgehöhlten Kopf. Ich dachte an die jadeähnlichen Pyramiden, die auf den Zungen der Opfer gelegen hatten. Dann dachte ich an meine Großeltern und an ein ganzes Dorf in einem alten Land, das ich nicht kannte. Zum ersten Mal spürte ich die Angst meiner Mutter. Ich konnte den Leuten in dem Grillrestaurant ihre herzlosen, zittrigen Bemerkungen nicht so einfach verübeln.

Aber die Furcht stachelte auch meine Wut an. »Mamá, hör zu. Ich komme nach Hause. Ich versprech's. Ich muss nur diesen Dreckskerl zur Strecke bringen.«
Sie prustete spöttisch in den Hörer, als wollte sie sagen: »Du hast ja keine Ahnung, mit wem du es da zu tun hast.« Sie sprach es jedoch nicht aus. Sie wiederholte nur: *»Por favor, hija, veníte a la casa.«* Komm nach Hause, Kind. Bitte komm nach Hause.

Es war schon halb sechs, als wir endlich bei Tekún Umáns Büros vorfuhren. Ich befürchtete, dass wir möglicherweise zu spät dran waren, dass er und seine Angestellten schon abgeschlossen und Feierabend gemacht hätten. Ich hatte zum Teil Recht. Tekúns smaragdgrüner Jaguar war nirgends zu sehen, der Lexus, mit dem sein Leibwächter ihm überallhin folgte, ebenfalls nicht. Das Licht in seinem eines Präsidenten würdigen Büro war aus. Nur im Büro des Empfangssekretärs brannte noch Licht. Pajarito ging ein paar Mal am Fenster vorbei, wobei sein beleibter Körper einen großen, gedrungenen Schatten nach draußen warf. Den Hausmeister, Miguel Martínez, konnte ich nirgends entdecken.
»Sieht aus, als hätte unser Freund bereits Feierabend gemacht«, erklärte Jerry, als er die fehlenden Luxuskarossen und das dunkle Büro bemerkte. Er blickte wieder auf seinen Notizblock, der auf seinem Schoß lag. Da er tief in dem Sitz lümmelte, lagen seine Beine etwas höher und bildeten angewinkelt eine Unterlage für sein Gekritzel. Zuerst konnte ich nicht erkennen, was er zeichnete, da mir seine linke Hand – mit der er zeichnete – die Sicht versperrte. Dann senkte er die Hand mit ein paar energischen Strichen, um eine Fläche auszuschraffieren. Ich betrachtete das Bild. »Das hat erstaunliche Ähnlichkeit mit Mrs. Hatcher«, sagte ich, überrascht über

sein Talent. »Aber Sie lassen sie etwas bissiger aussehen, als sie wirklich ist.«

»Finden Sie?« Er schenkte mir ein fieses Lächeln. »Ich dachte, es wäre ein treffendes Porträt.«

Ich gratulierte ihm zu seinem künstlerischen Geschick. »Sehr schön. Aber offenbar hegen Sie der lieben Witwe gegenüber gewisse Gefühle.«

»Ja. Die arme, gute, hilflose Witwe. Hilflos wie eine Raubkatze.«

Ich kicherte und sah dann wieder zu Tekúns Gebäude hinüber. »Darf ich Sie was fragen?«, sagte ich. »Wenn Tekún tatsächlich der aufgeblasene Drogenbaron ist, für den Atlanta ihn hält, wo ist dann seine Armee von Beschützern?«

»Welche Armee?« Jerry kritzelte weiter.

»Sie wissen schon, seine Gang von Männern, die ihn ständig umringt, auf ihn aufpasst, ihm die Drecksarbeit abnimmt.«

Jerry antwortete mit einem Schulterzucken.

»Bisher habe ich ihn nur mit seinem Gorilla-Leibwächter und Pajarito gesehen. Sonst mit niemandem, außer dem Hausmeister.«

Jerry reagierte schließlich: »Haben Sie nicht gesagt, er wäre noch ganz neu in der Stadt? Vielleicht hat er sein Gefolge zu Hause gelassen und ruft sie erst, wenn er sich hier häuslich eingerichtet hat.«

»Vielleicht. Aber man könnte doch meinen, dass er erst Leute schickt, die die Stadt überprüfen. Sie wissen schon, ausloten, wie der Drogenhandel von Nashville so läuft, bevor er hierher zieht.«

»Möglicherweise hat er das ja auch getan.« Jerry blickte von seiner Zeichnung auf. »Nur weil wir sie nicht sehen, bedeutet das nicht, dass sie nicht da sind. Und denken Sie mal nach: Tekún muss seinen Ruf als Menschenfreund pflegen. Den will er bestimmt nicht durch die Anwesenheit von ein paar Berufskillern aufs Spiel setzen. Vielleicht besteht seine Armee aber auch aus den *Kaibiles.* Und wenn sie wirklich so gut ausgebildet sind, wie wir annehmen, dann wissen sie, wie man unbemerkt bleibt.«

»Stimmt auch wieder.« Ich richtete den Blick fest auf das Gebäude, ohne es wirklich richtig zu sehen. »Und vielleicht hat Tekún Nashville tatsächlich unter die Lupe genommen, bevor er hierher gezogen ist. Vielleicht hatte er etwas mit diesem anderen Drogendealer zu tun, Two-Bits, den sie bei einer Razzia erwischt haben.«

»Könnte sein«, murmelte Jerry. Ich hörte, wie sein Stift über das Papier schrappte. Er führte ihn fast mit zu viel Druck, als wolle er die Seite mit Grafit füllen. Die Überwachung langweilte ihn wohl und stimmte ihn melancholisch. Er sagte: »Eine Tatsache bleibt: Wenn er ein *Kaibil* ist oder der Anführer einer Gruppe *Kaibiles,* dann ist er ein ganz schön gefährlicher *hombre.«* Sein Südstaatenakzent drängte sich durch das spanische Wort.

Zwanzig Minuten verstrichen. In diesen zwanzig Minuten hatten drei Männer das Gebäude betreten. Soweit ich es von hier aus beurteilen konnte, waren sie alle drei lateinamerikanischer Abstammung. Doch da es dunkel war, konnte ich mir nicht sicher sein. »Finden Sie das nicht komisch, dass zu dieser späten Stunde Leute das Büro aufsuchen?«

»Warum sollte das komisch sein?«, gab er zurück. Seine Stimme klang ungeduldig vor Langeweile.

»Es ist keine Geschäftszeit mehr. Und selbst während des Tages herrscht bei Tekún nie so viel Betrieb. Sein gemeinnütziges Unternehmen hat noch nicht mal mit der Arbeit angefangen.«

Jerry sah auf und durch die Windschutzscheibe. »Vielleicht

sind es Freunde von diesem Typen, wie heißt er noch mal, Pajarito?«

»Ja. Aber warum sollten sie ihn hier besuchen? Wenn sie Freunde sind, sollten sie ihn nicht bei der Arbeit besuchen. Außerdem sind diese Kerle alle sehr schnell wieder gegangen, als wären sie nur gekommen, um irgendwas abzuholen.«

»Wie Drogen beispielsweise?«, fragte er.

»Wär das nicht 'ne tolle Entdeckung? Schauen Sie.«

Genau in diesem Augenblick liefen zwei Männer durch die Schatten der laublosen Eichen mit den spinnenartigen Ästen, die vor dem Gebäude wuchsen. Ein stämmiger Kerl hatte einen ziemlich großen Cowboy-Hut auf dem Kopf. Der andere trug keinen Hut. Seine hochgewachsene Gestalt überragte die seines gedrungeneren Begleiters. Sobald sie unter der Straßenlaterne hindurchmarschierten, konnte ich erkennen, dass sie Jeans, Jeanshemden und Cowboystiefel trugen, der eine ein braunes Paar, der andere ein schwarzes. Sie waren offenbar Mexikaner. Ihr Gang war der von Tagelöhnern. Sie ließen die Beine nahezu nach vorn schnellen und bewegten sich aus der Hüfte heraus, ohne es besonders eilig zu haben, anders als Geschäftsmänner, die sich auf dem Weg zu einem Treffen beeilen würden.

Sie verschwanden im Gebäude. Zu unserem Glück blieben sie genau vor dem großen Fenster stehen, hinter dem Pajarito sein Büro hatte. Es hatte den Anschein, als unterhielten sie sich freundlich mit Pajarito, wobei er ihnen nicht wirklich dasselbe breite Lächeln schenkte, das er mir bei unserer ersten Begegnung gezeigt hatte. Als sie eintraten, ging er ein wenig auf Distanz und hielt ihnen kaum die Hand zur Begrüßung hin. Einen Augenblick standen sie einfach nur so da, bevor sie irgendetwas sagten. Schließlich fing der Stämmigere mit dem Hut an zu reden. Pajarito hob leicht die Hände, als wolle er ausdrücken: »Das ist nicht meine Schuld.« Der Mann mit Hut steckte die Hände in die Hosentaschen, zog sie dann wieder heraus und verschränkte die Arme über der Brust. Daraufhin zog der dünnere Kerl ohne Hut seine Brieftasche heraus und fing an, Geldscheine auf die Theke zu klatschen. In diesem Moment zog Pajarito die Rollläden herunter.

»He. Da wechselt aber verdammt viel Geld den Besitzer, wenn das 'n gemeinnütziges Unternehmen sein soll«, meinte Jerry.

»Verdammt, er hat das Fenster zugemacht …«

»Was denken Sie?«

»Ich weiß nicht, aber ich wünschte, wir hätten eine Wanze da drin, damit wir hören könnten, worüber sie reden.«

Fünf Minuten später kamen die beiden Männer wieder heraus. »Was machen wir jetzt?«, wollte Jerry wissen.

»Ich denke, wir sollten ihnen folgen.« Ich ließ den Motor an. Sie hatten ihren großen Pick-up nicht auf Tekúns Parkplatz abstellen können, weil man ihn für die Nacht mit einer Kette abgesperrt hatte. Die beiden Mexikaner hatten etwa drei Blocks von dem Gebäude entfernt geparkt, ganz in der Nähe des Centennial Parks. Genau hinter ihrem Fahrzeug befand sich eine Parklücke.

Ich stellte den Wagen ab. Jerry und ich sprangen aus dem Wagen, noch bevor sie in den Pick-up steigen konnten. Ich hörte, wie einer der beiden zum anderen sagte: *»Ese cabrón nos va chingando, creo. Quiere demasiado …«* Daher sprach ich sie auf Spanisch an – entschuldigen Sie bitte, wir hätten da ein paar Fragen an Sie. Dann zeigte ich ihnen meine Marke.

Sie rannten los. Der Dünne stolperte über einen Hydranten, bevor er richtig in Fahrt kommen konnte. Er rappelte sich wieder auf und sprintete weiter. »Halt! Polizei!«, brüllte Jerry. Das brachte sie zwar nicht aus der Fassung, ließ sie aber wohl noch etwas schneller flüchten, was wiederum ihre Angst belegte. Ich steckte meine Marke ein und heftete mich dem Dicken mit dem Hut an die Fersen.

Auch wenn er übergewichtig war, war er alles andere als langsam. Er quetschte sich zwischen den beiden geparkten Autos hindurch, sprang über den Bürgersteig und überquerte die große Rasenfläche des Centennial Parks. Der dünnere Mann sprintete in dieselbe Richtung. Aus dem rechten Augenwinkel sah ich, wie Jerry sich bemühte, ihn einzuholen.

»Deténganse!«, schrie ich. Es half nichts. Sie rannten über den Rasen, auf dem Tekún und ich uns gestern unterhalten hatten. Beide Männer spurteten geradewegs auf den Parthenon zu.

Sobald ich eine der großen Säulen des griechischen Bauwerks erreichte, hielt ich an und bückte mich, um meine Waffe aus dem Knöchelholster zu ziehen. Jerry hatte es bis zur anderen Ecke geschafft. Er war nah genug, dass ich mit ihm reden konnte. »Glauben Sie, wir brauchen Unterstützung?«, fragte ich.

»Ich bezweifle, dass die beiden bewaffnet sind«, erwiderte er. »Sie sind zu schnell weggerannt, anstatt auf uns loszugehen.«

»Vielleicht.«

»Ich könnte natürlich auch falsch liegen.« Er sah mich an, ein kurzes, schiefes Lächeln im Gesicht. Dann zog er seine Waffe aus dem Schulterholster und hielt sie in der rechten Hand, während er sich mit der linken an der Säule abstützte.

Gemeinsam traten wir aus den Schatten der Säulen hervor, während wir unsere Waffen hoch vor uns hielten. Obwohl ich den Blick überwiegend nach vorne entlang der Linie richtete, die meine beiden Hände und mein Lauf bildeten, schaute ich kurz nach links und rechts, um sie auszumachen. Jerry ging parallel zu mir, den rechten Arm nach vorne gestreckt und den linken zur Seite. Dann verschwand er um die innere Ecke des Parthenon. Ich drückte mich gegen die Wand und sah zu der Reihe breiter, riesiger Säulen, die über mir das Dach der betonierten Vorhalle trugen. Durch die Säulen konnte ich die große, leere Rasenfläche des Parks ausmachen, auf der die Vanderbilt-Studenten gestern Frisbee gespielt hatten. Die Umgebung verschwand nun fast völlig in der Dunkelheit. Die Straßenlaternen, Scheinwerfer und entfernten Läden in beiden Richtungen der West End Avenue erleuchteten den Hintergrund.

Plötzlich durchquerte eine Gestalt von links die Szenerie und rannte zwischen den Säulen hindurch wie ein Kind, das sich beeilt, auf die andere Seite eines riesigen Zauns zu gelangen. Ich rannte ebenfalls los, da ich beschlossen hatte, erst zu rufen, wenn ich nah genug herangekommen war. Der Mann bewegte sich nach rechts, zurück in den Schatten des Parthenon, und verschwand wieder. In diesem Moment war ich eher wütend als nervös. Ich folgte ihm in den Schatten.

Wir konnten uns gegenseitig nicht sehen. Ich hatte einen Vorteil: Er war übergewichtig, und das Gewicht drückte auf seinen Atem. Er hustete. Bestimmt rauchte er auch noch.

Ich hielt meine 9-Millimeter in den Schatten und spannte den Abzug. »*Ya, basta*«, sagte ich.

»*Ya, ya.*« Er hustete erneut.

Meine Augen gewöhnten sich an die Dunkelheit. Er trat aus dem Schatten einer Säule heraus und beugte sich in das Licht einer Straßenlaterne hinter uns. Vorsichtig näherte ich mich ihm von hinten, zog Handschellen hinten aus meinem Hosenbund und machte mich daran, sie ihm anzulegen. Ich fragte ihn: »*Y por qué corriste?*« Warum bist du weggerannt?

»*Porque es usted la migra, pues …*«

La Migra. Ich wollte ihm gerade sagen, dass ich nicht von der

Einwanderungsbehörde war. Überlegte mir dann aber, mir diese Information für die Vernehmung aufzuheben.

Eine Minute später trat ich mit meinem Fang aus dem Schatten des Parthenon und in das blaue Licht der Nacht. Jerry war schon da und versuchte, wieder zu Atem zu kommen, während der Mann, den er verhaftet hatte, neben ihm stand. Die Hände des dünnen jungen Kerls waren ebenfalls hinter seinem Rücken gefesselt.

Unter Schnaufern fragte mich Jerry: »Waren Sie schon mal hier?« Er zeigte auf den Parthenon.

»Ja«, erwiderte ich. »Gestern, mit Tekún.«

»Oh, stimmt ja … Sie sollten ihn mal von innen sehen«, erklärte er, während er immer noch keuchte und ein wenig hustete. Offensichtlich hatte er weiter rennen müssen als ich. »Wenn sie den Parthenon öffnen, kann man sich allen möglichen Scheiß ansehen: Statuen, griechische Göttinnen, so was in der Art. Echt nett.« Sein kurzes Fremdenführergerede endete mit einem knappen Atemzug. Er drehte sich um und klatschte dem jungen Mexikaner auf den Rücken. »Okay. *Vamoose, amigo.*«

29

Da die Frühschicht schon vorbei war, befand sich McCabe nicht in seinem Büro. Er hatte das Chaos panischer Anrufe von Zivilisten und neugieriger telefonischer Nachfragen der Medien der Spätschicht überlassen. Jetzt saß er wahrscheinlich mit einem Manhattan oder einem Scotch in der Hand zu Hause. Ich war mir hundertprozentig sicher, dass er sich heute Abend mehr als einen genehmigte.

Die Nachtstreife ging gerade an die Arbeit, als wir durch die Tür traten. Das Verhörzimmer war leer.

Es gab nur eins. Es war ein kleiner Raum, der gänzlich mit Kacheln ausgekleidet war, mit einem Fenster nach draußen, durch das uns die anderen Detectives sehen konnten, und einem kleinen Spiegel, durch den man ins Zimmer blicken konnte, ohne gesehen zu werden, etwas, das so gut wie jeder wusste, selbst diese beiden Typen, die wir gerade verhaftet hatten. Wir beschlossen, den dünnen Kerl fürs Erste in McCabes Büro zu sperren, wo einer der Polizisten der Spätschicht ihn bewachen würde, während wir den mit dem Hut befragten.

Hier in Nashville war ich zum ersten Mal im Vernehmungsraum. Ich hatte in Atlanta schon die Gelegenheit gehabt, Leute zu verhören, und hatte mich dabei ganz gut geschlagen. Von meinen Vorgesetzten hatte ich gute Bewertungen bekommen. Jetzt, hier, mit einem neuen Partner, hatte ich das Gefühl, wieder ganz von vorne anzufangen. Erst einmal wusste ich nicht, wie Jerry sich bei Vernehmungen verhielt, ob er der Hardcore-Bulle war, der nicht zögerte, den Kopf eines Verdächtigen mit einem Telefonbuch zu bearbeiten, oder ob er die sanfte Tour bevorzugte, in die Haut des Befragten schlüpfte und ihm Fragen stellte, als interessiere ihn sein Wohlbefinden tatsächlich, nur um ihn weichzukochen, damit er freiwillig die Infos herausrückte, die wir haben wollten. Vielleicht tat er beides, ließ den Verdächtigen im Ungewissen, verwirrte ihn, sorgte dafür, dass er sich in einem Moment sicher, im nächsten unbehaglich fühlte. Aber ich hatte andere Fragen. Zum Beispiel, wie hielt Jerry es mit einem Partner, genauer gesagt, einer Partnerin? Ich würde es gleich herausfinden.

Außerdem hatte ich noch einen Vorteil. Diese Männer sprachen kein Englisch. Ich musste ihnen ihre Rechte auf Spanisch vorlesen, die ich schon vor Jahren übersetzt hatte, als ich als Polizistin anfing: *»Usted tiene el derecho de no hablar; tiene el derecho de emplear a un abogado …«*

Jerry verstand das offenbar. Er meinte sogar: »Gut, dass Sie an der Sache dran sind, sonst kämen wir mit diesen Typen nicht weit.« Das war eigentlich auch der Grund gewesen, warum man mich überhaupt eingestellt hatte: meine Fähigkeit und die Unfähigkeit des restlichen Departments, Spanisch zu sprechen, in dieser Sprache Verhöre durchzuführen, in den Verdächtigen aus der anderen Kultur hineinzublicken und zu erkennen, ob er log oder die Wahrheit sagte.

Unser Verdächtiger, der Chamba Rodríguez hieß, nahm seinen Hut ab und legte ihn auf den Tisch. Er war nervös, zupfte mit Daumen und Zeigefinger an seinem schmalen Spitzbart und traute sich nicht, zu mir aufzusehen. Ich setzte mich vor ihn hin, blickte ihm direkt in die Augen und fragte auf Spanisch: »Warum sind Sie weggerannt?«

»Ich dachte, Sie wären *La Migra.*«

»Erzählen Sie mir auch, warum Sie vor *La Migra* solche Angst haben?«
Zuerst wandte er den Blick ab, sah mich dann aber an. »Sie wissen doch schon, warum. Ich hab keine Papiere.«
Ich beugte den Kopf nach hinten und sog scharf Luft durch die Zähne. Dann übersetzte ich Jerry, was er gesagt hatte, und fuhr mit der Befragung fort: »Was läuft da mit Pajarito? Warum haben Sie ihn aufgesucht und ihm so viel Geld gegeben?«
Daraufhin wurde der Mann wütend und fing an, sämtliche Wörter in den Mund zu nehmen, die zu benutzen mir meine Mutter immer verboten hatte. *»Hijo de la gran chingada, que le haga a su madre, ese pendejo que sólo roba a la gente.«*
Ich gab Jerry nicht alles wieder. Stattdessen griff ich diese letzte Äußerung auf: »Was meinen Sie damit, er raubt alle Leute aus?«
»Er verlangt zu viel für seine verdammten Dienste. Und auf einmal dauert es zwei Jahre, bis man seine Green Card bekommt, obwohl er uns am Anfang versprochen hat, dass es nur sechs Monate dauern würde. Ich hab diesem Dreckskerl dreitausend Dollar für meine Papiere bezahlt, und er hat sie mir immer noch nicht besorgt!«
Wieder übersetzte ich das Gesagte für meinen Partner. »Dann hat das alles also nichts mit Drogen zu tun?«, hakte Jerry nach. Ich stellte Chamba die Frage.
»Was für Drogen, Miss? Ich hab nichts mit Drogen zu schaffen. In Mexiko wartet eine Familie auf mich. Ich schicke ihr mein ganzes Geld. He, warten Sie mal, Sie glauben, ich deale mit Marihuana oder so was? Nein, ganz bestimmt nicht, damit hab ich nichts zu tun, und mein Freund da drüben auch nicht!«
Er klang ziemlich glaubwürdig. »Wofür haben Sie Pajarito dann heute das ganze Geld gegeben?«

»Für meine Papiere! Er hat gesagt, sie wären fertig, aber dann hat er den Preis gleich vor Ort noch mal erhöht! Deswegen bin ich wütend geworden und hab ihm alle meine Scheine hingeworfen. Ich hab ihm gesagt, das wäre die Summe, auf die wir uns geeinigt haben. Daniel hat dasselbe getan. Ich glaube, das hat ihn ein bisschen nervös gemacht, weil er uns eigentlich die Papiere geben wollte. Aber dann hat er erzählt, er hätte sie nicht da, sondern bei sich zu Hause. Er hat uns gesagt, wir sollen heute Abend vorbeikommen und sie abholen. Wir haben ihm wohl ein bisschen Angst eingejagt.«
»Verstehe. Und wann sollen Sie sich mit ihm treffen, Chamba?«
»Heute Abend um neun. Er hat gesagt, die Papiere wären dann bereit.«
Großartig, dachte ich. Wir auch.

Wir brachten die beiden Männer nur zusammen, als wir sie verkabelten. Sie waren mehr als froh, auf den Handel einzugehen, vor allem, nachdem wir mehrmals darauf angespielt hatten, sie seien in ein Drogengeschäft verwickelt. Um ihre Unschuld in dieser Frage zu beweisen, hoben sie äußerst bereitwillig die Arme und ließen mich ihnen die Mikrofone mit Klebeband auf der Brust befestigen.
»Verzeihung«, sagte ich, als ich Chamba den Sender mit Rekorder in die Gesäßtasche steckte. Ich erklärte ihm: »Das ist der Sender. Er schickt Ihre Stimme durch die Luft in unseren Wagen, von wo aus wir mithören. Aber da ist auch ein kleines Aufnahmegerät dabei. Wir nehmen euch gleichzeitig im Auto auf. Das ist nur für den Fall, dass die Verbindung abbricht.«
»Es fühlt sich da hinten komisch an«, erwiderte Chamba. »Er drückt sich in die Pobacken.«
»Keine Sorge«, meinte ich. »Setzen Sie sich nur nicht drauf,

sonst machen Sie ihn kaputt oder schieben ihn sich aus Versehen in den Hintern.«

Er sah mich an, da es ihn wohl etwas verwirrte, dass eine Frau so einen Witz reißen konnte. Wahrscheinlich verlor ich ein paar Punkte, was seine Vorstellung einer anständigen Latina-*Dama* betraf. Dann legte er den Kopf leicht zurück, als wolle er ausdrücken: Was kann man sonst schon von einem Cop erwarten?

Danach trennten wir sie wieder. Jerry machte einen Ausflug zur Toilette. Als er wieder herauskam, konnte ich mich nicht zurückhalten, einen Kommentar dazu abzugeben: »Der Kaffee läuft durch, was?«

Ich glaube, das brachte ihn in Verlegenheit. Ihm schoss eine leichte Röte ins Gesicht. Doch dann grinste er mich an. »Sind Sie fertig?«, fragte er. Er war wegen dieser Razzia aufgeregter, als ich gedacht hätte.

»Ja, aber ich hab da eine Idee.«

»Die wäre?«

»Die Presse hat doch nichts unversucht gelassen, uns rund um die Uhr am Hintern zu kleben, oder? Hier geht es zwar nicht wirklich um die *Kaibiles,* aber warum werfen wir ihr nicht einen Knochen mit ein ganz klein wenig Fleisch dran vor? Vielleicht können wir auf diese Weise Tekún Umán aus der Reserve locken.«

Jerry lächelte nur.

30

Pajaritos Apartment befand sich genau über Doña Marina Oseguedas Taquería, in der zweiten Etage desselben Gebäudes. Doña Marina besaß das ganze Haus und vermietete die oberen Räume an Privatpersonen. Offensichtlich hatte sie mehrere Einnahmequellen.

Wir beobachteten von meinem Taurus aus, wie Chamba und Daniel die Außentreppe zum zweiten Stock hinaufgingen. Zwei Straßenlaternen boten ausreichend Licht, damit wir sie in der Dunkelheit beobachten konnten. Sobald sie hinter der Tür verschwunden waren, fragte mich Jerry: »Sind Sie sicher, dass sie nicht versuchen werden abzuhauen oder Pajarito einen Wink zu geben?«

»Das würde mich wundern. Sie wissen, dass sie verkabelt sind. Wir können also alles hören, was sie sagen. Außerdem haben sie ausreichend Schiss, um sich nicht von der Stelle zu rühren.«

»Also. Sobald wir mit der Razzia beginnen, bringe ich unsere beiden Freunde hierher und packe sie in den Wagen«, erklärte er, während er über die Schulter auf einen weiteren Taurus blickte, den wir um die Ecke von Doña Marinas Haus geparkt hatten. »Schaffen Sie das, Pajarito ganz alleine zu verhaften?«

»Klar. Mit dem werde ich spielend fertig. Aber da Daniel und Chamba Teil unseres kleinen Einsatzes sind, sollten wir sie lieber trennen.«

»Prima. Ich glaube, es ist sowieso besser, dass ich die beiden wegbringe.«
»Tatsächlich? Warum?«, zog ich ihn auf; ich wusste, er würde sagen, dass ich möglicherweise nicht mit zwei Männern auf einmal fertig werden könne.
Er äußerte sich sehr diplomatisch, als er an meinem Lächeln erkannte, dass ich bereit war, bei der kleinsten sexistischen Bemerkung über ihn herzufallen. »Ich bin nur um das Wohlergehen meines Partners besorgt.«
»Verstehe. He, haben Sie Verstärkung angefordert?«
»Müsste jeden Moment hier sein.«
»Gut.«
Er wechselte das Thema. »Wissen Sie, ich glaube, wir könnten wegen dieser Geschichte Riesenärger bekommen.«
»Warum?« Ich blickte weiter durch den oberen Teil der Windschutzscheibe und beobachtete die Tür, während sie zufiel. Die Kopfhörer rutschten mir ein wenig aus den Ohren. Ich musste sie wieder ordentlich einstecken, als ich den Hals reckte.
»Weil das hier nicht in unseren Zuständigkeitsbereich fällt. Die Einwanderungsbehörde sollte diese Razzia durchführen, da es hier um den Handel mit falschen Einwanderungspapieren geht.«
Ich dachte kurz darüber nach. »Soweit es mich betrifft, gehen wir einem möglichen Drogengeschäft nach, das mit unserer Mordermittlung in Verbindung steht. Alle Informationen, die wir von Atlanta bekommen haben, deuten darauf hin, dass Tekún Umán vermutlich als Drogendealer aktiv ist. Pajarito ist einer seiner Angestellten. Ich weiß nichts von Einwanderungspapieren.«
Er grinste mich an. »Für Ihr Alter sind Sie ganz schön gerissen.« Er sah die Treppe hinauf. »Aber unsere beiden Freunde

haben so gut wie alles verloren. Sie haben keine Papiere, sind durch einen unglücklichen Umstand in unser Fadenkreuz geraten, und wenn wir dann damit fertig sind, sie für unsere Zwecke auszunutzen, übergeben wir sie der Einwanderungsbehörde.«

»Besser das, als wegen eines Drogendelikts im Knast zu landen.«

»Nur ist das nicht wirklich der Fall«, wandte er ein. »Hier geht es nicht um Drogen.«

»Hören Sie, ich kann mich jetzt nicht mit den Lebensgeschichten dieser Männer abgeben, Jerry.« Ich sah zu ihm hinüber. Sein Gerede hielt mich davon ab, über die Kopfhörer mitzubekommen, was sie sagten. Auch wenn sie gerade lediglich den Flur entlangschritten, wollte ich alles hören, selbst ihr schweres, nervöses Atmen. »Sie haben sich erwischen lassen. Das ist ihr Problem. Es wird schon alles gut für sie ausgehen. Die Einwanderungsbehörde wird sie zurück nach Hause verfrachten, und in zwei Wochen sind sie wieder hier.«

Erneut spürte ich seinen Blick auf mir. Vermutlich war ich aus seiner Sicht nicht bloß gerissen, sondern auch kaltblütig. Da ich Latina war, erwartete man wohl von mir, dass ich auf eine bestimmte Art und Weise dachte, vor allem, was illegale Einwanderer betraf. Im Moment wollte ich aber nur darüber nachdenken, wie ich Pajarito, und letzten Endes seinen Boss, festnageln konnte.

Drei Wagen parkten zur Unterstützung um uns herum, als ich über die Kopfhörer mitbekam, wie einer der Jungs an die Tür oben klopfte. Ich konnte hören, wie er mit den Fingerknöcheln gegen die Tür hämmerte. Jerry stieg aus und gab den Polizisten Anweisungen. Ich lauschte weiter. Die Tür ging auf. Pajaritos Stimme begrüßte sie. *»Entren, muchachos.«* Sie sagten hallo und sonst nichts. Pajaritos Tür schloss sich wieder. Er klang beschwichtigend, als er erklärte, es täte ihm leid, dass er die Papiere in seinem Büro in der Stadt nicht habe finden können, weil er sie hier in seiner Wohnung vergessen habe. Ich wünschte, er hätte genau gesagt, von wessen Büro die Rede war. Das hätte Tekún später stärker unter Druck gesetzt. Aber ich musste mit dem vorliebnehmen, was man mir anbot.

»*Aquí están*«, sagte Pajarito und händigte ihnen die Papiere aus. Ich konnte hören, wie sie sie durch die Finger flippen ließen. Er erklärte, alles habe jetzt seine Ordnung, die Karten seien mit den richtigen Stempeln versehen, und er habe alles so erledigt, dass ihre Papier absolut echt wirkten, und der äußerliche Eindruck sei ja bekanntlich alles. Was ihn und den Rest der Welt betraf, hielten sie sich ganz legal in den USA auf. Dann bat er um seine Bezahlung, *por favor,* die Summe, auf die sie sich geeinigt hatten. Brieftaschen wurde herausgeholt, Geld herausgenommen, gezählt, ihm in die Hand gedrückt. »*Gracias, jóvenes*«, bedankte sich Pajarito.

»Das ist unser Stichwort.« Ich riss mir die Kopfhörer herunter und stieß die Tür auf.

Jerry und ich stiegen die Treppe hinauf. Zwei Officers folgten uns. Die anderen gingen um das Gebäude herum. Ich fürchtete, die Männer könnten sich unserem Zugriff entziehen, da sich unser Wagen in zu großer Entfernung von der Wohnung im zweiten Stock befand. Diese Sorge wurde noch dringlicher, als wir den Flur entlangblickten und feststellten, dass es sechs Türen gab, drei auf jeder Seite. »Verdammt«, flüsterte Jerry, »in welche Wohnung sind sie gegangen?«

In Gedanken spielte ich noch einmal die Anzahl ihrer Schritte ab. Wenn ich mich richtig an ihre Atmung und ihren wortlosen Gang erinnerte, hatten sie sich ans äußerte Ende des Flurs begeben. Ich folgte ihrem Beispiel, blieb stehen und

lauschte. Spanische Gesprächsfetzen drangen aus der linken Tür. Ich beugte mich weiter vor. »Sie sind hier drin«, flüsterte ich Jerry zu.
Er trat die Tür ein. Wir stießen unsere Waffen in die Luft und richteten sie auf die Männer. Pajarito sah aus, als würde er gleich aus seinen Kleidern springen. Er wollte sich aus dem geschlossenen Fenster hinter ihm werfen. Sein Blick wanderte von mir zu Jerry. Ich hatte den Eindruck, dass er etwas sagen wollte. Er stolperte nach hinten gegen einen Aktenschrank, der in einer Ecke stand und über den er eine mexikanische *Serape* drapiert hatte, um ihn als Beistelltisch nutzen zu können. Ich begriff, dass er die Absicht hatte, ihn zu schließen. »Wagen Sie es ja nicht, Pajarito!«, rief ich, da ich wusste, dass ich mir, sobald der Schrank geschlossen war, einen Durchsuchungsbefehl besorgen müsste, um ihn wieder öffnen zu dürfen. Pajarito hielt die Hände hoch über dem Kopf. Ich trat neben ihn. Jerry war damit beschäftigt, die beiden anderen Männer aus der Tür und zum Wagen zu befördern. Pajarito starrte den Dreien nach, als sie weggingen.
Ich hielt die Waffe weiter auf ihn gerichtet, trat näher an den Aktenschrank heran und warf einen Blick hinein. Er war ein gut organisierter Gauner, das musste ich ihm lassen. Alle Akten waren ordentlich sortiert und mit kleinen, herausstehenden Etiketten versehen, die wie winzige Kopien der Dokumente aussahen und mir mitteilten, was jede beinhaltete. »Meine Güte, Pajarito, was für ein interessanter Aktenschrank. Das sieht hier ja aus wie Ihre persönliche Außenstelle der Einwanderungs- und Einbürgerungsbehörde der Vereinigten Staaten. Biografische Informationen, befristete und unbefristete Aufenthaltsgenehmigungen, Geburtsurkunden, Heiratsurkunden, Sterbeurkunden – Sie haben hier einen Haufen leerer Vordrucke, die Sie nur noch gegen Aufpreis

ausfüllen müssen.« Ich hielt meine Waffe in der rechten Hand und benutzte die linke, um eine der Akten durchzublättern. »Offensichtlich haben Sie einiges Talent darin, Green Cards, ja sogar amerikanische Einbürgerungsurkunden zu fälschen! Das ist sehr beeindruckend, Pajarito. Wie viel kostet es, über Nacht amerikanischer Staatsbürger zu werden?«

Er sagte nichts. Hielt die Hände weiter über dem Kopf. Seine Augen flackerten hin und her und wichen mir aus.

»Ich muss Ihnen Ihre Rechte vorlesen, Pajarito. In welcher Sprache wollen Sie sie hören, auf Englisch oder Spanisch?«

Jerry hatte Daniel und Chamba schon in den anderen Taurus verfrachtet. Er war weg. Ich führte Pajarito in Handschellen den Flur entlang und wies die Verstärkung an, den Tatort zu sichern. Sie rollten das gelbe Band aus. In ein paar Minuten würde niemand mehr den Aktenschrank voller Beweise anrühren können.

Unsere Aktion war nicht unbemerkt geblieben. Eine Frau lugte aus ihrer Tür, die sie nur so weit geöffnet hatte, wie es die vorgelegte Kette erlaubte. Als wir die Außentreppe erreichten, steckte ein Mann den Kopf aus dem Fenster. Bestimmt ließ er uns den ganzen Weg bis nach unten nicht aus den Augen. Etwa fünf Menschen standen am Fenster von Doña Marinas Laden, Marina eingeschlossen, die mich fest anblickte, als ich Pajarito abführte.

Auf der anderen Straßenseite stand ein weißer Mann in einem großen Parka. Er hatte die Kapuze zurückgeschlagen, so dass man sein langes Haar und einen großen Ohrring in seinem linken Ohr erkennen konnte. Er hielt eine Kamera hoch und schoss ein Foto nach dem anderen.

Als ich Pajarito auf den Rücksitz meines Wagens setzte, winkte mir der Fotograf zu. »Ich hab schon ein paar von Detective Wilson mit den beiden anderen Typen. Danke.«

»Gut. Kein Problem.« Doch ich wollte nicht, dass er weiter mit mir redete.
Dieser Wunsch kam nicht bei ihm an. »Mr. Stapleton möchte gerne wissen, wann er Sie wegen dieser Sache hier interviewen kann.«
»Er kann mich in etwa einer Stunde im Büro anrufen.«
»Super. Er schätzt Ihre Hilfe bei dieser Sache wirklich sehr, Detective.«
»Okay. Gut.« Ich knallte Pajaritos Tür zu und ging dann um den Wagen herum. Das Blaulicht der beteiligten Polizeiwagen blitzte in meinem Gesicht auf. Ich konnte jedes einzelne Auge spüren, das sich gegen die Fenster von Marinas Haus drückte und mich beobachtete, jemanden mit vertrauter Hautfarbe, der einem von uns etwas so absolut Fremdartiges antat.

31

ANGESTELLTER EINES PHILANTHROPEN WEGEN ILLEGALEN HANDELS MIT EINWANDERUNGSPAPIEREN VERHAFTET

Ich lächelte über diese Schlagzeile.

Tony Stapletons Artikel war sehr gründlich. Er hatte nicht nur mit mir geredet, sondern auch die Einwanderungsbehörde in Memphis angerufen, um nachzufragen, ob Pajarito einer ihrer Angestellten sei, worauf sie rückhaltlos, eindeutig und ohne den geringsten Zweifel mit Nein antworteten. Das sei er nicht. Sie waren ebenfalls sehr daran interessiert zu erfahren, wie Pajarito an die ganzen Dokumente herangekommen war, die man in seiner Wohnung gefunden hatte, da es sich größtenteils um Papiere handelte, die nur von und für die Einwanderungsbehörde gedruckt wurden. »Das ist jetzt eine Bundesangelegenheit«, erklärte der Leiter der Einwanderungsbehörde in Memphis. »Mr. Colibrí wird nicht länger im Gewahrsam der Polizei von Nashville bleiben, er wird sich mit uns begnügen müssen.« Aus seinen Worten klang Wut, die einen selbst aus der gedruckten Seite heraus ansprang.

Dann versäumte Stapleton es auch nicht, Mr. Rafael Murillo anzurufen, um ihn zu fragen, ob der bekannte Philanthrop irgendetwas von Mr. Colibrís Handel mit falschen Dokumenten gewusst habe oder gar darin verwickelt sei. »Nicht im Geringsten«, erwiderte Tekún, »und diese Nachricht hat mich zutiefst schockiert.« Auf die Frage, ob es den Tatsachen entspreche, dass Mr. Colibrí seit mehreren Jahren für Mr. Murillo gearbeitet habe, und wie es, falls dies zutreffe, dann sein könne, dass ein so kluger, menschenfreundlicher Geschäftsmann wie er den Aktivitäten seines Angestellten gegenüber so blind gewesen sein könne, antwortete Tekún, manchmal könne selbst der Weiseste hinters Licht geführt werden.

Jerry trat ins Büro. »Guten Morgen«, sagte er, wobei sein Grinsen seine Fröhlichkeit nur noch unerträglicher machte. »Sie geben ein gutes Foto ab, Partner.«

»Sie ebenfalls.« Ich blätterte zur Titelseite zurück, um noch einmal die beiden Bilder zu betrachten, auf denen zum einen ich und Pajarito und zum anderen Jerry mit den beiden anderen Männern auf dem Weg zum Wagen und uniformierte Polizisten im Hintergrund zu sehen waren. »Hat ganz den Anschein, als wären Sie wieder in den Nachrichten, Jerry.«

»Ja, na ja …« Auch wenn er sich ausschwieg, verriet sein Grinsen, wie er sich fühlte. Diese Razzia rückte ihn wieder in ein wärmeres öffentliches Licht. So wie er vor meinem Schreibtisch hin und her zappelte, dachte ich, er würde gleich ein Tänzchen aufführen. »Ich finde es einfach großartig, die bösen Jungs hinter Schloss und Riegel zu bringen!«, rief er in einem enthusiastischen Südstaaten-Falsetto aus.

Ein Streifenpolizist kam auf meinen Schreibtisch zu. Es war Beaver, der junge Officer, den ich am Tatort des Sáenz-Mordes kennengelernt hatte. Er betrachtete mich mit größerem Respekt und vielleicht auch etwas Bewunderung. Ich ließ es mir gefallen. Dieses Mal wanderte sein Blick auch nicht von meinem Gesicht nach unten, um meine Körperformen zu mustern. »Was gibt's, Officer Beaver?«

»Der Kerl, den Sie gestern verhaftet haben. Wir haben ihn noch immer unten in Gewahrsam, bis das FBI kommt, um ihn abzuholen. Er sagt, er will mit Ihnen reden.«
Im selben Augenblick klingelte das Telefon. Jerry stand schnell auf und bot sich an, nach unten zu gehen. Ich dankte ihm und nahm den Hörer ab.
»Mordkommission, Chacón.«
»Bestimmt sind Sie heute Morgen sehr mit sich zufrieden.«
Tekún Umán. Ich lächelte, auch wenn mir ein Muskel aus der Brust hoch in den Hals sprang. »Guten Morgen, Mr. Murillo.«
»Nicht wirklich. Ganz und gar nicht. Das ist ein sehr schlechter Morgen für mich, *mi amor.* Sehr schlecht.«
»Warum sollte er schlecht sein? Haben Sie wegen irgendwas Schuldgefühle?«
Er zwang sich zu einem knappen Lachen. »Ich habe keine Schuldgefühle, Detective. Aber ich bin wütend. Ich mag Sie, Romilia. Ich mag Sie sehr. Allerdings gefällt es mir gar nicht, wenn mein Name durch den Dreck gezogen wird, nur damit Sie sich besser fühlen können, weil Sie versucht haben, mich zu Fall zu bringen.«
»Mr. Murillo, wenn Sie annehmen, dass ich einen persönlichen Feldzug gegen Sie führe, irren Sie sich. Ich habe lediglich meinen Job getan, der letzte Nacht darin bestanden hat, einen Ihrer Angestellten festzunehmen. Falls Sie ebenfalls auf irgendeine Weise in Pajaritos illegalen Handel mit Einwanderungspapieren verwickelt sind, werden wir uns natürlich auch mit Ihnen befassen müssen.«
»Lassen Sie diesen Scheiß, Romi«, erwiderte er. Er klang wie ein Vater, der ein Kind tadelt. Mein Körper reagierte wie der einer Tochter. »Sie wissen verdammt gut, dass ich nichts mit Pajaritos Betrügereien zu tun habe. Sie haben ihn bei sich zu

Hause erwischt, nicht in meinem Büro, schon vergessen? Was meine Angestellten in ihrer Freizeit tun, ist nicht mein Problem.«

»Dann sollten Sie vorsichtiger sein, wen Sie einst…«

»Sie, *hija,* sollten vorsichtiger sein, wo Sie hintreten.«

Meine Stimme erstarrte und blieb mir im Hals stecken.

»Ich weiß, was Sie wollen, Romilia. Sie wollen mir diese Morde anhängen. Sie hoffen, dass Pajarito eine weitere Verbindung zwischen mir, Sáenz, Hatcher und dieser Frau, dieser Kim, ist. Wahrscheinlich glauben Sie sogar, Sie kämen der Wahrheit schon sehr nah, oder? Als kreisten Sie bereits einen möglichen Fang ein.« Er senkte die Stimme. Es fühlte sich nahezu warm an, als könnte ich seine Wärme durch das Telefonkabel spüren. *»Púchica, mujer!* Sie haben keine Ahnung, wo Sie Ihre Nase da hineinstecken.«

Ich zog eine Augenbraue hoch. Der Schauer, der durch mich hindurchging, setzte für einen Moment aus.

»Ich schlage vor, Sie fangen an, sich woanders umzusehen, *mi amor.«*

Dass er mich ständig mit »mein Liebling« anredete, ging mir unter die Haut. »Ich sehe mich überall um, wo ich muss, Tekún.«

»Verstehe. Widerspenstige kleine Lady, was? Na schön. Denken Sie nur daran, seien Sie sehr vorsichtig, während Sie weiter glauben, Sie würden etwas einkreisen, dass dieses Etwas sich nicht in die Ecke gedrängt fühlt. Es könnte Sie aus der Dunkelheit anspringen. Sie sollten auch Ihren neuen Partner warnen, dass er ebenfalls auf der Hut sein soll.« Er ließ diese Worte nachwirken und beendete dann unser Gespräch mit: »Achten Sie immer darauf, mit wem Sie es zu tun haben. Schwarze Katzen haben vielleicht neun Leben. Aber Sie, meine Liebe, haben nur eines.« Er legte auf.

Der Schauer verwandelte sich in ein Gefühl, als drücke mir jemand die Luft ab. In diesem Augenblick kam Jerry wieder ins Büro.

»Und?«, fragte ich, während meine Stimme unüberhörbar zitterte. Ich beschloss, ihm nichts von dem Anruf zu erzählen, bis ich den zuckenden Muskel in meinem Hals unter Kontrolle hatte. »Was wollte Pajarito?«

Jerry zuckte mit den Achseln. »Ich geh den ganzen Weg nach unten, nur damit mir Pajarito erzählt, dass Tekún Umán nichts mit seinem illegalen Papierhandel zu tun hätte und er nichts über Umáns Geschäfte wüsste.« Jerry hob die Zeitung auf, um noch einmal einen Blick auf den Artikel zu werfen. Er ließ sich mit seinem ganzen Gewicht auf den Stuhl neben meinem Schreibtisch plumpsen. »Er sagt nichts, solange sein Anwalt nicht anwesend ist. Vermutlich werden wir nichts über Tekúns mögliche Drogengeschäfte aus ihm herausbekommen. Oder über seine möglichen Verbindungen zu den Morden.«

Ich senkte den Blick auf den Schreibtisch. Ich schluckte. Mein Atem wurde flach. »Nein«, flüsterte ich fast. »Werden wir wohl nicht.«

32

Ich rief zu Hause an und fragte meine Mutter, was »*Púchica*« bedeutete.

Sie lachte durchs Telefon. Es war das erste Mal seit zwei Tagen, dass ich sie lachen hörte. Sie war einfach glücklich, dass ich gestern nach Pajaritos Festnahme wohlbehalten nach Hause zurückgekehrt war. Jetzt, bei Tageslicht, verspürte sie weniger Angst.

»*Púchica* bedeutet, na ja, eigentlich bedeutet es gar nichts.«

»Aber es muss doch was bedeuten, Mamá. Hast du es noch nie gehört?«

»Natürlich hab ich das. Vor allem, als wir El Salvador verlassen haben. Wir mussten einen Monat in Guatemala bleiben, bevor wir nach Mexiko fahren konnten. Dein Vater war ausgeraubt worden, und wir mussten Geld verdienen, um einen Teil unseres Ersparten zu ersetzen. Er hat in Guatemala City eine Zeitlang auf dem Bau gearbeitet. Ich hab ihn immer aufgezogen, er würde wie ein Chapín klingen, wenn er nach Hause kam.«

Es war also ein guatemaltekisches Wort. »Warum sagen sie es dann?«

»Es ist ein Ausruf, so wie die Gringos ›Wow!‹ sagen. Wie in: ›*Púchica,* schau dir diesen gutaussehenden Mann an!‹ oder ›*Púchica,* der Preis von diesem Hähnchen ist nicht zu fassen!‹ So benutzen sie es.«

Genau so hatte es auch Tekún Umán benutzt. Und Tekún war Guatemalteke.

»Danke, Mamá«, sagte ich und wollte schon auflegen.
»Warte kurz. Wann kommst du heute Abend nach Hause?«
»Zur selben Zeit wie immer, hoffe ich.«
»So wie gestern Abend, nachdem du die Heldin gespielt und diesen Vogel-Mann verhaftet hast. Verstehe.« Die Fröhlichkeit war aus ihrer Stimme gewichen. Sobald sie an die Nacht dachte, dachte sie auch an die *Kaibiles.* Ich hatte den Mörder nach wie vor nicht gefasst. Sie hatte eine Vergangenheit immer noch nicht wieder beerdigt, die erst kürzlich und auf so dramatische Weise ausgegraben worden war. Ich konnte fast spüren, wie sie den Kopf schüttelte, als sie auflegte.

Jerry war während meines Telefonats mit Mamá in die Mittagspause gegangen. Ich überlegte, auf seine Rückkehr zu warten, bevor ich die Sache weiterverfolgte, wusste jedoch nicht genau, wann er wieder auftauchte. Außerdem machte mir diese *púchica*-Geschichte irgendwie zu schaffen.
Ich fuhr zurück zu Tekúns Büro und wartete im Wagen. »Die Chancen stehen sehr schlecht, Mädchen«, murmelte ich vor mich hin. Vielleicht aber auch nicht. So oder so, ich saß da, wartete und beobachtete die einzige Person, die sich in dem Gebäude rührte.
Miguel Martínez schob seinen Mopp über den Boden im Eingang der alten, verlassenen Schule. Ich musterte ihn eine ganze Weile. Er konnte mich aus der Entfernung nicht sehen, nicht mit dem Schatten der Bäume, der meine Windschutzscheibe in Dunkelheit tauchte. Wolken hingen bleiern über Nashville und ließen nur wenige Sonnenstrahlen hindurch. Das deprimierte mich. Andererseits war ich mir nicht ganz sicher, was mich so düster stimmte, das heutige Wetter oder die Frage, die mir über diesen Jungen, der jetzt den riesigen Staubwedel durch die Tür schob und Staub und Dreck aus

dem Inneren des Gebäudes nach draußen wehen ließ, im Kopf herumging. Er trat ins Freie und setzte sich einen Augenblick, um eine Cola zu trinken, während er den Stiel des Mopps auf den Stufen aus Backsteinen und Zement ruhen ließ. Obwohl es kühl war, trug er keine Jacke. Außerdem hatte er die Hemdsärmel hochgekrempelt. Ich konnte die sehnigen Muskeln unter seiner braunen Haut erkennen. Er war klein, wenn auch offensichtlich stark, schlank und ohne ein Gramm Fett am Leib. Er zündete eine Zigarette an und rauchte sie entspannt. Offensichtlich war der Boss heute nicht da. Ich konnte es Miguel nicht ansehen, ob er sich ohne die Anwesenheit von Pajarito einsam fühlte. Nachdem er fertiggeraucht hatte, ließ er die Kippe auf den Boden fallen, ohne sie auszudrücken. Eine kleine Rauchfahne stieg von ihrem Ende auf.

Er warf die leere Coladose in den nächsten Mülleimer und ging wieder hinein. Ich wartete, bis ich sah, dass er einen Treppenabsatz hochgegangen war, um den zweiten Stock zu fegen.

Ich stieg aus dem Wagen, überquerte schnell die Straße und steuerte auf die Stufen zu, auf denen er gesessen hatte. Der Zigarettenstummel war nicht braun, sondern weiß. »Du und der Leibwächter Raimundo, ihr raucht also verschiedene Marken«, sagte ich laut. Ich rief mir die Kippe in Erinnerung, die wir in Hatchers Büro gefunden hatten. Waren sie beide gemeinsam in etwas verwickelt? Allerdings verfügte ich über keine Beweise, die den Leibwächter mit dem Hausmeister in Verbindung brachten. Doch das war im Moment nicht wichtig. Was ich wollte, lag im Mülleimer.

Ich nahm die Coladose vorsichtig heraus, wickelte sie in eine Plastiktüte und versah sie mit einem Etikett. Dann ging ich. Ich fuhr fast zu schnell aus meiner Parklücke heraus und ver-

fehlte nur knapp die Vorderseite eines vorbeifahrenden Toyotas. Er hupte mich an. Ich schenkte ihm keine Beachtung.
Der Rest des Nachmittags verstrich zu schnell. Ich traf mich mit Nel Schmitt im Büro der Abteilung für Fingerabdrücke. Nel war ein kleiner Mann, gute fünfzehn Zentimeter kleiner als ich. Er hatte nur wenig braunes Haar, das er über seinen weißen, fast kahlen Schädel zu kämmen versuchte. Er nahm die Dose und stäubte sie gemächlich ein, wobei seine Augen nichts als Ruhe ausstrahlten, fast so, als langweile er sich dabei. Zwei Fetzen Toilettenpapier klebten ihm auf den Wangen, untrügliche Zeichen einer missglückten Rasur. Er stäubte die Dose mit Rußpulver ein, nahm eine winzige Bürste, die aus feinen Glasfasern bestand, entfernte die Staubschicht, legte einen Klebestreifen darüber, zog ihn wieder ab und klebte ihn auf eine Spurenkarte. Als Nächstes blätterte er die Unmengen von Karteikarten durch, die er in seinem Büro aufbewahrte. Als er eine bestimmte Karte aus der Schachtel zog, konnte ich meine eigene Handschrift darauf erkennen: »Sáenz Tatort, 2. November, Hülle einer Zigarettenschachtel, etwa 7 Meter von der Leiche entfernt.«
Nel legte die Karteikarten nebeneinander und starrte sie an, als versuche er, sein menschliches Sehvermögen zu testen. Er lächelte. Daraufhin legte er beide Karten unter einen schwarzen Vergrößerer, der mit einem hellen Licht und zwei Gucklöchern ausgestattet war. Er blickte nur kurz durch die Objektive. Dann hob er den Kopf und sprach, ohne mich auch nur dabei anzusehen.
»Sie stimmen überein.«

Jerry wirkte verärgert. Ich dachte, er wäre sauer, weil ich allein losgezogen war und meinen Fingerabdruckfund ohne ihn gemacht hatte. Vermutlich weckte es den Wettkampfgeist in ihm, weil er befürchtete, ich würde es wieder auf die Titelseite der Zeitungen schaffen, nur dieses Mal vor ihm.

»Die Abdrücke stimmen also überein. Jetzt glauben Sie, dass dieser mexikanische Wicht unser Täter ist?«

»Das ist es ja. Er ist kein Mexikaner.« Ich erklärte ihm noch einmal, was mich auf die Idee gebracht hatte, Miguel Martínez zu verdächtigen: wie Miguel das Wort *púchica* benutzt hatte, als ich ihn vor drei Tagen zum ersten Mal in Tekúns Büro getroffen hatte, und wie dann Tekún das Wort heute am Telefon gesagt hatte. »Miguel muss auch aus Guatemala stammen.«

»Warum hat er dann behauptet, er wäre Mexikaner?«

Ich dachte, das sei völlig offensichtlich, erklärte es ihm aber trotzdem. »Vermutlich gibt er sich als Mexikaner aus, weil ein Guatemalteke leichter in den Verdacht geraten würde, ein *Kaibil* zu sein.«

»Ich dachte, ihr Typen sprecht alle dieselbe Sprache«, brummte er. Sein Murren klang säuerlich. »Was soll das mit den verschiedenen Wörtern in verschiedenen Ländern?«

Das brachte mich zum Kochen, vor allem der Spruch »ihr Typen«. »Es ist genauso wie hier, Jerry. Südstaatler sagen ›hallo ihr‹, Nordstaatler sagen ›hallo Leute‹.«

Offenbar hörte er die Wut in meiner Stimme nicht, weil ihn diese neue Entdeckung völlig in Anspruch nahm. »Und Sie glauben, Miguel ist der *Kaibil?*«

»Was glauben Sie denn? Wir haben seinen Fingerabdruck am Tatort gefunden. Wir haben das überprüft. Auf wen könnte das sonst hindeuten?« Dann dachte ich daran, wie dieser junge Mann gebaut war. »Er ist klein, aber gut in Form. Er sieht durchaus so aus, als könnte er jemanden etwas antun.«

»Wenn das der Fall ist, sollten wir lieben vorsichtig mit ihm umgehen«, erwiderte Jerry. »Ich meine, wenn er ein *Kaibil* ist, hat man ihn bestimmt gut ausgebildet. Verstärkung wäre klug.«

Ich rief mir Sáenz' Leiche und seinen zermatschten Kopf wieder ins Gedächtnis. Schließlich dachte ich daran, was ich über die aufgeschlitzten Hälse der beiden anderen Opfer gelesen hatte. In Gedanken sah ich die Fotos vor mir, die Jerry und ich im Internet entdeckt hatten und auf denen man sich ein Bild von der Arbeit von Todesschwadronen in Guatemala machen konnte; wie sie ihre Opfer aufschlitzten, bevor sie sie umbrachten. Ich dachte an das eingeritzte Wort in Gato Negros Bauch, dann an Tekún Umáns Drohung heute Morgen, dass schwarze Katzen neun Leben hätten, ich aber nur eines. Alles ergab plötzlich sehr schnell einen Sinn. Bisher hatte ich mir wegen der massigen, muskulösen und bedrohlichen Erscheinung von Tekúns Leibwächter Raimundo Sorgen gemacht. Doch wenn die Berichte über die *Kaibiles* stimmten, war es nicht Raimundo, den wir fürchten sollten. Während mir Tekúns Worte über mein Leben immer noch in den Ohren hallten, dachte ich über diesen jungen Mann namens Miguel nach und fragte mich, ob er schon mit seinem Boss geredet und neue Anweisungen erhalten hatte – mich betreffend.

»Ja. Verstärkung wäre sehr klug«, bekräftigte ich.

Wir kehrten zu Tekúns Büro zurück. Alle Lichter waren aus. Miguel kam gerade aus dem Gebäude.

Jerry und ich stiegen aus dem Wagen. Ganz auf meiner Linken sah ich, wie zwei Detectives ihr Auto verließen sowie zwei weitere auf meiner Rechten. Aufgeteilt in drei Gruppen umzingelten wir ihn. Das Gebäude lag hinter ihm. Auf einmal kam mir der Gedanke, dass *Kaibiles* sicherlich darauf trainiert sind, schnell und ausdauernd zu laufen. Er konnte bestimmt rennen. Konnte er auch angreifen? Ich hielt meine 9-Millimeter hinter dem Rücken. Jerry tat dasselbe mit seiner Pistole. Alle anderen Männer in unserem Unterstützungsteam waren ebenfalls bewaffnet. Unter unseren Mänteln trugen wir kugelsichere Westen. Sechs von uns gegen ihn. Die Chancen standen gut. Solange seine Ausbildung nicht besser war als unsere.

Er senkte den Blick auf den Bürgersteig, schüttelte den Kopf und kehrte zum Haus zurück. Dort steckte er den Schlüssel ins Schloss, öffnete die Tür und ging hinein. »Scheiße«, fluchte ich laut. »Glauben Sie, er hat uns kommen sehen?«

»Ich weiß nicht«, erwiderte Jerry. »Vielleicht hat er nur irgendwas vergessen. Aber er ist ziemlich schnell nach drinnen verschwunden.«

Jerry und ich erreichten als Erste die Tür. Ich drehte den Knauf und stieß die Tür weit auf, während ich meine Pistole vor mich hielt, den Körper von den Fußgelenken bis zur Stirn angespannt. Draußen fegte Wind um die Tür herum und wehte mir das offene Haar über die Augen. Ich fluchte, wünschte, ich hätte mir heute die Haare zusammengebunden, und hoffte, es würde mir nicht dann in die Quere kommen, wenn in die Quere kommen nichts Gutes bedeuten könnte.

Das gesamte Gebäude war dunkel. Miguel hatte kein Licht angeschaltet, als kenne er das Haus zu gut, um Licht zu benötigen. Obwohl es aussah, als hätte er etwas vergessen, hätte das genauso gut eine List sein können, da er jetzt drinnen und nirgends zu sehen war. Ich stieg ein paar Stufen hinauf, die sich über die ganze Breite der Eingangshalle erstreckten, und ging dann um die Ecke auf das Hauptbüro zu. Das Licht im Zimmer war nicht an. Aber die Tür stand offen.

Ich näherte mich ihr vorsichtig und schob die Nase um die Ecke, um hineinzusehen. Nichts. Ich schnellte herum und richtete die vorgestreckte Waffe in jede der vier Ecken des

Raums. Jerry näherte sich mir von hinten. Ich konnte seinen schnellen Atem hören. Die Tür zu dem langen Korridor, der zu Tekúns prachtvollem Büro führte, war offen. Ich ging darauf zu und bewegte mich langsam den Flur hinunter zur nächsten Tür, die ebenfalls geöffnet war, wie ich jetzt, da sich meine Augen an die Dunkelheit gewöhnt hatten, erkennen konnte. Aus dem Raum dahinter drang ein Geräusch. Gegenstände wurden bewegt. Etwas war auf den Boden gefallen. *»Ay Dios«*, murmelte die Stimme vor sich hin. Wenn etwas heruntergefallen war, bedeutete es, dass er vermutlich in die Hocke gegangen war, um es aufzuheben, was meine Chance wäre. Ich nutzte sie. Ich trat durch die offene Tür, richtete meine Waffe auf die Dunkelheit und schrie: *»Deténgase!«*

Er schrie auf. Wie ich es vorausgesehen hatte, war er vornübergebeugt. Als er sich wieder aufrichtete, sah ich aufblitzendes Metall in seiner Hand, lang und scharf, das das Licht der Straßenlaterne genau vor dem Fenster nur spärlich widerspiegelte. *»Suéltelo!«*, brüllte ich, befahl ihm, es fallen zu lassen. Entweder hörte er mich nicht oder war erstarrt. Jerry kam hinter mir herein, schrie: »Lass es fallen, du Scheißkerl!«, und spannte den Hahn seiner Waffe. Ich dachte, er würde gleich feuern. Vielleicht dachte Miguel dasselbe, als er schließlich beide Gegenstände losließ, den metallenen Brieföffner und die Coladose. Sie knallten auf den Boden. Die Dose rollte noch ein Stück weiter. Dann warf sich auch Miguel zu Boden. Er schrie auf. Sagte auf Spanisch: »Tun Sie mir nichts, bitte. Ich hab nichts Falsches getan, nichts Falsches.« Natürlich verstand ihn niemand außer mir. Der Rest des Teams kam mit gezogenen Waffen herein. Doch ich nahm meine herunter, ich spürte, dass es nicht mehr nötig war, sie auf diesen jungen Mann zu richten, der heulend und zitternd auf dem Boden lag.

33

Miguel saß im Vernehmungsraum. Wir beobachteten ihn eine halbe Stunde lang durch den Einwegspiegel.

»Ich weiß nicht«, sagte Jerry. »Er entspricht nicht wirklich meiner Vorstellung von einem *Kaibil.*«

Auch wenn ich nichts darauf erwiderte, musste ich ihm zustimmen. Von dem Augenblick an, als wir ihn verhaftet hatten, war Miguel Martínez – in Ermangelung einer besseren Beschreibung – ein heulender, feiger, trauriger armer Teufel von einem Verdächtigen. Er leistete nicht den geringsten Widerstand, selbst dann nicht, als wir in Tekúns Büro vorsichtig zu ihm getreten waren und ihn aufgefordert hatten, von dem großen Brieföffner, den er vom Boden aufgehoben hatte, wegzurutschen.

Mittlerweile schien es offensichtlich, dass er lediglich zum Büro zurückgekehrt war, um eine leere Coladose wegzuräumen, die er beim Saubermachen auf Tekúns Tisch hatte stehen lassen. Der Bursche war süchtig nach kohlensäurehaltigen Getränken. Selbst jetzt, da er hier saß, hatte er nur um eine Cola gebeten. Wir beobachteten ihn, während er die Dose ganz leerte und kaum den Kopf nach links und rechts drehte, um sich in dem kleinen Zimmer umzusehen, den Blick aber immer wieder zur einzigen Tür schnellen ließ und darauf wartete, dass einer von uns durch sie eintrat. Jerry hatte ihm die Cola vor einer halben Stunde gegeben. »Da ist Koffein drin. Er wird aufs Klo müssen. Das wird ihn zappelig machen.«

»Er sieht zu dürr aus, um ein Mörder zu sein, oder?«, bemerkte ich. »Nicht der brutale Killer, zu dem ein *Kaibil* ausgebildet ist.«
»Ja, könnte aber auch alles Theater sein«, mutmaßte Jerry. Er fuhr sich mit den Fingern durchs Haar. Sein blonder Schopf hatte in den vergangenen Tagen offenbar ein noch zerzausteres Aussehen angenommen. Er hatte auch vergessen, sich heute Morgen zu rasieren. »Vielleicht zieht er diese Show nur für uns ab. Vielleicht«, und seine Stimme nahm den singenden Tonfall einer sich entwickelnden Theorie an, »vielleicht ist er einfach ein Psychopath. Ein Serienmörder. Sie wissen schon, traumatische Kindheit, ein paar Schläge zu viel auf den Kopf, die sein Hirn geschädigt haben. Die Psyche eines Serienmörders schlummert schon in ihm. Dann bildet ihn die Armee seines Landes aus, und er wird zu einer wahren Killermaschine. Später heuert ihn Tekún an, der Guatemalteke ist. Möglicherweise nimmt dieser Junge nur Befehle von guatemaltekischen Landsleuten entgegen.«
Ich zuckte mit den Schultern. »Wenn das zutrifft, ist er ein guter Schauspieler. Schauen Sie ihn sich doch an. Der Inbegriff eines Mannes ohne Rückgrat.«
Jerry steckte die Hände in die Hosentaschen. »Ich könnte ihn mir ja mal vornehmen.«
Es hatte den Anschein, als bäte er mich um die Erlaubnis. »Wie meinen Sie das?«
»Na ja, wenn er Spielchen mit uns spielt, kann ich sie ihm vielleicht austreiben.«
Ich sah lediglich ein Hindernis. »Er spricht nur Spanisch.«
»Gut. Sie übersetzen. Ich stelle die Fragen. Es könnte ihn noch mehr einschüchtern, mich bloß durch die Sprachbarriere wahrzunehmen.«
Ich war mir nicht ganz sicher, was er damit meinte, aber ich

stimmte dem Plan zu. Gestern hatte ich die beiden Männer vernommen. Obwohl ich bereit war, mir Miguel vorzuknöpfen, wusste ich auch, wie wichtig es war, meinen Partner bei Laune zu halten. Ich ließ ihm den Vortritt. Außerdem hatte er in einem recht: Vielleicht würde der Schock einer harten Befragung den Jungen brechen.

Jerry steuerte auf das Verhörzimmer zu. Er grinste mich an, wobei er alle Zähne entblößte. »Sind Sie so weit?«, fragte er.

Ich ging ihm voraus.

Miguel sprang auf, sobald ich die Tür öffnete. Er starrte mich an, wandte sich ab und starrte mich dann erneut an. Ich erklärte ihm auf Spanisch, dass ich die Fragen, die mein Partner an ihn hatte, übersetzen würde. Dann wiederholte ich es auf Englisch für Jerry.

»Gut«, sagte Jerry. Er lächelte mich an. »Kann's losgehen?«

»Kann losgehen.«

»Gut. Ist Miguel dein richtiger Name?«

Ich übersetzte. Miguel antwortete mit Ja.

»Was soll dann diese Geschichte, dass du behauptest, Mexikaner zu sein, wenn du ganz offensichtlich Guatemalteke bist?«

Ich hatte schon lange nicht mehr simultan gedolmetscht. Es war schwierig auf die Schnelle etwas Passendes für ›was soll diese Geschichte‹ auf Spanisch zu finden. Dennoch setzte ich Miguel mit der Übersetzung stark unter Druck, *»y por qué demonios la mentira«*, und fuhr fort.

Miguel fragte, woher wir wüssten, dass er Guatemalteke war. Ich gab die Frage an Jerry weiter.

»Du stellst hier keine Fragen, Junge! Du beantwortest nur meine!« Jerry ging um den sitzenden Miguel herum, während ich mit den Wörtern Schritt hielt. »Du bist Miguel Martínez, du bist Guatemalteke, aber du behauptest, Mexikaner zu sein.

Was ist los, schämst du dich für deine Herkunft, oder was? Ist es dir peinlich, Guatemalteke zu sein?«

Miguel erwiderte, es sei ihm nicht peinlich, Guatemalteke zu sein. Seine Stimme zitterte. Ich hielt die meine ausdruckslos, ohne die Emotionalität der beiden Männer.

»Dann muss irgendwas mit Guatemala faul sein, wenn du nicht zu deinem Land stehst. Hast du dort irgendwas angestellt? Gibt es dort Leute, die dich gerne finden würden? Vielleicht hast du dort aber auch Menschen gekannt, von denen du uns erzählen möchtest? Wie die *Kaibiles* zum Beispiel. Du hast doch schon von den *Kaibiles* gehört, nicht wahr, Miguel?«

Miguel antwortete, das habe er.

»Dann erzähl mir was über sie. Was für Leute sind das? Es sind Soldaten, stimmt's? Allerdings ganz besondere Soldaten, ich glaube … was haben Sie und ich noch einmal über die *Kaibiles* gelesen, Detective Chacón … ah, ja, dass ihr Motto lautet ›Wir sind Killermaschinen‹. Das haben wir doch über sie gelesen haben, oder? Komm schon, Miguel, erzähl uns, was du über sie weißt.«

Zuerst sagte er gar nichts. Jerry knallte seine offene Hand gegen den Hinterkopf des Jungen. Ich fuhr in meinem Stuhl zusammen. Doch ich schritt nicht ein.

»Du weißt über die *Kaibiles* Bescheid, Miguel. Erzähl mir von ihnen.«

Ich dachte, Miguel würde anfangen zu weinen. Aber er riss sich noch einmal zusammen. Er schnappte schwer nach Luft und murmelte schließlich etwas: *Son diablos.* Ich übersetzte: Sie sind Teufel.

»Das klingt nach einer treffenden Beschreibung, würde ich sagen. Teufel. Blutrünstig. Killermaschinen.« Jerry ging noch einmal um ihn herum und beugte sich über ihn, als wolle er

Miguel etwas ins Ohr flüstern. »Du hast wahrscheinlich davon gehört, dass möglicherweise ein oder zwei *Kaibiles* zu Besuch in unserer geliebten Hauptstadt Nashville sind, oder? Kannst du uns dazu irgendwas erzählen, Miguel? Sag mir, warum sollten ausgebildete Soldaten einer Todesschwadron überhaupt den Wunsch verspüren, nach Nashville, Tennessee, zu kommen? Was ist der Grund, das Klima? Zur Zeit ist es hier ziemlich kalt, ganz anders als in Guatemala. Vielleicht hat man sie auch hierher gebracht. Vielleicht hat sie jemand bezahlt, um gewisse Arbeiten in der Gegend zu verrichten. Was meinst du?«

Miguels Stimme zitterte, als er beteuerte, er wisse nichts darüber.

»Weißt du was, Miguel? Ich glaube, du bist ein verdammter Lügner.« Jerry lächelte, als er das sagte. Obwohl ich ein wenig auf meinem Stuhl hin- und herrutschte, musste ich zugeben, dass mich seine Grausamkeit faszinierte. Was er tat, war wirklich grausam; doch vielleicht war Miguel tatsächlich so bösartig, dass er ein so hartes Verhör verdiente.

»Ich glaube, du lügst, Miguel, weil drei Bewohner von Nashville tot sind, alle drei sehr anständige Bürger. Erst ein Arzt, dann eine Krankenschwester und als Dritter ein Reporter. Alle tot, weil man ihnen entweder eine Kugel in den Kopf geschossen oder ihnen die Hälse aufgeschlitzt hat. Du hast bestimmt davon gehört. Dr. Lawrence Hatcher. Ms. Pamela Kim. Mr. Diego Sáenz. Drei wirklich sehr rätselhafte Morde.«

Als er das sagte, bildete sich eine Träne in Miguels linkem Auge. Ich war mir sicher, dass das andere Auge auch bald folgen würde. Er kniff das Gesicht fest zusammen, während sich seine Lippen zu den Wangen hochzogen. Jerry machte weiter. Ich übersetzte weiter. »Rätselhaft, abgesehen von einer Sache:

der blutverschmierten Zellophanhülle einer Zigarettenschachtel, mit einem perfekt geformten Fingerabdruck darauf. In der Nähe von Sáenz' Leiche gefunden. Und weißt du was? Er stimmt bis in kleinste Detail mit deinem Fingerabdruck überein.«

Miguel brach zusammen. Tränen stoben aus seinem Gesicht. Er riss den Mund weit auf. Doch da er den Atem angehalten hatte, blieb ihm sein Schrei im Hals stecken, wie bei einem Kind, das sich auf dem Spielplatz weh getan hat und in diesem einen Augenblick des stummen Schmerzes erstarrt, bevor sich das unausweichliche Gebrüll Bahn bricht. Schließlich drangen Worte durch den stockenden Schrei: »Ich hab ihn nicht umgebracht, ich hab Diego nicht umgebracht.«

Sobald ich es übersetzte hatte, richtete sich Jerry wieder auf und blickte auf Miguels Kopf herunter. »Diego? Dann hast du ihn also gekannt?«

Miguel nickte heftig. »Ja, ja, ich hab ihn gekannt.«

Dann spuckte er die ganze Geschichte aus. Er würgte sie heraus, während er gegen die krampfhaften Zuckungen seines Halses und seiner Lunge ankämpfte, damit er sie uns erzählen konnte. Ich übersetzte alles Wort für Wort, wobei ich anstatt »er behauptet, dass« »ich« sagte, als wäre Miguels Stimme die meine. Nur dass meiner die Emotion fehlte, die offensichtliche Verwirrung.

»Wir waren gute Freunde, Diego und ich. Er hat viel im Viertel mit uns rumgehangen. Wir sind zusammen ins Kino gegangen, obwohl ich kein Wort verstanden habe. Wir waren zusammen einkaufen. Er hat mich sogar einmal mit zu der Zeitung genommen, wo er arbeitet. Ich hab ihn sehr gemocht. Ihm hab ich als Einzigem anvertraut, dass ich Guatemalteke bin, aber ich hab ihm nicht erzählt, dass ich meine falschen Papiere von Pajarito hatte … Verstehen Sie, Guatemalteken bekommen hier keine Aufenthaltsgenehmigung, es sei denn, sie haben viel Geld. Aber Pajarito wollte kein Geld von mir. Sein Boss, Mr. Umán, hat ihm gesagt, er soll kein Geld von mir verlangen.«

Ich wollte mir das aufschreiben und ein paar Fragen hinterherschieben. Er hatte gerade gestanden, dass Tekún Umán etwas über Pajaritos illegalen Handel mit Einwanderungspapieren wusste. Aber ich war die Dolmetscherin. Mein Job war es, das Bindeglied zwischen beiden zu sein und die Übersetzung so rein wie möglich zu halten. Ich durfte auf keinen Fall unterbrechen.

»Mr. Umán mag mich, denke ich, weil er auch Guatemalteke ist, mein Blut. Ich mag Mr. Umán. Aber dann hat Diego angefangen, Fragen über ihn zu stellen. Er hat gesagt, er glaube, dass Mr. Umán irgendwas mit Drogen zu tun hat, und hat mich gefragt, ob ich irgendwas wüsste. Ich hab ihm versichert, dass ich nichts weiß. Es hat mir überhaupt nicht gefallen, solche Dinge über Mr. Umán zu erfahren, weil er gut zu mir gewesen ist. Dann sind diese beiden Menschen ermordet worden, die Krankenschwester und der Arzt. Diego hat mir erzählt, er wüsste was über die Morde und hätte noch mehr darüber in Erfahrung gebracht – der Doktor war in irgendein Drogengeschäft verwickelt. Er hat Drogen, Kokain und so, an seine Patienten verkauft. Ich bin mir deswegen nicht ganz sicher, aber irgend so was war's. Dann hat er gemeint, sogar Pajarito hätte was damit zu tun. Ich hab das nicht glauben wollen …«

Jerry unterbrach ihn zwar nicht, lehnte sich aber über den Tisch. Seine Brauen bildeten über den Augen eine Brücke, auf der eine unbändige Wut ruhen konnte. Ich verstand nicht ganz, woher sie rührte. Sein ungekämmtes Haar und der zwei Tage alte Schatten auf seinem starken Kinn passten zu dem

Zorn. Vielleicht war diese Wut auf die Frustration zurückzuführen, dass wir den Killer zwar einkreisten, der Verdächtige jedoch nichts unversucht ließ, den Verdacht von sich abzulenken. Jeder Detective wird bestätigen: Je länger sich ein Fall hinzieht, desto mehr zehrt er einem an den Nerven. Dieser Fall war drei Tage alt. Jerrys Augenbrauen verzogen sich fast, als wären sie selbst Nerven.

Miguel wagte es nicht aufzublicken. Er fuhr mit seiner Geschichte fort, als suche er sein Heil im Reden. »Ein paar Tage später hat Diego mir erzählt, er wäre auf was Großes gestoßen. Er hat geglaubt, ein bezahlter Killer hätte den Arzt und die Krankenschwester umgebracht oder so was ...«

Ich konnte nicht anders. Ich unterbrach meine Übersetzung und fragte ihn: *»Y no dijo nada de los kaibiles?«*, was ich für Jerry schnell auf Englisch wiederholte: »Und er hat dir nichts über die *Kaibiles* erzählt?« Jerry warf mir einen wütenden Blick zu. Ich war mir nicht sicher, ob es nur an seinem wachsenden Zorn lag oder ob er sich über mich ärgerte, weil ich aufgehört hatte zu dolmetschen.

»Nein«, erwiderte Miguel, »er hat sie nie erwähnt.« Das klang bestimmt. Da er Guatemalteke war, hätte Miguel sich bestimmt an so etwas erinnert. Das kam mir ebenfalls seltsam vor: Sáenz hatte Miguel so viel erzählt, aber nie eine Todesschwadron erwähnt.

»Wann hast du Diego das letzte Mal gesehen?«, blaffte Jerry ihn an.

»An dem Abend, als er ermordet wurde«, übersetzte ich, während ich auf jedes einzelne Wort von Miguel lauschte. »Er ist nach der Arbeit zu mir nach Hause gekommen. Ich hab ihn auf ein Bier eingeladen, aber er wollte nichts trinken. Er hatte unglaubliche Angst. Er hat gesagt, er hätte einen Tipp bekommen, wer der Killer sein könnte. Ich hab ihn gefragt, was er damit meint, die Polizei hätte den Mörder doch schon gefasst. Nein, hat Diego gesagt, hat sie nicht. Er wäre immer noch da draußen. Diego hat mir erzählt, er würde mit einem *compañero* in der Nacht zum Fluss gehen, der *compa* hätte Informationen, dass der Killer dort auftauchen würde. Er hat gemeint, dieses Treffen wäre der letzte Beweis, dass Tekún Umán für die Morde verantwortlich ist. Ich hab ihm gesagt, er wäre verrückt; dass er nicht in die Nähe eines solchen Killers gehen sollte. Aber so nervös er auch war, er war auch aufgeregt. Er war Reporter, wissen Sie. Solche Dinge waren ihm wichtig. Er hat gesagt, er würde nach Mitternacht dort hingehen.«

Ich hatte weder *compañero* noch die Abkürzung *compa* für Jerry übersetzt, da beides zu den feststehenden spanischen Begriffen gehörte, die in der Übersetzung ihre Bedeutung verlieren.

»Was bedeutet das Wort?«, hakte Jerry mit bebender Stimme nach.

»Ungefähr dasselbe wie ›Gefährte‹ oder ›Partner‹, nur stärker.« Ich wollte gerade Miguel fragen, wer dieser *compañero* war. Doch er fuhr mit seiner Erzählung fort.

»Ich konnte in dieser Nacht nicht schlafen. Ich habe Diego angefleht, nicht dorthin zu fahren. Was hätte er damit zu schaffen, einen Killer aufzuspüren; das würde ihn nur in Gefahr bringen! Aber er hat sich nicht davon abbringen lassen. Er hat gesagt, er würde etwas zu seinem Schutz mitnehmen, dass er sich eine Waffe besorgen könnte. Dann ist er gegangen. Ich konnte nicht schlafen. Ich hab mich die ganze Nacht in meinem Bett hin- und hergewälzt. Ich meine, ich wollte nicht glauben, dass Tekún Umán für die Morde verantwortlich ist. Aber ich wollte auch nicht, dass meinem Freund irgendwas zustößt. Irgendwann nach Mitternacht hab ich meine Wohnung verlassen und hab angefangen, durch die Gegend zu laufen.«

Miguels Stimme bebte bei der Fortsetzung der Geschichte. Ich hatte Angst, sie könnte erlöschen, bevor er fertig war. »Ich hab den Ort gekannt, von dem Diego gesprochen hat, weil er und ich mit ein paar Kindern aus dem Viertel einmal ein Picknick dort gemacht haben. Der Weg war weit. Ich glaube, ich bin den Großteil der Strecke gerannt. Als ich dort angekommen bin, war ich total am Ende. Ich hab mich hinter den Bäumen versteckt, hab rübergeschaut und konnte Diegos roten Wagen kaum erkennen. Es war wirklich dunkel, und die einzige Straßenlaterne hat weit hinten gestanden, so dass ich nur Schatten sehen konnte. Aber ich hab Diego an seiner Statur erkannt. Er war gerade aus dem Auto gestiegen. Er hat etwas in der Hand gehalten. Ich hab angenommen, es wäre eine Pistole. Dann hat er sie auf mich gerichtet, während er in seinem Mantel nach seinem Handy gekramt hat. Er hat eine Nummer eingetippt und mit der Waffe genau auf mich gezielt. Ich hab gedacht, er hätte mich gesehen. Aber ich war im Schatten, deshalb konnte er mich nicht genau erkennen. Dann hab ich gehört, wie ein weiterer Wagen in der Nähe angehalten hat. Ich wollte gerade zu ihm rüberrufen, ›He, Diego, ich bin's, Miguel!‹, damit er nicht auf mich schießt, aber in dem Augenblick hat sich jemand von hinten an Diego rangeschlichen. Diego ist mit der Pistole in der Hand herumgewirbelt. Ich hab gedacht, er würde den anderen erschießen. Hat er aber nicht. Er hat gelacht und den anderen Mann begrüßt. Dann hat er angefangen, richtig schnell auf Englisch zu reden, und ich hab gedacht, er würde gleich auf mich zeigen, als es schließlich passiert ist.«

Miguel schnappte nach Luft. Ihm entfuhr ein Schrei. Ich wartete. Mein Verstand war zugleich müde und erregt, wie ein erschöpftes Tier, das man mit einem elektrischen Viehtreibstab traktiert. Schließlich kämpfte sich Miguel durch den nächsten Teil.

»Der andere Mann hat den Arm nach vorne geworfen und Diegos Hand mit der Waffe gepackt. Zuerst hab ich nicht verstanden, was sich da gerade abspielte, bis der Fremde Diegos Hand an sein Gesicht gedrückt hat, und dann hat es so ausgesehen, als würde er Diego um die Taille packen, um ihn festzuhalten. Ich glaube nicht, dass Diego eine Chance hatte, sich zu wehren, weil dann, das war der Moment, als der Schuss … Oh Gott … Oh Gott.«

Jerrys Geduld, wenn er überhaupt noch welche übrig hatte, löste sich in Nichts auf. »Komm schon, Miguel, spuck's aus, was ist passiert? Hast du den Kerl gesehen? Wie hat er ausgesehen?« Jerry beugte sich über ihn.

»Ich weiß nicht … er hat seltsame Kleider getragen. Er hatte einen Hut auf, der seine Ohren und beide Seiten seines Gesichts bedeckt hat. Und sein Mantel, ich denke, es war ein Mantel, war riesig, fast wie ein Zelt oder so was. Das Licht der Straßenlaterne hat sich darin gespiegelt.«

Plastik, dachte ich. Der Mörder hatte Plastik getragen, wie einen Poncho. Wenn überhaupt irgendetwas an der Geschichte stimmte.

»Dann hat der Mann Diego auf den Boden gelegt. Ich konnte nicht erkennen, was er dann gemacht hat, weil mir sein großer Schatten die Sicht versperrt hat. Ich hatte Angst. Ich hab mich da versteckt, ohne einzugreifen, und gehofft, dass mein Freund noch am Leben ist und der Killer weggehen würde, damit ich Diego helfen konnte. Schließlich hat sich der Mörder in meine Richtung gedreht. Er hat mich wohl gehört, aber ich hab mich tiefer hinter die Bäume zurückgezogen. Dann hat er sich auf den Weg gemacht. Ich hab ge-

hört, wie ein Auto angelassen wurde. Daraufhin bin ich zu Diego gerannt.
Überall war Blut. Etwa zwei Meter vor ihm bin ich stehen geblieben und hab nach unten geschaut. Ich konnte erkennen, dass er tot war. Er war tot. Ich bin trotzdem auf die Knie gefallen und hab versucht, ihm zu helfen. Ich hab sein Gesicht berührt, hinter seinen Kopf gelangt, um ihm zu stützen, aber sein Haar hat sich ganz feucht angefühlt. Da bin ich aufgestanden und weggerannt. Ich bin zurück zu den Bäumen gestürzt und ein paar Mal hingefallen, glaube ich. Da war nur eine Mauer, und ich bin drübergesprungen, und bevor ich wusste, was los ist, war ich in eiskaltem Wasser. Ich hab gedacht, ich würde ertrinken. Ich hab eine halbe Ewigkeit gekämpft, bis ich es wieder zurück ans Ufer geschafft hab.«
Jerry starrte ihn lange regungslos an. Er brauchte fast eine volle Minute, um die folgenden Worte zu formulieren.
»Willst du damit sagen, dass du nur zufällig in der Gegend warst, als Sáenz ermordet wurde? Dass du dich versteckt und das Ganze beobachtet hast?«
Ich übersetzte. Miguel nickte heftig.
Zuerst bemerkte Jerry fast gelassen und mit einem Grinsen im Gesicht: »Na ja, ich muss schon sagen, Seemannsgarn kann manchmal ganz schön unterhaltsam sein.« Dann flog seine Faust zwischen Miguel und mir durch die Luft und knallte auf den Tisch. Ich fuhr zurück und rutschte mit meinem Stuhl fünf Zentimeter nach hinten. Miguel zuckte ebenfalls zusammen, wobei ihm tief aus dem Hals ein Schrei entfuhr. »Du hast also absolut nichts mit dem Mord an Diego Sáenz zu tun, stimmt's?« Obwohl mich der Knall aufgeschreckt hatte, nahm ich die Übersetzung wieder auf. »Du sagst, du hast Sáenz gekannt, ihn aber nicht umgebracht. Du willst mir also erzählen, irgendein rätselhafter Mann hätte sich von hinten an

Sáenz herangeschlichen, seine Hand gepackt und sie gegen seinen Kopf gedrückt, nicht du. Du hast Sáenz nicht ermordet, genauso wenig, wie du Hatcher und Kim getötet hast. Du hast auch keine Jadepyramide in Sáenz' Gehirn gesteckt, nachdem du ihm den Kopf weggeblasen hast, oder? Du bist unschuldig wie der Heiland persönlich!«

Obwohl ich wieder flüssig dolmetschte, blieb die Übersetzung hängen, wie ein alter Plattenspieler, dessen Nadel einen Kratzer übergesprungen hat. Mein Verstand ratterte wild, bemühte sich, die Wörter richtig aneinanderzureihen und strengte sich an, mit dem Schritt zu halten, was mein Partner sagte. Doch gleichzeitig knisterte es in meinem Gehirn, als ob andere Gedanken unbedingt durch die Übersetzung brechen wollten. Es lag sicherlich an meiner Übermüdung, ein Sprung im Kanal meiner Dolmetschertätigkeit.

Jerry beendete seine Tirade. Ich holte ihn ein. Daraufhin flüsterte Miguel nur: »Ich hab's nicht getan. Ich hab ihn nicht umgebracht.« Er brach zusammen und weinte klagend.

Jerry beugte sich über ihn. »Okay, kleiner Mann. Hör mir mal gut zu. Du behauptest, Mr. Sáenz hätte Tekún Umán verdächtigt, mit Drogen zu handeln. Und dass der gute Dr. Hatcher ebenfalls Drogendealer war. Wenn das der Fall ist und deine Geschichte stimmt, müsstest du damit einverstanden sein, es zu beweisen.«

Miguel und ich sahen beide zu meinem Partner auf. Auch ich fragte mich, was Jerry vorhatte.

»Soweit es mich betrifft, Miguel, bist du schuldig«, fuhr er fort. »Der Fingerabdruck, den wir am Tatort gefunden haben und der in Sáenz' Blut getaucht war, erzählt mir die ganze Geschichte. Und diese Geschichte hört sich ganz anders an als deine. Du hast Sáenz ermordet.« Miguel jammerte ununterbrochen: »Nein, ich war's nicht, ich war es nicht.« Aber

Jerry hörte nicht auf. »Du bist erledigt, Miguel. Du bist am Ende. Es sei denn, du kannst uns Tekún Umán liefern. Beweis uns deine Unschuld, indem du uns seine Schuld zeigst.«
Nachdem ich es übersetzt hatte, sah Miguel zum ersten Mal zu Jerry auf und hielt seinem Blick stand.

34

Ich lehnte mich gegen die Wand neben dem Wasserspender und wartete darauf, dass mein Hirn aus meinem Ohr sickerte. Simultandolmetschen hat im Nachhinein immer diese Wirkung auf mich, ich habe dann das Gefühl, als wäre ein riesiger Stapel zusammengebundener Holzscheite durch meinen Schädel geschossen und hätte meinen Schwamm aus grauen Zellen zu klumpigem Brei zermatscht. Ich blickte nur flüchtig durch das Fenster des Vernehmungsraums, um zu beobachten, wie Jerry Miguel verkabelte. Der junge Mann hob die Arme, damit mein Partner das Mikrofon ordentlich befestigen konnte, während der Sender mit Rekorder hinten in seiner Hose steckte.

»Gute Arbeit, Romilia«, gratulierte mir Jerry, als er an mir vorbeieilte. »Ihre Dolmetscherfähigkeiten sind unglaublich. Ich habe noch nie eine so flüssige Übersetzung gehört. Ich bin mir vorgekommen wie in einer UN-Versammlung.«

»Wirklich? Ich hatte eher das Gefühl, wir wären mit Mike Tyson im Ring, dem schon zwei Ohren zwischen den Zähnen hingen.«

»So schlimm war es doch gar nicht, oder? Ich musste ihm nur ein bisschen zusetzen. Manchmal lässt sich das nicht vermeiden. Aber keine Sorge. Ich bin nicht bei jedem Verdächtigen so.«

Ich rieb mir die Stirn. »Glauben Sie seine Geschichte?«

»Ich weiß nicht. Vielleicht. Ich hoffe natürlich, dass der rätselhafte Fremde, den er gesehen hat, Mr. Umán war.«

»Aber nach allem, was wir über Tekún wissen, macht er sich nicht selbst die Hände schmutzig. Hier kommt eher einer seiner bezahlten Killer in Frage.«

»Oh, seine Hände sind auf jeden Fall schmutzig. Ich kann es spüren. Wir kriegen ihn.«

Ich wollte dem widersprechen, da mir Tekún Umán wie ein wahrhafter Teflon-Präsident vorkam, der seine eigenen Angestellten ausreichend auf Distanz hielt, damit keine verdächtigen Blutspritzer seine weiße Weste besudelten. Aber Jerry war zu sehr darauf aus, diese Undercoveraktion auf die Beine zu stellen, um über solche Hindernisse zu sprechen.

Die Operation sollte noch diese Nacht über die Bühne gehen. Bevor wir die Befragung beendeten, holten wir noch ein paar sachdienliche Informationen aus Miguel heraus. Er verriet uns, dass Tekún Umán, da heute Donnerstag war, in sein Büro zurückkehren würde, um seine Finanzunterlagen durchzusehen. »Darum bin ich auch zurück ins Büro«, hatte er uns erklärt. »Ich hatte eine Coladose auf einem seiner Tische stehen lassen. Er hätte sich aufgeregt, wenn er sie neben seinen antiken Stücken gefunden hätte.« Tekún hatte die Angewohnheit, sich an einem Abend in der Woche Zeit für den Papierkram zu nehmen, den nur er erledigen konnte. Miguel erzählte uns auch, dass heute der Abend war, an dem sein Leibwächter frei hatte. »Raimundo wird nicht bei ihm sein«, hatte er erklärt, »weil der donnerstags gern in die Messe geht.« Obwohl ich darüber grinsen musste, störte mich irgendetwas daran. Wenn dieser Junge, Miguel, keines der Verbrechen, die sich kürzlich ereignet hatten, begangen hatte, war der riesige, primitive Leibwächter die Person, die einem als Nächstes einfiel. Was tat der Kerl, beichtete er seine Sünden, dass er Halbwüchsige über Stacheldrahtzäune zerrte?

Die Abwesenheit des Bodyguards begeisterte Jerry. »Das

macht es noch leichter.« Er geleitete Miguel aus dem Vernehmungsraum und behandelte den Jungen tatsächlich netter als zuvor. Niemand hätte gedacht, dass das derselbe Typ war, der mit der Faust auf den Tisch gedroschen und ihn dabei fast entzweigeschlagen hatte.

Jerry verschwand im Umkleideraum, um sich umzuziehen. Ich trank noch mehr Wasser und ruhte mich aus, während mein Gehirn sich bemühte, auf dem Boden einer einzigen Sprache zu landen, nachdem es die vergangene Stunde damit verbracht hatte, in den Hurrikanwinden von zweien hin und her zu trudeln.

Miguel rief Tekún Umán an, um sich zu vergewissern, dass der Mann auch wirklich in seinem Büro war. Er bat seinen Boss um einen Termin, weil er über eine persönliche Angelegenheit mit ihm sprechen wolle. Tekún willigte ein. Ich hörte über einen anderen Apparat mit. Miguel verriet nicht zu viel, auch wenn seine Stimme leicht zitterte. Tekún stellte keine Fragen.

Wir fuhren zurück zu Tekúns Geschäftssitz. Im »Oval Office« war das Licht an, genau wie im Empfangsbereich. Aber die Vorhänge waren zugezogen.

Jerry befahl Miguel, aus dem Wagen zu steigen. »Meinen Sie, ich sollte ihm folgen?«, fragte er mich.

Ich dachte darüber nach. So verängstigt wie Miguel war, könnte er sich sehr wohl überlegen, die Beine in die Hand zu nehmen. »Ist vielleicht keine schlechte Idee. Aber ich muss hier bei den Kopfhörern bleiben. Sie reden bestimmt auf Spanisch miteinander. Halten Sie sich immer im Hintergrund, vergewissern Sie sich, dass Miguel hineingeht und wieder herauskommt, ohne dass Tekún Sie sieht. Dann begleiten Sie unseren Freund hierher zurück zum Wagen.«

»Okay.« Jerry schloss die Tür. Er schubste Miguel vor sich her und fiel zehn Schritte hinter den Jungen zurück. Sie bewegten sich in und aus dem Schatten der Eichen, was es mir erschwerte, sie zu sehen.

Ich beobachtete, wie sie in der Dunkelheit verschwanden, und drehte dann die Lautstärke der Kopfhörer auf. »Ganz locker bleiben, mein Junge.« Jerrys Stimme war deutlich über das Mikro zu hören. Wie auch zwei freundschaftliche Klapse. Ich stellte mir Jerrys Hand auf Miguels Schulter vor. »Jetzt geh weiter. Ich bleibe hier an der Tür. Geh schon.« Miguel verstand die Worte wahrscheinlich nicht, auch wenn er *»Vaya pues«* erwiderte und weiterging. Ich vernahm seine Schritte, als er den Flur entlangging. Eine Tür wurde geöffnet, aber nicht wieder geschlossen. Daraufhin folgte das leise Geräusch von Metallschienen, wie die eines Aktenschranks, das sich durch die Frequenz zog. Miguel ging weiter.

Ich hoffte, dass er bereit für das hier war. Wir hatten mit Miguel ein paar Fragen und Aussagen eingeübt, hinsichtlich seiner »Angst« vor den *Kaibiles,* weil er Guatemalteke war und befürchtete, sie könnten es auf ihn abgesehen haben. Er könnte sich auch nach Pajarito erkundigen, als mache er sich wegen des Schicksals seines Freundes bei der Einwanderungsbehörde Sorgen, und so könnte er Tekún vielleicht dazu bringen, über seine Beziehung zu dem Fälscher zu reden. Doch je mehr ich darüber nachdachte, umso überzeugter war ich, dass Miguel nach einem langen, gewundenen und erschöpfenden Gespräch wahrscheinlich mit leeren Händen wieder herauskommen würde. Warum sollte sich ein hochrangiger Drogenboss einem kleinen Hausmeister anvertrauen?

Andererseits war ich überrascht, dass Tekún sich bereit erklärt hatte, den Mann heute Abend zu treffen. Vielleicht verband sie etwas, von dem ich nichts wusste. Tekún hatte

Pajarito angewiesen, von Miguel kein Geld für seine falschen mexikanischen Papiere zu verlangen. Das sagte an sich schon viel. Und Miguel wollte nichts Schlimmes von seinem Chef glauben. Möglicherweise konnten wir durch diese *confianza* etwas Handfestes aus der Sache herausbekommen.

Ich würde es nie herausfinden. Es geschah, bevor ich überhaupt die Gelegenheit hatte, mich in meinem Sitz anzuspannen. Miguel pochte an eine Tür. Ich konnte hören, wie er nervös mit den Fingerknöcheln fünfmal anklopfte. *»Pase adelante«*, antwortete Tekún auf der anderen Seite, seine Stimme klang hinter der Holztür gedämpft. Die Tür öffnete sich. Ich konnte mir vorstellen, wie Tekún von seinem Schreibtisch aufsah, etwas auf einen Notizblock schrieb oder irgendein Dokument unterzeichnete und kaum den Blick hob, um *»Ey, Miguelito, qué tal, vos?«* zu sagen. Tekúns Worte klangen freundlich, ein wohlwollender Boss, der mit einem Angestellten spricht. Dann änderte sich alles, als Tekún in knurrendem Tonfall fragte: »Was zum Teufel ...?«

Schüsse brachen durch die Köpfhörer, zwei an der Zahl, einer gleich nach dem anderen. Zwei weitere Schüsse wurden aus einer anderen Waffe abgefeuert. Ich konnte das an dem Klang des Kalibers erkennen. Doch die vier Schüssen hallten wie scharfe, durchdringende Gongs in meinem Kopf. Als Nächstes hörte ich die Stimme meines Partners, schnell, laut, seine rennenden Schritte ins Zimmer. »Halt! Polizei! Nein, Miguel, nicht!« Doch es fiel ein fünfter Schuss. Mein Partner schrie auf.

»Herrgott noch mal!« Ich riss mir die Kopfhörer herunter und rief über Funk nach Verstärkung. Ich schrie die Zentrale an, sie solle Polizisten und Sanitäter zu Tekúns Büro schicken, da möglicherweise ein Officer angeschossen sei. Dann sprang ich aus dem Wagen, rannte in das Gebäude und hörte durch die Nachtluft und die schalldämpfenden Wände des Gebäudes zwei weitere Schüsse. »Oh mein Gott. Oh mein Gott, *qué te pasa, Jerry?*«

Die Tür prallte von meinen Handflächen ab und knallte gegen die Wand. Ich stolperte durch die dunklen Flure in den Empfangsraum und steuerte dann auf den langen Gang zu, der zu Tekúns »Oval Office« führte. Ich rannte. Etwas knallte mir gegen den Oberschenkel und entriss mir einen Fluch. Es war ein offener Aktenschrank. Ich rannte darum herum, stürmte erneut los, ging in die Knie und schnappte mir die Waffe, die in meinem Knöchelholster steckte. Ich näherte mich Tekúns Tür. Es ertönte kein weiterer Schuss. Ich hörte ein Stöhnen. Es war Jerry. Das ließ mich schneller durch die Tür eilen, als es die Vorschriften verlangten. Aber er war mein Partner. Ich war noch zu jung, um meinen ersten Partner zu verlieren.

Das gedämpfte Licht in Tekúns Büro zeigte alles. Auf der linken Seite der Tür kauerte Jerry, der die rechte Hand über einen blutigen Fleck auf seinem linken Mantelärmel hielt. Vor mir, ein wenig zu meiner Rechten, auf dem Bauch des Drachens auf dem teuren Teppichs, lag Miguel. Auf seinem weißen Hemd breitete sich ein dunkelroter Fleck über der Brust aus. In den Fingern seiner rechten Hand hielt er lose eine ziemlich große Pistole, die ich für eine Fünfundvierziger hielt. Und da, auf der gegenüberliegenden Seite der Kreislinie des Büros, saß Tekún Umán an seinem Schreibtisch. Auch er hatte auf Brust und Unterleib blutige Flecke, die jedoch kleiner waren.

Jerry sah zu mir auf, als ob er ein Gespenst sähe. Ich dachte, er würde gleich ohnmächtig werden. »Scheiße«, murmelte er, »verdammt noch mal …«

Er war in den Oberarm getroffen worden. Allem Anschein nach war es ein glatter Durchschuss, bei dem sich die Kugel einen Weg nur oberflächlich direkt unter der Haut gebahnt hatte. Es sah schlimm aus. Ich half ihm, den Mantel auszuziehen, damit ich einen genaueren Blick auf die Wunde werfen konnte, und riss den Hemdsärmel auf, der seinen sehnigen, verwundeten Arm entblößte.

»... kann's nicht glauben, ich kann's einfach nicht glauben«, wiederholte er ununterbrochen. Seine Stimme bebte.

»Ganz ruhig, Jerry. Wir sorgen dafür, dass sich jemand um Sie kümmert.« Ich nahm den abgerissenen Hemdsärmel und benutzte ihn als Bandage, indem ich ihn fest um die Eintritts- und Austrittswunde wickelte.

»Wo zum Teufel hat er bloß diese Waffe her?«, fragte Jerry, sein erster vollständiger Satz, seit man ihn angeschossen hatte.

»Das weiß Gott allein«, erwiderte ich, während ich ihm die Stirn mit einem weiteren Fetzen seines Ärmels abtupfte. »Was ist passiert?«

»Ich hab beobachtet, wie Miguel reingegangen und den Flur entlanggelaufen ist. Ein paar Sekunden später hab ich die Schüsse gehört. Also bin ich reingerannt und hab ihn mit einer Pistole in der Hand gesehen, wie er auf Tekún geschossen hat. Aber plötzlich hat Tekún ebenfalls eine Waffe gezogen, verdammt, und angefangen, sich mit Miguel eine Schießerei zu liefern. Vermutlich steckt er sich immer eine Pistole ein, wenn sein Leibwächter frei hat. Als ich ›Polizei‹ geschrien hab, hat sich Miguel zu mir umgedreht. Ich hab zu ihm rübergebrüllt, aber er hat auf mich geschossen. Ich hab zwei Schüsse abgefeuert, bevor ich gemerkt habe, dass er mich getroffen hat.«

Jerry wurde immer blasser. Ich schrie in den Raum: »Kommt schon, verdammt noch mal, wo ist der Krankenwagen?« Genau in diesem Augenblick heulten die Sirenen los. Sie klangen wie mechanische Engel, die auf die Erde hinunterstießen. Die Verstärkung traf im gleichen Moment ein.

»Wissen Sie«, sagte ich, »als ich den Flur entlanggerannt bin, bin ich gegen einen offenen Aktenschrank geknallt.«
»Ja, ich auch. Was ist damit?«
Ich wandte mich um und blickte zur Tür. »Sind Sie in Ordnung?«, fragte ich. Er nickte. »Ich bin gleich wieder da.« Ich sprintete den Flur entlang, schaltete das Licht an und betrachtete den Aktenschrank. Da, ganz hinten befand sich eine offene Schachtel, die zur Hälfte mit Fünfundvierzigerpatronen gefüllt war. Ein paar Geschosse waren auf den Boden des Schranks gerollt, höchstwahrscheinlich, als Jerry und ich dagegengelaufen waren.
»Schauen Sie sich das an«, ich zeigte ihm die Schachtel mit der Munition.
»Verdammt«, murmelte Jerry, »der Mistkerl hatte die Waffe versteckt ... aber warum? Warum wollte er Tekún umbringen?«
Ich schüttelte nur den Kopf. »Ich hab keine Ahnung. Es sei denn, er ist durchgedreht, weil er gedacht hat, dass Tekún seinen Freund Diego ermordet hat.«
Jerry antwortete nicht, sondern schüttelte den Kopf, da er das Ganze nur halb verstanden hatte.
Der Krankenwagen hielt im Vorhof. Innerhalb weniger Minuten machten sich die Sanitäter um Jerry herum an die Arbeit und vergewisserten sich erst einmal, dass er nicht noch an einer anderen Stelle getroffen worden war. Ich trat einen Schritt zurück, da ich wusste, dass ich jetzt keine große Hilfe mehr war.
Ich wandte mich wieder dem Tatort zu, um ihn mir einzuprägen. Miguel lag mit dem Gesicht nach oben da, während seine toten Augen in endgültiger Entspannung ins Leere starrten. Er war gleich an Ort und Stelle zu Boden gefallen, nachdem er auf Jerry geschossen hatte. Hinter dem Schreibtisch saß

Tekún. Einer der Sanitäter beugte sich über Miguel und überprüfte seine Pupillen und seinen Puls. Ein anderer ging zum Schreibtisch, sah auf Tekún herunter und wandte dann mir und seinen beiden Kollegen ruckartig den Kopf zu. »Der hier lebt noch!«

Jerry blickte auf. Ich ebenfalls. Wir starrten Tekún an, dessen erstaunter Blick mich hatte glauben lassen, er sei tot. Doch er rührte sich nicht. Sein Körper stand unter Schock. Die Sanitäter schwärmten um ihn herum, legten ihm mehrere Infusionen und rissen sein Hemd auf, um an die Eintrittswunden zu gelangen. Ein weiterer Sanitäter nahm Jerrys gesunden Arm und half ihm zur Tür. Auf dem Weg nach draußen drückte er auf einen Lichtschalter, damit die anderen Sanitäter mehr Licht zum Arbeiten hatten. Das Licht half mir, zwei winzige Löcher im perfekt gestalteten, glatten weißen Putz von Tekúns gekrümmten Bürowänden zu entdecken. Es war nicht verwunderlich, dass Tekún Miguel verfehlt hatte, da Miguel ihn schon zweimal in die Brust getroffen hatte. Ich starrte knappe zehn Sekunden lang auf die zwei Einschusslöcher, die meines Erachtens etwa dreißig Zentimeter von der Tür entfernt lagen. Dann ließ ich den Blick auf Jerrys Rücken ruhen, während er mit Hilfe des Sanitäters den Flur hinunterschlurfte.

»Mein Mantel«, sagte er, während er mit dem Gesicht leicht nach hinten deutete, »bitte holen Sie meinen Mantel.«

»Keine Angst, Detective«, erwiderte der Sanitäter, »im Krankenwagen geben wir Ihnen eine Decke. Wir lassen Sie auf keinen Fall frieren.«

Mein Partner verlangte dennoch nach seinem Mantel. Ich nahm ihn von dem Bürostuhl, auf den ich ihn vorhin gelegt hatte. »Keine Sorge, Jerry«, beruhigte ich ihn und lächelte ihn an, als er den Flur hinunterstolperte. »Ich hebe ihn für Sie auf.« Ich hielt den Mantel hoch, damit er ihn sehen konnte.

Die anderen Sanitäter hatten Tekún auf einer Trage festgezurrt. Sie hatten ihm eine Sauerstoffmaske über den Kopf gezogen, während der dünne Schlauch einer Glukoseinfusion in seinem Arm steckte. Sie redeten schroff miteinander, brüllten sich fast Anweisungen zu, im Vanderbilt-Krankenhaus anzurufen, um die Notaufnahme auf einen möglichen Schockpatienten mit zwei Schusswunden in der Brust vorzubereiten, eine direkt unterhalb des Thorax, die andere im linken Lungenflügel. Ich machte den Weg für sie frei. Dann blickte ich auf Tekúns geschlossene Augen.

»Nicht sterben«, flüsterte ich.

Die Sanitäter schoben Tekún fast im Laufschritt durch die Tür. Die Sirene des Krankenwagens durchdrang erneut die kühle Luft der Novembernacht. Sein Blinklicht klatschte gegen das Fenster des Büros. Andere Sanitäter ließen sich mit Miguels Leiche mehr Zeit. Dann waren sie verschwunden. Die Jungs von der Verstärkung kümmerten sich darum, die Gegend abzusichern, indem sie die Türen mit gelbem Band abriegelten. Ich blieb noch etwas vor Ort und sah mich erneut einmal am Tatort um, wobei ich immer wieder zu den beiden Einschusslöchern in der weißen Wand zurückkehrte.

35

Ich hatte als Studentin einen Kurs in Simultandolmetschen belegt. Es war einer der anspruchsvollsten Kurse meiner College-Laufbahn. Obwohl ich beide Sprachen fließend beherrschte, stellte ich fest, dass die Worte anderer aufzunehmen, sie zu übersetzen und sie korrekt und verständlich aneinanderzureihen mich wie kein anderes Gehirntraining beanspruchte. Weder Algebra. Noch Gedächtnisübungen. Nicht einmal Logik-Rätsel. Der Dozent erklärte, unser Ziel sei es, achtundneunzig Prozent der gesagten Wörter zu übersetzen. Unsere Schädel seien ein lebendes, pulsierendes Gefäß, in dem ein magischer Prozess vonstatten ginge. Sätze in der einen Sprache bildeten zusammenhängende Aussagen in der anderen. Sprichwörter wie »zwischen allen Stühlen sitzen« würden auf Spanisch keinen Sinn ergeben, daher mussten wir uns selbst beibringen, so schnell wie möglich die passendste Redewendung in der anderen Sprache zu finden (in diesem Fall: *entre la espada y la pared*, oder »zwischen dem Schwert und der Wand stehen«). Das alles musste in Sekundenschnelle geschehen. Unsere Übersetzung, so verlangte der Professor von uns, sollte nicht mehr als einen halben Satz hinter der Ausgangssprache hinterherhinken.

Er rief uns in Erinnerung, dass wir als Simultandolmetscher eine neutrale Haltung einnehmen mussten. Wenn es sich wahrhaftig um eine Übersetzung handeln sollte, durften wir nicht an dem Gespräch teilnehmen. Als neutrale Beteiligte mussten wir die Stimmen der Sprecher verkörpern, indem wir genau wie sie in der ersten Person redeten. »In der Regel werden Sie sich am Ende einer Sitzung an so gut wie nichts erinnern«, hatte er uns versichert. »Das ist ein gutes Zeichen. Es bedeutet, dass Sie sich rein auf die Arbeit konzentriert haben. Aber wenn Sie sich doch an Teile der Unterhaltung erinnern können, hat Ihre Übersetzung an diesem Punkt wahrscheinlich sehr nachgelassen.« Er empfahl uns auch, danach keinen Alkohol oder Kaffee zu trinken, da uns beides in einen schmutzigen Kessel voller melancholischer Gefühle oder in eine aufgewühlte, fieberhafte und elektrisierte Nervosität versetzen könnte. »Ich empfehle zur Entspannung Kamillentee und einen Krimi.«

Er hatte viele solcher Empfehlungen und Ratschläge für uns parat. Das mit dem Augenblick der Erinnerung zum Beispiel: Ich erkannte, an welchen Stellen ich versagt hatte und wo meine Übersetzung zwischen Jerry Wilson und Miguel Martínez nachgelassen hatte, da ich mich an gewisse Gesprächsfetzen erinnern konnte. Fetzen, die mir jetzt keine Ruhe ließen.

Ich saß in einem kleinen Büro auf der ersten Etage des Polizeireviers. Es war elf Uhr abends. Obwohl sich um diese Zeit nur wenige Leute in den Büros der Mordkommission aufhielten, wollte ich mir die Kassettenaufnahme anhören, ohne durch andere Geräusche gestört zu werden. Andere Cops und Detectives hatten diesen Raum schon aus den unterschiedlichsten Gründen genutzt, sei es um sich ein Tonband anzuhören oder auch nur um sich bei einer Tasse Kaffee für ein paar Minuten eine Pause von klingelnden Telefonen und fordernden Lieutenants zu gönnen. Alle nannten ihn den Gespensterraum, da er völlig trostlos und abgesehen von dem Schreibtisch und dem dazugehörigen Stuhl bar jeglicher Einrichtung war.

In dem verlassenen Büro gab es ein Telefon. Ich rief Doc Callahan an. Er war nicht da. Ich hinterließ ihm eine Nachricht auf dem Anrufbeantworter und bat ihn, mich so bald wie möglich zurückzurufen, und falls möglich, bitte den Autopsiebericht von Sáenz zur Hand zu haben. Dann gab ich ihm die Nummer des Gespensterraums.
Daraufhin wandte ich meine Aufmerksamkeit wieder dem kleinen, kombinierten Sender-Aufnahmegerät zu, das ihn Miguels Hose gesteckt hatte. Ich hatte das Gerät von seiner Leiche entfernt, indem ich es vom Mikrofon löste und aus der Gesäßtasche herauszog. »McCabe wird meinen Kopf dafür verlangen«, dachte ich. Andererseits würde McCabe möglicherweise überhaupt nichts tun.
In dem Gerät befanden sich zwei Minikassetten. Ich nahm die Kassette heraus, auf der die Aufnahme der Schießerei war. Den Rekorder mit der zweiten Minikassette legte ich in meine Handtasche. Ich redete mir selbst ein, dass ich ihn gleich danach wieder heimlich Miguels Leiche zustecken würde.
Ich hatte ein größeres Handdiktiergerät aus dem Büro mit nach unten gebracht. Legte die Kassette ein und lauschte ohne Kopfhörer. Der kleine Lautsprecher strengte sich an, den Gespensterraum zu füllen.
»Ey, Miguelito, qué tal, vos? … Was zum Teufel …?«
Ich hörte mir jeden einzelnen Schuss an, zwei hochtönende Schüsse aus einer Fünfundvierziger, zwei entfernte Schüsse aus Tekúns Achtunddreißiger, Wilsons verängstigte, rauhe Stimme – »Halt! Polizei! Nein, Miguel, tu's nicht …!« –, die von dem fünften Schuss, der Wilson hatte aufschreien lassen und mich dazu gebrachte hatte, die Kopfhörer herunterzureißen und hineinzurennen, abgeschnitten wurde. Als Nächstes vernahm ich ganz deutlich das, was ich durch die schalldämpfenden Wände von Tekúns Büro gehört hatte, einen sechsten

Schuss, daraufhin eine lange Pause von etwa vierzig Sekunden und einen siebten Schuss. Schließlich folgte das Stöhnen meines angeschossenen Partners.

Ich spulte die Kassette zurück und spielte sie noch einmal ab, wobei ich dieses Mal aufmerksamer auf jeden Schuss achtete und sie voneinander unterschied.

Die beiden ersten Schüsse, eine Fünfundvierziger.

Die unmittelbar darauffolgenden zwei, eine Achtunddreißiger.

Jerry schrie Befehle: »Halt! Polizei!«

Der fünfte Schuss, eine 9-Millimeter-Parabellum. Jerrys Schrei.

Pause.

Der sechste Schuss, eine 9-Millimeter-Parabellum.

Pause.

Der siebte, die Fünfundvierziger.

»Oh, verdammt noch mal ...«

Das Telefon klingelte. Es war Doc. »Was ist los, Romi?« Er war gut gelaunt. Ich hingegen konnte mir das momentan nicht leisten.

»Doc. Sagen Sie mir, wo sich Ihrer Meinung nach die Jadepyramide in Sáenz' Leiche befunden hat.«

»Was? Sie haben sie auf dem Boden entdeckt, Romi. Zwischen den Backsteinen.«

»Ich weiß, ich weiß. Aber sie ist aus der Leiche herausgefallen. Ich glaube, aus dem oberen Loch in seinem Schädel.«

»Seltsam. Ich hatte angenommen, sie steckte in Sáenz' Mund, genau wie bei den beiden anderen Opfern auch.« Er blätterte durch eine Akte. Ich konnte die Seiten rascheln hören. »Warten Sie mal ... Ich kann es hier nirgends finden. Da Sie sie außerhalb der Leiche entdeckt haben, war das nicht wirklich Teil der Autopsie.«

»Ja, aber was ist mit der Pyramide an sich? Haben Sie mir nicht letztens alle Ergebnisse Ihrer Untersuchungen mitgeteilt? Als Sie mir erzählt haben, das Blut daran würde mit dem von Sáenz übereinstimmen?«

»Okay, okay, warten Sie mal. Geht es Ihnen gut? Sie klingen so, als würden Sie hyperventilieren.«

»Mir geht es gut. Ich muss nur etwas klären.«

»Da ist es. Ja. Ich erinnere mich wieder, mein Assistent hat sich um alle Tests gekümmert, während Sie und ich im Gefängnis waren, um Benny runterzuschneiden. Hier.« Er fing an, ein paar technische, forensische Sätze vor sich hin zu murmeln, die ich nicht erfasste. Doch dann las er etwas vor, das ich verstand. »Spuren von Gehirngewebe gefunden, zusammen mit Blut, das als A-negativ getestet wurde. Hier steht auch, dass winzige Knochensplitter von der Parietalwand im Boden der Pyramide gesteckt haben. Das ist die Schädeldecke. Woher haben Sie das gewusst, Romilia? Romilia?«

»Ich habe es nicht gewusst. Nicht vor heute Abend.« Meine Hand bewegte sich wie von selbst, um den Hörer aufzulegen. Ich hörte ihn rufen »Warten Sie!« Doch ich musste noch einen letzten Anruf tätigen, einen Anruf, der dringliche Fragen beantworten würde.

»*Cumberland Journal*«, meldete sich die Stimme einer Reporterin.

Ich erklärte ihr, wer ich war. Dann bat ich sie, mir einen Gefallen zu tun. »Könnten Sie bitte an Sáenz' Computer gehen und ihn einschalten?«

»Klar, Detective. Aber weiter werde ich nicht kommen. Ich kenne sein Passwort nicht.«

»Es ist *pendejo.*« Ich buchstabierte es ihr, während mein Herz zu explodieren und mir aus dem Hals zu springen drohte.

»Okay, ich bin drin. Bevor ich weitermache, sollte ich lieber

Mr. Stapleton anrufen, Detective Chacón. Sie wissen schon, um ihn um Erlaubnis zu bitten, diese Dateien zu öffnen.«

»Sie brauchen sie nicht zu öffnen, Ma'am«, erwiderte ich, »suchen Sie nur nach einer Datei mit dem Namen ›Kaibil‹ und sagen Sie mir, wann sie das letzte Mal geöffnet wurde.«

Sie tat es. »Moment. Am ersten November.«

»Sind Sie sicher?«

»Klar bin ich sicher. Das Datum steht gleich neben dem Namen der Datei. Erster November.«

Ich atmete rasch, ich wusste, dass wir die leere Datei am 3. November geöffnet hatten. »Sagen Sie, Ma'am, was zeigt das Datum in der Ecke des Bildschirms an?«

»Na ja, den fünften November, nehme ich an, das heutige Datum … Nein, warten Sie mal. Dieser Computer läuft falsch. Hier steht der dritte November. Sieht aus, als hätte Sáenz an einem Computer gearbeitet, der zwei Tage hinterher war.«

Ich wollte sie korrigieren, dass dies absolut nicht der Fall war. Sáenz hatte nie an einem nachgehenden Computer gearbeitet. Als er ihn benutzt hatte, hatte er durchaus die richtige Zeit angezeigt.

»Kann ich sonst noch was für Sie tun, Detective?«, fragte die Reporterin. Ich wollte mich gerade bei ihr bedanken und sagen, Nein, schalten Sie den Computer einfach wieder aus, als das Klicken einer 9-Millimeter-Parabellum an mein Ohr drang. Es war nicht meine.

Ich drehte mich nicht um, ich wusste, dass es nicht klug wäre. Alles, was ich sagte, war: »Ich nehme an, Sie sind gekommen, um Ihren Mantel abzuholen.«

»Legen Sie auf.«

Ich gehorchte. Einen Moment lang sagte er nichts weiter. Ich füllte die Stille: »Sieht so aus, als hätte man Sie zu früh aus dem Vanderbilt-Krankenhaus entlassen.«

»Miguel hat mir nur eine Fleischwunde verpasst.«
»Sie meinen, Sie haben sich nur die Fleischwunde verpasst.«
»Halten Sie die Klappe. Halten Sie einfach die Klappe«, knurrte Jerry. Seine Stimme bebte. Er schniefte, als wäre bei ihm eine Erkältung im Anmarsch. Doch es war keine Erkältung. Seine ständigen Ausflüge zur Toilette ergaben endlich einen Sinn.
Er begann erneut: »Sie haben keine Ahnung, wie verdammt satt ich das alles habe. Es will einfach kein Ende nehmen. Aber jetzt wird das alles ein für allemal aufhören. Endlich. Keine Bewegung.« Er beugte sich hinter mir herunter, schnallte meine Waffe los und zog sie aus dem Holster. »Jetzt los.« Er stellte sich genau hinter mich und schubste mich auf die Tür zu.
»Wohin gehen wir?«
»Ich hab gesagt, Sie sollen die Klappe halten. Seien Sie still, bis wir bei Ihrem Wagen sind.« Ich öffnete die Tür und hielt die Hände an den Seiten. Sein Hass war vermutlich so groß, dass er zu murmeln anfing: »Wir statten Mr. Tekún Umán einen kleinen Besuch im Krankenhaus ab.«

36

Jerrys Wut beherrschte nunmehr sein Handeln. Auf dem Parkplatz kramte ich ein paar Sekunden länger in meiner Handtasche, als es ihm passte. Er schrie: »Machen Sie schon mit dem verdammten Schlüssel!«

Er ließ mich fahren, damit er die Waffe weiter auf mich richten konnte. Es war jetzt nach Mitternacht, früher Freitagmorgen. Auf dem Highway war nur wenig Verkehr.

»Wie haben Sie es herausgefunden?«, fragte er. Seine Stimme bebte vor Zorn.

Zuerst wollte ich nicht reden. Doch ich konnte den Lauf der 9-Millimeter nur fünfzehn Zentimeter von mir entfernt spüren. »Während des Verhörs haben Sie etwas Auffälliges zu Miguel gesagt. Dass die Jadepyramide in Sáenz' Gehirn gedrückt worden sei. Als ich das übersetzt habe, klang es irgendwie nicht richtig. Wir alle, Doc, ich und McCabe hatten geglaubt, die Pyramide wäre ihm aus dem Mund gefallen, nicht aus dem Schädel. Aber Sie waren der Einzige bei dieser Ermittlung, dem genau bekannt war, wo sie gesteckt hat. Nur der Mörder kann das gewusst haben.«

Er schüttelte heftig den Kopf. »Der Unterkiefer von dem Scheißkerl war fest zusammengepresst. Sein ganzer Körper war starr. So was hab ich noch nie gesehen ... Ich musste das Schmuckstück irgendwohin stecken ...«

Kataleptische Totenstarre, dachte ich. Doc hatte also recht gehabt.

»Sie sind ein ganz schön schlaues Mädchen«, sagte er. »Warum wollten Sie meinen Mantel behalten?«
»Als ich die Einschüsse in der Wand gesehen habe, wusste ich, dass irgendwas nicht stimmt. Sie befanden sich direkt über Ihrem Kopf, an der Stelle, wo Sie gestanden haben. Die Löcher waren nicht mal in der Nähe von Miguels Standort im Raum. Das hat Tekún gemeint, als er ›Was zum Teufel‹ gesagt hat. Er hat nicht mit Miguel geredet. Er hat Sie gemeint. Sie waren schon im Zimmer. Er hat auf Sie geschossen, weil Sie auf ihn gefeuert haben.«
»Der Dreckskerl hat eine Pistole gezogen. Damit hab ich nicht gerechnet. Aber vermutlich hat sie seinen Leibwächter ersetzt ...« Er redete, als bekäme er gleich Gelegenheit, es noch einmal zu tun und es dieses Mal nicht zu vermasseln.
»Sie haben Dr. Hatcher gekannt. Woher? Haben Sie Koks bei ihm gekauft?«
»Wie kommen Sie darauf?« Er sah mich an.
»Sie haben zu viele Ausflüge zur Toilette gemacht. Sie sind immer nervöser geworden, je näher Ihre Chance rückte, Tekún Umán die ganze Sache anzuhängen. Aber warum?«
»WARUM?« Er drückte mir den Lauf an die Schläfe. »Weil Murillo ein verdammter, mieser Scheißkerl ist, darum!« Dann senkte er die Waffe und fing an, an seinen Kleidern zu zerren. Ich dachte, er würde sich ausziehen. Doch er schob nur sein Hemd hoch. »Weil er mir das hier angetan hat, darum!«
Wir fuhren unter einer Straßenlaterne hindurch. In ihrem Licht erblickte ich auf seinem Bauch die Narbe in der Form eines deutlich geschriebenen Wortes: *Ladrón.* Der Akzent war da, genau wie bei Gato Negro.
Ich war entsetzt und verwirrt zugleich. Jerrys flache Atmung füllte das Innere des Wagens. »Verstehen Sie jetzt?«, schrie er.

»Was? Haben Sie Tekún bestohlen? Hat er Ihnen deshalb ›Dieb‹ in den Bauch geritzt?«
Er gab ein grunzendes Lachen von sich. »War nicht der Rede wert. Hab nur ein bisschen was abgeschöpft. Nur dachte ich, ich würde es diesem verdammten Pajarito abknöpfen. Ich hab erst kurz vor Hatchers Tod erfahren, dass Pajarito für Tekún Umán gearbeitet hat. Pajarito hat mich vor sechs Monaten angesprochen. Schmiergelder von jemandem zu kassieren, ist nichts Neues, Romilia. In ein paar Jahren wird Ihnen das auch gefallen, nachdem man Sie fürs Leicheneinsammeln mit einem Arschtritt bezahlt hat. Ich habe für Tekún Geld eingetrieben. Es ist gutes Geld. Und Tekún Umán handelt mit jedem. Ich meine wirklich mit jedem. Er verkauft billigen Shit auf der Straße, aber auch hochwertiges Heroin und kolumbianisches Kokain an einige der bedeutenderen Leute von Atlanta, und jetzt auch an die betuchteren Bürger von Nashville. Einer seiner Kanäle lief über Dr. Hatcher.«
»Dr. Hatcher hat also mit Drogen gedealt …«, murmelte ich.
»Oh, aber aus edlen Gründen. Er hat nur gutes Zeug an seine eigenen Patienten verkauft. Er wollte unbedingt diese Freie Klinik auf die Beine stellen. Aber er hat das nötige Geld nicht zusammenbekommen. Irgendwie hat Tekún Umán davon erfahren und ihm einen Deal angeboten. Vertick Drogen an die reichen Ärsche der Stadt und behalte etwas vom Gewinn. Der gute Doktor hat sich drauf eingelassen. Er hat an Hausfrauen, Anwälte, Prediger, Lehrer und sonst wen verkauft, der in seine Praxis gekommen ist und Interesse gezeigt hat. Sie haben gewusst, dass es illegal war. Aber, mein Gott, wenn's ein Arzt verkauft, muss es ja guter Stoff sein. Tekún hat viel Geld mit ihm verdient. Und ich war derjenige, der es eingesammelt hat.
Aber dann hat Tekún mich unter Druck gesetzt, weil ich ein

bisschen was von der Kollekte abgezweigt habe. Meine Güte, es hat ja niemandem weh getan, nur ein paar Tausend hier und da. Peanuts für jemanden wie Tekún Umán. Aber es hat ihm nicht gefallen, als Pajarito ihm von den Verlusten erzählt hat.« Jerrys Stimme rasselte. »Dieser Gorilla von Leibwächter hat mich in einen Schuppen am Rande der Stadt geschleppt. Tekún hat dort auf uns gewartet. Er hat mir das hier angetan.« Jerry zeigte auf seinen Bauch. Er fing an zu weinen. »Verdammt, es war die reinste Folter. Sein Scheiß-Gorilla hat auf mir gesessen, während Tekún einfach sein Rasiermesser genommen hat und …« Jerry konnte seine Stimme kaum unter Kontrolle halten. »Als ich mir die Lunge aus dem Leib geschrien habe, hat er nur gesagt: ›Ich hab das von einem Verwandten aus der Heimat gelernt. Nur ein kleiner Denkzettel dafür, mit wem Sie es zu tun haben.‹ Dann hat er gemeint: ›Vergessen Sie nicht, Detective Wilson, Sie gehören jetzt mir.‹ Zum Teufel mit ihm!«

Jerry sackte in seinem Sitz zusammen. Doch die Waffe hielt er weiter hoch. Er strengte sich an, seine Fassung wiederzugewinnen. Redete, als wäre ich sein gefangener Beichtvater.

»Schließlich hat Hatcher angefangen, Ärger zu machen. Es war zu viel für das Gewissen des werten Doktors. Er wollte wieder auf den Pfad der Tugend zurück, was keine besonders gute Idee ist, wenn man in dieses Geschäft einsteigt, das kann ich Ihnen versichern. Irgendwann fing er an loszuheulen, wie schlimm das alles sei und dass er sich stellen wolle, auch wenn es bedeutete, dass er ins Gefängnis musste. Ich hab versucht, es ihm auszureden. Aber er wollte nicht hören. Er wollte zur Polizei gehen. Er hatte schon alles seiner Freundin gebeichtet. Ich hab gefragt: ›Freundin? Was für eine Freundin?‹ Er hatte Angst vor mir. Aber ich hab herausgefunden, wer sie war. Hatcher und ich haben uns gestritten. Ich hab ihm gedroht, dass er sein dummes Maul halten soll. Er wollte nicht hören. Er hat gesagt, er würde sich am nächsten Tag der Polizei stellen. Da hab ich ihn mir vorgeknöpft, bevor er es tun konnte. Dann hab ich Pamela Kim ausfindig gemacht.«

»Sie haben sie beide umgebracht«, stellte ich fest.

Er sah mich an, als hätte ich auf einmal den Verstand verloren. »Genau«, erwiderte er.

Ich schob meine Handtasche näher an ihn heran und stellte ihm gezielt Fragen: »Aber warum diese ganze *Kaibil*-Geschichte?«

Seine nervöse, müde Stimme schlug auf einmal um und nahm einen fast feierlichen Ton an. Er hielt die Waffe locker im Schoß. »Na, finden Sie nicht auch, dass das ein Geniestreich war? Dieser Dreckskerl Tekún hat mich auf die Idee gebracht, als er mir von seinen Verwandten in der ›alten Heimat‹ erzählt hat. Ich hab angefangen, Nachforschungen über seine alte Heimat anzustellen. Ich hab das Internet nach Seiten über Guatemala abgesucht und das gefunden, was ich Ihnen letztens gezeigt habe, diese blutrünstigen Bilder von verstümmelten Zivilisten mit aufgeschlitzten Kehlen und Schusswunden. Dann hab ich mir die Sache mit der Jadepyramide einfallen lassen, um sie als Wegweiser zu benutzen. Ich hab gedacht, na ja, wenn ich es schon so aussehen lasse, als wäre es jemand anderes gewesen und nicht ich, kann ich die Spur genauso gut zurück zu Tekún Umán führen lassen. Ich könnte doch den Eindruck erwecken, Hatcher und Kim wären von einem militaristischen, ausgebildeten Killer aus Guatemala ermordet worden, angeheuert von Tekún. Ich musste nur genügend Punkte mit Tekún in Verbindung bringen. Bis Tekún darauf gekommen wäre, was Sache war, wäre er bereits wegen seines Drogenhandels unter Druck geraten.

Aber dann ist mir Benny Bitan dazwischengekommen. Er ist

mir und Kim raus zur Brücke gefolgt. Nachdem ich sie kaltgemacht hatte, kommt er und legt sich neben sie. Zuerst hab ich gedacht: ›Verdammt, alles umsonst.‹ Doch dann hat sich schließlich alles zum Guten für mich gewendet. Ich war ein Held. Aber ich hatte nach wie vor Tekún am Hals.

Daraufhin ist Sáenz auf der Bildfläche erschienen. Dieser junge Mistkerl war einfach cleverer, als gut für ihn war. Er hat angefangen, mich anzurufen und zu fragen: ›Wie kommt es, dass Sie in der Gegend waren, als Benny Bitan Pamela Kim umgebracht hat?‹ Er hat Bennys Obdachlosenheim aufgesucht und herausgefunden, dass Pamela eine Affäre mit Dr. Hatcher hatte. Sáenz ermittelt also auf eigene Faust weiter und erfährt von der Verbindung zwischen Hatcher und Pajarito. Also ruft er mich erneut an.

Ich hab gedacht, ich könnte Tekún Umán durch Sáenz mit den Morden in Verbindung bringen. Ich wollte diesem Jungen eine großartige Geschichte liefern. Ich wollte ihm von den *Kaibiles* erzählen und ihn Nachforschungen über sie anstellen lassen. Er wäre zu dem Schluss gekommen, dass Tekún der Todesschwadronenmann war. Das hätte seiner Karriere als Reporter einen Schub gegeben. Aber bevor ich das tun konnte, geht er zu Pajarito und interviewt ihn! Er erwähnt dem Fettsack gegenüber meinen Namen und erzählt ihm, ich wäre der Ermittler, der die zwei Morde aus verschiedenen Blickwinkeln angehen würde. Pajarito wendet sich ihm lächelnd zu und sagt so was wie: ›Vielleicht sollten Sie herausfinden, wie Detective Wilson seine Freizeit gestaltet.‹ Dieser kleine mexikanische Dreckskerl. Er wollte die Aufmerksamkeit nur auf mich lenken. Sáenz hat angefangen, Fragen über mein Privatleben zu stellen, der kleine Arsch. Deshalb hab ich ihm eine Falle gestellt. Ich hab ihm erzählt, Benny wäre durchaus nicht der wirkliche Mörder, ich hätte aber einen

Hinweis auf die wahre Identität des Mörders und er sollte mich unten am Fluss treffen, wenn er bei der Verhaftung dabei sein wollte. Das hat er dann auch getan. Aber Diego hatte eine Waffe dabei. Vermutlich hatte Miguel recht, er war nervös.
Da er bewaffnet war, musste ich ihn anders umlegen. Ich hab die Waffe gepackt und sie auf ihn gerichtet. Da ich nicht auf sein Herz zielen konnte, hab ich sie ihm an den Hals gedrückt. Nachdem ich ihn gezwungen hatte, sich selbst zu erschießen, hab ich versucht, seinen Mund zu öffnen, um die Pyramide hineinzulegen, doch da war nichts zu machen. Deshalb hab ich ihm das Ding in den Schädel gesteckt. In dem Moment hab ich ein Geräusch ganz in der Nähe gehört. Miguel. Also hab ich mir Sáenz' Notizbuch geschnappt und bin abgehauen.«
Obwohl er so redete, als hätte er eine ganze Weile an dem Plan gefeilt, erkannte ich, dass er mit jedem Mord schlampiger geworden war.
»Es hätte alles wunderbar geklappt, wenn sich nicht ständig irgendwelche Leute eingemischt hätten. Manche Dinge sind gut gelaufen. Pajarito sitzt im Gefängnis. Aber dieser Scheißkerl hat mich runter in seine Zelle gerufen, um mir zu sagen, dass, wenn mich die Bullen nicht kriegen, Tekún es tun wird. Beschissener Mistkerl, droht mir …«
Er verstummte. Ich fuhr auf den Parkplatz des Vanderbilt-Krankenhauses. Er drehte sich zu mir und sah mich direkt an.
»Dann Sie. Ich hab gedacht, Sie würden bei der ganzen Sache auch eine Hilfe sein. Durch Ihre Ermittlung konnte ich an Sáenz' Computer und es zumindest so aussehen lassen, als hätte er Nachforschungen über die Kaibiles angestellt. Ich konnte eine ganze Weile zum Schein mitmachen. Sie haben tatsächlich geglaubt, ich wäre wütend auf Sie, weil Sie die

Pyramide bei Sáenz gefunden haben. Sie haben keine Ahnung, wie begeistert ich war! Doc Callahan hat sie aus Diegos Kopf fallen lassen, aber Sie haben sie entdeckt. Ich musste bloß so tun, als wäre ich wütend, als würde mein Ruf auf dem Spiel stehen. Und Sie haben es mir abgekauft!« Ein Schauer durchfuhr Jerrys Körper, als bräuchte er einen Schuss Heroin oder Koks.
Meine Angst hatte sich mit Wut vermischt. Ich knurrte ihn nahezu an: »Und das alles nur, um Ihren Drogenkonsum zu finanzieren.«
»Jetzt mal halblang, Lady.« Er drückte mir die Pistole an den Kopf. Als ich versuchte, nach links auszuweichen, presste er sie mir nur noch fester gegen die Schläfe und keilte meinen Kopf beinahe zwischen dem Lauf seiner Waffe und dem Fenster ein. »Keine Predigten. Ich will nichts davon hören. Sie waren noch nie auf Heroin. Sie haben keine Ahnung, wie viel man davon braucht, damit es Teil Ihres Lebens wird.«
Er nahm die Waffe weg. Seine Stimme veränderte sich und fiel von angespannter, nahezu kreischender Intensität in eine zittrige Ruhe ab. »Wissen Sie was, Romilia, ich hatte schon angefangen, Sie zu mögen. Ich hab sogar gedacht, wir könnten vielleicht Freunde werden.«
An seinen Worten erschreckte mich am meisten, dass es mir genauso ging. Dieser Dreckskerl.
Er fuhr fort: »Aber als Sie meinen Mantel behalten wollten, war mir klar, dass Sie Verdacht geschöpft haben. Wahrscheinlich wären Sie damit zu den Ballistikern gegangen und hätten die Schmauchspuren der Fünfundvierziger daran gefunden.«
Ich parkte langsam, aber mit rasendem Herzen ein, da ich, nachdem ich gehört hatte, wie er mir auf die Schliche gekommen war, mich fragte, was passieren würde, sobald ich den Motor ausgeschaltet hatte.

»Ja, Sie sind gut, Romilia. Wirklich gut. Sie sind intelligent, aufmerksam, jung … Sie sind sogar attraktiv. Sie haben Ihren Sohn und Ihre Mom. Alles läuft, wie Sie es sich wünschen. Zu schade, dass Sie bald an einer Überdosis Speedball sterben werden.«

Das war das Letzte, was ich hörte. Abgesehen von dem dumpfen Schlag natürlich, der mir durch den Schädel hallte. Ich erkannte kaum die Digitaluhr des Wagens: 0.13 Uhr. Danach war alles still, schwarz und unergründlich.

37

Das Erste, was ich sah, war Sergio. Er lächelte mich an und bat mich, mit ihm zu spielen. Aber seine Stimme war wie ein Echo, das mit größer werdender Entfernung fast schroff klang. Dann verließ er mich ganz, verschwand aus diesem schmalen Bereich zwischen erzwungenem Schlaf und dem Erwachen in der Wirklichkeit, so dass mir nichts anderes blieb, als unter das Armaturenbrett des Taurus zu starren. Ich wollte mir mit der Hand den Kopf reiben, doch sie gehorchte mir nicht. Beide Hände blieben an den Griff der Beifahrertür gekettet, an dem Jerry sie mit Handschellen befestigt hatte.

»Scheiße! Scheiße!« Ich zerrte an den Fesseln, auch wenn es vollkommen sinnlos war. Offensichtlich hatte er mich auf den Sitz gelegt, damit mich niemand sah. Ein unsichtbarer Schlagstock trommelte dort gegen die Innenwand meines Schädels, wo er mich niedergeschlagen hatte. Ich rappelte mich in eine unbequeme Sitzhaltung auf und blickte zum Vanderbilt-Krankenhaus hoch, das in Dunkelheit gehüllt war. Tekún lag auf der Intensivstation, auf derselben Station, in der man auch Gato Negro untergebracht hatte. Ich sah auf die Digitaluhr am Armaturenbrett. Sie zeigte jetzt 0.17 Uhr an. Vier Minuten waren vergangen. Er war unterwegs, um seinen nächsten Mord zu begehen. Ich wusste, dass ich nach Tekún das letzte Opfer sein würde. Eine Überdosis Speedball, bei dem man sich intravenös eine Mischung aus Kokain und Heroin spritzt. Sogar mit seinem hektischen, immer sorgloser werdenden

Verstand war er nach wie vor kreativ. Selbst wenn sie ihn erwischten, würde ich tot sein. Ich fluchte erneut und blickte aus dem Fenster.

Ich hörte das Fiepsen der Alarmanlage eines Autos. Ein Arzt ging auf seinen BMW zu, gerade als ich zum dritten Mal »Scheiße« geschrien hatte. Er musste mich gehört haben, denn er sah in meine Richtung. Es war Clancy, der Arzt, der sich um Gato Negro gekümmert hatte. Er trug grüne OP-Kleidung und einen dicken Mantel über den Schultern. Seine Wagenschlüssel hingen aus einer müden Hand. Er wandte den Blick zu mir herüber. Ich rief ihm zu. Clancy kam näher, erkannte die Situation und hörte mir zu, als ich ihm die Erlaubnis gab, das Fenster einzuschlagen und mich verdammt noch mal hier herauszuholen.

Er holte sich einen großen Stein vom Rand des Parkplatzes und ging zur hinteren Tür auf der mir gegenüberliegenden Seite und zertrümmerte das Fenster. Ich drückte schützend das Gesicht in den Sitz, als er ein Spinnennetz in das Glas schmetterte. Beim dritten Schlag brach er durch und entriegelte die Türen: »Was in aller Welt tun Sie da, Detective? Was ist los?«

Ich erklärte es ihm: Ein Killer hatte mich hier eingesperrt und war auf dem Weg, einen seiner Patienten umzubringen.

Er zögerte keinen Moment lang. Mit dem Stein bearbeitete er den Türgriff, schlug immer wieder zu und versuchte, die Kette der Handschellen zu sprengen. Es funktionierte nicht. Der Stein zerschrammte den harten Kunststoff, erreichte aber sonst nichts. Er fluchte: »Verdammt noch mal, geh schon kaputt!« Dann zerbrach etwas. Nicht die Handschellen, sondern der Türgriff. Er fiel auf den Boden des Wagens.

Ich blickte auf meine nach wie vor gefesselten Hände. Doch wir hatten keine Zeit mehr. Ich stolperte aus dem Wagen und

sprintete sofort über den Parkplatz. »Tun Sie mir einen Gefallen. Nehmen Sie meine Handtasche und bringen Sie sie mit.«
Er gehorchte.
Er rannte neben mir her und achtete darauf, dass ich mit den Handschellen nicht hinfiel. »Wie kommt man am schnellsten zur Intensivstation?«, fragte ich. Clancy packte sanft meinen Arm und zog mich nach rechts.
»Können Sie die Stufen hinaufrennen?«
Ich sagte ja.
»Folgen Sie mir.« Wir spurteten los.
Auf der dritten Etage bogen wir um eine Ecke, während die Blicke der Krankenschwestern und der anderen Ärzte auf uns geheftet waren. »Hören Sie. Was auch immer passiert, Sie geben diese Handtasche niemandem heraus«, ermahnte ich ihn. »Lassen Sie sie nicht aus den Augen. Wenn irgendetwas schiefläuft, händigen Sie sie direkt Lieutenant Patrick McCabe von der Mordkommission aus.«
»Was soll das heißen, wenn irgendetwas schiefläuft?« Ich konnte spüren, wie er mich ansah. Ich konnte es ihm nicht erklären, da ich in diesem Moment die Tür entdeckte, auf die er gerade gezeigt hatte. Ich stieß sie mit meinen gefesselten Händen auf und erblickte sogleich in der Dunkelheit Jerrys sehnigen Rücken und seinen gesunden Arm, der leicht zitterte, während er das Kissen gegen das Bett drückte. Sonst konnte ich nur Tekún Umáns olivefarbene Arme erkennen, die er kaum zu heben vermochte, um den Detective abzuwehren.
Da ich sonst nichts tun konnte, tat ich es einfach. Ich sprang auf ihn und warf meine Hände vor ihn, so dass sich die Kette der Handschellen um seine Kehle legte.
Wir fielen beide nach hinten. Er ließ das Kissen los, aber nicht um sich abzufangen. Er streckte die Hand nach unten und

zog etwas aus seinem Gürtelbund. Sein Körper knallte auf mich. »Scheiße«, keuchte ich, als ich spürte, wie sein ganzes Gewicht meinen Unterleib auf den Boden drückte. Dann sah ich das von unten auf mich zukommende, funkelnde Metall, mit dem er in der linken Hand ausholte, um damit auf mein Gesicht zu zielen. Ich riss den Kopf nach rechts. Doch ich hörte ein reißendes Geräusch, dumpf und leise, gleich unter meinem linken Ohr. Ich spürte, wie die flüssige Hitze durch die Seite meines Halses pulsierte.

Ich schrie auf. Er griff sich mit der rechten Hand an den Hals, packte die Handschellen und zog die Kette von seiner Haut. Ich fiel von ihm ab. Sein Atem entfuhr ihm wie ein Vakuum. Als er schnell auf die Beine sprang und die Waffe zog, stieß er mit den Füßen gegen mich.

Ich konnte nichts anderes tun, als die linke Hand gegen meinen Hals zu drücken und die rechte damit ebenfalls nach oben zu zwingen. Ich spürte das heraussickernde Nass. Dann drang mir der Geruch frischen Blutes in die Nase, als wäre es nicht mein eigenes. Drei Atemzüge verließen meine Lunge, die bei dem Gedanken an eine durchtrennte Halsschlagader bebten, bei der Vorstellung, dass ich wegen dieses Schnitts hier und jetzt sterben würde. Aber ich konnte Jerry immer noch klar sehen. Offenbar verließ mich mein Sehvermögen noch nicht.

Er blickte auf mich herunter, die Waffe direkt auf meinen Kopf gerichtet. Daraus konnte ich nur schließen, dass die Schnittwunde aus seiner Sicht nicht tief genug war. »Du kleines Miststück«, stieß er hervor. Es war das Knurren totaler entfesselter Wut.

Hinter mir stand Clancy. In seinem Rücken versammelte sich eine wachsende Zahl Krankenhausangestellter. Sie schauten alle hinein. Jemand schrie auf dem Flur. Aber niemand regte sich bei dem Anblick von Jerry, der seine Waffe auf meine

Schläfe richtete. Ich schrie Clancy zu: »Verschwinden Sie mit der Handtasche von hier.«
Doch er rührte sich nicht vom Fleck. Er sah eine Frau an, die ebenfalls grüne OP-Kleidung trug. Er drückte ihr die Handtasche fest in die Arme. »Verschwinden Sie«, wies er sie an, »und schützen Sie das hier mit Ihrem Leben.« Sie gehorchte und verließ den Schauplatz.
Ich musste zugeben, dass ich ihn dafür mochte.
Clancy ging einen Schritt auf uns zu. »Bleib, wo du bist, Arschloch!«, knurrte Jerry. Daraufhin wandte er den Blick wieder mir zu.
Schließlich sprach er: »Was ... ist in Ihrer Handtasche?«
Ich sagte nichts. Er gab mir einen Tritt in die Rippen. Die Menge hinter mir hielt wie ein Mann den Atem an.
»Der Kassettenrekorder, Jerry. Das Gerät, das Sie Miguel mitgegeben haben.« Ich holte Luft, nur um die Worte aussprechen zu können: »Kommen Sie schon, Jerry, geben Sie auf. Es ist vorbei ...« Doch für ihn war es nicht vorbei. Nicht bevor er den Hahn gespannt, die Waffe höher gehalten und sie auf sein linkes Auge gerichtet hatte.
Ich wusste, selbst wenn ich eine halbe Sekunde früher geschrien hätte, bevor er den Abzug drückte, wäre es völlig sinnlos gewesen.

38

Dr. George Clancy ermahnte mich immer wieder freundlich, nicht zu viele Besucher zu empfangen. Was ihn jedoch nicht davon abhielt, etwa einmal stündlich in mein Krankenzimmer zu kommen. Ich erwartete ihn mittlerweile schon.

»Ich glaube nicht, dass es mir so schlecht geht, Dr. Clancy«, erklärte ich, als er zum fünften Mal hereinkam. »Es ist wirklich nur eine Fleischwunde. Es wäre schön, wenn ich nach Hause dürfte.«

»Bitte nennen Sie mich George. Und es ist mehr als eine Fleischwunde, Romilia. Er hat ziemlich tief geschnitten. Sie hatten Glück. Das hatten wir wohl alle«, erwiderte er in bescheidenem, verlegenem Tonfall. Er lächelte und wurde dann wieder ernst, professionell. »Außerdem war das ein sehr traumatisches Erlebnis für Sie. Ich glaube, es wird Ihnen guttun, sich hier ein paar Tage auszuruhen.«

Mir drängte sich der Gedanke auf, dass er seine Autorität als Arzt zu persönlichen Zwecken nutzte. Doch das störte mich nicht. Es war ein angenehmes Gefühl, von vorne bis hinten bedient zu werden. Außerdem war ich müde. Sehr müde.

Sobald Mamá kam, wich sie mir nicht mehr von der Seite. Sie hatte ihre Schwester gebeten, aus Atlanta zu kommen und sich zu Hause um Sergio zu kümmern. Sie erlaubte ihrem Enkel, mich einmal zu besuchen, nachdem ich erst gefleht und gebettelt und dann darauf bestanden hatte, meinen Sohn zu sehen.

Er kam herein, den Blick fest auf mich gerichtet, das Gesicht erstarrt, als könnte ein falscher Windstoß es herunterfegen. Zuerst wollte er nicht in meine Nähe kommen, als hätte er große Angst vor dem, was er später »das große Pflaster« um meinen Hals nannte. Ich rief ihn zu mir: *»Veníte, mi corazón«*, vertraute Worte, die ihn in meine Richtung lockten. Er trat an das Bett. Ich fuhr ihm mit den Fingern durchs Haar.

»Hast du die Bösen erwischt?«, fragte er mich mit seiner kleinen Stimme, die mir ins Ohr träufelte.

»Ja, *mi corazón.* Hab ich.«

Dann starrte er auf den Verband. »Aber sie haben dich auch erwischt.«

Nach einem kurzen Besuch und ein paar abgerungenen Küssen führte ihn meine Tante aus dem Zimmer und ließ meine Mutter weinend und mich mit leerem Blick zurück, während mir selbst auch Tränen über die Wangen liefen.

Meine Mutter schlief, als Lieutenant McCabe hereinkam. Er hatte die neueste Ausgabe der Tageszeitung unterm Arm. Er ließ sie aufs Bett fallen. »Hier haben Sie was zu lesen, wenn Sie sich besser fühlen. Sie sind Nashvilles neuester Held.«

»Heldin«, korrigierte ich ihn.

»Natürlich. Der Bürgermeister hat mich übrigens heute Morgen angerufen, nachdem er die Zeitung gelesen hat. Er hat mich gebeten, Ihnen auszurichten, dass er auf Ihre baldige Genesung hofft und sich freut, Sie bald wieder im Dienst zu sehen, bla bla bla. Außerdem ist er Ihnen sehr dankbar, dass Sie wieder für Ruhe und Ordnung in unserer schönen Stadt gesorgt haben, indem Sie diesen Todesschwadronen-Blödsinn aufgeklärt haben, den Wilson in die Welt gesetzt hat.«

Ich lachte, obwohl es mir ziemliche Schmerzen bereitete. »Ist das derselbe Typ, bei dem ich reingeplatzt bin, als er sich mit Tekún Umán getroffen hat?«

»Ja, na ja, der Bürgermeister übt sich ein wenig in Demut, seit er Ihre Aufnahme mit Wilsons Geständnis gehört hat. Außerdem hat er betont, dass er alle Beziehungen zu Mr. Murillo – oder Tekún Umán – beenden werde, bis die ganze Sache geklärt ist.«

»Wird es eine Untersuchung geben?«

McCabe seufzte. »Da bin ich mir ganz sicher. Allerdings haben Tekúns Anwälte heute Morgen im Radio und im Fernsehen schon Stellungnahmen herausgegeben, in denen es heißt, dass Wilsons aufgenommenes Geständnis nicht ausreiche, um ihren Mandanten vor Gericht zu bringen.«

»Verstehe. Und was ist mit dem lieben Tekún? Geht es ihm gut?«

McCabe zögerte erneut. Dann platzte er einfach damit heraus. »Er ist weg.«

»Weg?«

»Ja. Ist letzte Nacht verschwunden.«

»Weg?! Wo zum Teufel ist er hin?«

»Angeblich hat sein Arzt in Atlanta behauptet, Tekún müsse aufgrund seines kritischen Gesundheitszustandes umgehend in seine private Pflegeeinrichtung gebracht werden. Drei Stunden, nachdem Wilson sich umgebracht hat, ist ein Team aufgekreuzt, das scheinbar aus Atlanta kam, und hat Tekún aus dem Krankenhaus gebracht. Sie hatten ihr eigenes medizinisches Notfallequipment dabei, ihr eigenes Beförderungsmittel, alles. Sie haben gegen halb sechs Uhr morgens den Flughafen in einem Privatjet verlassen. Eigentlich sollte er in Atlanta landen. Ist jedoch nie dort aufgetaucht.«

Scheißkerl, dachte ich. Bestimmt sitzt er in diesem Augenblick in irgendeinem Nobelhotel in Guatemala City.

McCabe riss mich aus meiner kurzzeitig aufflammenden Wut. »Hören Sie, Sie müssen sich jetzt keine Gedanken über Leute wie Tekún machen. Sie sind bei einem Einsatz verletzt worden. Ihnen stehen ein paar Krankheitstage zu, und ein paar Tage wegen ›emotionalem Stress‹ oder wie auch immer das heißt. Wenn Sie hier raus sind, erwarte ich Sie frühestens in zwei Wochen zurück im Büro.«

Vielleicht vier, korrigierte ich ihn in Gedanken, als ich noch meine Urlaubstage hinten anhängte. Allerdings verschwieg ich ihm das erst einmal.

»Sagen Sie, wie sind Sie so schnell darauf gekommen, dass Jerry Tekún und Miguel in eine Falle gelockt hat, um sie beide zu töten? Für mich hatte es den Anschein, als hätte er es so aussehen lassen, dass Miguel Tekún erschossen hat.«

Ich seufzte, jedoch mehr, um Atem zu holen. »Hat er auch. Aber die Einschusslöcher von Tekúns Schüssen haben ihn verraten. Sie waren auf Jerry gezielt, nicht auf Miguel. Das hat mich auf die Idee gebracht, mir die Aufnahme der Schussfolge anzuhören. Gott sei Dank hatten wir Miguel verkabelt. Sein Aufnahmegerät hat alles aufgezeichnet. Man kann es eindeutig hören. Die Reihenfolge der Schüsse stimmt nicht. Zwei Schüsse aus einer Fünfundvierziger, dann Tekúns Schüsse. Auf Jerrys Schrei folgt ein Parabellumschuss. Das war Jerry, er war der Einzige im Raum mit einer Parabellum. Jerry hat die Fünfundvierziger in der einen Hand gehalten und die Parabellum in der anderen. Zuerst hat er zweimal mit der Fünfundvierziger auf Tekún und dann zweimal mit seiner Parabellum auf Miguel gefeuert. Daraufhin hat er die Fünfundvierziger in Miguels Hand gelegt und sie auf seinen eigenen Arm gerichtet, um sich selbst zu verwunden. Deswegen hat es so ausgesehen, als hätte Miguel auf Jerry geschossen, außerdem hatte Miguel auf diese Weise sogar Schmauchspuren an der Hand. Jerrys einziger Fehler war, dass er seinen ›durchdringenden Schmerzensschrei‹ vorgetäuscht hat, bevor er tatsächlich getroffen worden war. Wenn man sich die Aufnahme anhört, klingt es nahezu lächerlich.«

»Jerry hatte also zwei Waffen dabei und hat mit beiden Händen geschossen?«, fragte McCabe.

»Er war mit beiden Händen gleich geschickt. Ich habe ihn einmal dabei beobachtet, wie er mit der linken Hand eine großartige Karikatur von Mrs. Hatcher angefertigt hat. Später habe ich dann gesehen, wie er bei der Festnahme der beiden illegalen Mexikaner mit der rechten Hand die Waffe gezogen hat. Er konnte beidhändig schießen.«

»Und sobald Sie Ihren Partner unter Verdacht hatten«, sinnierte McCabe, »haben Sie die Zeitung wegen des Computers angerufen …«

»Genau. Ich hatte die Vermutung, dass diese ganze *Kaibil*-Geschichte nur ein Trick war. Jerry hat diese Datei auf Sáenz' Computer eingerichtet, während wir alle um ihn herumsaßen. Höchstwahrscheinlich in dem Moment, als er ›aus Versehen‹ Kaffee über den Tisch ausgeschüttet hat, was Stapleton und mich abgelenkt hat. Jerry hat den Computer auch zwei Tage zurückdatiert, auf den ersten November, damit es so aussah, als hätte Sáenz diese Datei vor seinem Tod abgespeichert. Er hätte bestimmt noch versucht, das Datum zu korrigieren, um seine Spuren zu verwischen, aber da kam der Anruf, dass man Gato Negro zusammengeschlagen hat. Wir sind aus der Zeitungsredaktion gestürmt, bevor er weiter am Computer herumspielen konnte.«

McCabe blickte auf mein Bett hinunter, schüttelte den Kopf und lächelte. Dann legte er die Stirn in Falten. Ich nahm an, dass er über den toten Detective nachdachte, einen Mörder, der in seinem Team gearbeitet hatte. Ich wollte ihm erklären, er solle sich solche Gedanken nicht machen. Doch bevor ich irgendetwas sagen konnte, ergriff McCabe meinen Zeh unter dem Laken und drückte ihn leicht. »Gute Arbeit, Romilia.« Damit ließ er mich und meine Mutter allein. Mamá döste immer noch in dem Stuhl neben mir.

Etwas später stand ich auf, um mir den Verband im Spiegel anzusehen. Er wand sich um meinen Hals und schmiegte sich fest an die Wunde. Da sie ihn noch einmal gewechselt hatten, konnte ich kein Blut sehen. Sie hatten mir gesagt, sie hätten den Schnitt mit vierundzwanzig Stichen nähen müssen. Ich spannte den Unterkiefer an. Das schmerzte. Trotzdem spannte ich ihn weiter an, während mir Bilder von Frankenstein in den Sinn kamen, dessen Kopf am Hals festgenäht war, damit er an Ort und Stelle blieb. Ich fragte mich, ob es eine Narbe geben würde. Ich warf mein Haar auf die linke Halsseite und versuchte mir vorzustellen, wie ich die Narbe, falls eine zurückbleiben sollte, vollständig verdecken konnte. »Vielleicht wenn ich mir die Haare ein bisschen länger wachsen lasse«, redete ich im Spiegel mit mir selbst. Mein Unterkiefer fing an zu zittern, als hätte er gehört, wie ich plante, meine Narbe zu verbergen, um wieder mein früheres Aussehen anzunehmen. Einen kurzen Augenblick lang war ich froh, dass sich der Mistkerl selbst das Hirn weggeblasen hatte. Doch ich wusste, dass das nicht stimmte, denn ich hatte es mit ansehen müssen. Ich hatte den Schuss gehört und zugesehen, wie seine Hand kaum gezuckt hatte, als die Kugel in seinen Kopf einschlug und für den Bruchteil einer Sekunde sein Hirn durcheinanderwirbelte, woraufhin sein ganzer Körper vor mir auf den Boden sackte. Es würde mehr als nur ein paar Wochen dauern, diesen Anblick zu vergessen. Es würde Zeit brauchen, eine Erklärung dafür zu finden oder die Tatsache zu verstehen, dass jemand, dem ich allmählich Vertrauen geschenkt hatte, in Wirklichkeit ein Mörder war. Dann wurde mir klar, dass es da nichts zu erklären gab. Ich konnte nur hoffen, dass mit der Zeit die Erinnerung daran verblassen würde.

Eine Krankenschwester kam herein. »Fühlen Sie sich ein bisschen besser, Ms. Chacón?«, fragte sie, als sie sah, dass ich aufgestanden war. Sie reichte mir ein kleines Paket. »Jemand hat das heute hier für Sie abgegeben.«

Ich dankte ihr und kroch zurück ins Bett. Sie warf einen prüfenden Blick auf meinen Wasserkrug und mein Krankenblatt und ging hinaus. Mamá wachte etwa zur gleichen Zeit auf.

»Was ist das?«, wollte sie wissen.

»Ich weiß es nicht. Sieht wie eine Karte aus. Mit einem Geschenk.« Ich zog den Umschlag und die winzige Schachtel aus dem Paket. Zuerst las ich den Brief. Er war getippt.

Mi amor,

auch wenn ich wegen meines kritischen Gesundheitszustandes etwas überstürzt Abschied nehmen musste, sollst du wissen, dass ich dich in Gedanken bei mir trage. Die letzten Tage waren wirklich schwer. Manchmal ist es besser, Abstand zu nehmen, die Welt um einen herum zu betrachten und ein besseres Gefühl für die Situation zu bekommen, in der man sich gerade befindet.

Von einer Sache kann ich mich jedoch nicht trennen, und das ist die Erinnerung an dich. Wenn du nicht gewesen wärst, würde ich in diesem Augenblick nicht mehr am Leben sein, dir diesen Brief schreiben und an dich denken. Deinetwegen existiere ich. Ja, ich weiß, wir haben kürzlich harsche Worte gewechselt, aber ich möchte alles wiedergutmachen, mich versöhnen und nach vorne blicken. Schon García Márquez hat einmal geschrieben,

»dass das Gedächtnis des Herzens die schlechten Erinnerungen auslöscht und die guten erhöht und dass es uns dank dieses Kunststücks gelingt, mit der Vergangenheit zu leben«. Ich hoffe, dass das auch bei uns der Fall sein wird.

Im Geiste desselben Buches übersende ich dir dieses kleine Geschenk. Betrachte es als ein Heiratsversprechen, auf das zu warten ich gewillt bin. Wenn Florentino Ariza einundfünfzig Jahre, neun Monate und vier Tage warten konnte, um der Frau seines Herzens zu sagen, dass er sie liebt, dann muss auch ich der Herausforderung einer solchen Leidenschaft gewachsen sein.

Für immer dein,
Tekún

Offensichtlich hatte Tekún *Die Liebe in den Zeiten der Cholera* gelesen.

Meiner Mutter gefiel die literarische Anspielung. »Na, er ist wirklich ein Romantiker, nicht wahr?«, sagte sie und strahlte mich an.

»Mamá, hast du keine Zeitung gelesen? Hast du nicht gehört, was ich dir über ihn erzählt habe? Er ist Drogendealer, Herrgott noch mal! Er hat diesen Jungen mit einem Messer böse zugerichtet! Und … und Wilson auch.«

Sie schüttelte nur den Kopf. Ich fragte mich, ob ihr wieder die Tränen kommen würden. »Ich weiß nicht mehr, was ich noch glauben soll …«

Ich schüttelte den Kopf und öffnete dann die Schachtel. Es war ein Ring. Die Klunker darauf sangen fast vor lauter Geglitzer.

»Dios mío«, rief meine Mutter aus. *»María y todos los ángeles …«*

Ich hörte sie nicht besonders gut. Bevor sie die Chance hatte, mir zu erzählen, was für ein guter Fang er wäre, knallte ich die kleine Schachtel wieder zu, hob sie auf Augenhöhe und schleuderte sie durch den Raum. Ich bin stolz darauf, sagen zu können, dass sie genau im Mülleimer landete.

»*Hija!* Was machst du denn da? Hast du den Verstand verloren?« Sie trat auf den Mülleimer zu, um sie wieder herauszuholen. In diesem Augenblick kam eine Krankenschwester herein. Ich hatte heute ihren Namen erfahren, Betsy Anne. Sie war eine junge, geschiedene Weiße mit drei kleinen Kindern unter sieben Jahren.

»Mamá, lass die Schachtel im Mülleimer liegen! Nimm sie nicht heraus!«

Sie hörte meinen bestimmten Tonfall, den ich ihr gegenüber nicht oft anschlug. Da es so selten vorkam, hielt sie inne.

»Aber Romi, meine Güte, du kannst so einen Ring doch nicht einfach wegwerfen. Er könnte eine Menge wert sein.«

»Betsy Anne, Sie können ihn haben.«

»Was haben?«, fragte sie, während sie in den Mülleimer blickte.

»Die Schachtel da. Da ist ein Ring drin. Behalten Sie ihn. Verkaufen Sie ihn. Ist mir ganz egal.«

»Vielen Dank, Ms. Chacón!«, sagte sie und fischte die Schachtel aus dem Mülleimer.

Am nächsten Tag erfuhren wir, was Betsy Anne mit dem Ring gemacht hatte. Sie war damit zu einem Juwelier gegangen, der seinen Wert auf viertausend Dollar geschätzt hatte. Betsy Anne rief mich an, um sich zu vergewissern, dass sie ihn wirklich behalten durfte. Sie nannte mir sogar den Preis. Ohne zu zögern, sagte ich: »Natürlich. Machen Sie das Beste draus.« Das tat sie auch. Sie verkaufte den Ring an denselben Juwelier, kaufte sich ein paar Kleider, ging mit den Kindern in ein nettes

Restaurant, kaufte auch ihnen ein paar Kleider und brachte dann den Rest zur Bank.

Meine Mutter schüttelte nur den Kopf und verschränkte die Arme. Sie blickte starr auf den Fernseher, während ich die Augen schloss. »Manchmal verstehe ich dich einfach nicht.«

»Das erwarte ich auch gar nicht, Mamá.«

»Ich meine, du hättest doch dasselbe tun können. Ihn behalten. Ihn verkaufen.«

»Ja. Hab ich aber nicht.«

Sie stritt sich nicht länger mit mir, da sie wusste, dass ich von meinem Standpunkt nicht abrücken würde. Vielleicht war sie auch meiner Meinung. Sie holte ein paar *tamales* aus einer Tüte. Ich war froh, ich hatte ihren Duft schon seit ein paar Minuten gerochen. »Doña Marina hat sie heute Morgen extra für dich gemacht. Sie möchte irgendwann abends nach Ladenschluss vorbeikommen und dich besuchen.«

»Wunderbar«, erwiderte ich. Ich freute mich wirklich auf diesen Besuch.

Wir saßen eine ganze Weile da, ohne das Essen anzurühren. Eine lautlose Träne lief die alternde Wange meiner Mutter hinunter. Sie drehte sich zu mir um und sah mich an. Schließlich fragte sie: »*Hija*, es ist vorbei, oder?«

Mir trat eine Träne in den Augenwinkel, als ich die Angst in ihrem Gesicht erkannte, das aus tiefstem Herzen zur Ruhe kommen und ein geliebtes Land und seine blutige Geschichte vergessen wollte. Doch die letzten Tage in dieser neuen Stadt hatten meine Mamá zu sehr mitgenommen, als uns die Killer einer anderen Zeit und einer anderen Welt angeblich in unser neues Zuhause gefolgt waren. Ich wusste nicht, was mich wütender machte: die Tatsache, dass Wilson gemordet hatte oder dass er eine riesige Fassade aufgebaut hatte, die die gesamte Stadt vorübergehend gegen meine eigenen Leute aufgehetzt hatte. Oder dass Wilsons gut ausgeklügelte Lüge uns so unmittelbar berührt und meine Mutter unnötigerweise in eine schmerzvolle Vergangenheit zurückgeworfen hatte. Aber jetzt wussten alle, dass es eine Lüge gewesen war. Es gab keine *Kaibiles.* Und dieser Mistkerl war tot.

»Ja, Mamá. Es ist vorbei.«

Wir aßen die *tamales.* Mamá drückte auf die Fernbedienung, die an einem Kabel neben meinem Bett hing. »Hier gibt es kein *Univisión.* Wie soll ich da bei meinen *telenovelas* auf dem Laufenden bleiben?«

Ihre Beschwerde hallte wie ein Segen in meinen Ohren.

DANKSAGUNG

Ich danke all den wunderbaren Menschen bei Arte Público Press für ihre Unterstützung und ihren unermüdlichen Einsatz. Mein besonderer Dank gilt Nicolás Kanellos für sein ausgezeichnetes Lektorat (und dafür, dass er mir das salvadorianische Spanisch im Text hat durchgehen lassen) und Marina Tristán für all ihre Arbeit und vor allem für ihre Freundschaft.

Als ich dieses Buch schrieb, wohnte ich in einem alten Farmhaus im tiefverschneiten Iowa. Daher möchte ich mich beim Iowa Writer's Workshop für die großartige Zeit, die ich dort verbringen durfte, und bei Eddie Dunn für das Zimmer im Obergeschoss, von dem aus man seine Heimatstadt überblickt, bedanken.

Michelle, dir muss ich immer danken.

MARCOS M. VILLATORO

MINOS

Thriller

Der mythische Dämon Minos wird zum Vorbild für einen grausamen Serienmörder, dessen Taten die USA in Angst und Schrecken versetzen. Detective Romilia Chacón stürzt sich gegen den Willen ihrer Vorgesetzten in die Ermittlungen. Rache treibt sie an. Der Mörder hat ihre Schwester auf dem Gewissen. Ihr einziger Verbündeter, als sie selbst ins Visier des Killers gerät: ein Drogenbaron, mit dem Romilia eine seltsame Hassliebe verbindet …

»Ein fesselnder Roman.
Villatoro erzeugt außergewöhnlich starke Sympathie für seine komplexe und sehr menschliche Heldin.«
Booklist

Knaur Taschenbuch Verlag